CLARE POOLEY

Das Wunder von Bahnsteig 5

GOLDMANN

Buch

Jeden Morgen nehmen sie denselben Zug nach London, die Passagiere in Wagen 3. Iona, eine exzentrische Ratgeberkolumnistin, hat sich sogar Namen für ihre Mitreisenden ausgedacht: Da wären zum Beispiel Der-einsame-Teenager, Die-hübsche-Leseratte oder Der-arrogante-Breitbeinige. Als routinierte Pendler wechseln sie kein Wort miteinander. Bis sich der Breitbeinige eines Tages an einer Weintraube verschluckt und womöglich erstickt wäre, hätte ein junger Mann ihn nicht gerettet. Dieser Einsatz des Krankenpflegers Sanjay bewirkt ein Wunder: Die Menschen im Zug beginnen miteinander zu reden. Aus sechs Fremden, die nichts gemeinsam haben als ihren Arbeitsweg, wird eine Gemeinschaft, in der alle füreinander da sind. Denn Hilfe brauchen sie alle …

Autorin

Clare Pooley hat zwanzig Jahre lang in der Werbebranche gearbeitet, bevor sie sich ganz ihrer Familie und ihren Kindern widmete. An ihren Büchern arbeitet sie am heimischen Küchentisch. Sie lebt mit ihrem Mann, ihren drei Kindern, einem Hund und einem Afrikanischen Zwergigel in London.
Weitere Informationen zur Autorin finden Sie unter
clarepooley.com
@cpooleywriter
@clare_pooley

Von Clare Pooley bei Goldmann lieferbar:
Montags bei Monica. Roman
Das Wunder von Bahnsteig 5. Roman

Clare Pooley

Das Wunder von Bahnsteig 5

Roman

Aus dem Englischen
von Stefanie Retterbush

GOLDMANN

Die Originalausgabe erschien 2022 unter dem Titel
»The People on Platform 5«
by Bantam Press, an imprint of Transworld Publishers, London.
Transworld is part of the Penguin Random House group of companies.

Die deutsche Fassung der Passagen aus William Shakespeare, *Romeo und Julia*, stammt aus der Übersetzung von August Wilhelm Schlegel.

MIX
Papier | Fördert gute Waldnutzung
FSC® C014496
FSC www.fsc.org

Penguin Random House Verlagsgruppe FSC® N001967

1. Auflage
Taschenbuchausgabe August 2023

in der Penguin Random House Verlagsgruppe GmbH,
Neumarkter Str. 28, 81673 München
Umschlaggestaltung: UNO Werbeagentur GmbH, München,
unter Verwendung einer Umschlagillustration von
© Nathan Burton
www.nathanburtondesign.com
Redaktion: Regina Carstensen
AB · Herstellung: ik
Satz: KCFG – Medienagentur, Neuss
Druck und Bindung: GGP Media GmbH, Pößneck
Printed in Germany
ISBN 978-3-442-49092-9

www.goldmann-verlag.de

Für meine Tochter Eliza
Mögest du immer »mehr Iona sein«.

Züge sind etwas Wunderbares.
Auf einer Zugreise sieht man Natur und Menschen,
Orte und Kirchen und Flüsse,
ja, das ganze Leben.

AGATHA CHRISTIE

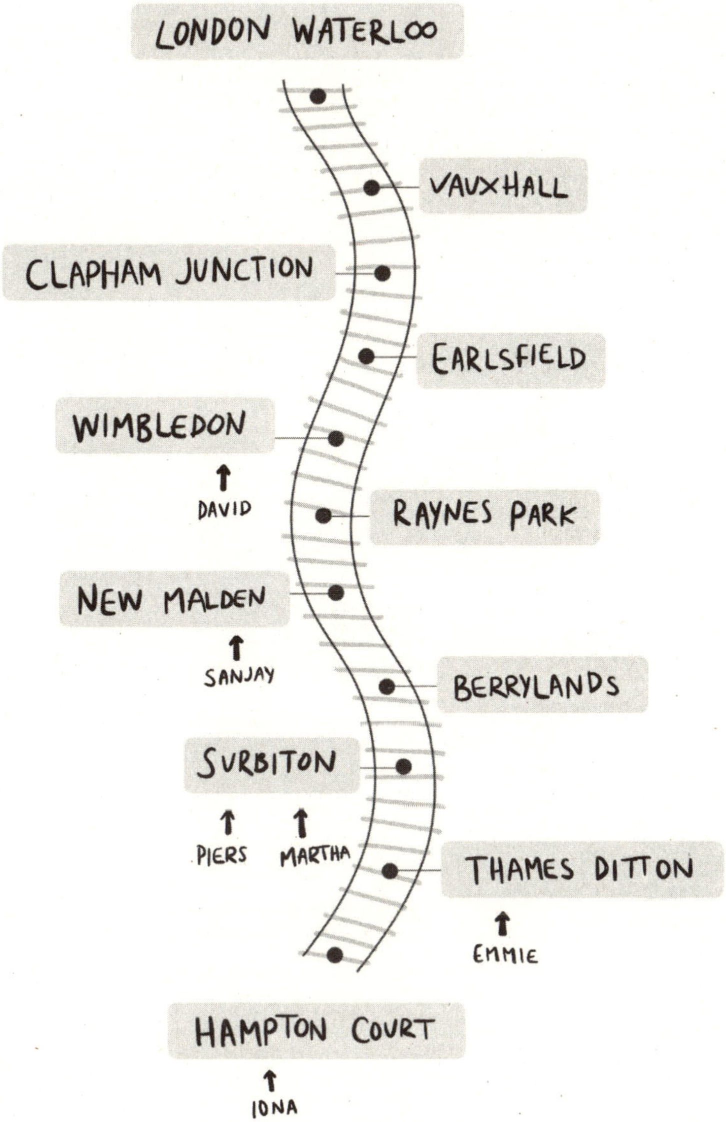
LONDON WATERLOO
VAUXHALL
CLAPHAM JUNCTION
EARLSFIELD
WIMBLEDON
DAVID
RAYNES PARK
NEW MALDEN
SANJAY
BERRYLANDS
SURBITON
PIERS
MARTHA
THAMES DITTON
EMMIE
HAMPTON COURT
IONA

Iona

08:05 Hampton Court nach Waterloo

Bis zu dem Moment, als sich ein Mann gleich vor ihren Augen im 8:05-Uhr-Zug zu sterben anschickte, war es für Iona eigentlich ein Tag wie jeder andere gewesen.

Wie immer hatte sie um halb acht das Haus verlassen. Auf hohen Absätzen brauchte sie ungefähr zwanzig Minuten zum Bahnhof, meistens war sie also eine Viertelstunde vor Abfahrt ihres Zuges nach Waterloo da. Mit den Louboutins zwei Minuten später.

Frühzeitig da zu sein, war unerlässlich, wollte sie ihren Lieblingsplatz ergattern, und das wollte sie. Was Mode, Filme oder auch Patisserie anging, war Abwechslung etwas Herrliches, aber nicht auf dem alltäglichen Arbeitsweg.

Vor einer ganzen Weile schon hatte Ionas Chefredakteur versucht, ihr die Arbeit im Homeoffice schmackhaft zu machen. Das sei, wie er ihr versicherte, gerade der allerletzte Schrei, und alles, was sie im Büro zu tun hätte, ließe sich schließlich genauso gut von woanders erledigen. Zuerst hatte er sie mit der Aussicht auf eine Stunde länger ausschlafen und freie Arbeitszeiteinteilung zu ködern versucht, und als das alles nichts nützte, wollte er sie mittels einer grässlichen Methode namens *Hot Desking* vergraulen, was – wie sie dann erfahren musste – Managersprech dafür war, sich den Schreibtisch mit anderen Kollegen *teilen* zu müssen. Teilen hatte Iona schon als Kind nicht gut gekonnt. Der kleine Zwischenfall mit der Barbiepuppe war ihr lebhaft im Gedächtnis geblieben, und ihren Klassenkameraden vermutlich auch. Nein, es gab doch gewisse Grenzen. Zum Glück lernten Ionas Kollegen erstaunlich schnell, welchen Schreibtisch sie bevorzugte, und aus heiß wurde unversehens ziemlich frostig.

Iona ging gerne ins Büro. Sie mochte den Kontakt zu den Jungspunden, bei denen sie sich den neuesten Jugendslang abhörte, von denen sie die angesagtesten Songs vorgespielt bekam und sie sich sagen ließ, was sie sich unbedingt als Nächstes auf Netflix anschauen musste. Bea, das Herzchen, war ihr in dieser Hinsicht leider keine große Hilfe.

Und trotzdem wäre sie heute lieber zu Hause geblieben. Sie hatte nämlich einen Termin zu einer *Rundum*-Beurteilung bei ihrem neuesten Chefredakteur, was entschieden zu vertraulich klang. In ihrem Alter (siebenundfünfzig) ließ man sich lieber nicht allzu genau unter die Lupe nehmen, schon gar nicht aus jedem nur erdenklichen Winkel. Manches blieb besser der Fantasie überlassen. Oder gänzlich unbetrachtet, wenn man ganz ehrlich war.

Und außerdem, was wusste der schon? Ähnlich wie Polizisten und Ärzte schienen Chefredakteure neuerdings jünger und jünger zu werden. Ihr derzeitiger war – man glaubte es kaum – nach der Erfindung des Internets gezeugt worden. Nie hatte er in einer Welt gelebt, in der Telefone unverrückbar an der Wand hingen und man Fakten in der Encyclopædia Britannica nachschlug.

Ein bisschen wehmütig dachte Iona an die jährlichen Personalgespräche damals ganz am Anfang ihrer journalistischen Laufbahn vor beinahe dreißig Jahren. Damals hießen die natürlich noch nicht »Personalgespräche«, sondern »Lunch-Treffen« und fanden im Savoy Grill statt. Der einzige Wermutstropfen bestand darin, sich regelmäßig die schwitzigen, speckigen Wurstfinger ihres Chefredakteurs möglichst taktvoll vom Bein zu pflücken, aber das war sie gewohnt, und das war die Sole Meunière beinahe wert, die erst von einem dienstbaren Kellner mit französischem Akzent gekonnt von den Gräten gelöst und dann mit einer gut gekühlten Flasche Chablis hinuntergespült wurde. Sie überlegte, wann sie das letzte Mal von irgendwem – außer Bea – unter dem Tisch begrapscht worden war, und konnte sich beim besten Willen nicht daran erinnern. Seit den Neunzigern jedenfalls nicht mehr.

Iona schaute prüfend in den Flurspiegel. Sie hatte sich heute für ihr rotes Lieblingskostüm entschieden – das, das unüberhörbar *Taffe Karrierefrau* und *Denk nicht mal im Traum dran, Freundchen* schrie.

»Lulu!«, rief sie, nur um feststellen zu müssen, dass die Französische Bulldogge bereits zu ihren Füßen saß und wartete. Auch so ein Gewohnheitstier. Sie bückte sich und hakte die Leine in Lulus knallpinkem Halsband ein, auf dem in großen Strassbuchstaben ihr Name prangte. Bea fand Lulus Accessoires eher peinlich. *Sie ist ein Hund, Schätzchen, kein Kind*, hatte sie immer wieder eingewendet. Als ob Iona das nicht wüsste. Die Kinder heutzutage waren egoistisch, faul und verzogen, so ganz anders als ihre bezaubernde kleine Lulu.

Iona machte die Haustür auf und rief wie jeden Tag die Treppe hinauf: »Bye bye, Bea! Ich muss zur Arbeit! Du fehlst mir jetzt schon!«

Am Hampton Court in die Bahn zu steigen, hatte einen entscheidenden Vorteil: Es war die Endstation. Oder die Anfangsstation, je nachdem, von wo man es betrachtete. Wenn das mal keine Lektion fürs Leben ist, dachte Iona. Ihrer Erfahrung nach entpuppten sich die meisten Enden letztlich als verkappte Anfänge. Das sollte sie sich für ihre Kolumne notieren. Die Züge waren also – wenn man nur früh genug da war – eigentlich immer recht leer. Was hieß, dass Iona ihren Lieblingsplatz (siebte Reihe rechts, Blick in Fahrtrichtung, an einem Tisch) in ihrem Lieblingswagen, Wagen Nummer drei, besetzen konnte. Iona mochte ungerade Zahlen lieber als gerade. Sie konnte es nicht leiden, wenn etwas zu rund oder glatt und geleckt war.

Iona nahm Platz, setzte Lulu auf den Sitz neben sich und fing an, ihre Utensilien vor sich auszubreiten. Die Thermoskanne mit grünem Tee, der nur so wimmelte vor den den Alterungsprozess hinauszögernden Antioxidantien; eine Porzellantasse mit passender Untertasse, weil Tee aus Plastikbechern zu trinken schlicht undenkbar war; ihre neueste Post und ihr iPad. Bis Waterloo waren es gerade mal zehn Haltestellen, eine sechsunddreißigminütige Fahrt, perfekt zur Vorbereitung auf den bevorstehenden Tag.

Während der Zug sich im Laufe der Fahrt zusehends füllte, arbeitete Iona unbeeindruckt in ihrer kleinen Seifenblase selig vor sich hin, in angenehmer Anonymität und gänzlich unbemerkt. Eine unter Tausenden unscheinbaren Pendlern, von denen keiner auch nur im Geringsten auf sie achtete. Niemand sprach sie an oder redete überhaupt mit irgendwem. Alle kannten die zweite der ehernen Pendlerregeln: Jemandem zuzunicken, dem man häufiger begegnet, oder ihm oder ihr – *in extremis* – kurz zuzulächeln oder angesichts einer Lautsprecherdurchsage des Zugführers entnervt die Augen zu verdrehen, ist statthaft, aber ansprechen tut man ihn oder sie unter gar keinen Umständen. Es sei denn, man ist bekloppt. Und das war sie nicht, ganz gleich, was die Leute auch dachten.

Ein eigenartiges Geräusch riss Iona aus ihren Gedanken. Sie schaute auf und sah einen Mann, den sie schon öfter bemerkt hatte. Sonst nahm er morgens eine andere Bahn, aber auf dem

Heimweg sah sie ihn häufig im 18:17-Uhr-Zug ab Waterloo. Er war ihr wegen seiner exquisiten Maßanzüge aufgefallen, derentwegen sie ihn unter anderen Umständen sicher glühend beneidet hätte. Nur wurde der perfekte erste Eindruck leider vollkommen ruiniert von seiner unangenehmen, unübersehbar vor sich hergetragenen Hoppla-hier-komm-ich-Manier, wie man es nur bei heterosexuellen, weißen, ausnehmend gut situierten Männern fand. Leicht erkennbar an den unvermeidlich breit gespreizten Beinen und den übertrieben lauten Telefonaten über *Märkte* und *Positionen*. Einmal hatte sie mit angehört, wie er seine Frau als *Hausdrachen* bezeichnete. In Surbiton stieg er immer aus, was so gar nicht zu ihm passen wollte. Iona hatte all ihren Mitreisenden Spitznamen verpasst, und er war der Smarte Sexist aus Surbiton.

Momentan machte er allerdings einen nicht ganz so selbstgefälligen Eindruck wie üblich. Vielmehr schien er in höchster Not. Vornübergebeugt saß er da, die Hände um den Hals gekrallt, und gab eigenartig beunruhigende Geräusche von sich, ein Röcheln irgendwo zwischen Husten und Erbrechen. Das Mädchen neben ihm – ein hübsches junges Ding, roter Zopf und Pfirsichteint, den sie heute noch als selbstverständlich hinnahm und der irgendwann zu einer sehnsüchtigen Erinnerung verblassen würde – fragte sichtlich beunruhigt: »Alles in Ordnung?« Es war ganz offensichtlich nicht alles in Ordnung. Er schaute auf und schien etwas mitteilen zu wollen, aber die Worte blieben ihm wortwörtlich im Halse stecken. Hilflos deutete er auf den halb gegessenen Obstsalat vor sich auf dem Tisch.

»Ich glaube, er hat eine Erdbeere im Hals stecken. Oder eine Traube«, mutmaßte das Mädchen. Augenscheinlich handelte es sich um einen Notfall. Da war es wohl eher nebensächlich, um welche Obstsorte es im Genauen ging. Das Mädchen legte das Buch, in dem es bis eben gelesen hatte, beiseite und klopfte ihm auf den Rücken, mittig zwischen den Schulterblättern. Ein sachtes Tätscheln, sonst oft von Worten wie *So ein Feiner* und *Ein ganz ein braver Hund* begleitet und so gar nicht das, was die gegenwärtige Situation erforderte.

»Moment, so geht das nicht«, rief Iona, beugte sich kurzerhand über den Tisch und haute ihm mit der geballten Faust auf den Rücken, was ihr angesichts der Umstände wesentlich mehr Freude bereitete, als sie zuzugeben bereit gewesen wäre. Im ersten Moment blieb er still, und sie dachte schon, nun sei alles gut, aber dann fing er wieder an zu japsen. Dazu wurde er fleckig lila im Gesicht, und alle Farbe wich aus seinen Lippen.

War das das Ende, würde er hier sterben, im 8:05-Uhr-Zug? Noch vor Waterloo?

Piers

08:13 Surbiton nach Waterloo

Piers' Tag verlief überhaupt nicht nach Plan. Zum einen war das nicht sein Zug. Er war sonst immer gerne in der City, noch bevor die Märkte öffneten, aber sein ganzer Tagesablauf war schon frühmorgens auf den Kopf gestellt worden, weil Candida ihr Au-pair am Vortag vor die Tür gesetzt hatte.

Magda war bereits das dritte Au-pair in diesem Jahr, und Piers hatte die leise Hoffnung gehegt, sie würde zumindest bis zum Ende des Schuljahrs durchhalten. Dann allerdings waren sie früher als geplant von einem katastrophalen Wochenende *en famille* nach Hause gekommen, nur um Magda mit dem Gärtner im Bett zu erwischen, auf dem Nachttischchen neben ihnen, auf einer gebundenen Ausgabe des *Grüffelo*, Kokainspuren und ein aufgerollter Geldschein. Piers hätte Candida vielleicht noch beschwatzen können, es bei einigen gewählten Worten zu belassen, zumal Magda ja nicht im Dienst gewesen war, aber dass das Lieblingsvorlesebuch der Kinder derart entweiht worden war, konnte sie dem Mädchen einfach nicht verzeihen. *Wie soll ich den Kindern je wieder daraus vorlesen, ohne die Bilder im Kopf, wie Tomaso Magdas tiefen, dunklen Wald ergründet?*, hatte Candida außer sich vor Wut gebrüllt.

Und als Piers dann schließlich in den Zug nach Surbiton gestiegen war, war alles vollends den Bach runtergegangen. Der einzige freie Platz weit und breit war nämlich, wie er schließlich feststellen musste, an einem Vierertisch gegenüber dieser komischen Eule und ihrem schnaufenden Köter mit dem Pfannkuchengesicht. Die beiden sah Piers sonst morgens eigentlich nie, aber auf der Heimfahrt war ihr Anblick ein allzu vertrautes Ärgernis. Er war augenscheinlich nicht der einzige Fahrgast, der dieser Schabracke geflissentlich aus dem Weg ging, saß sie doch oft genug ganz allein inmitten der einzigen freien Plätze.

Und heute wirkte die kauzige Hundetante noch lächerlicher als sonst, in ihrem knallroten Tweed-Kostüm mit Schulterpolstern, das sich sicher auch gut als Bezugsstoff für Grundschulmöbel geeignet hätte.

Rasch überschlug Piers im Kopf die diversen Vor- und Nachteile, bis Waterloo mit einem Stehplatz vorliebzunehmen, statt sich dem trutschigen Sofa auf Stöckelschuhen gegenüberzusetzen. Bis er unvermittelt bemerkte, dass das Mädchen neben dem fraglichen freien Platz einfach unverschämt gut aussah. Er war sich ziemlich sicher, sie auch schon mal im Zug gesehen zu haben. Piers fiel wieder die kleine Lücke zwischen den Schneidezähnen auf – eine winzige Unvollkommenheit, durch die aus einem hübschen, aber nichtssagenden Gesicht ein unwiderstehlicher Hingucker wurde. Vielleicht hatte er ihr sogar zugezwinkert – einer dieser wortlosen Augenblicke spontaner Verbundenheit, wenn man sich, wie sie, zwei gut aussehende, erfolgreiche Berufspendler, unversehens in einem Meer der Mittelmäßigkeit wiederfand, wie ein Formel-Eins-Rennwagen auf einem Lidl-Parkplatz.

Sie musste schätzungsweise Ende zwanzig sein und trug einen engen knallpinken Rock, unter dem bestimmt atemberaubende Beine zu sehen wären, wenn nur der leidige Tisch nicht wäre, und dazu ein weißes T-Shirt und einen schwarzen Blazer. Bestimmt arbeitete sie in einem dieser angesagten Media-Jobs, wo die ganze Woche Smart Casual angesagt war, nicht bloß freitags. Dieser entzückende Anblick nahm ihm die Entscheidung ab, und er setzte sich.

Piers zog das Handy heraus, um einen Blick auf seine Börsenpositionen zu werfen. Letzte Woche hatte er so viel Geld verloren, dass diese Woche einfach spektakulär werden musste. Er schickte ein stummes Stoßgebet an die Götter des Marktes, während er eine Traube aus dem kleinen Obstsalat pulte, den er eben im Supermarkt neben dem Bahnhof gekauft hatte, und sie mit der Gabel aufspießte. Heute Morgen hatte er eine halbe Ewigkeit gebraucht, die Kinder zum Frühstücken zu bewegen, immer wieder unterbrochen von *Wo ist Magda! Ich will meine Magda*-Geheul, weswegen er ganz vergessen hatte, selbst zu frühstücken. In der Backwarenabteilung war er unschlüssig vor einem Pain au Chocolat stehen geblieben, aber Candida hatte ihm kürzlich sämtliches Gebäck strengstens verboten, weil sie meinte, er würde fett werden. *Fett?!?* Für sein Alter war er noch erstaunlich gut in Form. Trotzdem zog er mit Blick auf das hübsche Mädchen neben ihm vorsichtshalber den Bauch ein.

Ungläubig starrte Piers die Zahlen vor sich auf dem Display an. Da stimmte doch was nicht? Dartington Digital war ein todsicherer Tipp gewesen. Erschrocken schnappte er nach Luft und merkte, wie sich etwas hinten in seinem Hals festsetzte. Er versuchte durchzuatmen, doch das Ding flutschte nur noch weiter nach unten. Er probierte es mit husten, aber das schien überhaupt nichts auszurichten. *Ganz ruhig*, sagte er sich. *Denk nach. Es ist bloß eine Traube.* Aber im selben Augenblick rissen ihn Angst und Hilflosigkeit mit wie ein Tsunami.

Verzweifelt haute Piers mit den Händen auf den Tisch und stierte die Frauen ringsum mit weit aufgerissenen Augen flehend an, ein stummer Hilfeschrei. Jemand klopfte ihm auf den Rücken, aber so sanft, dass es mehr ein Streicheln war als das beherzte Draufhauen, das in dieser Situation eigentlich gefordert war. Dann, Gott sei Dank, ein energisches, festes Klopfen, das doch ganz bestimmt die Traube des Anstoßes entfernen müsste? Mit einem Gefühl unbeschreiblicher Erleichterung merkte er, wie sie sich löste, nur um gleich darauf wieder an Ort und Stelle zurückzurutschen.

Ich kann nicht einfach so sterben, nicht jetzt, nicht hier, dachte er. *Nicht in diesem potthässlichen Pendlerzug, umgeben von Nobodys und Spinnern.* Und dann kam ihm ein noch schlimmerer Gedanke: *Wenn ich heute sterbe, wird Candida alles erfahren. Sie wird herausfinden, was ich hinter ihrem Rücken getrieben habe, und unsere Kinder werden in dem Wissen aufwachsen, was für ein Loser ihr Vater war.*

Hilflos über den Tisch gebeugt, konnte Piers so eben aus den Augenwinkeln sehen, wie das rote Kostüm aufstand, ein Anblick wie ein Vulkanausbruch, und laut durch den ganzen Wagen tönte: »Ist ein Arzt an Bord?« *Bitte, bitte*, flehte er, *lass einen Arzt an Bord sein.* Er würde alles darum geben, um nur endlich wieder frei durchatmen zu können. *Hörst du, Universum? Du kannst alles haben. Alles, was du willst.*

Piers kniff die Augen zusammen, aber er sah immer noch rot – entweder der Nachglanz des blutroten Tweeds oder die zerplatzenden Äderchen hinter den Augäpfeln.

»Ich bin Krankenpfleger!«, hörte er es irgendwo aus der Menge rufen. Dann, Sekunden später, die ihm wie eine Ewigkeit vorkamen, legten sich von hinten zwei starke Arme um ihn, und er wurde von seinem Sitz gerissen, während zwei Hände sich unerbittlich in seinen Bauch bohrten – einmal, zweimal, dreimal.

Sanjay

08:19 New Malden nach Waterloo

Heute ist *der* Tag, dachte Sanjay. Er war auf dem Weg zum Bahnhof New Malden, um dort wie gewohnt in den Zug zu steigen. Der Tag, an dem er endlich all seinen Mut zusammennehmen und das Mädchen im Zug ansprechen würde. Er hatte sich sogar schon überlegt, was er zu ihr sagen wollte. Fast immer hatte sie ein Buch dabei. Ein richtiges echtes Buch aus Papier, kein Kindle oder Hörbuch. Einer der vielen Gründe, warum Sanjay der Überzeugung war, sie müssten füreinander geschaffen sein. Letzte Woche hatte sie einen Roman namens *Rebecca* gelesen, also hatte Sanjay sich im Buchladen um die Ecke ein eigenes Exemplar besorgt und am Wochenende die ersten beiden Kapitel gelesen. Und darum würde er sie heute, sofern sie das Buch noch las, auch fragen können, was sie von Mrs Danvers hielt. Der perfekte Gesprächseinstieg. Originell, unaufdringlich und geistreich.

Sanjay hielt Ausschau nach seinen beiden Mitbewohnern. Sie arbeiteten im selben Krankenhaus wie er, hatten aber gerade Nachtdienst, sodass sie sich morgens oft begegneten – Sanjay auf dem Weg zur Arbeit, frisch und munter und recht gut ausgeruht, James und Ethan auf dem Heimweg, blass, erschöpft und umweht vom einem strengen Desinfektionsmittelgeruch. Wie ein Fenster in Sanjays unmittelbare Zukunft.

Sanjay stand auf dem Bahnsteig unweit der Snack-Theke, wo Wagen drei normalerweise hielt, in dem sie, wie er nach wochenlangem Versuch und Irrtum herausgefunden hatte, am häufigsten saß. *Tolles Buch*, ging er seinen Text noch mal im Kopf durch. *Wie findest du Mrs Danvers? Ich bin übrigens Sanjay. Bist du oft hier im Zug?* Wobei, nein, lieber nicht. Das klang doch eher gruselig.

Kaum in den Zug gestiegen, glaubte Sanjay wirklich, heute müsse sein Glückstag sein. Denn da saß sie, am Tisch mit der Regenbogen-Lady, ihrem Hund und einem etwas moppeligen Anzugträger mittleren Alters. Den sah Sanjay auch nicht zum ersten Mal. Einer dieser arroganten Schnösel, wie Sanjay sie nur zu gut aus der Notaufnahme kannte, wenn mal wieder einer von ihnen mit geplatztem stressbedingtem Magengeschwür eingeliefert wurde oder mit Verdacht auf Herzinfarkt von der langjährigen Hobby-Kokserei, und schrie: *Ich bin privatversichert!* Augenscheinlich hielt er sich für etwas Besseres als der gemeine Pöbel, und Privatsphäre schien ihm ein Fremdwort zu sein.

Die Regenbogen-Lady hingegen mochte Sanjay sehr. Wie oft hatte er sie schon auf dem Weg zur Arbeit gesehen, aber noch nie hatte er ein Wort mit ihr gewechselt. Natürlich nicht. In einer Welt, in der alle Schwarz trugen, Dunkelblau oder gedecktes Grau, leuchtete sie in Smaragdgrün, Türkisblau und Veilchenlila. Und auch heute enttäuschte sie ihn nicht. Sie trug ein Kostüm aus knallrotem Tweed, in dem sie aussah wie eins der Erdbeerbonbons, die in den großen Quality-Street-Dosen immer ganz unten liegen blieben.

Ob er sie bitten sollte, den Hund auf den Schoß zu nehmen, damit er sich zu ihnen setzen konnte? Der Hund hatte schließlich vermutlich keine Jahreskarte, und ein Haustier auf dem Sitz ging bestimmt gegen sämtliche Sicherheits- und Hygienevorschriften. Das Problem dabei war nur, dass Sanjay die Regenbogen-Lady gleichermaßen bewunderte und fürchtete. Und da war er nicht der Einzige. Ganz gleich, wie voll der Zug auch war, kaum jemand wagte es, sie zu bitten, den Hund vom Sitz zu nehmen. Und wer es doch einmal wagte, machte denselben Fehler bestimmt kein zweites Mal. Nicht mal der Schaffner.

Und so stand er dann da und klammerte sich an eine Metallstange, um nicht das Gleichgewicht zu verlieren, und überlegte krampfhaft, wie er unauffällig nahe genug an das Mädchen heranrücken könnte, um sie in ein Gespräch zu verwickeln. So was hatte er noch nie gemacht. Bisher hatte er sich nur mit Frauen verabredet, die er vom College kannte, von der Arbeit oder von einer Dating-App, wo man sich erst mal ein paar Tage lang belangloses Zeug schrieb und sich gründlich auf den Zahn fühlte, ehe man sich im wahren Leben verabredete. Das hier war Old School, und es war ein Albtraum. Es gab gute Gründe, warum das heutzutage niemand mehr machte.

Dafür, dass sich da gut und gerne achtzig Menschen auf engstem Raum in eine Sardinenbüchse gequetscht auf den Füßen standen, war es, wie immer, erstaunlich still. Man hörte nur das Rattern der Räder auf den Schienen, ein blechernes Scheppern aus irgendwelchen Kopfhörern und gelegentliches Hüsteln. Doch dann durchbrach unvermittelt eine Stimme die Stille wie ein Donnerschlag:

»Ist ein Arzt an Bord?«

Seine Gebete waren erhört worden, wenn auch auf eher unerwartete, ungewöhnliche Weise. Er räusperte sich und sagte so selbstsicher und souverän, wie er nur konnte: »Ich bin Krankenpfleger!«

Die Menge teilte sich ehrerbietig, Menschen verbogen sich, um ihm den Weg freizumachen, und er wurde durch eine Wolke unterschiedlichster Gerüche – Kaffee, Parfum, Schweiß – direkt vor die Füße der Regenbogen-Lady gespült und zu dem Mädchen und dem Mann, der offensichtlich gerade dabei war zu ersticken. Dieses Szenario hatten sie gleich im ersten Jahr der Ausbildung behandelt. Notfallmedizin, Modul eins: Der Heimlich-Griff.

Sanjays Ausbildung kam ihm nun zugute. Ohne weiter nachzudenken und mit weitaus mehr Kraft, als er sich selbst zugetraut hätte, hob er den Mann von hinten aus dem Sitz, schlang ihm die Arme um den Bauch und zog dann zu, so fest er konnte, mitten ins Zwerchfell. Dreimal. Es war, als hielte der ganze Zug gespannt den Atem an. Und dann, mit einem heftigen Huster, spuckte der Mann die Traube aus, die im hohen Bogen über den Tisch flog und mit einem satten Klatscher in der Teetasse der Regenbogen-Lady landete.

Klirrend tanzte die Tasse auf der Untertasse, um sich dann wieder zu beruhigen, während der ganze Wagen spontan zu applaudieren begann. Sanjay merkte, wie er rot wurde.

»Aha, eine Traube also«, stellte die Regenbogen-Lady mit Blick in ihre Teetasse fest, als wäre das alles ein Kinderspiel, bei dem es darum ging, das verborgene Ding im Sack zu erraten.

»Danke vielmals. Ich glaube, Sie haben mir gerade das Leben gerettet«, röchelte der Mann, dem das Sprechen sichtlich schwerfiel. Es war, als müssten sich die Worte erst den Weg um den Geist der ausgespuckten Traube suchen. »Wie heißen Sie?«

»Sanjay«, sagte Sanjay. »Gern geschehen. Ist schließlich mein Job.«

»Ich bin Piers. Ich kann Ihnen gar nicht genug danken«, keuchte er, während er langsam wieder ein bisschen Farbe ins Gesicht bekam.

NÄCHSTER HALT, WATERLOO, verkündete die Lautsprecherstimme. Sanjay wurde panisch. Da klopften ihm wildfremde Menschen auf den Rücken, drängten sich um ihn und beglückwünschten ihn, dabei gab es in diesem Zug nur einen

Menschen, mit dem er gerne reden wollte. Und er ließ sich diese einmalige Gelegenheit entgehen. Alle sprangen auf und drängten zur Tür, schoben und rissen ihn mit wie einen widerstrebenden Lemming, der unaufhaltsam auf eine Klippe zugetrieben wird. Verzweifelt drehte er sich zu ihr um.

»Wie findest du Mrs Danvers?«, platzte es auf ihm heraus. Verdattert guckte sie ihn an. Sie hatte das Buch heute gar nicht dabei. Stattdessen hatte sie ein Exemplar von Michelle Obamas Autobiografie in der Hand. Bestimmt hielt sie ihn jetzt für einen irren Stalker. Vielleicht *war* er ein irrer Stalker.

Er hatte es vergeigt. Das war's dann wohl.

Emmie

Emmie war viel zu aufgewühlt, um einfach ins Büro zu gehen, also huschte sie rasch in ihr gemütliches kleines Lieblingscafé und kramte ihre eigens mitgebrachte Thermostasse aus der Tasche.

»Hey Emmie!«, begrüßte sie der Barista. »Wie geht's, wie steht's?«

»Nicht so gut, ehrlich gesagt«, antwortete Emmie, noch ehe sie sich auf die Lippen beißen und stattdessen mit der gesellschaftlich geforderten Standardfloskel auf diese Frage antworten konnte, *Gut, danke!* nämlich. Schon aus Prinzip hasste sie die Vorstellung, zu den Leuten zu gehören, die ständig über ihre unerheblichen Erste-Welt-Probleme jammerten, während draußen Menschen unter Brücken schliefen oder sich abstrampelten, Essen für ihre Kinder auf den Tisch zu bringen.

Der Barista unterbrach seine Arbeit und runzelte die Stirn, als wartete er darauf, dass sie das weiter ausführte.

»Eben im Zug wäre beinahe jemand gestorben. An einer Traube erstickt«, erklärte Emmie.

»Aber er lebt noch, ja?«, fragte der Barista. Emmie nickte. »Keine bleibenden Schäden?« Sie schüttelte den Kopf. »Na also, dann ist das doch ein Grund zum Feiern! Mit einer Zimtschnecke vielleicht?«

Emmie konnte nicht einmal ansatzweise erklären, warum ihr gerade nicht nach feiern zumute war. Der Tag hatte ganz gewöhnlich angefangen, mit ihren Dehn- und Dankbarkeitsübungen, und dann – ZACK! – war sie, noch vor der Einfahrt in Waterloo, mit ihrer eigenen Sterblichkeit konfrontiert worden. Die beklemmende Erkenntnis, dass man selbst als quietschfideler, quicklebendiger Mensch so aus heiterem Himmel von jetzt auf gleich … nicht mehr sein konnte.

Und was hatte sie gemacht, während der Mann auf dem Platz neben ihr um sein Leben rang? Emmie, die sich immer als pfiffige, patente, anpackende Person gesehen hatte, hatte bloß dagesessen und hilf- und tatenlos mit angesehen, wie zwei wildfremde Menschen ihm das Leben retteten. Als es darauf ankam, hatte ihr Fluchtinstinkt eingesetzt. Von Kampfbereitschaft keine Spur. Sie hatte nur einen Gedanken gehabt: *Was, wenn ich das wäre? Was, wenn ich heute vor einen Bus laufe, von Terroristen in die Luft gejagt oder von einem Kurzschluss im Computerkabel einen tödlichen Stromschlag verpasst bekommen würde? Was würde bleiben? Was habe ich erreicht im Leben?*

Emmie musste an das Projekt denken, an dem sie seit einigen Wochen arbeitete – eine vollintegrierte digitale Anzeigenkampagne für eine Toilettenpapiermarke, die ganz neu auf den Markt drängte. In ihrer Trauerrede würde es heißen: *Dank Emmies strategischem und kreativem Genie durften nicht wenige Menschen in den Genuss weich wattierten, zart duftenden Luxus-Toilettenpapiers kommen.*

Als Teenager hatte sie mal einen ganzen Monat lang in einem Baum campiert, um einen heimischen Wald vor der Abholzung zu bewahren, und in den Schulferien hatte sie in einer Suppenküche ausgeholfen. Ihr Spitzname damals war Hermine gewesen, weil ihre Freunde immer behaupteten, hätte es Hauselfen an ihrer Schule gegeben, Emmie hätte sich für ihre Freilassung eingesetzt. Und nun stand sie da, mit neunundzwanzig, und tat nichts, was ihre kleine Ecke von Thames Ditton auch nur im

Geringsten verändert hätte, geschweige denn die ganze Welt. Nein, stattdessen sah sie untätig zu, wie andere beinahe erstickten.

Emmie musste an den Krankenpfleger im Zug heute Morgen denken. Er hatte so ruhig gewirkt. So fähig. So – sie verzieh sich diesen kleinen Augenblick der Oberflächlichkeit – *gut aussehend. Der* bewegte wirklich etwas. Schon auf dem Weg zur Arbeit hatte er ein Menschenleben gerettet.

Vielleicht sollte sie sich zur Krankenschwester umschulen lassen? Oder war es dafür längst zu spät? Das womöglich nicht, aber dass sie geradezu berüchtigt dafür war, schon beim Anblick von Nasenbluten oder einem eingewachsenen Zehennagel spontan in Ohnmacht zu fallen, sollte sie eventuell als Zeichen deuten, lieber keine medizinische Laufbahn einzuschlagen.

Was hatte der schnuckelige Lebensretter und Held aus dem wahren Leben ihr noch nachgerufen, als sie aus der Bahn gestiegen war? Es hatte sich fast angehört wie *Wie findest du Mrs Danvers*? Aber das konnte nicht sein, das ergab doch überhaupt keinen Sinn. Dieses ganze Drama am Morgen machte sie schon völlig konfus.

Emmie setzte sich an ihren Schreibtisch und stöpselte den Laptop ein, aufgekratzt von einer Mischung aus Koffein, Adrenalin und wilder Entschlossenheit. Von jetzt an wollte sie ihre Erfahrung und ihr Talent für etwas *Gutes* einsetzen. Vielleicht konnte sie sich um den Auftrag für ein Charity-Projekt bemühen? Und könnte Joey bequatschen, es umsonst zu machen? Wenn sich damit ein paar Preise für die Kreativarbeit abräumen ließen, würde er bestimmt nicht nein sagen.

Sie öffnete ihre E-Mails und wollte nur rasch nachschauen, ob etwas Wichtiges dabei war, um dann eine Prioritätenliste zu schreiben und sich um ihr neues Projekt zu kümmern.

Fix überflog Emmie die ungelesenen Nachrichten. Eine ganz oben in der Liste fiel ihr ins Auge, und sie musste lächeln, als sie den Absender las: ein.freund@gmail.com. In der Betreffzeile stand: *Du.* War die womöglich von einem Headhunter? Sie öffnete die Mail und überflog den Text.

IN DEM PINKEN ROCK SIEHST DU AUS WIE EIN FLITTCHEN. WIE SOLL DICH DA IRGENDWER ERNST NEHMEN? EIN FREUND.

Emmie fuhr mit ihrem Stuhl herum, als könnte der Schreiber dieser Zeilen unmittelbar hinter ihr stehen und ihr beim Lesen über die Schulter schauen. Aber da war natürlich niemand.

Emmie las die Mail noch mal, und plötzlich war all der fröhliche Tatendrang von vorhin verpufft, und Wut, Scham und Verlegenheit überrollten sie wie eine Welle. Ihr Blick ging zu dem Rock, den sie morgens eigens ausgesucht hatte. Kess hatte sie sich gefühlt in ihrem knallpinken Bleistiftrock, erfolgreich und sexy. Jetzt wollte sie ihn sich am liebsten vom Leib reißen und in den Büromülleimer pfeffern.

Im offenen Großraumbüro wimmelte es schon vor Menschen. Ihre Kollegen. Ihre Freunde. Menschen, die sie schätzte und von denen sie eigentlich immer gedacht hatte, dass die sie auch schätzten. Sie schaute in ihre Gesichter, beobachtete ihre Körpersprache auf der Suche nach einem Hinweis, wer ihr diese Mail vor – sie schaute auf den Zeitstempel – ziemlich genau zehn Minuten geschickt haben könnte. Aber es war alles wie immer.

Nur dass Emmie plötzlich das Gefühl hatte, sie werde sich in diesem Büro nie wieder so fühlen wie immer.

Iona

18:17 Waterloo nach Hampton Court

Iona war das Herz in die Hose gerutscht, und ihr hatte gleich Böses geschwant, als sie sah, dass beim Termin mit ihrem Chef auch eine Dame aus der Personalabteilung dabei war. Brenda – die Chefin des »Personalmanagements«, das bei Iona immer noch schnöde »Personalabteilung« hieß, aber irgendwann in den Neunzigern umbenannt worden war – saß neben ihrem Chefredakteur im Konferenzraum am Tisch und guckte dienstlich. Das hatte allerdings erst einmal nichts zu bedeuten, dienstlich guckte Brenda nämlich immer. Aber es verstärkte nur Ionas unheilvolles Gefühl drohenden Ungemachs.

»Hallo allerseits«, sagte Iona munter und verfluchte sich für das leichte Zittern in der Stimme. »Wobei, sagt man das bei zweien überhaupt? Vielleicht hätte ich besser *Hallo, ihr beiden* gesagt oder *Hi, ihr zwei.*« Sie plapperte wirres Zeug. Iona riss sich zusammen und schaute ihren Chefredakteur an, vergeblich hoffend, wenn sie den Blickkontakt mit Brenda vermied, könnte die sich vielleicht einfach in Luft auflösen. Ihr Chefredakteur hieß Ed. Sehr passend irgendwie, wie die Abkürzung vom englischen »editor« für Redakteur. Ob er seinen Namen geändert hatte, damit er besser zu seinem Beruf passte? Zuzutrauen wäre es ihm.

»Ähm, lässt du den Hund bitte draußen, Iona?«, sagte Ed und

zeigte mit dem Finger auf ihre liebste Lulu wie einer aus einem Erschießungskommando. War er ja vielleicht auch.

Iona verdrückte sich rückwärts durch die geöffnete Tür, damit ihr niemand in den Rücken schießen konnte.

»Könntest du ein paar Minuten auf sie aufpassen?«, fragte sie Eds »Assistentin der Geschäftsführung«, das neuzeitliche Pendant zur Sekretärin, nur ohne Steno. Sie wirkte erfreulich erfreut. Ganz bestimmt eine nette Abwechslung von ihrem sonstigen Job als Eds unterbezahlte und unterschätzte Handlangerin. »Am liebsten mag sie es, hinter den Ohren gekrault zu werden, da, wo das Fell so seidig ist.« Und dann, weil sie immer zu viel redete, wenn sie nervös war, setzte sie noch hinterher: »Aber mögen wir das nicht alle?«, und anschließend lachte sie hoch und schrill. Eds Assistentin zuckte zusammen und zog erschrocken den Kopf ein.

»Noch einmal stürmt, noch einmal, liebe Freunde!«, murmelte Iona leise vor sich hin, während sie wieder hineinging, kerzengerade, mit hoch erhobenem Kopf, genau so, wie sie seinerzeit auf die Bühne gegangen war.

»Setz dich, setz dich«, sagte Ed leutselig und wies auf eine Reihe knallbunter leerer Stühle, die um den Konferenztisch herumstanden. Iona entschied sich für den zu seiner Rechten, in der Hoffnung, die Kombination aus mandarinenorangem Stuhl und purpurrotem Kostüm könnte Brendas Netzhaut irreversiblen Schaden zufügen. Dann nahm sie Notizblock und Bleistift aus der Handtasche. Sie hatte nicht vor, sich Notizen zu machen, aber der Bleistift könnte vielleicht noch gelegen kommen, um ihn Ed in den Handrücken zu rammen, wenn es denn sein musste. Ein aufheiternder Gedanke.

»Also, bevor es an die detaillierte Beurteilung geht, möchte ich mit dir kurz über *die Gesamtsituation* sprechen«, sagte Ed, legte die Fingerspitzen aneinander und schaute ganz ernst, wie ein Schuljunge, der Bankdirektor spielt. Und dann rasselte er die sinkende Auflagenhöhe, den zurückgehenden Umsatz, die gestiegenen Produktionskosten herunter, und die Zahlen trudelten um Iona durch die Luft wie radioaktive Pollen im Wind, während sie sich bemühte, intelligent und interessiert zu gucken.

»Die Sache ist die«, sagte er schließlich, »wir müssen uns mehr auf unser digitales Angebot konzentrieren und eine jüngere Zielgruppe ansprechen, was heißt, wir müssen dafür sorgen, dass sämtliche unserer Inhalte modern und relevant sind. Und offen gestanden fragen wir uns, ob ›Frag Iona‹ nicht vielleicht ein bisschen …« Er unterbrach sich und schien einen Moment nach dem richtigen Adjektiv zu suchen, und entschied sich dann für: »… zu altmodisch sein könnte.« Offenkundig war Ed nicht einmal bei seinen Beleidigungen in der Lage, ein kleines bisschen kreatives Flair an den Tag zu legen.

Iona wurde übel. *Schluss damit*, sagte sie sich streng. *Steh auf und kämpfe wie eine Frau. Denk an Boudicca, Königin der Kelten. Und so sammelte sie ihre abgerissenen Truppen um sich und erklomm ihren Streitwagen.*

»Willst du damit sagen, ich sei *zu alt*, Ed?«, fragte sie und unterbrach sich dann kurz, um den Anblick der Personaltante zu genießen, aus deren Gesicht alle Farbe wich, sodass man sehr schön den Ansatz ihres Mehrfachkinns sehen konnte und die Grenze, wo das Make-up aufhörte. »Als Zeitschriftentherapeutin ist Lebenserfahrung nämlich unerlässlich. Und ich habe alles schon erlebt. Sexismus, Altersdiskriminierung, Homophobie.« Sie ließ die Wörter fallen wie Landminen, und das waren sie natürlich auch. Käme noch eine Behinderung dazu, was in ihrem Alter ja durchaus möglich wäre, hätte sie praktisch ein Full House möglicher Diskriminierungsgründe. *Dann mal viel Spaß beim Umschiffen, Brenda vom Personalmanagement.*

»Natürlich nicht«, sagte Ed. »Ich gebe dir bloß eine Challenge.« Iona wusste augenblicklich, dass »Challenge« nichts anderes bedeutete als »Ultimatum«. »Vielleicht wäre es ja auch eine Option für dich, ein bisschen kürzerzutreten. Mehr Zeit mit den Enkelkindern zu verbringen.« Sie starrte ihn durchdringend an und ließ die Knöchel knacken, was Ed nicht ausstehen konnte.

Brenda räusperte sich und fummelte an ihrem Schlüsselband herum. »Ach. Keine Enkel. Natürlich nicht«, stammelte Ed. Sagte er »natürlich nicht«, weil sie eindeutig zu jung war für Enkelkinder? Oder zu lesbisch?

»Wir wollen ja nichts überstürzen. Warten wir doch noch einen Monat ab und schauen, ob du deine Seiten neu erfinden kannst. Modernisieren, ins 21. Jahrhundert bringen. Es muss knistern, es muss sprühen. Denk *Millennial*. Das ist die Zukunft.« Er zwang sein Gesicht, das dabei beinahe zu zerspringen drohte, zu einem Lächeln.

»Klar«, meinte Iona und notierte KNISTERN auf ihrem Notizblock, gefolgt von WICHSER. »Aber ich möchte noch mal daran erinnern, Ed, wie wichtig Problemseiten für Zeitschriften sind. Die Menschen brauchen so was. Und ich übertreibe nicht, wenn ich sage, dass *Menschenleben* daran hängen. Und unsere Leser lieben sie. Nicht wenige sagen sogar, dass sie die Zeitschrift nur meinetwegen kaufen.« *Nimm das, erbärmlicher römischer Zenturio.*

»Bestimmt war das mal so, Iona«, sagte Ed, nahm sein Schwert und stieß es ihr mitten ins Herz. »Aber wann hat jemand das letzte Mal so was gesagt? Hm?«

Iona kehrte nicht gleich wieder zurück an ihren Schreibtisch. Stattdessen marschierte sie schnurstracks zur Toilette, die Augen fest auf den quadratisch-praktisch-hässlichen Teppich geheftet, der unter den Füßen noch ein bisschen klebte von der verschütteten Fruchtbowle der letzten Firmenfeier. Sie schloss sich in eine der Kabinen ein und setzte sich auf den heruntergeklappten Sitz, Lulu auf dem Schoß, und atmete die Mischung aus kiefernfrischen Chemikalien, diversen Körperausscheidungen und Hund ein. Unvermittelt fing sie an zu weinen. Kein hübsches, adrettes Weinen, nein, explosive Schluchzer, begleitet von reichlich Schnodderfluss und zerlaufender Wimperntusche. Dieser Job war ihr Leben. Ihr Grund, morgens aufzustehen. Er gab ihrem Leben einen Sinn. Er machte sie aus. *Das* war sie. Was war sie ohne ihn? Und wer sollte sonst eine Zeitschriftentherapeutin einstellen, die mit Riesenschritten auf die sechzig zuging und seit dreißig Jahren im selben Job war? Wie hatte es trotz überschwänglicher Lobhudeleien, Fan-Gefolge und Preisverleihungen nur so weit kommen können?

Iona versuchte, ein bisschen gerechten Zorn heraufzubeschwören, aber sie war einfach zu müde. Die guten alten Zeiten, als sie fieberhaft eine Gesellschaftskolumne und eine Beratungsseite sowie gelegentliche Restaurantkritiken und Reiseartikel hatte jonglieren müssen, waren anstrengend genug gewesen, aber *nicht genug* zu tun zu haben, war tausendmal schlimmer. Sie war es leid, ständig ein Selbstbewusstsein versprühen zu müssen, das sie schon seit Jahren nicht mehr hatte. Sie war es leid, immer beschäftigt tun zu müssen, obwohl man ihr – bis auf die Fragenseite – sämtliche Zuständigkeiten nach und nach gestrichen hatte.

Sie hatte sich angewöhnt, jede noch so popelige Aufgabe endlos in die Länge zu ziehen, und hatte ihren Computermonitor so gedreht, dass niemand mitbekam, wie sie, statt zu arbeiten, Fantasie-Trips mit Bea zu traumhaften tropischen Korallenatollen plante oder auf Facebook alte Schulfreundinnen stalkte.

Natürlich war das Leben kein Wettbewerb. Wäre es aber doch einer, hatte Iona geglaubt, eigentlich ganz gut dazustehen. In der Vergangenheit hatte sie insgeheim oft die Lebensentscheidungen ihrer Altersgenossinnen belächelt, die – eine nach der anderen – auf dem Standstreifen der Karriereautobahn zum Stehen gekommen waren, um Kinder in die Welt zu setzen und undankbare, ichbezogene Ehemänner zu betüddeln, die früher irgendwann vielleicht mal ganz passabel ausgesehen hatten, aber inzwischen Bierbäuche, Nasenhaare und Nagelpilz angesetzt hatten.

Aber wenn sie sich jetzt die Schulabschlussfotos der Kinder anschaute, die Mehrgenerationenfeste an blank geschrubbten Holztischen und, ja, sogar die verschrumpelten neugeborenen Enkelkinder, die blicklos in die Kamera blinzelten, musste sie sich fragen, ob am Ende nicht womöglich doch die anderen die Gewinner waren. Zumindest saßen die nicht auf dem Klo und heulten ihrem Schoßhund den Pelz nass.

Iona hörte die Tür zur Damentoilette aufgehen und dann zwei Paar hohe Absätze auf den Fliesen klackern. Sie zog die Füße auf den Sitz und die Knie an die Brust und vergrub das Gesicht noch tiefer in Lulus Fell, damit man sie nicht schluchzen hörte.

»Himmel, wie ich Montage hasse«, hörte sie eine der Frauen sagen.

Und merkte, sehr zu ihrer Erleichterung, dass es bloß Marina war, eine der Kulturredakteurinnen. Sie und Marina waren recht gut miteinander befreundet, obschon Marina beinahe dreißig Jahre jünger war als sie. Sie trafen sich gerne zum Plaudern am Wasserspender und waren schon ein paarmal zusammen zum Mittagessen gewesen. Marina erzählte Iona den neuesten Büroklatsch, und Iona gab Marina kostenlose Ratschläge für ihr verzwicktes Liebesleben. Sie und Marina schätzten einander auch als Kolleginnen, als Karrierefrauen im Zenit ihrer Macht. Vielleicht sollte sie aus ihrem stillen Versteck schlüpfen und ihrer

Freundin das Herz ausschütten. Geteiltes Leid und so. Vielleicht könnte sie ein gemeinsames Mittagessen vorschlagen. Mit alkoholischer Stärkung.

»Ich auch«, erwiderte Brenda-vom-Personalmanagement. »Wobei, Mittwoche mag ich noch weniger. Nicht Fisch, nicht Fleisch.«

»Hey, worüber haben du und Ed eigentlich mit dem alten Dinosaurier geredet?«, fragte Marina. »Wollt ihr sie endlich aussterben lassen? Was soll's denn sein? Eine kleine Eiszeit oder lieber ein Meteoriteneinschlag?«

So viel zu schwesterlicher Solidarität.

Iona war heilfroh, dass ihr Zug nach Hause schon auf Gleis 5 in Waterloo Station auf sie wartete. Wenigstens dieser Teil des Tages war angenehm vorhersehbar. Wie gewohnt stieg sie in ihren Wagen, um dann unvermittelt laut loszufluchen und versehentlich die arme Lulu – die empört aufquiekte – viel zu fest an sich zu drücken. Da war Traube-im-Hals – wie hieß er noch gleich? – Piers. Das war's. Er saß auf der anderen Seite des Gangs, genau gegenüber vom einzigen freien Platz. Bestimmt würde er ihr ein Gespräch aufzwingen, und so sehr sie sich sonst an überschwänglicher Dankbarkeit berauschen konnte, wollte sie doch gerade bloß still und ungestört dasitzen und sich eine heile Welt erträumen, in der sie noch gebraucht wurde.

Seufzend setzt Iona sich. Dann öffnete sie die Handtasche und nahm das Glas heraus und die Flasche mit dem fertig gemixten Gin Tonic und das wiederverschließbare Plastiktütchen mit den Zitronenscheiben. Und wartete unterdessen auf die unvermeidliche Unterbrechung. Aber nichts geschah. Verstohlen schaute sie rüber zu Piers, der sich in seinem Sitz zurücklehnte, als könnte er ihn mit schierer Willenskraft verbiegen, und die Beine derart ausgebreitet hatte, dass die alte Dame neben ihm gegen das Fenster gedrückt wurde wie ein Raffrollo. Sein Blick traf Ionas, und sie dachte erst, er wolle etwas sagen, aber dann wandte er sich ab und guckte auf sein Handy, auf das er dann mit diktatorischem Eifer und ausgestrecktem Zeigefinger einhackte.

Iona kam sich komisch vor. Und ärgerte sich dann, dass sie sich über einen solchen … *Lackel* aufregte. Dabei wäre es doch sicher angebracht – ja, geradezu gefordert – beim Wiedersehen mit einem Menschen, der nur ein paar Stunden zuvor mitgeholfen hatte, *einem das Leben zu retten*, danke zu sagen. Oder wenigstens zu grüßen? Ein kurzes Nicken womöglich? Oder hatte er sie nicht erkannt? Eher unwahrscheinlich, oder? Eins hatte man Iona nie vorwerfen können, und das war, keinen bleibenden Eindruck zu hinterlassen.

»Schatz«, plärrte er ins Telefon, in einem Ton und einer Lautstärke, die keinerlei Rücksichtnahme auf die ungestörte Ruhe seiner Mitreisenden zeigten. »Könntest du eben kurz in den Keller gehen und eine Flasche Pouilly-Fumé raufholen und kühlstellen? Nein, nicht den. Den *Grand Cru*. Einen von denen, die wir aus diesem grässlichen Landhausurlaub mit den Pinkertons an der Loire mitgebracht haben.«

Lulu, die auf Ionas Schoß saß, fing an zu knurren. Iona spürte, wie sich der kleine Hundebrustkorb weitete wie ein Dudelsack, der sich mit Luft füllte, und dann drehte sie sich schwungvoll zu Piers um und stieß eine Salve hoher, spitzer Beller aus.

Piers hackte unbeeindruckt auf sein Handy ein, beendete das Gespräch, ohne sich zu verabschieden, und funkelte dann Iona finster an.

»Was zum Teufel hat die blöde Töle?«

Iona war es ja gewohnt, dass die Leute unhöflich zu ihr waren, und sie könnte – vielleicht – auch Piers Undankbarkeit und sein ungehobeltes Benehmen ignorieren, aber Lulu musste sich nicht von ihm beleidigen lassen.

»Lulu«, sagte sie, »ist nicht blöde. Sie ist ganz im Gegenteil äußerst intelligent. Außerdem ist sie Feministin, und als solche denunziert sie toxische Männlichkeit, wo immer sie sie sieht.«

Piers klappte die Kinnlade herunter, und er griff nach seinem *Evening Standard*, den er sich dann wie einen Schleier vors Gesicht hielt. Iona war sich ziemlich sicher, dass sie einander nie wieder eines Blickes würdigen, geschweige denn ein Wort miteinander wechseln würden. Dem Herrn sei Dank dafür.

Sanjay

Vor zwei Monaten war Sanjay von der Notaufnahme in die Onkologie gewechselt. In vielerlei Hinsicht war das eine Verbesserung. Die Arbeit in der Notaufnahme war hektisch, chaotisch und unbeschreiblich stressig, ständig piepste und schrillte es, Menschen weinten, abgehackte Anweisungen wurden gebellt. Inmitten des Chaos war er sich immer ein wenig verloren vorgekommen. Ein kleines Kind mit Gipsarm wieder nach Hause zu schicken, verarztet und mit einem Aufkleber fürs Tapfersein, war schön und gut, aber wie oft wurden seine Patienten auf andere Stationen verlegt, und er erfuhr gar nicht mehr, was aus ihnen wurde. In der Notaufnahme konnte man keine Beziehung aufbauen zu den Patienten, man betrat die Bühne zum dramatischen Höhepunkt der Geschehnisse und verschwand wieder, bevor die Geschichte zu Ende war.

In der Onkologie konnte Sanjay seine Stärken besser ausspielen, und darum hatte er auch um den Wechsel gebeten. Hier sah er seine Patienten tagein, tagaus wochen-, manchmal monatelang. In einigen Fällen sogar über Jahre. Die Stammpatienten kannte er schon – genau wie die Namen ihrer Kinder und Enkelkinder, ihre Wunsch- und schlimmsten Albträume und wie man ihnen die Behandlung so angenehm wie nur möglich machen konnte. Darum hatte er sich für diesen Beruf entschieden – um nicht nur den Körper zu heilen, sondern auch Geist und Seele. Das hatte er genau so in seine Bewerbung geschrieben. Für ihn war das kein abgedroschener Kalenderspruch, sondern ernst gemeinte Herzensangelegenheit.

Dabei gab es nur ein Problem, wie Sanjay nun zu seinem Leidwesen feststellen musste: Je tiefer er sich in das Leben seiner Patienten verstrickte, umso härter traf es ihn, wenn es mal kein Happy End gab. Für jede Handvoll Patienten, die er mit einer gutartigen Zyste nach Hause schickte oder mit einer Fünf-Jahre-krebsfrei-Entwarnung, gab es einen mit einem unheilbaren Rückfall, Metastasen in der Leber, den Knochen, dem Gehirn. Mütter mit kleinen Kindern, denen er hilflos dabei zusehen musste, wie sie mit jeder Chemo-Behandlung schwächer und schwächer wurden, wie ihnen die Haare ausfielen, die Wimpern und die Augenbrauen, und ihnen erst der Sinn für Humor abhandenkam und schließlich alle Hoffnung.

Die Ärzte, mit denen Sanjay zusammenarbeitete, schienen immun dagegen. Die konnten sich abgrenzen. Die hatten tagtäglich mit Tragödien, Ungerechtigkeit und zerstörten Lebensträumen zu tun, sie zogen am Ende des Tages den weißen Kittel aus und gingen noch ein, zwei Bier trinken, unbeschwert und sorglos, wie es schien. Wie machten die das bloß? Sanjay kannte keine Grenzen, bei ihm war irgendwie alles eins. Er konnte nichts dagegen tun, dass Beruf und Privatleben sich bei ihm heillos miteinander vermischten. Manchmal wachte er mitten in der Nacht auf und musste an die Tumormarker in Mr Robinsons letztem Blutbild denken, oder ihm fielen unvermittelt die großflächig verstreuten dunklen Schatten auf Mrs Greens PET-Scan ein, wenn er gerade beim Abendessen saß.

»Danke schön«, sagte Mrs Harrison (»Sagen-Sie-doch-Julie«), während er einen Wundverband auf die Stelle klebte, an der die Biopsie durchgeführt worden war, gleich unter der linken Achselhöhle. »Meinen Sie, es ist alles okay?« Sie schaute ihn an, und in ihrem Blick mischten sich Hoffnung und Angst.

»Am besten versuchen Sie, gar nicht daran zu denken, Julie«, wich er geschickt der Frage aus und kramte in der Ablage im Kopf nach den passenden Worten. »Neun von zehn Knubbeln in der Brust entpuppen sich als gutartig. Aber gut, dass Sie gleich zum Arzt gegangen sind, Vorsicht ist die Mutter der Porzellankiste.«

Das stimmte natürlich, aber Sanjay hatte das Gesicht des Assistenten am Sonografen gesehen, als er die – beunruhigend große und unregelmäßige – dunkle Masse auf dem Monitor vermessen hatte. Julie hatte das sicher nicht bemerkt, aber Sanjay kannte inzwischen die kleinsten Anzeichen: ein unmerkliches Augenzusammenkneifen oder wie die Finger die Computermaus umklammerten.

»Ich weiß, ich weiß, aber ich mache mir solche Sorgen wegen der Kinder. Die sind doch noch so klein. Sechs und vier. Möchten Sie sie mal sehen?«, fragte Julie eifrig und zog das Handy heraus. Sanjay wollte die Fotos lieber nicht sehen. Das machte alles nur noch schlimmer. Könnte er sich doch bloß auf die Fallzahlen konzentrieren, die Prognosen und Behandlungspläne, und nicht auf trauernde Kinder und »In diesem Leben will ich unbedingt noch …«-Wunschlisten, die sich nicht mehr erfüllen ließen.

»Unbedingt«, erklärte er mit einem beherzten Lächeln.

Und dann betrachtete er hingerissen die Fotos von zwei glücklichen, unbeschwerten Kindern mit entzückenden Zahnlücken, die nicht ahnten, dass ihre ganze Welt bald in sich zusammenzustürzen drohte, und schickte Julie schließlich mit der strikten, wenn auch unmöglich zu befolgenden Anweisung nach Hause, sich nicht allzu viele Sorgen zu machen, sich abzulenken und bis zu ihrem Termin zur Besprechung des Laborbefunds in fünf Tagen am besten gar nicht mehr daran zu denken.

Danach huschte Sanjay ins leere Familienzimmer, auch bekannt als Raum-für-ganz-schlechte-Nachrichten. Man bat Paare nicht, »im Familienzimmer Platz zu nehmen«, wenn es Gutes zu verkünden gab. Sanjay holte sich am Wasserspender in der Ecke einen Becher Wasser und setzte sich in einen der Sessel, umtanzt vom Nachhall von Worten wie *tödlich*, *durchsetzt*, *keine lebensverlängernden Maßnahmen* oder *Sterbebegleitung*. Ob all der Schrecken, die Angst und der Kummer im Laufe der Zeit in die Stuhlpolster gesickert waren? Er stellte sich vor, wie sie aus Kissen und Vorhängen trieften, ein giftiger, glitschiger Schleim, der unaufhaltsam bis unter die Decke stieg und ihn erstickte.

Unvermittelt zitterten ihm die Hände, und Wasser aus seinem Becher schwappte auf den Boden. Er stellte den Becher ab und gab sich alle Mühe, tief und ruhig durchzuatmen. Es fühlte sich an, als wollte sein Herz sich aus dem Brustkorb stemmen. Er drückte den Handballen aufs Brustbein, so fest, dass er sicher einen blauen Fleck bekommen würde, als könnte er sein Herz damit wieder an den rechten Fleck zwingen.

Was würde Julie wohl sagen oder all die anderen Menschen aus dem Zug am Montag, die in ihm den Helden gesehen hatten, wenn sie wüssten, dass er unter diesen stets wiederkehrenden, lähmenden Panikattacken litt? Was, wenn sie ihn so sehen könnten, wie er sich im Familienzimmer versteckte, auf der Toilette oder in einer Abstellkammer, um, den Kopf zwischen den Händen, vornübergebeugt abzuwarten, bis er wieder atmen konnte?

Was taugte schon ein Pfleger auf der Krebsstation, der sich vor dem Tod fürchtete?

Vermutlich war es besser so, dass er das mit dem hübschen Mädchen im Zug vermasselt hatte. Selbst wenn sie sich mit ihm verabredet hätte, hätte sie bestimmt schnell gemerkt, was für ein Hochstapler er war, und dann hätte sie ihn ohnehin abserviert.

Martha

08:13 Surbiton nach Waterloo

Auf Zehenspitzen schlich Martha an der geschlossenen Schlafzimmertür vorbei und versuchte das gedämpfte Stöhnen und rhythmische Bollern des Betthaupts gegen die Wand, das von drinnen zu hören war, geflissentlich zu ignorieren. Schlimm genug, sich vorstellen zu müssen, wie alte Leute *es miteinander trieben*; schlimmer noch, wenn eine der Beteiligten die eigene Mutter war. Und noch viel schlimmer, wenn der andere nicht der eigene Vater war.

Ihr derzeitiger Hausfreund, Richard (»Nenn mich bitte nicht Dick, haha«), schien so schnell nicht wieder verschwinden zu wollen. Martha zählte die Monate an den Fingern ab. Beinahe ein Jahr lang umschwirrte er ihre Mutter jetzt schon, und nach und nach entdeckte Martha immer mehr Männerkram im Haus. Rasierschaum im Badezimmer, Boxershorts im Wäscheschrank und sogar eine kleine Werkzeugkiste im Flur, die zwar nie benutzt wurde, aber, wie sie vermutete, etwas Männlich-Zupackendes ausstrahlen sollte.

Martha fragte sich, ob Richard wohl wusste, wie alt ihre Mutter wirklich war, oder ob Kate wieder das Märchen erzählt hatte, sie sei damals bei Marthas Geburt ja »blutjung gewesen. Kaum zwanzig«. Bald hatte sie Geburtstag, vielleicht sollte Martha ihr einen Kuchen backen und obendrauf in knallbunten Großbuchstaben schreiben: ALLES LIEBE ZUM FÜNFUNDVIERZIGSTEN GEBURTSTAG. Das würde ein Tamtam geben, schon allein deshalb, weil ihre Mutter seit der Jahrtausendwende keinen raffinierten Zucker mehr angerührt hatte.

Wobei es vielleicht gar keine so gute Idee wäre, ihn zu vergraulen. Der Nächste könnte noch schlimmer sein. Und einen Nächsten würde es geben, so sicher wie das Amen in der Kirche, denn ihre Mutter hasste, genau wie Mutter Natur selbst, die Leere. Wobei es so was bei ihnen zu Hause ohnehin gar nicht gab. Da herrschte das reinste Chaos.

Wie ferngesteuert trottete Martha zum Bahnhof und musste an die letzten Textnachrichten denken, die sie und Freddie sich gestern Abend geschickt hatten. Sie mochte ihn. Auch wenn er nicht zu den coolen Kids gehörte. Ein bisschen linkisch war er, ein Außenseiter, aber *das* konnte sie ihm wohl kaum ankreiden. Und eigentlich war er ziemlich clever und unerwartet witzig.

In Ohnmacht fiel sie bei Freddie vor Verzückung nicht, so wie die Heldinnen in Jane-Austen-Romanen. Kein Herzklopfen, kein wogender Busen, keine Korsettschnüre, die es zu lockern galt. Wobei sie natürlich ohnehin kein Korsett trug, und zum Wogen waren ihre Brüste nicht groß genug. Aber einen Jungen zu haben, über den man reden konnte, das war wichtig. Das hatte sie inzwischen gelernt. Wenn die angesagten Mädels irgendwo flüsternd und kichernd zusammengluckten, hätte sie nun auch endlich jemanden zum Flüstern und Kichern. Sie würde dazugehören. An den Gedanken klammerte sie sich wie an eine tröstende Wärmflasche.

Oft war es Martha, als hörte sie David Attenboroughs Stimme im Kopf, wie er eine Naturdoku kommentierte. Sie war die Beobachterin, die fremdartige Geschöpfe studierte, unbekannte Tierarten, und dabei versuchte, Verhaltensweisen und Rituale zu ergründen, um sich frei zwischen ihnen bewegen zu können, ohne ausgestoßen oder drangsaliert zu werden. Ob das bei anderen Teenagern angeboren war? Oder taten die sich genauso schwer, die ungeschriebenen Gesetze und Regeln zu durchschauen? Regeln, die sich immer dann zu ändern schienen, wenn man sie eben erst kapiert hatte. Welche Markenklamotten man tragen, welche Musik man hören, welchen Leuten man in den sozialen Medien folgen, welche Schauspieler man anhimmeln musste. Es war das reinste Mienenfeld.

Der Zug war beinahe voll, als er in den Bahnhof Surbiton einfuhr. Es gab nur noch einen einzigen freien Platz im ganzen Wagen, und auf den hielt Martha nun zu. Gerade als sie sich setzen wollte, kam ihr einer dieser typischen Banker-Alpha-Affen-Männchen entgegen, stürzte nach vorne und schubste sie unsanft beiseite. Dann breitete er sich ungeniert auf dem Sitz aus, nahm den Laptop aus der Aktentasche und klappte ihn auf dem Tisch vor sich auf, wie ein Hund, der das Bein an einem Laternenpfahl hebt, um sein Revier zu markieren.

»Na toll«, murrte Martha und merkte gar nicht, dass sie das laut gesagt hatte, bis er sich zu ihr umdrehte und sie ansah.

»Sorry, Kleine«, sagte er mit einem süffisanten Grinsen, dass er selbst bestimmt für einnehmend hielt. »Es gibt im Leben nun mal Gewinner und Verlierer, und diesmal – bist du die Verliererin.«

Martha wurde rot. Sie wusste nicht, was sie sagen sollte. Sie wollte einfach nur weg, aber die Gänge waren verstopft. Das Handy summte in ihrer Tasche. Einmal, zweimal, dann eine ganze Benachrichtigungssalve. Sie zog es heraus und sah darauf, dankbar für die kleine Ablenkung. Die Chatgruppe der zehnten Klasse explodierte förmlich mit irgendeinem brandheißen neuen Klatsch.

Martha scrollte zurück durch die Nachrichten. Die Wörter verschwammen, und ihr Magen verkrampfte sich. Das konnte doch nicht sein, oder? Nein. Nein. Nein. Das konnte nicht sie sein. Das grenzte ja schon an Verfolgungswahn. Endlich kam sie zum Auslöser für das ganze elektronische Geplapper – das Gelächter, das Gejohle, den Ekel, die Empörung –, und ihr drehte sich der Magen um. Ein Schwall Galle stieg ihr unaufhaltsam in den Hals.

»Verdammte Scheiße!«, brüllte der Sitzdieb. Sie hatte ihm im hohen Bogen über die Tastatur gekotzt. »Hast du eine Ahnung, was so ein Laptop kostet?«

Martha hörte ein leises Winseln auf der anderen Seite, und als sie sich umdrehte, sah sie sich einer nur allzu bekannten Französischen Bulldogge gegenüber, die Martha bis in die Seele zu schauen schien.

»Wie können Sie es wagen!«, schimpfte die Dame mit dem Hund auf dem Arm. Martha zog im Glauben, das Kreischen gelte ihr, den Kopf ein, und merkte dann erst, wie die Dame den dreisten Sitzdieb neben ihr wütend anfunkelte. »Sehen Sie denn nicht, dass dem armen Kind schlecht ist? Herrje, ich hätte der Welt einen Gefallen tun und Sie neulich einfach ersticken lassen sollen.«

»Der Geschädigte bin ja wohl eindeutig ich!«, maulte der Mann und wies angewidert auf seinen besudelten Laptop.

»Tja, es gibt im Leben Gewinner und Verlierer, und diesmal sind Sie der Verlierer«, meinte die Dame mit der Zauberhandtasche ungerührt, worüber Martha sonst sicher hätte schmunzeln müssen.

Während die beiden Erwachsenen sich ausgewählte Beleidigungen an den Kopf warfen, musste Martha unvermittelt an eine Szene aus *Jurassic World* denken, in der der T-Rex und der Indominus Rex aufeinander losgehen und so den wehrlosen Menschen die Gelegenheit geben, unbemerkt zu entkommen. Sobald sich die Türen am nächsten Halt öffneten, drängelte Martha sich aus dem Wagen und lief los.

Sie schlängelte sich durch die Pendlermassen, während ihr die Magensäure noch in der Kehle brannte, und spürte den endlosen Benachrichtigungsstrom, der ihr Telefon zersiebte wie Schrapnell. Vor manchen Dingen konnte man nicht davonlaufen.

Iona

08:05 Hampton Court nach Waterloo

Iona hatte noch nie eine Schreibblockade gehabt. Ganz im Gegenteil. Sonst hatte sie die Worte immer zügeln müssen, damit sie nicht mit ihr durchgingen. Aber seit *der Besprechung* letzte Woche stolperten die Worte, die sonst nur so aus ihr gesprudelt waren, mühsam zu zweien oder dreien heraus, nur um gleich wieder erbarmungslos gelöscht zu werden, kaum dass sie zu Papier gebracht waren. Bei jedem neuen Absatz fragte sie sich kritisch: KNISTERT *es? Ist es* MILLENNIAL *genug?* Just in dem Moment, wo sie Talent und Selbstvertrauen am meisten gebraucht hätte, schienen beide sie im Stich zu lassen.

Kurz kam ihr der Gedanke, vielleicht ein paar der »Millennials« aus dem Büro für ihre Zwecke einzuspannen, aber womöglich hielten die sie alle – genau wie Marina – für einen Dinosaurier und hofften insgeheim, sie würde brav in beiger Gummizug-Jogginghose und Puschen in ein Altersheim schlurfen und endlich einen der »heißen« Schreibtische freimachen. Und außerdem, um Hilfe zu bitten war ein Zeichen von Schwäche, und Schwäche zu zeigen, konnte sie sich gerade nicht leisten.

Iona nippte an ihrem Tee, während sie zusah, wie die Fahrgäste in New Malden in die Bahn stiegen. Da war auch Sanjay, der heldenhafte Krankenpfleger, der diesem undankbaren misogynen Arschloch letzte Woche das Leben gerettet hatte. Er setzte sich auf den freien Platz ihr gegenüber. Sie nickten einander zu und lächelten befangen.

Iona musste sich eingestehen, dass sie keinen Schimmer hatte, was die Etikette in so einem Fall empfahl. Ihre letzte Begegnung mit Piers war ihr eine eindringliche Mahnung gewesen, wie wenig ratsam es war, sich im Zug mit irgendwelchen dahergelaufenen Mitreisenden einzulassen. Darum gab es ja auch eine eherne Regel dagegen. Aber sie und Sanjay hatten einen ganz besonderen *Moment* miteinander geteilt. Sie waren miteinander verbunden, ob sie es nun wollten oder nicht, schließlich hatten sie dem Tod gemeinsam ein Schnippchen geschlagen. Also, was besagten die Regeln für einen solchen Fall? Himmel, manchmal war es aber auch wirklich verzwickt, britisch zu sein.

Iona starrte aus dem Fenster, hinein in Reihenhausgärten mit Kinderschaukeln, Wäscheleinen und Gewächshäusern. Kleine Einblicke ins Leben der Familien, die dort wohnten. Alles, nur keinen Blickkontakt, das würde die Sache nur noch unangenehmer machen.

Der Zug wurde langsamer und kam dann ruckelnd zum Stehen.

Die Minuten vergingen, ohne dass er Anstalten machte weiterzufahren, und Iona und ihre Mitreisenden wurden zunehmend unruhig. Seufzen und Stöhnen, Handytippen und Füßescharren störten die Stille. Schließlich tönte aus dem Lautsprecher eine blecherne und – unter den gegebenen Umständen – aufreizend muntere Stimme.

»Entschuldigen Sie bitte die Verzögerung heute Morgen, es gibt eine Signalstörung in Vauxhall. Wir werden unsere Fahrt hoffentlich bald fortsetzen.«

»Ach herrje, bestimmt machen sie sich im Büro schon schreckliche Sorgen um uns«, wisperte Iona Lulu zu und wünschte, es würde stimmen. Wenn sie den ganzen Morgen hier festsäßen, würde es überhaupt jemand merken? Lulu schaute zu ihr auf, mit Augen wie Schokodrops, die in der Sonne schmolzen, und leckte ihr über die Nase.

Iona wandte sich um zu Sanjay, der mit den Fingern rhythmisch auf dem Tisch trommelte. Er hatte die Zähne so fest zusammengebissen, dass man am Ohrläppchen einen Muskel zucken sah, und sein Atem ging flach und viel zu schnell. Das war nicht gut. Sie würde etwas sagen müssen.

»Alles okay, Sanjay?«, erkundigte sie sich mit derselben Stimme, mit der sie Lulu beruhigte, wenn einer der anderen – weniger wohlerzogenen – Hunde im Park sie anbellte. Verdattert schaute er auf, als hätte er schon ganz vergessen, dass sie da war.

»Ähm, ja. Danke. Ich komme nur viel zu spät zur Arbeit«, sagte er.

»Es geht bestimmt gleich weiter«, meinte Iona. »Und außerdem ist es ja keine Frage von Leben oder Tod, oder?« Wobei ihr dann aufging, dass das bei ihm womöglich nicht stimmte. »Ach herrje, in Ihrem Fall vielleicht doch?«

Sanjay lachte ein wenig linkisch. »Ach was, ich bin nicht unersetzlich«, sagte er. »Ich arbeite in der Onkologie, da sterben einem die Patienten nicht so schnell weg. Über die Hälfte stirbt gar nicht, Gott sei Dank.«

»Na also«, meinte Iona. »Dann gibt es doch auch keinen Grund zur Sorge, oder? Wissen Sie, gestern hätte ich Sie gut gebrauchen können. Hier habe ich gesessen, und gleich neben mir hat sich ein Schulmädchen über den Laptop unseres Smarten Sexisten aus Surbiton übergeben!«

»Den Laptop von wem?«, fragte Sanjay.

»Sie wissen schon, der Typ mit der Traube. Piers. Dem Sie neulich das Leben gerettet haben. Wo haben Sie eigentlich gesteckt? Ich habe Sie seitdem gar nicht mehr gesehen. Langsam fing ich schon an zu glauben, Sie müssten eine himmlische Erscheinung gewesen sein. Wobei, hätte Sie tatsächlich der Himmel geschickt, ich weiß nicht, ob Sie sich die Mühe gemacht hätten, ausgerechnet *den* zu retten. Es mag ausgesehen haben wie hundsgewöhnliche Kotze, aber es war flüssiges Karma.«

»Ähm, ich bin immer am anderen Ende des Zugs eingestiegen. Absichtlich, ehrlich gesagt«, sagte Sanjay.

»Sind Sie mir etwa aus dem Weg gegangen?«, fragte Iona perplex, um im selben Moment einsehen zu müssen, dass sie seit der Begegnung mit Ed und der Personaltante ungewohnt paranoid und anhänglich war. *Schluss damit, Iona. Der arme Junge kann sitzen, wo er will. Du verschreckst ihn ja noch.*

»Nein. Nein, nicht Ihnen, nein, bestimmt nicht«, sagte er und verhaspelte sich beim hastigen Abstreiten. Das Herzchen. »*Ihr.* Dem Mädchen im Zug.«

»Welchem Mädchen im Zug?«, fragte Iona verdattert. »War das nicht ein Film? Und hat sie da nicht jemanden umgebracht? Vielleicht auch nicht. Ich weiß es nicht mehr. Schrecklich *verworrene* Geschichte.«

»Die, die Ihnen gegenübersaß, als dieser Mann – Piers – fast erstickt wäre«, sagte er.

Stirnrunzelnd kramte Iona in ihren Erinnerungen an diesen Tag.

»Ah!«, rief sie siegessicher, als sie schließlich das entsprechende Bild vor Augen hatte. »Sie meinen Miss Unverschämt Hübsch aus Thames Ditton!«

»So nennen Sie sie?«, fragte er und musste nun doch lächeln. »Passt zu ihr. Geben Sie all Ihren Mitreisenden Spitznamen? Mir auch?«

»Selbstverständlich!«, sagte sie, bevor ihr wieder einfiel, dass sie ihn immer Mr Verdächtig Nett aus New Malden genannt hatte, weil er fast zu gut schien, um wahr zu sein. Immer machte er alten Damen oder schwangeren Frauen Platz, entschuldigte sich, wenn ihm jemand auf den Fuß trat, und hatte so ein strahlendes, herzliches, einnehmendes Lächeln. Wollte man einen Psychothriller mit besonders fiesem Twist besetzen, in dem die am wenigsten verdächtige Figur am Ende der eiskalte Killer ist, Sanjay wäre die Idealbesetzung.

»Sie habe ich vermutlich Pfleger aus New Malden genannt, weil Sie so rücksichtsvoll sind zu allem und jedem«, sagte sie. Blitzschnell hatte sie reagiert, nun kamen ihr die jahrzehntelang geübten Fähigkeiten im Umschreiben, Austauschen und Ersetzen von Wörtern zugute. *Schöner Schlenker, Schätzchen. Du hast es immer noch drauf.*

»Wow, sehr scharfsinnige Beobachtung«, staunte Sanjay.

»Tja, das gehört wohl zu meinen Superkräften«, entgegnete sie. »Ich liege selten falsch. Also, warum haben Sie das Fräulein mit dem flammenden Haar aus Thames Ditton gemieden?«

»Ach, nicht so wichtig«, brummte Sanjay und wurde rot, was wirklich süß war und Ionas Neugier umso mehr anstachelte.

»Na los, mir können Sie es ruhig sagen«, flüsterte sie ihm lautstark zu und tätschelte ihm über den Tisch die Hand. »Ich bin die Verschwiegenheit in Person.« Was zwar nicht ganz stimmte, aber sie brauchte ihm ja nicht auf die Nase zu binden, dass Diskretion in ihrem Metier eher hehres Ziel als unverrückbarer Handlungsleitfaden war.

Menschen, das wusste Iona aus Erfahrung, brachte man am besten durch Schweigen zum Reden. Mit Stille konfrontiert, verspürten die allermeisten Menschen den unwiderstehlichen Drang, die so entstandene Lücke zu füllen. Also nippte sie nur an ihrem Tee und wartete ab. Sie sah Sanjay mit sich ringen, bis er schließlich zu einem Entschluss zu kommen schien. Sie hatte wieder mal gewonnen.

»Tja, also, eigentlich wollte ich sie an dem Tag, als Piers beinahe erstickt wäre, ansprechen und auf einen Kaffee einladen, aber jetzt muss sie mich für einen Vollidioten halten. Das war das einzige Mal, dass ich mit ihr gesprochen habe, und ich habe es so was von vermasselt«, sagte er.

»Nur weil sie so unverschämt hübsch ist, heißt das noch lange nicht, dass sie auch ein netter Mensch ist, wissen Sie. Bestimmt würden Sie schnell merken, dass sie nicht die Richtige für Sie ist, wenn Sie sie erst mal näher kennenlernen«, meinte Iona. »Wer weiß, vielleicht ist sie fies zu Hundewelpen und folgte Katie Hopkins auf Twitter.«

»Ich mag sie ja nicht bloß, weil sie so unverschämt hübsch ist. So oberflächlich bin ich nicht«, widersprach Sanjay. »Sie liest echte Bücher, wissen Sie. Jeden Morgen. Richtig interessante. Und das Kreuzworträtsel der *Times* hat sie immer im Handumdrehen gelöst, noch vor Waterloo. Und wenn sie Musik hört auf den Kopfhörern, schließt sie dabei die Augen und bewegt die Finger in der Luft, als würde sie auf einem imaginären Keyboard spielen. Und sie lächelt grundlos fremde Menschen an und meint es ganz ernst. Und sie hat Sommersprossen auf der Nase, die aussehen wie ein Sternbild. Und …«

Iona hob die Hand. »Okay, halt! Halt, um Gottes willen, ehe ich mich auch noch übergeben muss. Und glauben Sie mir, das wollen Sie nicht. Im gesamten Abteil hat es nach Magensäure gestunken, den ganzen Weg bis Waterloo. Mir ist sogar die Lust auf meinen Tee vergangen. Sie haben mich überzeugt. Wobei ich trotzdem annehme, das Ding mit dem ›mit geschlossenen Augen auf einem imaginären Keyboard spielen‹ fänden Sie nur halb so süß, wenn sie nicht so verdammt hübsch wäre. Also, Sie möchten sie gerne näher kennenlernen, stimmt's?«

»Ja! Ich weiß aber nicht mal, wie sie heißt«, sagte Sanjay. »Und ich kann sie wohl kaum Miss Unverschämt Hübsch aus Thames Ditton nennen, oder?«

»Nun, Sanjay. Heute ist Ihr Glückstag, denn erstens: Sie gefallen mir. Zweitens: Sie haben was gut bei mir, da ich dank Ihnen nicht den Tod eines Mitreisenden auf dem Gewissen habe. Und drittens: Ich bin eine Professionelle!«, rief Iona und hob bei jedem Punkt einen Finger in die Luft.

»Sie sind Sexarbeiterin?«, fragte Sanjay verdattert.

»Nein! Ich bin Zeitschriftentherapeutin!«, entgegnete Iona indigniert.

»Ach, Sie meinen eine Kummerkastentante?«, sagte Sanjay.

Iona seufzte und mochte ihn gleich ein bisschen weniger. Sein Glück, dass er so hoch in ihrem Ansehen stand.

»Sie brauchen nichts weiter zu tun, mein lieber Sanjay, als nur hier bei mir in Wagen drei zu sitzen, wann immer es geht, und ich arrangiere alles für Sie. Sie werden schon sehen.«

Iona lehnte sich auf ihrem Sitz zurück, streichelte Lulu und lächelte still vor sich hin. Das sah ihr ganz nach einem hübschen Fall von »Eine Hand wäscht die andere« aus. Das würde ein *Spaß*! Und Sanjay und Miss Unverschämt Hübsch aus Thames Ditton waren doch beide Millennials, nicht wahr? Die zwei ein bisschen besser kennenzulernen – womöglich sogar hautnah mitzuerleben, wie sie miteinander anbandelten –, wäre die perfekte Recherche für ihre Kolumne. Und ein bisschen Ablenkung konnte auch nicht schaden. Sie konnte es kaum erwarten, Bea alles brühwarm zu erzählen. Bea liebte Liebesgeschichten.

Der Zug ruckelte und fuhr, begleitet von einem kollektiven Seufzer der Erleichterung seitens der Fahrgäste, wieder an.

Piers

18:17 Waterloo nach Surbiton

Je mehr Piers sich mühte, das Schlamassel wieder geradezubiegen, desto schlimmer wurde es. Er musste an die gute alte Zeit denken, damals, als man ihn Midas genannt hatte und alles, was er anfasste, zu Gold wurde. Er hatte sich unverwundbar gefühlt. Ein Meister des Universums. Jetzt wurde alles, was er auch nur anschaute, zu Dreck. Das Problem, das wusste er, war, dass es ihm zu *wichtig* geworden war. Man musste die Märkte mit einer gewissen Nonchalance bespielen, sich unbemerkt von der Seite anschleichen, als wolle man eine hübsche Barkeeperin anquatschen. Je wichtiger einem die Sache war, je verzweifelter man rüberkam, desto eher schleuderten einem die Zahlen einen Cocktail ins Gesicht und ließen einen hochkant aus dem Club schmeißen. Und gerade jetzt war es ihm *enorm* wichtig. Wichtiger denn je.

Blicklos starrte er beim Gehen auf seine polierten Gucci-Slipper, während er wie ferngesteuert zum Bahnsteig 5 strebte. Seine Schuhe, seine Rolex und seine Hermès-Krawatte verliehen ihm immer eine gewisse Souveränität. Einem Mann in Gucci-Slippern konnte doch eigentlich nichts Schlimmes passieren, oder?

Er stieg in den Zug, der schon zur Abfahrt bereitstand und ziemlich voll war. Es gab nur noch einen einzigen freien Platz, und der war, wie üblich, gegenüber der schrulligen Trulla mit

Töle. Das Zugpendant zum Sitz mit eingeschränkter Sicht im Theater. Der unbeliebteste Platz im ganzen Haus. Gerade als er dachte, schlimmer könne der Tag gar nicht mehr werden.

Als wäre Piers' Leben augenblicklich nicht schon verkorkst genug, machte diese Dame nun auch noch seinen Arbeitsweg zum Spießrutenlauf. Zum einen fühlte er sich ihr ärgerlicherweise irgendwie *verpflichtet*. Ob er es wollte oder nicht, sie und er waren durch dieses Nahtoderlebnis untrennbar miteinander verbunden. Piers hasste das Gefühl, jemandem etwas schuldig zu sein. Er lebte gerne in der etwas vereinfachten, aber sehr angenehmen Weltsicht, dass er alles, was er war, alles, was er hatte, nur sich selbst zu verdanken hatte und niemandem sonst.

Es gab noch einen zweiten Grund, warum er lieber nicht in ihrer Nähe sein wollte, und zwar, weil er ihr so verhasst zu sein schien. Verhasst zu sein war auch so etwas, das Piers auf den Tod nicht ausstehen konnte. Wenn er eins draufhatte, dann, sich bei anderen Menschen einzuschmeicheln. Er war ein Chamäleon – er konnte den Charmeur spielen, den Intellektuellen, den Vertrauten, den Witzbold, was immer die Situation erforderte. Und doch hatte diese Frau ihn angebrüllt. In aller Öffentlichkeit. *Zweimal.* Hatte ihn der »toxischen Männlichkeit« bezichtigt. Unter anderen Umständen hätte er das als Kompliment aufgefasst, aber es war ganz eindeutig nicht als solches gemeint gewesen. Und jetzt stierte sie ihn schon wieder so böse an.

So ungern Piers im Kampf die Waffen streckte, in diesem Fall war es zu seinem eigenen Besten. Er wollte nur, dass sein Weg in die City wieder genauso gemütlich und ereignislos wurde wie früher. Ein sacht dahingleitendes Geschaukel zwischen Arbeitsplatz und Zuhause.

Immerhin war die Frau *interessant*. In seiner exklusiven Welt der Hochfinanz, der Privatclubs und Schickimicki-Dinnerpartys hatte er es sonst nie mit Leuten wie ihr zu tun. Das könnte eine echte Herausforderung werden. Könnte er sie dazu bringen, ihn zu mögen, wäre das doch der schlagende Beweis, dass er es immer noch »draufhatte«. Und wenn er einem nicht widerstehen konnte, dann einer echten Herausforderung.

Bedächtig nahm er auf dem Sitz gegenüber der schrulligen Trulla und ihrer Töle Platz. Dann sammelte er sich, versuchte sich einzustimmen und legte los, sie mit einem Tausend-Watt-Strahlen um den Finger zu wickeln. Aber obschon er im Kopf bereits die richtigen Wörter in die richtige Reihenfolge gebracht hatte, wollten sie ihm partout nicht über die Lippen, wie streitlustige Arbeiter, die sich weigerten, die Streikpostenkette zu durchbrechen. Er wartete, bis das Schweigen zwischen ihnen unerträglich wurde, dann räusperte er sich und setzte noch einmal an.

»Ich glaube, wir haben einander auf dem falschen Fuß erwischt«, sagte er, und die Worte, die sich nun endlich Bahn gebrochen hatten, sprudelten nur so aus ihm heraus. »Und ich sollte mich wohl bei Ihnen bedanken, dass Sie mir neulich geholfen haben.«

Mit hochgezogener Augenbraue sah sie ihn an – das hätte er selbst immer gerne gekonnt und hatte es doch nie hinbekommen, trotz stundenlangem Üben vor dem Spiegel. Widerwillig musste er der Liste negativer Gedanken seine verschrobene Mitreisende betreffend nun auch noch Neid und Missgunst hinzufügen.

»Sie *glauben, mir wohl danken zu müssen*, oder sind Sie mir ehrlich dankbar?«, fragte sie, worauf er sich unbehaglich wand. So in die Mangel genommen hatte ihn niemand mehr, seit ihn sein Chef damals mit der Bitte ins Büro zitiert hatte, ihm eine besonders unverschämte Spesenabrechnung zu erklären, die unter anderem skandalös überteuerten Stripclub-Champagner aufführte.

»Ähm, nein, also, ich bin Ihnen wirklich aufrichtig dankbar, natürlich«, stammelte er und merkte erst, als er es aussprach, dass er jedes Wort auch tatsächlich so meinte. »Ich dachte, ich sterbe.« Wieder starrte sie ihn durchdringend an und sagte keinen Ton.

»Mein Name ist Piers Sanders«, stellte er sich mit seinem gewinnendsten Lächeln vor und reichte ihr über den Tisch hinweg die Hand wie einen Olivenzweig. Sie sagte nichts und verschränkte nur die Arme über dem ausladenden, etwas knittrigen Busen, sodass seine Hand nun linkisch in der Luft hing.

»Ach, jetzt seien Sie doch nicht so«, meinte er. »Und lassen Sie mich nicht so hängen! Sagen Sie mir wenigstens, wie Sie heißen. Können wir nicht noch mal ganz von vorne anfangen?«

»Iona Iverson«, antwortete sie schließlich und reichte ihm widerstrebend die Hand. Er schüttelte sie. Nichts als Fingernägel und Ringe, die sich in seine Handfläche bohrten. Drückte sie absichtlich so fest zu, damit es wehtat? Doch sicher nicht.

»Verraten Sie mir eins, Iona«, sagte er. »Warum haben Sie und Ihr entzückender kleiner Hund mich eigentlich als *toxisch* bezeichnet? Das hat mich empfindlich gekränkt. Ernsthaft!« Mit beiden Händen fasste er sich an die Brust und schaute sie mit großen traurigen Hundeaugen an. Den Blick hatte er immer ausgepackt, um die neueste Praktikantin zu bezirzen, wenn sie ihm die Sachen aus der Reinigung holen oder eine Schachtel Donuts besorgen sollte, damals, als man wegen solcher Lappalien noch nicht stante pede ins Personalbüro zitiert worden war.

»Typen wie Sie kenne ich zur Genüge«, entgegnete sie und schien sich nicht das kleinste bisschen für ihn zu erwärmen.

»Ach? Und was für ein ›Typ‹ bin ich?« Ehe er es sich verkneifen konnte, hatte er schon recht aggressive Anführungszeichen um das Wort »Typ« in die Luft gemalt.

»Ein Typ, der Anführungszeichen in die Luft malt. Der zu

laut redet. Ein Manspreader und Mansplainer. Einer, der alles besser weiß und sich für was Besseres hält als alle anderen. Ein Typ, der die Dinge nur danach bewertet, was sie kosten, und meint, Geld anzuhäufen sei das Wichtigste im Leben. Ein Typ, der glaubt, sich mit seinem aufgesetzten Konserven-Charme aus jeder Situation herauslavieren zu können …«

»Stopp!«, rief er. Eine derart lange Liste hatte er nicht erwartet, und die Leute ringsum spitzten schon die Ohren – auch wenn sie, wie er hoffte, nicht unbedingt ihrer Meinung waren. »Hören Sie, Sie kennen mich nicht, und ich glaube, Sie haben sich da in irgendein fieses Klischee verrannt. Ich bin ganz anders, als Sie denken.«

»Na dann mal los«, sagte sie. »Überzeugen Sie mich. Ich lasse mich gerne überraschen.«

Ach herrje. Blind war er ihr in die Falle getappt, die hinter ihm zuschnappte. In Piers' Leben gab es mehr Überraschungen, als ihm lieb war, aber er hatte sein halbes Leben lang striktes Stillschweigen darüber bewahrt und würde jetzt ganz bestimmt nicht anfangen, wahllos aus dem Nähkästchen zu plaudern.

Iona zog einen großen silbernen Flachmann und ein Glas aus ihrer außerordentlich geräumigen Handtasche. Das Ding war wie eine Tardis und fasste – wie es schien – Getränke für jede Gelegenheit und Gott weiß was noch alles. Es würde ihn nicht wundern, wenn sie als Nächstes ein Lichtschwert herauskramte. Oder einen Zauberstab.

Während Piers krampfhaft nach einer möglichen Antwort auf Ionas provokative Aufforderung suchte, irgendwas zwischen zu platt und zu persönlich, fragte er sich, ob seine Mitreisende womöglich ein Jedi-Ritter oder eine Hoch- und Großmeisterhexe war, denn ihn überkam unvermittelt das unwiderstehliche Verlangen, ihr alles zu *gestehen*. Vielleicht könnte er dieser wildfremden Person anvertrauen, was er getan hatte. Vielleicht wäre das eine kleine Erleichterung, vielleicht würde die Giftsuppe seiner Geheimnisse dann nicht mehr in seinem Bauch brodeln und alles mit ihren Ausdünstungen verpesten. Womöglich würde es aber auch den ersten Dominostein ins Wanken bringen, der wiederum eine ganze verdammte Reihe umwarf, und wer weiß, wo das dann enden würde. Schließlich entschied er sich für die Wahrheit. Nicht die ganze Wahrheit, bei Weitem nicht, aber den Kern. Das, womit alles angefangen hatte.

»Ich hasse meinen Job«, sagte er. »Und nicht nur ein bisschen. Ich hasse ihn abgrundtief.«

Er sah, wie sich ihre Miene aufhellte und der Anflug eines Lächelns über ihr Gesicht huschte.

»Na so was. Der Punkt geht an Sie«, sagte sie. »Damit habe ich wirklich nicht gerechnet. Was machen Sie denn beruflich?«

»Ich arbeite in der City. Im Termingeschäft. Sagt Ihnen das was?«

»Natürlich. Herablassender arroganter Armleuchter, das sagt mir das. Nein! Ich Dummchen. Reicher herablassender arroganter Armleuchter natürlich«, sagte Iona. Piers überhörte das geflissentlich. Man sagte ihm das schließlich nicht zum ersten Mal.

»Na ja, früher war mein Job mein ganzes Leben, aber … das war einmal«, gestand er.

Piers hatte sich so ans Vertuschen und Ausweichen gewöhnt, dass derart aufrichtige Worte sich vollkommen eigenartig auf seinen Lippen anfühlten. Er hatte zu viel verraten. Rasch lenkte er das Gespräch auf sie, fort von sich selbst.

»Lieben Sie Ihren Job, Iona?«

»Aber ja. Und wie. Mehr als alles andere auf der Welt. Außer Bea, natürlich«, sagte sie, fasste sich mit den Händen an die Brust und drehte den vulgärsten ihrer vielen Ringe, den, der eine Delle in seine Handfläche gedrückt hatte, bis der riesige Rubin funkelte, das Licht rot zurückwarf und es am Fenster neben ihr zerspringen ließ, dass es erschreckend an den Tatort eines blutrünstigen Mords erinnerte.

»Bea?«, hakte er nach.

»Meine Frau«, antwortete sie. »Seit fünfunddreißig Jahren sind wir zusammen, und verheiratet, seit wir es durften. Die Liebe meines Lebens. Sind Sie verheiratet?«

»Ja. Sie heißt Candida«, sagte er.

»Igitt. Wie der Hefepilz?«, fragte Iona.

»Tja, und Ihre Frau heißt wie ein *dickes Raubtier*. Candida ist ein altertümlicher Heiligenname«, erklärte er, wie er es Candida unzählige Male hatte sagen hören. »Vom Lateinischen für ›schneeweiß‹.«

»Ach, ein rassistischer Hefepilz also. Wie kommt es eigentlich, dass Weiß stellvertretend für Reinheit, Unschuld und Jungfräulichkeit steht, während Schwarz Niedertracht und Schwermut symbolisiert?« Sie funkelte ihn finster an, als wäre das allein seine Schuld.

Noch nie war Piers so froh gewesen, das Schild SURBITON durchs Zugfenster zu sehen.

Zielstrebig marschierte er zu seinem auf dem Bahnhofsparkplatz abgestellten Porsche Carrera und drückte schon im Gehen auf den Schlüssel. Augenblicklich blinkten die Lichter auf und verkündeten unübersehbar: *Hier kommt ein Siegertyp.*

Er musste daran denken, wie er eben versehentlich die Wahrheit ausgeplaudert hatte. Wann hatte das eigentlich angefangen, dass er seinen Job so hasste? Er wusste es nicht genau. Es war eine schleichende Erkenntnis gewesen. Das Problem dabei war, es war mehr als nur der Job – es war ein Lifestyle, eine Persönlichkeit, eine Religion. Mit Krakenarmen hatte es sich um seine Organe geschlungen wie ein gigantischer Parasit, der sich nun nicht mehr ausmerzen ließ, ohne den Wirt zu töten. Wenn er kein Börsenmakler mehr war, wer war er dann?

Und nicht zu vergessen, die praktische Seite. Ohne das absurd hohe Gehalt und die gewohnten Bonuszahlungen könnte er die monatlichen Raten für den Porsche nie aufbringen. Und den Kredit fürs Haus bedienen erst recht nicht. Vor zwei Jahren waren sie aus Wimbledon ins nicht ganz so angesagte, aber deutlich günstigere Surbiton gezogen, weil Candida unbedingt einen Pool und einen Tennisplatz gewollt hatte, und ein eigenes Apartment für das Au-pair.

Die würde er sich auch nicht mehr leisten können, wenn er sich erst einen anderen Job suchen musste: seine Frau. Candida war, wie Auto, Anzug und Uhr, ein Statussymbol. Eine Trophäe. Der lebende Beweis, dass er es geschafft hatte, das krönende Sahnehäubchen auf der Torte seines neuen, beneidenswerten Lebens.

Aber irgendwann war die Sahne zu Zement ausgehärtet, und er steckte unentrinnbar fest in einem Leben, von dem er schon seit geraumer Zeit nicht mehr wusste, ob er es überhaupt noch wollte.

Iona

Iona hauchte auf die Schallplatte, wischte mit dem Ärmel darüber und legte sie auf den Plattenspieler.

»Weißt du noch, Liebling?«, rief sie Bea über die Schulter zu.

»Dolly Parton. Das Lied erinnert mich immer an den Abend, als du deinen ersten Job beim Magazin bekommen hast. Was habe ich da noch gleich gespielt?«, fragte Bea.

»*Les Misérables*«, sagte Iona, nahm Bea an die Hand und wirbelte sie zur Musik herum. »Dritte Prostituierte und irgendein Hochzeitsgast. Ich bin in der Pause hinter die Bühne gestürmt, und wir haben meinen neuen Job in der Garderobe gefeiert. Weißt du noch?«

»Und wie! Wie wir hinter dem Ständer mit den französischen Militäruniformen rumgemacht haben. Und ich meinen Einsatz für die Hochzeitsszene verpasst und die ganze Choreografie versaut habe!«, gluckste Bea, legte den Kopf in den Nacken und lachte schallend und sah dabei – für einen kurzen Augenblick – genauso aus wie die Frau von vor beinahe dreißig Jahren.

Völlig abgebrannt waren sie damals gewesen, weil sie kurz vorher das Haus gekauft hatten, und Iona hatte ihr Glück kaum fassen können, als man ihr anbot, gegen *Bezahlung* auf Partys zu gehen und den heißesten Klatsch und Tratsch weiterzuerzählen. Das machte sie ohnehin am liebsten.

»Weißt du noch, wie wir anschließend mit ein paar Schauspielkollegen essen gegangen sind, und ich bin auf die Bar gestiegen und in Fünfzehn-Zentimeter-Stilettos herumstolziert, während der Chor von *Les Mis* ›Nine To Five‹ gesungen hat?«, sagte sie und ließ sich von Bea federleicht herumwirbeln. Die beiden konnten sich beim Tanzen nie darauf einigen, wer von ihnen eigentlich führte.

Dolly meinte in ihrem Song natürlich jemanden, der von morgens um neun bis nachmittags um fünf arbeitete, während Iona üblicherweise von neun Uhr abends bis fünf Uhr morgens unterwegs gewesen war. Was hatten sie damals noch für eine unbändige Energie gehabt! Wobei sie auch immer bis in den späten Nachmittag hinein ausgeschlafen hatten.

»Du errätst nie, was ich beim Ausmisten in einer Schreibtischschublade gefunden habe«, sagte Iona und löste sich von Bea, während Dolly im Hintergrund verstummte und die letzten Takte des Songs den Instrumenten überließ. Sie ging zu ihrer Handtasche und nahm ein kleines rechteckiges silbernes Ding heraus. »Schau mal!«

»Der Diktator!«, rief Bea. Die Zeitschriftenredaktion hatte Iona damals einen eigenen Fahrer zur Verfügung gestellt, um sie und Bea von einer Party zur nächsten zu chauffieren und sie nach getaner Arbeit im Morgengrauen nach Hause zu bringen. Auf dem Rücksitz des Wagens lag immer ein Diktiergerät bereit, und nach jeder besuchten Party erzählten sie zunehmend vernuschelt alles über die Gäste, das Ambiente und den neusten Klatsch auf die winzigen Kassetten. Iona nannte den praktischen Apparat nur »den Diktator«, weil er alles bis ins kleinste Detail wissen wollte, auch wenn sie sich noch so sehr nur nach Hause und ins Bett sehnten. »Meinst du, die haben die alten Kassetten noch?«

»Ich glaube, die meisten sind im Archiv gelandet, aber die hier habe ich noch gefunden, von 1993. Willst du sie hören?«, fragte Iona.

Bea nickte, setzte sich in den Sessel und streifte die Schuhe ab. Mit zusammengekniffenen Augen linste Iona auf die klitzekleinen Knöpfchen und drückte schließlich auf »Play«.

So, wir waren gerade auf der Eröffnungsparty vom Quaglino's, hörte sie sich sagen. Ihre Stimme schien aus einer anderen Welt zu kommen, und irgendwie tat sie das ja auch. *Angeblich hat die Renovierung Terence Conran ein Vermögen gekostet. Wie viel soll es noch mal gewesen sein, Liebes?*

Keine Ahnung. Aber Millionen. Ach was, Abermillionen, kam es zurück.

»Das bin ich!«, quietschte Bea.

»Aber sicher bist du das, Liebes«, sagte Iona. »Pst. Lass uns zuhören.«

Wer war denn alles da?, hörte man eine Männerstimme fragen.

»Das war dein Fahrer! Wie hieß er noch gleich?«, fragte Bea.

»Darren«, antwortete Iona.

JEDER, *der irgendwas auf sich hält*, sagte die junge Iona. *Aber der Klatsch des Tages war, wer* NICHT *da war. Eigentlich dachten alle, Prinzessin Diana würde ganz bestimmt kommen, ist sie aber nicht. Angeblich hat sie sich schrecklich aufgeregt über die Fotos aus dem Fitnessstudio, die der* Daily Mirror *neulich gebracht hat.*

Nur zu verständlich!, warf die junge Bea ein. *Sie war an der Beinpresse. Da trainiert man die Oberschenkelinnenseite. Man konnte ihr bis in den Schritt gucken! Nicht gerade prinzessinnenhaft!*

Auch Prinzessinnen haben einen Schritt, Schätzchen. Egal, sie hatte einen Body an und Lycra-Shorts. Also beileibe nicht Sharon Stone in Basic Instinct. *Ich verstehe nicht, wieso man sich davon abhalten lässt, auf die fetteste Party der Stadt zu gehen*, meinte die junge Iona und offenbarte damit, wie die alte Iona fand, einen eklatanten Mangel an Mitgefühl.

Wie war das Essen?, wollte Darren wissen, ein Ausbund an

Verantwortungsbewusstsein und stets geradezu nervtötend nüchtern. Iona hatte den Verdacht, man müsse ihm eingeimpft haben, darauf zu achten, dass sie alles Wichtige dem Diktator anvertrauten.

Abartig große Meeresfrüchteplatten!, schwärmte die junge Iona. *Garnelen, Hummer, Krebse, Austern – hübsch auf zerstoßenem Eis drapiert. Ich fand's gigantisch. Bea nicht, oder, Liebling?*

Zu viele Beine, bis auf die Austern, die hatten zu wenige, meinte die junge Bea. Die alte Bea prustete vor Lachen, als sie das hörte. Iona drückte »Stopp« auf dem Diktiergerät und zog Bea auf die Füße, während Dolly im Hintergrund mit »Jolene« loslegte. Sie zog Bea ganz fest an sich und legte ihr das Kinn auf die Schulter.

»Ich glaube, sie wollen mich an die Luft setzen, Liebes«, sagte sie und ließ die Worte hinter Beas Rücken in die leere Luft fallen.

»Warum um Himmels willen denn das?«, fragte Bea und wurde vor Wut stocksteif in Ionas Armen. »Du bist ihr größter Star!«

»Das war ich mal, Schätzchen. Die Zeiten sind längst vorbei«, meinte Iona.

»Tja, für mich bist und bleibst du der größte Star«, erklärte Bea. »Mein Star. Der hellste Stern am Himmel. Wie heißt der hellste Stern noch mal?«

»Sirius heißt er«, sagte Iona.

»Dann bist du mein Sirius«, sagte Bea.

»Seriös, ich?«, rief Iona, zog Bea noch fester in die Arme und rang sich ein kleines Lachen ab, damit man sie nicht weinen hörte.

Sanjay

08:19 New Malden nach Waterloo

Sanjay wollte gerade in den Zug steigen, als er einen gellenden Pfiff hörte. Nicht etwa vom Schaffner, sondern von irgendwo drinnen im Wagen. So ein Pfiff, wie man ihn nur mit zwei Fingern im Mund hinbekam. Wie ein Farmer, der seinen Hütehund herbeipfeift. Genau wie alle anderen ringsum schaute er sich verwundert nach der Quelle des Lärms um. Es war Iona, die ihm wild zuwinkte.

Sanjay drehte sich fast der Magen um, als er sah, dass sie, genau wie am Tag der Traube vor ungefähr zwei Wochen, neben dem Mädchen im Zug saß. Das war sie. Seine Gelegenheit. Und diesmal würde er sie nicht vermasseln.

Sanjay ging zu ihnen und versuchte dabei so krampfhaft lässig zu wirken, dass er jeden einzelnen Muskel im Körper spürte.

Das Mädchen im Zug hatte ein Buch vor sich, wie immer, und darin ein ledernes Lesezeichen. Sie war also offensichtlich keine, die Eselsohren in ihre Bücher machte oder ihnen, schlimmer noch, den Rücken brach.

»Guten Morgen, Iona!«, sagte er und versuchte dabei auf James Bond zu machen, wie er nonchalant Miss Moneypenny begrüßte.

»Sanjay, mein Lieber!«, rief sie, hob Lulu vom Sitz ihr gegenüber und setzte sich den Hund auf den Schoß.

»So. Lulu macht es nichts aus, ihren Sitz einem echten Lebensretter zu überlassen, nicht wahr, meine Süße? Das nennt sich *Hot Desking*, weißt du. Der neueste Schrei«, erklärte sie ihrem Hund, der über den urplötzlichen Standortwechsel alles andere als begeistert schien.

Sanjay setzte sich auf den frei gewordenen Platz und versuchte, seine wild durcheinandergehenden Gedanken, die herumblökten wie aufgeschreckte Schafe, zu sammeln.

»Sanjay, das ist Emmie. Mit ie, nicht y«, sagte Iona und wies auf das Mädchen im Zug, das nun einen richtigen Namen hatte. »Fast ein Palindrom, aber nur fast.«

Was zum Kuckuck war ein Palindrom? Klang wie ein medizinischer Befund, aber einer, der ihm noch nie untergekommen war.

»An dich erinnere ich mich noch!«, bemerkte Emmie mit einem Lächeln, bei dem die eine Wange ein Grübchen bekam. Die Haare hatte sie heute zu einer Art Dutt hochgesteckt, aus dem sich ringsum feine Strähnchen gelöst hatten. »Du bist der Krankenpfleger, der neulich den sterbenden Mann neben mir gerettet hat!«

Sanjay wurde rot. Er versuchte, auf coolen Actionhelden zu machen, fürchtete aber, mehr eine flatterige Moneypenny abzugeben als einen weltmännischen Bond.

»War er nicht sagenhaft?«, sagte Iona wie eine stolze Mutter beim Krippenspiel in der Schule. »Sanjay, Emmie arbeitet in der digitalen Werbung. Sie macht viele tolle Sachen mit Webseiten und sozialen Medien für ganz große Marken, um die jüngeren Zielgruppen zu erreichen.« Iona starrte ihn vielsagend an, wohl um ihm zu bedeuten, er solle jetzt auch mal was Interessantes zum Gespräch beitragen.

»Wow«, stammelte er.

»Na ja«, meinte Emmie, »nicht halb so beeindruckend wie

das, was du tust. Ich meine, du rettest wirklich Menschenleben. Ich habe es mit eigenen Augen gesehen! Total cool und souverän. Ich bringe die Leute bloß dazu, mehr Waschmittel oder Klopapier zu kaufen. Muss ein Wahnsinnsgefühl sein, Menschen helfen zu können.«

»Irgendwie schon«, entgegnete Sanjay. Und durchforstete sein Hirn hektisch nach einer passenden Job-Anekdote – eine, in der er sensibel und doch anpackend rüberkam. Heroisch und doch bescheiden. Aber just, als er seine Erzählung beginnen wollte, wurden Ionas Augen plötzlich groß und rund, und sie fing an, den Kopf ruckartig zur Seite zu reißen. Erlitt sie etwa gerade einen Anfall? Nein, sie wollte ihm wohl irgendwas sagen. Hilflos starrte Sanjay sie an und versuchte den verschlüsselten Code zu enträtseln. Bestimmt wollte sie ihm bloß helfen, aber sie machte ihn nur noch nervöser.

Sanjay spürte einen Tritt gegen das Schienbein und quiekte erschrocken auf, dann stierte er Iona an, die aber bloß die Augen noch weiter aufriss und wieder mit dem Kopf zum Fenster zuckte. Den Mann, der da neben ihm saß, hatte er bisher gar nicht bemerkt. Zum einen, weil er nur Augen für Emmie hatte, zum anderen, weil der Mann so blass und farblos wirkte.

Schon lange beobachtete Sanjay, dass die Anzugtruppen im Zug – die Anwälte, Banker, Buchhalter und Konsorten – fast eine gemeinsame Uniform trugen. Immer waren die Anzüge grau oder dunkelblau, die Hemden einfarbig oder unauffällig gestreift und die Schnürschuhe gedeckt. Gelegentlich versuchte einer mal, ein Fitzelchen Originalität und Individualität zu verbreiten – wie um zu sagen *Ich bin nicht so langweilig, wie Sie denken* –, und trug eine lustig gemusterte Krawatte, bunt gestreifte Socken oder augenzwinkernde Manschettenknöpfe. Aber nicht dieser Mann. Der war definitiv nicht der Typ für originelle Krawatten. Alles an ihm schien darauf ausgelegt, mit dem Hintergrund zu verschmelzen. Die meisten Männer entwickelten mit zunehmendem Alter markante Gesichtszüge – Knollennase, Hängebacken oder Ohrhaare. Bei ihm: Fehlanzeige. Nichts Bemerkenswertes oder irgendwie Herausstechendes.

Erst jetzt bemerkte Sanjay, dass der Mann vor einer geöffneten Brotdose saß, darin ein Sandwich, eine Banane und ein KitKat. Nahmen Leute heutzutage wirklich noch Brotdosen mit zur Arbeit? Gab es dafür nicht Pret A Manger und die ganzen anderen Sandwichrestaurants? Eine Hand zitterte leicht, und in der hielt er einen Zettel, den er mit offenem Mund anstarrte.

Iona trat ihm noch mal vors Schienbein und zischelte, viel lauter als beabsichtigt: »Was steht da?«, während sie mit dem Kopf ruckartig auf das Blatt wies.

»Kann ich Ihnen irgendwie helfen?«, fragte der Mann Iona. Sanjay wäre am liebsten im Boden versunken. Aber Iona ließ sich nicht so leicht in Verlegenheit bringen oder ins Bockshorn jagen.

»Offen gestanden habe ich mich gefragt, ob ich *Ihnen* vielleicht helfen kann«, sagte sie. »Dieser Zettel scheint Ihnen ganz schön zuzusetzen.«

Iona streckte die Hand danach aus, und zu Sanjays großer Verwunderung reichte der Mann ihn ihr.

»ICH KANN SO NICHT WEITERMACHEN«, las Iona. »Grundgütiger, ein Hilfeschrei von Ihrem *Sandwich*. Kein Wunder, dass Sie so schockiert sind.«

»Ich gehe eher davon aus, dass der Zettel von meiner Frau ist«, entgegnete der Mann.

»Scheint, als hasste sie es, Ihnen Brot zu schmieren«, meinte Emmie und beugte sich vor, einen Arm auf den Tisch gestützt und so dicht an Sanjay, dass er die Wärme ihrer Haut spüren konnte.

»Ich nehme an, es geht um mehr als nur das, Liebes«, gab

Iona zurück. »Ich bin Iona Iverson, und das sind Emmie und Sanjay. Und wie heißen Sie?«

»David Harman«, entgegnete der Mann.

»Sie müssen neu im Zug sein«, sagte Iona. »Ich habe Sie hier noch nie gesehen.«

»Nein, ich nehme eigentlich schon seit Jahrzehnten jeden Tag diesen Zug«, erwiderte David. »Ich habe Sie schon oft gesehen.«

»Ach. Herrje. Ich Dummchen«, entgegnete Iona. Sanjay sah sie zum ersten Mal so kleinlaut, aber im Handumdrehen hatte sie sich wieder gefangen.

»Wussten Sie, dass Ihre Frau unglücklich ist, David Harman?«, fragte sie.

Es schien fast, als könnte jetzt, wo die ehernen Pendlerregeln erst einmal missachtet worden waren, nichts und niemand mehr Iona davon abhalten, ihre Nase völlig ungeniert in fremde Angelegenheiten zu stecken. Wo sollte das noch hinführen? Sanjay beschlich das sehr bestimmte Gefühl, dass sämtliche Mitreisenden ringsum nur noch so taten, als läsen sie die Zeitung oder hörten Musik. Dabei belauschten sie insgeheim jedes Wort. Waren sie unversehens zum bordeigenen Unterhaltungsprogramm avanciert?

»Nein! Ich meine, natürlich wusste ich, dass alles ein bisschen … festgefahren ist«, antwortete David. »Aber wir sind seit beinahe vierzig Jahren verheiratet! In unserem Alter kann man doch nicht ständig Feuerwerk und Rote-Rosen-Romantik erwarten, oder?« Er unterbrach sich und wirkte plötzlich nachdenklich. »Ich hätte wohl ahnen müssen, dass irgendwas nicht stimmt. Das Müsli hätte mich misstrauisch machen müssen«, sagte er.

»Das Müsli?«, wiederholte Iona.

»Ja. Seit bestimmt zehn Jahren essen wir morgens zum Frühstück immer das Gleiche. Ich einen Vollkorntoast mit einem Aufstrich, der angeblich cholesterinsenkend sein soll, und dazu ein weich pochiertes Ei, und Olivia isst Weetabix. Am Wochenende gönne ich mir meistens eine dünne Scheibe Räucherlachs dazu und sie sich ein paar Stückchen Banane und Honig.« *Worauf wollte er hinaus?*, fragte Sanjay sich. Wollte David ihnen jetzt seinen gesamten Tagesablauf en détail erläutern?

»Wie dem auch sei«, fuhr er mit monotoner Stimme fort. Ein geborener Geschichtenerzähler war er nicht. »Vor ein paar Wochen fing sie plötzlich an, morgens *Müsli* zu essen. Ohne jeden Grund. Und vom Müsli zur Scheidung scheint es nur ein kleiner Schritt zu sein, hm? Steht bestimmt alles im Kleingedruckten auf der Packung.« Er atmete heftig aus und lehnte sich zurück, als hätte man ihm einen Schwinger in den Magen verpasst. Stimmte ja auch irgendwie.

»Na ja, ehe Sie jetzt den Müslihersteller verklagen oder gleich vom Schlimmsten ausgehen, sollten Sie lieber erst mal in Ruhe mit ihr reden. Ich wette, Sie haben ihr schon seit Jahren nicht mehr richtig zugehört, hm?« Iona blickte David strafend an, was so ziemlich das Letzte war, was der arme Mann jetzt brauchen konnte. »Wir Frauen gewissen Alters wollen bloß gesehen werden, und gehört, und geschätzt. Wir brauchen das Gefühl, nicht unsichtbar oder überflüssig zu sein«, erklärte Iona, die die ganze Geschichte irgendwie persönlich zu nehmen schien.

»Sind Sie Eheberaterin?«, fragte David.

»Sie ist Zeitschriftentherapeutin«, warf Sanjay ein. Um dann, noch ehe David etwas dazu sagen konnte, hinzuzufügen: »Keine Kummerkastentante.«

»Stimmt genau«, sagte Iona. Sie sah aus, als wollte sie noch etwas hinterhersetzen, wurde aber von der Stimme des Schaffners unterbrochen, der die unmittelbar bevorstehende Einfahrt in den Bahnhof Waterloo ankündigte.

Augenblick ging das Gerangel los, denn jeder wollte als Erster aus dem Zug steigen. Emmie stand schon vor der Tür. Sie drehte sich um, als spürte sie Sanjays Blick, und winkte ihm zum Abschied zu. »Hab einen tollen Tag«, formte sie mit den Lippen, oder irgendwas in der Art.

»Sanjay«, seufzte Iona in einem Ton, der unmissverständlich sagte: *Ich bin dir nicht böse, ich bin nur enttäuscht.* »Du musst dir schon ein bisschen mehr Mühe geben. So geht das nicht. Ich kann doch nicht die ganze Arbeit alleine machen.«

Wann immer Sanjay an diesem Tag einen Moment Zeit fand zwischen der Arbeit mit den Patienten und dem ganzen Papierkram, spielte sich in seinem Kopf stets die gleiche Szene ab, und er hätte sich in den Hintern treten können beim Gedanken an sein peinliches Gestammel. »Wow« und »Irgendwie schon«. Iona hatte vollkommen recht. Hätte er sich nicht ein bisschen mehr Mühe geben können? Vielleicht wäre ihm noch etwas eingefallen, hätten dieser Mann, dessen Namen er schon wieder vergessen hatte, und sein sprechendes Sandwich ihn nicht völlig aus dem Konzept gebracht.

Im Wartezimmer sah er Julie Harrison sitzen: Die hatte viel größere Probleme als er.

»Wie geht es Ihnen heute, Julie?«, erkundigte er sich.

»Ach, Sie erinnern sich noch an mich«, sagte sie und lächelte ihm zu. »Mir ist ganz schön mulmig, Sanjay.«

Neben Julie im Wartezimmer saß ihr Mann, der noch verstörter wirkte als sie. Er hielt eine aufgeschlagene Zeitung in den Händen, aber Sanjay vermutete, dass er gar nicht darin las, weil er die ganze Zeit blicklos gegen die leere Wand gegenüber starrte.

»Das glaube ich«, sagte er und nahm ihre Hand. »Die ewige Warterei ist das Schlimmste. Wenn man erst einmal weiß, womit man es zu tun hat, ist man nicht mehr ganz so ohnmächtig. Das hilft, damit umzugehen.«

»Und vielleicht ist es ja auch bloß falscher Alarm, oder? Eine

Zyste oder so, wie bei meiner Freundin Sally«, wandte Julie ein und schaute ihn so flehentlich an, als stünde es in seiner Macht, all dem Unheimlichen seinen Schrecken zu nehmen. Er wünschte, es wäre so.

»Ja, sicher, das kann auch sein«, sagte er. Konnte es nicht. Er hatte Julies Akte in der Ablage des behandelnden Arztes gesehen und rasch einen Blick hineingeworfen. Ein recht großer G3-Tumor, ein dreifach negatives invasives duktales Karzinom. In seiner Ausbildung hatte er gelernt, wie unzählig viele verschiedene Krebsarten es gab. Genau wie Virusinfektionen in allen nur erdenklichen Variationen existierten, von einer simplen Erkältung bis hin zu Ebola, gab es Krebsarten, die recht gut heilbar waren, und solche, an denen man oft innerhalb weniger Wochen starb. Julies Tumor lag eher am Ebola-Ende des Spektrums.

»Wir sehen uns später noch mal, wenn Sie mit dem Arzt gesprochen haben«, versprach er.

Im Familienzimmer drängten sich weinende Angehörige, also huschte Sanjay rasch in eine Abstellkammer. Er lehnte sich mit dem Rücken gegen die Wand und rutschte daran herunter bis auf den Boden, wo er dann, mit dem Kopf zwischen den Knien, neben einem vergessenen Paar Krücken inmitten unzähliger Wollmäuse hockte und ihm die Schweißperlen auf die Stirn traten, während er hektisch nach Luft schnappte.

Und weil es nichts Hypnotischeres, Beruhigenderes und Tröstlicheres gab, fing er wie so oft an, im Kopf das Periodensystem der Elemente aufzusagen, hübsch den Ordnungszahlen nach: *Wasserstoff, Helium, Lithium, Beryllium, Bor, Kohlenstoff, Stickstoff…* Zum dritten Mal bei der Nummer siebenunddreißig angelangt – dem oft übersehenen, aber eigentlich hochinteressanten Rubidium –, hatte das Gedankenkarussell im Kopf sich ausgedreht, die Atmung sich beruhigt und das Herz aufgehört, von innen gegen den Brustkorb zu hämmern.

Emmie

»Setz dich doch, Emmie«, sagte Joey, ihr Chef. Emmie zog sich einen Stuhl heran und nahm zwischen Jen, ihrer Lieblingstexterin und guten Freundin, und Tim Platz, dem neuesten stirnfransigen und irgendwie nichtssagenden Praktikanten. Sie sah zu, wie Tim auf seinem Notizblock mit dem Firmenlogo den Namen EMMY notierte und darunter JOEY und JEN. Emmie musste sich zusammenreißen, um sich nicht über den Block zu beugen und ihren Namen mit Rotstift zu korrigieren.

Es war ein ständiger Eiertanz, Tims wohlmeinende Unfähigkeit zu ignorieren, sein Vater war nämlich ihr wichtigster Klopapierkunde. Erst letzte Woche hatte er eine Anzeige mit dem Titel GORILLA MARKETING abgesegnet, und Joey hatte nur schmallippig gelächelt und gesagt, das solle ihm eine Lehre sein. Hätte sich sonst wer einen so groben Schnitzer geleistet, hätte er oder sie die nächsten Wochen jeden Tag Kaffee und Bagels für die gesamte Belegschaft holen können – und weiter nichts.

»Hartford Pharmaceuticals haben sich für nächste Woche angekündigt, um sich mit uns über eine anstehende Markeneinführung zu besprechen. Vorab bekommen wir schon mal ein Briefing mit allen Infos, damit wir gleich durchstarten und sie mit ein paar kreativen Konzepten aus den Socken hauen können, mit denen wir Werbung ganz neu definieren und alle gängigen Erwartungen pulverisieren«, schwadronierte Joey. Emmie fragte sich, ob er zu Hause wohl genauso geschwollen daherredete: *Ihr müsst euch kopfüber in die Rice Krispies stürzen, Kinder. Nur so können wir alle gängigen Ernährungsrichtlinien in Grund und Boden knuspern und das Frühstücksparadigma ganz neu definieren.*

Joey bückte sich und griff nach einer Plastiktüte, die er mitten auf dem Tisch ausleerte. Dann schaute er sich erwartungsvoll um, fast als wäre er enttäuscht, dass niemand spontan applaudierte.

»Diätpillen«, verkündete er. »Bisher noch namenlos – auch das gehört zu unseren Aufgaben. Die einfachste Methode, überflüssige Pfunde schmelzen zu lassen und endlich den langersehnten Traumkörper zu bekommen.« Tim notierte DIÄTPILLEN auf seinem Notizblock und unterstrich es.

»Halleluja! Der heilige Gral«, jubelte Jen, schnappte sich eine der Blisterpackungen, drückte sich zwei Tabletten in die Hand und spülte sie mit einem großen Schluck überzuckertem Frappuccino hinunter. »Vielleicht wirken die ja gegen meinen Arsch.«

»Du hast einen tollen Arsch«, versicherte Emmie zum hundertzwölften Mal. »Dass du ihn hasst, daran ist nur das Patriarchat schuld.«

»Blödsinn. Dass ich ihn hasse, daran ist bloß die Cellulite schuld«, widersprach Jen.

Tim notierte PATRIARCHAT und ZELLULIETE auf seinem Notizblock.

»So oder so«, sagte Emmie. »Jede Wette, dass die Dinger wirkungslos sind. Guck, hier steht's sogar: *Kann als Teil einer kalorienreduzierten Ernährung dazu beitragen, das Gewicht zu verringern.* Trägt nicht *alles* als Teil einer kalorienreduzierten Ernährung dazu bei, das Gewicht zu verringern?«

»Nur die Ruhe, Kinder«, sagte Joey, der gerade mal fünf Jahre älter war als Emmie. In der Agentur war niemand über vierzig. Was einen unweigerlich zu der Frage brachte, was eigentlich mit den ganzen älteren Werbern passierte? »Also, wir brauchen eine brandheiße Webpräsenz mit allen Schikanen, digitale Werbung auf allen gängigen Medienkanälen, zugeschnitten auf junge, figurbewusste Mädchen. Und natürlich eine richtig geile Influencer-Kampagne. Die Geschichte muss irgendwie so gehen: *Ich habe mich immer fett und hässlich gefühlt und mich selbst gehasst, aber endlich sind meine Gebete erhört worden. Endlich habe ich den Körper – und den Mann – meiner Träume.* Easy peasy.«

»Das soll doch wohl ein Witz sein, oder, Joey?«, sagte Emmie. »Oder verlangst du allen Ernstes von uns, eine Kampagne zu entwickeln, die allein darauf abzielt, Frauen, die ohnehin schon unter einem grundlos gestörten Körperbild leiden, ein noch mieseres Gefühl zu geben?«

»Sorry, wenn dich das irgendwie triggert«, sagte Joey und guckte dabei selbst ziemlich getriggert. »Aber machen wir das nicht immer? Wir zeigen Probleme auf und bieten Lösungen an. Dafür werden wir schließlich bezahlt – wir sind Traumverkäufer.«

»Aber wir verkaufen keinen Traum, oder? Wir verkaufen Scham und Unzufriedenheit. Ich habe dabei echt kein gutes Gefühl, Joey«, sagte Emmie.

Joey seufzte. »Emmie, warum zum Teufel bist du in die Werbung gegangen, wenn du anscheinend so rigide Moralvorstellungen hast? Aber gut. Ehe du vor unseren Kunden auch noch den Moralapostel gibst, tausch lieber mit Sophie und übernimm den Zahnpasta-Job. Die ist hoffentlich nicht auch so ein …«

Emmie verdrehte die Augen in Erwartung ihres meistgehassten Unworts.

»… Gutmensch«, schloss Joey, wie erwartet.

Tim nahm seinen Bleistift und machte einen dicken Strich durch EMMY.

Emmie stand auf und ging nach draußen, wohl wissend, dass sie gerade sämtliche Fleißpunkte aufgebraucht hatte, die sie in monatelanger mühevoller Arbeit angesammelt hatte. Klar, sie war eins von Joeys besten Pferden im Stall, aber auch sie durfte es nicht übertreiben. Sie würde sich für die Zahnpasta was richtig Spektakuläres einfallen lassen müssen, um sich nicht unversehens und schneller, als ihr lieb war, auf der nächsten »Personalabbauliste« der Agentur wiederzufinden. Oder, wie Joey es neuerdings so gerne nannte, der »Personalumbauliste«.

Sie musste an die Zugfahrt heute Morgen denken und an Sanjay – den Krankenpfleger, der vor ein paar Wochen den Mann vorm Ersticken gerettet hatte. Was um Himmels willen müsste der von ihr denken, wenn er wüsste, dass sie ihre Brötchen damit verdiente, anderen Menschen eine nicht vorhandene Unzufriedenheit einzureden und ihnen Dinge anzudrehen, die sie weder wollten noch brauchten? Wobei der bestimmt Besseres zu tun hatte, als an sie zu denken – der hatte andere, wichtigere Dinge im Kopf. Da ging es um Leben und Tod und all so was.

Emmie hatte sich für diesen Job entschieden, in dem Glauben, die Arbeit werde kreativ sein, jung, spaßig und abwechslungsreich. Und das war sie auch, und meistens war sie rundum zufrieden. Womit sie allerdings nicht gerechnet hatte, war, sich deswegen oft so *schmuddelig* vorzukommen. Aber jetzt hatte sie ja einen Plan. Sie würde sich in Zukunft vermehrt um Kunden bemühen, die die Welt zum *Guten* veränderten und ihr helfen würden, ihre Selbstachtung nicht komplett zu verlieren. Umweltschützer, Essenstafeln, Tierheime. Bestimmt musste es da draußen doch ganze Heerscharen an Charity-Organisationen geben, die nur darauf warteten, dass eine angesagte Staragentur wie ihre sie an die Hand nahm?

Sie hatte sich bloß von dieser blöden E-Mail ein bisschen aus dem Konzept bringen lassen. Die hatte ganz schön an ihrem Selbstbewusstsein gesägt. Wenigstens schien nichts mehr nachzukommen. Beim Abrufen ihrer E-Mails hatte sie in letzter Zeit immer so ein mulmiges Gefühl, aus Angst, es könnte sie wieder so eine fiese Gemeinheit anspringen, aber bisher war nichts weiter passiert.

Emmies Handy pingte. Sie schaute aufs Display und erwartete eigentlich eine aufmunternde Nachricht von Jen, heimlich aus dem Meeting verschickt, das Emmie eben verlassen hatte, aber es war eine Textnachricht von einer unbekannten Nummer. Sie ahnte schon vor dem Draufklicken, von wem die sein musste.

DU HÄLTST DICH FÜR SO CLEVER, DABEI WISSEN DOCH ALLE, DASS DU BLOSS EIN WINDEI BIST.

Emmies Finger fingen an zu zittern, und sie ließ das Handy fallen. Rasch bückte sie sich danach und schaute sich dabei verstohlen nach Hinweisen suchend im Großraumbüro um. Wer konnte hinter diesen Hassmails stecken? Wer verachtete sie so sehr? Wer konnte bloß so heimtückisch und feige sein?

Wer sind Sie?, tippte sie mit schweißfeuchten Daumen, den Rat ignorierend, den sie trollgeplagten Kunden sonst immer mit auf den Weg gab: NICHT DARAUF EINGEHEN. Das erwies sich als leichter gesagt als getan. Drei Punkte erschienen auf ihrem Display. Er oder sie tippte gerade eine Antwort. Dann nur zwei Worte:

EIN FREUND.

Von wegen. Ein Freund war das bestimmt nicht. Aber irgendein Wildfremder konnte es auch nicht sein. Es musste jemand sein, der ihre E-Mail-Adresse und ihre Telefonnummer kannte und der sehen konnte, was sie gerade anhatte.

Aber das Schlimmste an der ganzen Sache war, obwohl sie eigentlich nur zu gut wusste, dass sie die Nachrichten einfach löschen und nicht weiter darüber nachdenken sollte, sie sich längst tief in ihr Unterbewusstsein eingegraben hatten und dort vor sich hin goren.

Emmie hatte immer staunen müssen über ihren eigenen Erfolg und insgeheim vermutet, das Ganze müsse reine Glückssache gewesen sein. Weshalb sie sich auch sorgte, ihre Glückssträhne könnte eines Tages abrupt abreißen.

Nun schien es fast, als wäre es so weit.

Iona

08:05 Hampton Court nach Waterloo

Iona war so vertieft in die neuesten Zuschriften für »Frag Iona«, dass sie Emmie gar nicht bemerkte, bis sie sich auf den Platz ihr gegenüber setzte.

»Ach, wow. Richtige Briefe«, sagte Emmie. »Ich wusste gar nicht, dass man heutzutage überhaupt noch Briefe schreibt.«

»Tut man auch nicht«, antwortete Iona. »Was wirklich jammerschade ist. Aber wir Zeitschriftentherapeuten bekommen dann doch noch erstaunlich viele Briefzuschriften. Vermutlich, weil es sich intimer anfühlt, persönlicher, vertraulicher als eine E-Mail. Allein die Handschrift verrät schon eine Menge über die Schreiberin. An ihr kann man nicht nur den Charakter ablesen, sondern auch den Gemüts- und Geisteszustand.«

»Und was sagt Ihnen diese Handschrift?«, fragte Emmie und wies nickend auf das Blatt in Ionas Hand. »Dürfen Sie mir das überhaupt sagen?« Iona wusste, wie fasziniert die Menschen von den Problemen der anderen waren. Darum bildete sich bei einem Unfall auf der Autobahn auch immer gleich ein Stau in der Gegenrichtung, und darum war sie auch so beliebt. *Beliebt gewesen*, korrigierte sie sich.

»Aber sicher. Außerdem sind die Einsendungen ohnehin alle anonym. Dieser Brief ist von einer Mutter, die sich Sorgen um ihren Teenie-Sohn macht. Sie hat ihn dabei erwischt, wie er auf dem iPad Pornos geguckt hat. In diesem Fall eine kinderleichte Sache.« Sie bedachte Emmie mit einem Lächeln, das besagte: *Ich bin einfühlsam, weise und ein Profi durch und durch.* Gerne erinnerte sie ihre Leserschaft daran, dass neunzig Prozent aller Kommunikation nonverbal stattfand. Der Zug, der etliche Minuten stillgestanden hatte, fuhr beim Verlassen des Bahnhofs so ruckelnd an, dass Ionas Teetasse überschwappte. Gottlob hatte sie eine Untertasse. Noch immer keine Spur von Sanjay. Verflixt. Wieder eine verpasste Gelegenheit. Noch eine. So ein dummer Junge.

»Und was raten Sie ihr?«, fragte Emmie und schien ehrlich interessiert. Wirklich, ein ganz entzückendes Ding; Iona konnte nur zu gut verstehen, dass Sanjay hin und weg war.

»Also, ich werde ihr natürlich raten, zunächst sämtliche Kindersicherungen ihres Internetzugangs zu überprüfen, und ich habe da auch eine sehr brauchbare Broschüre zur Netzsicherheit, die werde ich ihr schicken«, erklärte Iona, sichtlich stolz auf ihr technisches Know-how. Wie viele *Dinosaurier* konnten schon von sich behaupten, sich so gut mit Themen wie Internetsicherheit auszukennen, hm?

»Kindersicherung?«, fragte Emmie ungläubig und sah sie an, als hätte Iona nicht alle Tassen im Schrank. »Jedes Kind lernt doch heutzutage schon im Kindergarten, wie man die umgeht. Und *alle* Jungs gucken Pornos. Also macht er doch eigentlich nur, was alle anderen Jungs in dem Alter auch machen, oder?« Iona stellte die Stacheln auf. Womöglich war Emmie doch nicht die Richtige für Sanjay. Ein bisschen zu neunmalklug für Ionas Geschmack. Klugscheißer mochte niemand leiden.

»Und was würdest du stattdessen empfehlen, Liebes?«, fragte sie, bemüht, interessiert zu klingen und nicht grantig.

»Na ja«, meinte Emmie. »Sie könnte es ja auch als *Chance* sehen.« Etwas verunsichert schaute sie Iona an.

»Nur zu«, sagte Iona aufmunternd. »Ich bin ganz Ohr.« Und merkte dann, dass es sogar stimmte. Vielleicht könnte Emmie dem Ganzen ja wie verlangt die »knisternde Millennial«-Perspektive verleihen.

»Sie soll ihm erklären, dass Pornos kein echter Sex sind. Ich meine, Frauen sehen im wahren Leben ja auch nicht aus wie die Mädels in den Filmen, oder? Und richtiger Sex sollte ganz bestimmt nicht so ablaufen wie der in Pornos. Sie würde seinen zukünftigen Freundinnen also einen großen Gefallen tun, finden Sie nicht?«, meinte Emmie.

Eins musste man dem Mädel lassen, da sagte sie was. Iona wusste nicht so recht, ob sie das freuen oder ärgern sollte. Vermutlich beides.

»Das wäre aber ein eher peinliches Gespräch, meinst du nicht?«, wandte Iona ein.

»Na ja, aber daran ist doch nichts Schlimmes, oder?«, gab Emmie zurück. »Vielleicht findet er es so schrecklich, mit seiner Mutter über Sex reden zu müssen, dass ihm die Lust auf Pornos fürs Erste vergeht.«

»Ja, vielleicht«, entgegnete sie. »Du hast ein Händchen für so was, merke ich. Genau dasselbe wollte ich auch sagen. Heutzutage wissen viele Jungs nicht mal, dass Frauen von Natur aus Schamhaare haben. Die Pornostars sind alle glatt rasiert und ganzkörperenthaart, und wenn sie dann da draußen in freier Wildbahn einer Frau mit Schamhaaren über den Weg laufen, ekeln sie sich. Warum, frage ich dich, sollten Frauen wie präpubertäre Mädchen aussehen? Ich persönlich habe immer schon den natürlichen Siebzigerjahre-Look favorisiert. Ein üppiger geheimer Garten, nur gelegentlich zurechtgestutzt, damit es nicht zu wild wuchert. Stolz und frei, sage ich!«

Stumm saß Emmie da und guckte reichlich verdattert. Ein bisschen blass um die Nase war sie auch. Ach du liebes Lieschen.

Ob das zu viel des Guten gewesen war? Herrje, die jungen Leute heutzutage waren aber auch empfindlich.

»Iona«, flüsterte Emmie und beugte sich über den Tisch zu ihr. »Ich weiß nicht, ob Sie es wissen, aber der ganze Wagen scheint uns zuzuhören.«

»Ach, jetzt sei aber nicht albern, Liebes. Die sind doch viel zu beschäftigt mit ihren Zeitungen und iPhones und all dem Kram, um unseren kleinen Plausch zu belauschen.«

»Sie wohnen also irgendwo am Hampton Court Place?«, fragte Emmie so unvermittelt, dass Iona eine ganze Weile brauchte, um die erforderliche geistige Kehrtwende zu vollziehen.

»Ja«, sagte sie schließlich. »Bea und ich haben uns vor beinahe dreißig Jahren ein Haus in East Molesey gekauft, unweit der Themse. Wir waren gerade erst aus Paris zurückgekommen und vollkommen entsetzt über die horrenden Mieten in der Londoner Innenstadt. East Molsey schien der perfekte Kompromiss. Nur eine kurze Zugfahrt vom Stadtzentrum entfernt, und die Themse, Hampton Court Palace und Bushy Park gleich um die Ecke.« Gerade wollte sie wieder den Bogen zu ihrem vorherigen Thema schlagen und eine witzige Bemerkung über *»buschige* Parks« machen, aber Emmie fiel ihr ins Wort, noch ehe sie den Mund aufmachen konnte.

»Hampton Court Palace, da wollte ich immer schon mal hin«, sagte sie. »Als Schulmädchen war ich ganz versessen auf die Tudors. Meinen Sie, Anne Boleyns kopfloser Geist spukt noch dort herum?«

»Ach, du liebe Güte. Das musst du dir unbedingt anschauen!«, rief Iona. »Im Park gibt es einen unglaublichen Irrgarten. Jahre habe ich gebraucht, bis ich mich darin zurechtgefunden habe. Ein toller Spaß!« Und dann kam ihr eine Idee. Eine geniale Idee.

»Weißt du was!«, sagte sie. »Ich könnte dir alles zeigen. Wieso nicht gleich nächsten Sonntag, um zehn vielleicht? Hättest du Zeit?« Sie hielt den Atem an und wartete gespannt auf Emmies Antwort.

»Sonntag. Ähm, also, ich weiß nicht …«, stammelte Emmie. Iona merkte sofort, dass sie verzweifelt nach einer Ausrede suchte, aber diese Gelegenheit durfte sie sich nicht entgehen lassen.

»Bitte«, sagte sie und ließ dabei, ausnahmsweise, einen etwas bemitleidenswerten Unterton anklingen. Manchmal heiligte der Zweck die Mittel.

»Ach, ähm, okay. Ja, warum nicht? Danke. Dann sehen wir uns dort, wenn nicht schon früher«, sagte Emmie. Iona beglückwünschte sich insgeheim selbst. »Ach, übrigens, ich wollte Ihnen noch was zeigen.« Und damit griff Emmie in die Hosentasche, zog das Handy heraus und zeigte Iona ein Foto. Darauf zu sehen ein junges Mädchen mit alberner Frisur, das Gesicht unkenntlich unter einer grellgrünen Maske, wie es in einem luxuriösen Schaumbad lag und gerade in einer Ausgabe von *Modern Woman* blätterte. »Ist das nicht Ihre Zeitschrift, die Fizz da gerade liest?«

»Ja, genau«, sagte Iona. »Aber wer zum Teufel ist Fizz? Was ist das überhaupt für ein Name? Ich meine, für eine Limo vielleicht ganz passend, oder eine Sprudelkugel, aber für ein menschliches Wesen?«

»Fizz ist ein TikTok-Phänomen«, erklärte Emmie. »Wir habe uns irgendwann durch die Arbeit kennengelernt, und mittlerweile ist sie eine meiner besten Freundinnen. Vielleicht könnte sie eine Kolumne für Ihre Zeitschrift schreiben. Ich wette, das fände sie ganz groß. Ich kann sie gerne fragen, wenn Sie möchten.«

»Wirklich lieb von dir, Emmie«, sagte Iona. »Ich frage mal meinen Chefredakteur, was der davon hält.« Natürlich würde sie

Ed mitnichten darauf ansprechen. Sie balancierte ohnehin schon auf Messers Schneide, auch ohne, dass sie ihn mit C-Prominenz belästigte, die auf irgendeinem Kinderkanal Sperenzchen machte. Aber nett war es allemal von Emmie.

Der Zug fuhr in den Bahnhof Waterloo ein, und Emmie schlüpfte in ihren Mantel und verstaute das Telefon wieder in der Tasche.

»Bis Sonntag!«, rief sie fröhlich und flitzte los.

Iona musste lächeln. Sie sammelte ihre Siebensachen ein, nahm Lulu auf den Arm und ging dann, genau wie alle anderen, zur Tür. Just in dem Moment legte ihr jemand die Hand auf den Arm, und als sie sich umdrehte, stand da ein Mann ungefähr in ihrem Alter und sah sie sehr ernst an.

»Ich stehe auch auf Wildwuchs«, sagte er. »Schwer zu finden heutzutage.« Und dann zwinkerte er ihr vielsagend zu.

Ach, Herrgott noch mal. Man würde doch annehmen, dass es eine der Annehmlichkeiten des Älterwerdens war, sich nicht mehr mit so was herumschlagen zu müssen. Iona drehte sich zu ihm um, wie ein Hai, der Blut im Wasser wittert.

»Sie stehen wohl auf reifere Frauen?«, sagte sie.

»Aber hallo«, antwortete er. »Na, Interesse?«

»Ganz bestimmt nicht«, erklärte Iona. »Wissen Sie, ich stehe nämlich auch auf reifere Frauen, aber das ist vermutlich – *hoffentlich* – das Einzige, was wir beide gemeinsam haben.«

Martha

Neuerdings kam Martha immer mindestens zwanzig Minuten früher als sonst in die Schule. So konnte sie unbehelligt durch die Korridore laufen, ehe es proppenvoll wurde. Seit ihr sehr persönliches Foto im Gruppenchat der zehnten Klasse geteilt worden war, befand sie sich ständig im Kampf-oder-Flucht-Modus.

Sicher fühlte sie sich nirgends. Selbst die sonst so geheiligte Stille der Bibliothek war besudelt worden. Gestern hatte Martha ihre Sachen auf einem der Tische liegen gelassen, um ein Buch aus dem Regal zu holen, und als sie später in ihre Mappe schaute, fiel ein vergrößerter Ausdruck von *diesem Bild* heraus. Darauf war mit rotem Marker ein Pfeil auf die peinlichste Stelle gemalt, und daneben stand: PRAKTISCHES PLÄTZCHEN ZUM BÜCHERVERSTAUEN?

Am liebsten wäre sie gar nicht mehr in die Schule gegangen – auch wenn ihr das das makellose Fehlzeitenkonto unwiederbringlich versaut hätte –, aber was sollte sie dann mit all der freien Zeit anfangen, außer sich selbst unerbittlich niederzumachen, weil sie so unsagbar dumm gewesen war?

Martha gab Freddie keine Schuld, obwohl die ganze Sache seine Idee gewesen war.

Angefleht hatte er sie, ihm ein Nacktfoto von sich zu schicken, mit gespreizten Beinen. Hatte ihr versichert, er hätte schon *jede Menge* Vaginen gesehen, das sei also kein großes Ding. Alle machten das, wenn sie sich mochten, hatte er gesagt. Und Martha wollte unbedingt sein wie alle anderen.

Allerdings war Freddie, wie sich schnell herausstellte, in diesen Dingen genauso unbedarft und naiv wie sie selbst. Er war nämlich so aus dem Häuschen gewesen wegen Marthas Foto, dass er es in seinem Überschwang gleich an seinen besten Freund weitergeleitet hatte. Und Freddies Freund hatte sich so darüber amüsiert, dass der stille, streberhafte Freddie, den eine schön geschriebene Code-Zeile sonst mehr erregte als jedes Mädchen, tatsächlich ein Nacktfoto zugeschickt bekommen hatte, dass er es gleich einem anderen Jungen weiterleiten musste. Der hatte es dann auf WhatsApp hochgeladen. Nach nicht einmal zehn Minuten hatte er es schon wieder bereut und das Foto gelöscht, aber bis dahin war es längst unzählige Male gescreenshotet und massenhaft geteilt worden. Zwischen Anonymität und trauriger Berühmtheit, so schien es, lagen gerade mal neun Stunden und vier unüberlegte Entscheidungen.

Freddie war völlig verzweifelt, aber es war zu spät, er konnte es nicht mehr ungeschehen machen. Und komischerweise wollte er nun auch nicht mehr ihr Freund sein und hatte sich wieder in die Untiefen des Computerraums verkrochen.

Ihren Eltern hatte Martha nichts davon gesagt. Sie wären sicher schrecklich enttäuscht von ihr und, schlimmer noch, würden sich gegenseitig die Schuld dafür geben. Nach der Scheidung hatte es Jahre gedauert, bis sie sich nicht mehr bei jeder Gelegenheit über ihren Kopf hinweg anzickten, und wenn Martha eins nicht wollte, dann, dass alles wieder von vorne anfing.

Die wenigen Freunde, die sie hatte, waren alle genauso erschüttert gewesen wie sie selbst, hatten sie bedauert, getröstet und ihr gut zugeredet. Doch dann hatten sie angefangen, sich fast unmerklich zurückzuziehen, fast als fürchteten sie, ihre

Dummheit könnte ansteckend sein. Sie »vergaßen«, ihr beim Mittagessen einen Platz freizuhalten oder ihr Bescheid zu sagen, wo sie sich nach der Schule treffen wollten. Und anscheinend waren sie auch allesamt mit einem Schlag stocktaub geworden, jedenfalls hörten sie es plötzlich nicht mehr, wenn Martha ihnen auf dem Gang hinterherrief.

Natürlich hatte Martha überlegt, es der Schulleitung zu melden, aber dann hätte bloß Freddie, der Pechvogel, Ärger bekommen – wäre womöglich sogar von der Schule geflogen –, und damit würde man den Geist auch nicht wieder in die Flasche sperren können. Bestimmt würden sie bloß so eine grässliche Schulversammlung ansetzen, über Datenschutz und Privatsphäre und Netzsicherheit reden und sie als mahnendes Beispiel herausstellen, als Aushängeschild der Idiotie, und die ganze Geschichte würde nur noch länger im Gespräch bleiben. Das Foto würde natürlich verboten – alle würden angewiesen, es unverzüglich zu löschen. Dabei wusste doch jedes Kind, dass man heutzutage gar nichts mehr endgültig löschen konnte. Und wenn es etwas gab, das reizvoller war als ein Nacktfoto, dann ein verbotenes Nacktfoto.

An den Schließfächern der Zehnten angekommen, blieb Martha wie angewurzelt stehen. Quer darüber drapiert hing ein handgemaltes Transparent, allem Anschein nach aus alter Bettwäsche zugeschnitten, mit der Aufschrift: SCHLUSS MIT DEM SLUTSHAMING!

Marthas Wangen glühten. Sie wusste, wem sie das zu verdanken hatte. Quasi über Nacht war sie zum Lieblingsaufhänger einiger Mädchen geworden, die sich an der Schule gegen Alltagssexismus und Frauenfeindlichkeit engagierten. Die meinten es sicher nicht böse und wollten bloß ihre Solidarität demonstrieren, aber kapierten dabei nicht, dass ihr gut gemeintes Spruchband Martha als Schlampe brandmarkte. Schon komisch, waren sie und Freddie doch die einzigen Jungfrauen in der zehnten Klasse. Und befreundet sein wollten sie auch nicht mit ihr, sie wollten sie bloß unter ihre Fittiche nehmen. Eine erdrückende Fürsorge, durch die Martha sich nur noch hilfloser und erbärmlicher fühlte. Und noch mehr wie eine Zielscheibe.

Martha sah ein paar der coolen Kids näher kommen und hatte plötzlich David Attenboroughs Stimme im Kopf. *Wir sehen das Hyänenrudel – nein, den Hyänen»clan«. Sie haben den Geruch eines verletzten Gnu-Kalbs aufgenommen, es von der Herde getrennt und eingekesselt, um es zu töten.*

Mit einem Ruck riss sie das Transparent herunter, knüllte es zu einem großen Ball zusammen und stopfte es in ihr Schließfach, wo es wie ein bösartiger Tumor lauerte, um später von ihr entsorgt zu werden. Schnell schlüpfte sie in den leeren Erdkunderaum und brachte sich in Sicherheit. Sie hatte dieses blöde Bild nur geknipst, weil sie unbedingt dazugehören wollte, und nun war sie noch ausgeschlossener als vorher.

Sie ging zu dem Globus auf dem Lehrerpult und stieß ihn mit dem Finger an, bis er sich drehte. Die Welt war nur ein winziger Fleck im Universum. Sie legte den Finger auf Großbritannien, und alles außer Cornwall, North Norfolk und die Äußeren Hebriden verschwand darunter. Was für eine klitzekleine Insel. Und sie war bloß einer von Millionen Menschen, die darauf herumlebten. Warum also fühlte es sich an, als starrten alle immer *sie* an? Sie wünschte, sie könnte sich wieder in ihre gemütliche Anonymität verkriechen, die sie bisher gar nicht zu schätzen gewusst hatte. Zum Teufel mit Beliebtsein oder bloß Akzeptiertsein. Dafür war es nun zu spät. Sie wäre schon zufrieden, wenn sie sich einfach unsichtbar machen könnte.

Martha setzte sich auf eins der Pulte und genoss die herrlichen letzten Augenblicke der Ruhe, ehe die Klingel zum Unterrichtsbeginn läutete.

Unvermittelt klopfte es gleich neben ihr ans Fenster, und sie zuckte erschrocken zusammen. Von draußen, vom Spielplatz, drückten sich drei Handys an die Scheibe. Drei Displays tanzten am Fenstersims entlang, darauf drei identische Fotos. Sechs breit gespreizte Beine. Die vielfache Erinnerung an Marthas Schmach.

Wann würde das endlich aufhören?

Piers

18:17 Waterloo nach Surbiton

Mit raschen Schritten ging Piers Bahnsteig 5 entlang, den Blick stur geradeaus gerichtet, während er an Wagen drei vorbeilief. Diese unmögliche Person hatte in ein gigantisches Wespennest gestochen, als er das letzte Mal neben ihr gesessen hatte, und er wusste, wenn sie noch mehr darin herumstocherte, würde der ganze Schwarm wütend herausstieben, und alles wäre verloren.

Schnurstracks marschierte er zum Wagenende, wo es angenehm leer war, und setzte sich an einen freien Vierertisch. Piers griff in die Innentasche seines Jacketts und zog ein abgegriffenes ledergebundenes Notizbüchlein heraus. Jeden Tag mit Bleistift die Zahlen zu notieren, gehörte zu seinen wichtigsten Ritualen. Ganz altmodisch. Rituale waren wichtig, ein Zeichen an die Marktgötter, dass es ihm ernst war und dass mit ihm nicht zu spaßen war. Vor einem wichtigen Geschäft ließ er immer die Fingerknöchel knacken, was früher stets für Johlen und Grölen und sogar *Midas! Midas! Midas!*-Rufe vom Parkett gesorgt hatte. Aber die Zeiten waren längst vorbei.

Piers wurde ganz flau, als er die Zahlen unten auf der Seite mit denen auf der vorigen verglich. Weitere fünfzehn Prozent runter. Wie konnte das sein? Sein Herz setzte beinahe aus, als er im Augenwinkel etwas Lilafarbenes aufblitzen sah. War sie ihm etwa gefolgt?

»Piers!«, rief sie und machte damit alle Hoffnung zunichte, sie könnte womöglich aus ganz anderen Gründen ausgerechnet in seinen Wagen gestiegen sein. »Ich habe Sie eben draußen vorbeigehen gesehen! Hören Sie, jetzt, wo wir uns kennen, wollte ich Sie unbedingt etwas fragen.« Ach herrje. Er sagte keinen Ton, schließlich wollte er sie nicht noch ermutigen. Sie nahm ihm gegenüber Platz und setzte den Hund wie selbstverständlich auf den Sitz neben sich.

»Ich will alles wissen über die Traube des Grauens«, sagte sie. »Wie war das, beinahe zu sterben? Hatten Sie eine Nahtoderfahrung und haben sich selbst von oben gesehen? Ist Ihr ganzes Leben an Ihnen vorbeigezogen?«

Piers wand sich unbehaglich. Er kam sich vor wie beim Verhör vor einem Militärgericht, außerdem hatte er das unerfreuliche Gefühl, von sämtlichen Mitreisenden belauscht zu werden.

»Ähm, nein, nichts dergleichen«, stammelte er. »Passiert das nicht bloß beim Ertrinken? Eigentlich habe ich nur daran gedacht, dass meine Kinder jetzt ohne Vater aufwachsen werden.« Schon wieder eine Lüge. Das hätte er denken *sollen*. Aber das würde er wohl kaum in einem Zugabteil voller ohrenspitzender Lauscher herausposaunen.

»Und, hat das was mit Ihnen gemacht? Wollen Sie Ihr Leben ändern, Gutes tun und so? Ihr ganzes Geld einem wohltätigen Zweck spenden?«, fragte Iona. Piers schüttelte den Kopf und merkte, wie er rot wurde, als ihm sein dem Universum vorschnell gegebenes Versprechen wieder einfiel. Das galt doch sicher nicht, oder? Es war unter Folter zustande gekommen und verstieß damit gegen die Genfer Konvention.

Wie schaffte diese Frau es bloß, ihm in den Kopf zu gucken? Immerhin schien sie wenigstens das Gespräch von vergangener Woche vergessen zu haben.

»Haben Sie in dem Augenblick, als Sie dem Tod ins Auge schauten, gemerkt, wie sehr Sie Ihren Job verabscheuen? Sie wissen schon, so ein *Was mache ich hier eigentlich? Habe ich mein ganzes Leben vergeudet?*-Moment?«

Ach nein, sie hatte es wohl doch nicht vergessen. Er seufzte, dann schaute er auf die Uhr und überschlug rasch, wie lange er sie noch ertragen musste, bis er aussteigen konnte. Achtzehn Minuten.

»Nein, eigentlich nicht«, entgegnete er. »Diese Erkenntnis ist im Laufe der Jahre gewachsen.«

»Aber Sie sagten, früher mochten Sie ihn. Was *genau* mochten Sie denn daran?«, hakte sie nach und schaute ihn so durchdringend an, dass er nicht anders konnte, als sein Gehirn nach einer Antwort zu durchforsten.

»Zahlen«, sagte er schließlich. »Das mochte ich. Ich habe immer schon gerne mit Zahlen gespielt …« Er unterbrach sich und überlegte, ob er es dabei belassen konnte, und wartete ab, ob Iona etwas dazu sagen würde. Tat sie aber nicht. Sie schaute ihn nur wortlos an, bis er schließlich unwillentlich weiterredete. »Wissen Sie, meine Kindheit war ziemlich … chaotisch.«

»Chaotisch, inwiefern?«, fragte Iona und beugte sich interessiert nach vorn.

»Ach, na ja, das Übliche halt. Arbeitsloser, kaum anwesender Vater verspielt sein ganzes Geld im Wettbüro. Mutter Alkoholikerin. Den Rest können Sie sich sicher denken. Irgendwann habe ich die Mathematik für mich entdeckt, da war alles so … so ordentlich, vorhersehbar, geregelt und genau. So ganz anders als mein restliches Leben. Und ich habe schnell gemerkt, dass mir das liegt.«

»Mathe hat Ihnen also durch Ihre schwierige Kindheit geholfen?«

»Ja. Na ja, eigentlich war es mehr Mr Lunnon, mein Mathelehrer, wenn ich ganz ehrlich bin. Er hat meine Begabung erkannt und mich für das Talentierten- und Begabtenprogramm der Schule vorgeschlagen und mir alle nur erdenklichen Türen geöffnet. Förderstunden und landesweite Wettbewerbe. Und als ich mich dann fürs Studium beworben habe, hat er mir mit den Formularen der Vergabestelle geholfen und mit der Vorbereitung für die Auswahlgespräche. Ich war der Erste aus meiner Familie, der es an die Uni geschafft hat, und der Erste aus meiner Schule, der in Oxford Mathematik studiert hat. Ohne ihn hätte ich das alles nie geschafft.«

Himmel, jetzt wurde er doch glatt sentimental. Und bekam ein schlechtes Gewissen. Wann hatte er das letzte Mal mit Mr Lunnon gesprochen? Lebte der überhaupt noch? Hatte er sich eigentlich irgendwann einmal bei ihm bedankt? Doch bestimmt, oder?

Womöglich waren es die unerwarteten Gefühlswallungen, die ihn zu einem weiteren Geständnis veranlassten, etwas, das er bisher keiner Menschenseele anvertraut hatte, der Gedanke, den er in schlaflosen Nächten frühmorgens hervorkramte und in den Händen drehte und wendete wie eine Kristallkugel.

»Das wäre ich gerne, in meiner Wunschtraumwelt«, sagte er. »Lehrer. Ich würde gerne ein Leben verändern, so wie er meines verändert hat. Sie wissen schon, etwas zurückgeben, nicht bloß Geld verschieben. Dann würde der Kreis sich endlich schließen.«

Iona lehnte sich zurück und schenkte ihm ein echtes Lächeln. Als könnte sie ihn tatsächlich ein kleines bisschen mögen. Oder ein bisschen weniger verabscheuen. Bei dem Gedanken bekam er gleich bessere Laune, was irgendwie komisch war, denn eigentlich sollte es ihm doch schnurzpiepegal sein, was sie von ihm hielt.

»Tja, das ist nun schon das zweite Mal, dass Sie mich überraschen«, sagte sie. »Und heute muss Ihr Glückstag sein, ich kann Ihnen nämlich womöglich helfen.«

»Warum sollten Sie mir helfen, Iona?«, fragte er. Nicht angriffslustig, sondern weil er es wirklich wissen wollte. Er versuchte sich daran zu erinnern, wann er das letzte Mal jemandem hatte helfen wollen, mit dem er nicht verwandt war oder der irgendwie seiner Karriere oder seinem persönlichen Profit dienlich sein konnte.

»Na ja, was hätte es genützt, Ihnen das Leben zu retten, wenn ich nicht auch dafür sorge, dass Sie das Beste daraus machen?«, entgegnete sie. »Außerdem ist Menschen helfen meine *Raison d'Être*, mein Lebenszweck. Oder in Ihrem Falle könnte man der fehlgegangenen Traube wegen wohl auch *Rosine d'Être* sagen. Verstehen Sie?!?«

Iona lachte so laut über ihren eigenen Witz, dass niemand anderer einstimmen musste. Zum Glück.

»Tja, also, das ist wirklich sehr nett von Ihnen, aber es ist sinnlos. Denn wir leben nun mal nicht in meiner Wunschtraumwelt, oder? Und mal abgesehen davon, meine Frau könnte nicht damit leben, mit einem Lehrer verheiratet zu sein«, sagte er, als der Zug, endlich, in den Bahnhof Surbiton einfuhr.

»Aber Sie könnten zumindest mit ihr reden«, rief Iona ihm noch nach, als er schon auf dem Weg zur Tür war. »Bestimmt will sie doch auch, dass Sie glücklich sind.«

»Schläfst du schon, Minty?«, wisperte Piers. Im schwachen Schein des Nachtlichts sah er, wie Mintys Bettdecke sich bewegte, und dann streckte sich ein kleiner, pummeliger Arm nach ihm aus, und ihre geballte Hand öffnete sich wie ein Seestern.

»Daddy! Du bist wieder da!«, quiekte sie.

»Wie war's heute in der Schule, meine Hübsche?«, fragte er, beugte sich über sie, drückte ihr einen Kuss auf die warme

Wange und atmete den Duft ein von Johnson's Baby-Shampoo und Kinderzahnpasta mit Erdbeergeschmack.

»Cool. Avas Dad war heute in der Schule und hat uns was über seinen Beruf erzählt«, sagte Minty.

»Was macht Avas Dad denn?«, fragte Piers.

»Er ist Tierarzt. Er kümmert sich um kranke Tiere. Er arbeitet im Zoo. Er hatte ein Erdmännchen dabei. Ein richtig echtes! Das war soooo süß«, plapperte Minty.

Ein *Erdmännchen*? Das war doch geschummelt! Wie sollten andere Eltern da mithalten?

»Kannst du auch mal mit in die Schule kommen, Daddy?«, fragte Minty.

»Aber sicher doch, Mäuschen«, sagte Piers und stopfte die Bettdecke an den Seiten fest. »Ich kann deinen Freunden erzählen, dass ich Investmentbanker bin und ganz viel Geld verdiene, weil ich voraussagen kann, welche Aktien und Anteile hochgehen und welche runter.«

Minty runzelte skeptisch die Stirn. Und wer könnte es ihr verdenken?

»Also, ich habe eine sagenhafte neue Nanny gefunden«, sagte Candida zwischen zwei Häppchen Risotto Primavera von Marks & Spencer. Candida, die in einem Mädchenpensionat gewesen war, redete nie mit vollem Mund oder stützte die Ellbogen auf den Tisch, und immer benutzte sie eine gestärkte Leinenserviette.

»Ach?«, machte Piers.

»Mhm. Ich habe die Nase voll von Au-pairs, gerade frisch von der Schule, mit ihren Gefühlsdramen und *Problemchen*. Weißt du noch, die dänische, die uns immer mitten in der Nacht den Kühlschrank leer gefressen hat? Oder die, die immer so laute Albträume auf Rumänisch hatte, dass sogar die Kinder davon aufgewacht sind? Ganz zu schweigen von Magda mit ihrem offensichtlichen Drogenproblem und der lockeren Moral.« Sie schüttelte sich. Wenigstens hatte sie das holländische Au-pair nicht erwähnt. Vielleicht war dieser kleine Zwischenfall damit endgültig vergessen.

»Diesmal engagieren wir ein richtig ausgebildetes Kindermädchen mit Berufserfahrung«, fuhr Candida fort. »Mit Referenzen und Empfehlungen. Sie heißt Fiona, sieht beruhigenderweise aus wie Mrs Doubtfire und hat vorher für eine Kleincousine von Sophie Wessex gearbeitet.« Er musste wohl ziemlich verdattert geguckt haben, denn sie fügte hinzu: »Die Frau von Prinz Edward. Die nette, etwas graumausige. Wie ich immer sage: *Im Zweifelsfall einfach mehr Geld in die Hand nehmen.* Das habe ich von dir gelernt.« Strahlend schaute sie ihn an.

Hatte er das wirklich gesagt? Vermutlich schon. Wie anmaßend und dumm von ihm. Und wie viel Geld hatte sie genau »in die Hand genommen«?

»Liebling«, sagte er und begann, sich behutsam vorzutasten. »Hast du mal darüber nachgedacht, dich selbst um die Kinder zu kümmern? Sie sind ja längst keine Kleinkinder mehr. Minty geht schon zur Schule, und Theo wird nächstes Jahr eingeschult.«

Entsetzt blickte Candida ihn an. »Aber Piers, was wird denn dann aus meinem *Job*?«, fragte sie. »Ich bin doch keine Fünfzigerjahre-Hausfrau, die fröhlich mit Schürze in der Küche steht, Kuchen backt und dir die Hausschuhe und einen Gin Tonic bringt, wenn du abends nach Hause kommst. Das weißt du doch.«

Piers, der sich selbst für recht fortschrittlich hielt, wäre dieser Beweisführung auf der Stelle gefolgt, würde Candida tatsächlich etwas verdienen. Aber ihr *Job* kostete ihn ein Vermögen. Sie hatte eine Designerboutique in der Haupteinkaufsmeile eröffnet, wo die Mieten astronomisch waren, und verkaufte höchstens gelegentlich mal zum Freundschaftspreis ein Kleid an eine ihrer Freundinnen. Ein nicht unerheblicher Teil ihres Warenbestands schien sich wie von Zauberhand in ihrem eigenen Kleiderschrank zu materialisieren, und sie hatte darauf bestanden, eine Aushilfe einzustellen, da sie selbst unmöglich den ganzen Tag an der Kasse stehen konnte. Aber diese Schlacht würde er wohl heute nicht gewinnen.

Piers ließ Candidas Weinglas nicht aus den Augen. Jahrelange Erfahrung hatte ihn gelehrt, dass der beste Moment, um ein heikles Thema anzusprechen, irgendwann kurz nach den ersten beiden Gläsern war – wenn sie sich ein wenig entspannt hatte –, aber unbedingt noch vor dem dritten, nach dem sie oft feindselig und streitlustig wurde.

»Candida?«, sagte er und tippte behutsam mit einem Zeh auf das hauchdünne Eis. »Was würdest du davon halten, wenn ich dir sage, dass ich am liebsten Mathematiklehrer werden will?«

Candida lachte. Dieses unglaublich ungezwungene Lachen, weswegen er sich auf der Tanzfläche nach ihr umgedreht hatte. Damals, an jenem Abend vor zehn Jahren, als sie sich im Hurlingham Club kennengelernt hatten.

»Ich würde sagen, hätte ich Lehrergattin werden wollen, hätte ich einen Lehrer geheiratet! Man stelle sich das mal vor! Ich! *Tatlers* begehrteste Junggesellin!«, prustete sie. Dann unterbrach sie sich und schaute ihm fragend ins Gesicht.

»Ach herrje. Du meinst das wirklich ernst, was?«, sagte sie. »Du bist gerade mal achtunddreißig. Ist das nicht ein bisschen früh für eine Midlife-Crisis? Wieso kaufst du dir nicht einfach einen schicken Sportwagen oder so was? Ach nein, warte, wir haben ja schon einen!« Grinsend schaute sie ihn an und ließ die überkronten Zähne blitzen, die ihn den Gegenwert eines Kleinwagens gekostet hatten. Ihre echten Zähne hinter all den polierten Keramikverblendungen waren zu winzig kleinen, messerscharfen Spitzen heruntergeschliffen. Irgendwo dort, dachte er, ist eine Metapher versteckt.

»Wie wäre es mit einer Harley, hm? Vielleicht könnte ich sogar eine kleine Affäre mit der Empfangsdame übersehen, solange sie nicht wesentlich jünger ist als ich und du mir versprichst, dich nicht in sie zu verlieben.« Er gab keine Antwort.

»War nur ein Scherz«, sagte sie. »Natürlich.«

»Ich meine es ganz ernst«, sagte er. »Ich bin todunglücklich in der City. Seit Jahren schon. Und ich kann's einfach nicht mehr. Kaum war alles kein großes Spiel mehr, kaum *kam es darauf an*, habe ich die Nerven verloren.«

»Jetzt sei nicht albern, Schatz«, widersprach sie. »Du bist ein *Genie*. Darum nennen Sie dich doch auch Midas, oder nicht?«

»Willst du denn nicht, dass ich glücklich bin?«, fragte er, weil ihm Ionas letzter Satz plötzlich wieder einfiel.

»Aber natürlich! Du weißt doch, was für eine treusorgende Ehefrau ich bin. Und was für eine gute Mutter! Aber ich möchte, dass du glücklich *und* reich bist. Sieh mal, denk doch nur an die *Kinder*. Mit einem Lehrergehalt könnten wir uns die teuren Privatschulen nicht leisten, und Eton und Benenden schon gar nicht. Und das alles hier auch nicht.« Mit einer ausladenden Geste, die das ganze Haus einschloss, deutete sie auf all die *Sachen*, die Candidas unverschämt teure Innenarchitektin für sie ausgesucht hatte. All die Lampen, Vasen, Teppiche und Sofakissen, die jedes Mal ausgetauscht werden mussten, sobald die Mode wechselte.

»Möchtest du Minty allen Ernstes erklären, dass sie ihr Pony wieder hergeben muss?«, fuhr Candida fort. »Sie war schon so aufgewühlt, als Magda gegangen ist, stell dir mal vor, nun wäre auch noch das Pony weg.«

»Aber brauchen wir das alles denn überhaupt?«, wagte er einzuwenden. »Wäre es denn wirklich so schrecklich, wenn die Kinder auf eine öffentliche Schule gingen und Minty einen Hamster als Haustier hätte? Oder einen Goldfisch? In ihrem Alter wäre ich für einen Hamster über Leichen gegangen.«

»Ach du liebe Güte, fängt das jetzt wieder an! *Wir waren damals so arm, dass ich als Haustier nur eine Kellerassel in einer Streichholzschachtel hatte*«, äffte Candida ihn nach.

»Es war ein Ohrenkneifer«, sagte Piers. »Olaf.«

Candida lächelte ihn an, wie sie Theo immer anlächelte, wenn er noch eine Gutenachtgeschichte hören wollte. Ein Lächeln, das eindeutig besagte: *Ich hab dich lieb, aber nein. Dafür hast du nicht genügend Fleißpunkte auf deinem Belohnungskärtchen gesammelt.*

»Weißt du was«, sagte sie. »Wieso machst du nicht erst mal so weiter, bis die Kinder mit der Schule fertig sind, und danach kannst du tun und lassen, was du willst. Dann kannst du auch gerne unterrichten, wenn du das unbedingt willst. Oder wir veräußern alles, kaufen ein Boot und segeln um die ganze Welt, splitternackt, nur mit Tüchern bekleidet. Oder wir entdecken uns in einem buddhistischen Thai-Kloster neu. Warum konzentrieren wir uns nicht fürs Erste auf ›reich‹, und um das ›glücklich‹ kümmern wir uns dann später? Was meinst du?«

Wenn die Kinder aus der Schule sind? In *fünfzehn Jahren*? Mancher Mörder saß nicht so lange ein.

»Aber sicher«, sagte er, während Candida ihr drittes Glas Wein leer trank. Und sie lächelte ihn an, bemüht, sich die Mischung aus Erleichterung und Triumph nicht anmerken zu lassen.

Was sollte er denn jetzt machen? Wie sollte er ihr beibringen, dass ihm die Entscheidung – weitestgehend – längst aus den Händen genommen worden war?

Sanjay

08:35 New Malden nach Waterloo

Als er endlich am Bahnhof ankam, war Sanjays Zug längst abgefahren. Er war heute wirklich spät dran. Es kam ihm vor, als bewegte er sich unter Wasser, selbst nach dem doppelten Espresso to go, den er eben auf dem Weg heruntergestürzt hatte.

Letzte Nacht hatte er fast kein Auge zugetan. Er war viel zu lange aufgeblieben, weil seine, James' und Ethans Schichten sich zufällig überschnitten und sie ausnahmsweise alle drei zur gleichen Zeit freigehabt hatten. Stundenlang hatten sie zusammen gezockt und den Abend dann mit einer *Star-Wars*-artigen Challenge ausklingen lassen, bei der man Raumschiffe durch einen Meteoritenschauer lenken und gleichzeitig Hindernisse und Aliens abschießen musste. Was dann irgendwie nahtlos in einen viel zu plastischen Technicolor-Albtraum übergegangen war, in dem zahllosen von Sanjays Patienten, Freunden und Familienangehörigen plötzlich überall am Körper rasch wachsende, wild wuchernde Tumore gesprossen waren, die er mit einer an eine riesige Spritze gemahnende Laserwaffe abschießen musste, während seine Mum, die Anwältin, immer wieder unvermittelt auftauchte und ihn anherrschte: *Lass das, oder wir sehen uns vor Gericht!*

»Wo hast du denn die ganze Zeit gesteckt, Schätzchen?«, hörte er plötzlich eine Stimme von hinten und zuckte erschrocken zusammen. Er drehte sich um, und dort auf der Bank, versteckt hinter einem Exemplar der *Times*, saß wie eine Spionin aus einem Kalter-Krieg-Film Iona. Und duzte ihn einfach.

Was ziemlich verstörend war, denn als Sanjay sie das letzte Mal gesehen hatte, war ihr ein großes Geschwür aus dem linken Ohr gewachsen und hatte sich aufgeblasen wie ein Heliumballon. Er hatte darauf geschossen und ihr dabei versehentlich den Kopf weggepustet. Was für eine Erleichterung, sie nun gesund und munter vor sich zu sehen.

»Was machen Sie denn hier, Iona?«, fragte er. »Das ist doch gar nicht Ihr Halt.«

»Wollen wir uns jetzt bitte nicht um Haltestellen streiten, mein Lieber. Das ist nicht mein Halt, aber *deiner* ist es auch nicht. Nicht so besitzergreifend! Es ist jedermanns Haltestelle. Zumindest jedermanns mit einer gültigen Fahrkarte«, sagte sie.

»Stellen Sie sich bitte nicht dumm, Iona! Sie wissen genau, was ich meine. Das hier ist nicht der Halt, an dem Sie sonst aussteigen«, sagte er.

»Tatsächlich habe ich dich gesucht«, sagte Iona. »Du warst heute Morgen nicht im Zug und gestern auch nicht. Und ich musste dich unbedingt noch vor dem Wochenende sprechen.«

»Wieso das?«, fragte er. Ihm wurde zunehmend mulmig. Er hätte wissen müssen, dass es kein gutes Ende nehmen konnte, sich mit Fremden im Zug einzulassen. Von Emmie mal abgesehen. Wobei das bisher auch alles andere als gut gelaufen war, oder?

»Ach, da ist ja schon der Zug. Komm, steigen wir ein, dann erkläre ich dir alles!«, sagte sie.

Selbstredend stiegen Sanjay und Iona in Wagen drei. Stirnrunzelnd starrte Iona den Gang hinunter. Dann schob sie sich energisch durch die Menschenmassen, die sich dort drängten, das Murren und Fluchen schlicht ignorierend, während Sanjay ihr mit hochrotem Kopf folgte und sich *Sorry, Verzeihung, Sorry* nach allen Seiten hin murmelnd entschuldigte, bis sie endlich an ihrem Lieblingsplatz, dem Vierertisch, angekommen waren.

»Guten Morgen«, sagte sie zu dem Geschäftsmann, der auf dem Platz am Gang mit Blick in Fahrtrichtung saß. »Ich glaube, Sie sitzen auf meinem Platz.« Lulu grummelte leise, wie um das Gesagte zu unterstreichen. Wer war jetzt besitzergreifend? Sanjay freute sich schon darauf, dieses seltene Naturschauspiel zu verfolgen. Niemand in diesem Zug räumte *jemals* freiwillig seinen Sitzplatz. Er selbst sprang zwar immer gleich auf, um auffallend schwangeren Frauen oder alten oder gebrechlichen Fahrgästen Platz zu machen, aber er war da auch anders als die anderen.

»Ach, entschuldigen Sie«, stotterte der Mann, sprang auf und machte den Platz frei.

Wie hatte sie das denn angestellt?

»Sehr nett«, sagte Iona, nahm mit Lulu auf dem Schoß Platz und begann, ihre Sachen vor sich auf dem Tisch auszubreiten.

Sanjay musste natürlich weiter stehen. Iona beugte sich zu ihm hinüber und flüsterte: »Was für ein Glück, dass er die vierte eherne Pendlerregel nicht kannte.«

»Die da wäre?«, fragte Sanjay und überlegte, ob es dazu wohl eine Broschüre gab, die er hätte lesen sollen.

»Niemals freiwillig einen Sitzplatz aufgeben!«, sagte Iona. »Also, ich wollte unbedingt mit dir reden, weil du am Sonntag mitkommen musst, um zehn. Du hast doch noch nichts vor, oder?«

»Nein«, sagte er, nur um sich umgehend zu verfluchen, weil er Iona vor seiner Zusage nicht erst gefragt hatte, worum es eigentlich ging.

»Na, Gott sei Dank!«, rief Iona. »Wir besuchen den Irrgarten im Hampton Court Park!«

»Öhm, okay. Und warum?«, fragte Sanjay.

»Weil ich seit Ewigkeiten nicht mehr da war und es einer meiner liebsten Orte überhaupt ist«, sagte Iona.

»Wieso nehmen Sie nicht Bea mit?«, fragte Sanjay.

»Sie mag keine Irrgärten«, entgegnete Iona. »Verläuft sich immer darin.«

»Ist das nicht Sinn und Zweck eines Irrgartens?«

»Und ich dachte, es würde dir gefallen«, sagte Iona und überhörte seinen Einwurf. »Ich dachte, du verbringst vielleicht gerne ein bisschen Zeit mit mir. Aber wie dumm von mir. Du hast natürlich wesentlich Besseres zu tun, als deine Zeit mit einer Dame gewissen Alters zu vergeuden.« Iona schniefte und sah, sehr zu Sanjays Entsetzen, aus, als könnte sie jeden Augenblick in Tränen ausbrechen.

Sanjay fühlte sich furchtbar. Iona hatte allem Anschein nach nicht viele Freunde, und es war wirklich schmeichelhaft, dass sie ausgerechnet ihn für ihre sonntägliche Unternehmung auserkoren hatte, und nun hatte er sie gekränkt. Seine Mum wäre entsetzlich enttäuscht. Stets hatte sie ihm eingetrichtert, wie unhöflich es war, wenn ein Mädchen all seinen Mut zusammennahm und einen zum Abschlussball oder einem Date einlud, sie dann einfach abzuweisen. Sanjay glaubte zwar nicht, dass sie dabei jemanden wie Iona im Sinn gehabt hatte, aber trotzdem.

»Nein, nein!«, rief er. »Ich komme gerne. Das wird bestimmt ein Riesenspaß!«

»Prima. Dann sind wir uns ja einig«, erklärte Iona, wieder ganz die Alte. Erstaunlich, wie schnell sie sich gefangen hatte.

Der Zug fuhr in Wimbledon ein, und die Frau auf dem Sitz gegenüber von Iona stand auf, um auszusteigen. Dankbar sank Sanjay auf den frei gewordenen Platz.

»Sanjay!«, zischte Iona ihm ins Ohr. »Steh auf! Schnell!«

»Wieso?«, fragte er. »Ich habe mich doch gerade erst hingesetzt! Und überhaupt, wie war das mit der vierten ehernen Pendlerregel?«

»Das ist eine der wenigen Ausnahmen«, entgegnete Iona.

»Ausnahmen? Welche Ausnahmen?«, fragte Sanjay.

»Niemals freiwillig einen Sitzplatz aufgeben, *es sei denn, Iona sagt es einem*«, sagte Iona. »Sieh mal! Da ist der Mann mit dem sprechenden Sandwich. Du erinnerst dich? Ich muss dringend mit ihm reden. Huhu!«, tönte Iona und wies auf den Sitz, von dem Sanjays Hinterteil sich nur widerstrebend trennte. »Hier ist noch ein Platz frei!«

Der Mann, an dessen Namen Sanjay sich partout nicht erinnern konnte, schaute etwas verschreckt. Dann setzte er sich auf den Platz, den Sanjay gerade erst frei gemacht hatte und der sicher noch warm war von seinem Allerwertesten.

»Hallo Iona. Hallo Sanjay«, sagte er.

»Hi Daniel«, sagte Sanjay, erleichtert, dass ihm der Name doch noch eingefallen war.

»David«, sagte David resigniert, als vergäßen die Leute ständig seinen Namen.

»Also, wie ist es neulich Abend gelaufen?«, fragte Iona. »Haben Sie mit Ihrer Frau über den Brief geredet? Und viel wichtiger noch, haben Sie ihr *zugehört*?«

»Ja, natürlich. Aber ich fürchte fast, es ist zu spät«, sagte David mit niedergeschlagener Miene. »Es kam mir war, als wollte man ein Pflaster auf eine spritzende arterielle Wunde kleben.«

»Da hilft nur ein Druckverband«, wandte Sanjay ein, der sich ein bisschen ausgeschlossen fühlte.

»Ja, sicher«, sagte Iona. Und dann, an David gewandt: »Er ist Krankenpfleger.« Sanjay sah nicht, wie sie dabei die Augen verdrehte, aber er hörte es an ihrem Tonfall. »Also, was hat sie gesagt?«

»Darüber möchte ich hier nicht sprechen«, sagte David. »Wo

uns jeder zuhören kann.« Da sagte er was, dachte Sanjay, aber Iona wollte nichts davon wissen.

»Nun seien Sie nicht albern. Das Tolle an Zügen ist doch die Anonymität. Niemanden interessiert es einen feuchten Kehricht, was die anderen machen. Und jetzt will ich wissen, was passiert ist. Wie, sagten Sie noch gleich, heißt Ihre Frau?«, fragte Iona.

»Olivia. Sie möchte das Haus verkaufen und irgendwo anders noch mal ganz von vorn anfangen. Allein. Vielleicht im Ausland. Sie sagt, sie braucht Veränderung. Abenteuer. Leidenschaft.«

»Brauchen wir das nicht alle!«, rief Iona. Und dann, als sie sah, wie vollkommen verständnislos David sie ansah, fügte sie hinzu: »Vielleicht auch nicht. Wann haben Sie Ihre Frau das letzte Mal überrascht? Haben mit ihr etwas Neues, Aufregendes unternommen?«

»Ähm, ich weiß nicht«, sagte David. »Um ehrlich zu sein, sind wir, seit unsere Tochter Bella zu Hause ausgezogen ist, ein bisschen betriebsblind geworden. Wir reden kaum noch miteinander. Früher haben unsere Gespräche sich immer um sie gedreht. Ich glaube, Bella war das schlagende Herz der Familie, und seit sie fort ist, tappen wir hilflos in einer nutzlosen Hülle umher.«

»Ach ja, das berühmte leere Nest. Da sind Sie nicht die Einzigen, denen es so ergeht«, sagte Iona. Sie tätschelte David das Knie, was er anscheinend eher beunruhigend als tröstlich fand. »Das kommt öfter vor. Ich kann Ihnen sogar eine Broschüre dazu geben. Wann ist sie denn ausgezogen?«

»Vor zehn Jahren«, sagte David. »Und ein Jahr später ist sie nach Australien gegangen.«

»Zehn Jahre sind eine lange Zeit für eine Ehe ohne schlagendes Herz, David«, sagte Iona. »Sie können es Olivia nicht verübeln, dass sie sich mehr vom Leben wünscht.«

»Ein Defibrillator könnte helfen«, warf Sanjay ein. Beide ignorierten ihn.

»Na ja, das habe ich mittlerweile auch kapiert«, sagte David zu Iona und wirkte dabei ziemlich verzweifelt. »Aber es ist zu spät. Das waren ihre Worte.«

»Nicht unbedingt«, meinte Iona. »Sie müssen sie bloß davon überzeugen, dass sie Veränderung und Abenteuer und Leidenschaft auch *mit Ihnen* haben kann.« Wobei Sanjay sich vorstellen konnte, dass *das* bestimmt nicht leicht werden würde. David machte den Eindruck, sich eher mit Hausschuhen und Strickjacke wohlzufühlen als mit Leidenschaft und Abenteuern.

»Es ist schnell passiert, dass eine Ehe lustlos und stumpfsinnig wird«, plapperte Iona unverdrossen weiter. »Eben flüstern Sie Ihrer Frau noch ins Ohr, in ihren Augen würden ganze Galaxien unzähliger Sterne funkeln, und im nächsten heißt es dann: *Ist die Unterhose schmutzig, ich stelle gleich noch eine Kochwäsche an.*« David starrte sie an, als wüsste er nicht, was schockierender war: die Vorstellung der metaphorischen Dreckwäsche seiner Frau oder der Gedanke, eigenhändig die Wäsche waschen zu müssen – ob nun Koch- oder Feinwäsche.

»Sie müssen ihr wieder in Erinnerung rufen, warum sie sich damals in Sie verliebt hat!«, sagte Iona. »Verdammt, wir sind schon da. Nächstes Mal reden wir weiter! Ich muss los – Team-*Brainstorming.*« So wie sie das Wort ausspie, war nicht zu überhören, was sie davon hielt.

Iona nahm ihre übergroße Handtasche, klemmte sich Lulu unter den Arm und eilte von dannen, während David ihr etwas verdattert nachschaute. »Wir sehen uns am Sonntag!«, rief sie Sanjay noch zu. »Komm nicht zu spät!«

»Du Glückspilz«, sagte eine Stimme von der anderen Seite des Gangs zu David. »Ich versuche schon seit Jahren vergeblich, meine Alte loszuwerden.«

So viel zu »Anonymität im Zug«.

Sanjays Handy summte in seiner Tasche. Auf dem Display eine Textnachricht.

Mum: MEINE FREUNDIN ANITA KOMMT AM SONNTAG ZUM MITTAGESSEN.

Meera tippte ihre Nachrichten immer in Großbuchstaben. Sanjay seufzte. Er wusste nur zu gut, wohin das führen würde.

Wie nett, schrieb er zurück.

Mum: SOLL ICH SIE BITTEN, IHRE TOCHTER MITZUBRINGEN? SIE IST IN DEINEM ALTER.

Sanjays Finger verharrten über dem Display, während er sich fragte, was er darauf antworten sollte. Aus Erfahrung wusste er, dass es am besten war, schnell das Thema zu wechseln.

Mit welchem Fall bist du gerade beschäftigt?, fragte er. Meeras Arbeit war das Einzige, womit man sie zumindest kurzzeitig ablenken konnte, damit sie ihre Nase nicht ständig ins Leben ihrer Kinder steckte.

Mum: EINE ZWANGSEHEANGELEGENHEIT. SPANNEND, ABER TRAGISCH.

Und die Ironie entgeht dir völlig?, tippte Sanjay, bevor er sich bremsen konnte.

Mum: ICH SAGE DOCH NICHT, DASS DU UNBEDINGT HEIRATEN MUSST! 😠 ICH WILL NUR NICHT, DASS DU EINSAM BIST. 😟

Danke, aber ich bin nicht einsam, schrieb Sanjay, um sich im selben Atemzug zu fragen, ob das wirklich stimmte. Er war selten allein, aber das war wohl etwas anderes, als nicht einsam zu sein, oder?

Wirst du dafür bezahlt?, fragte er.

Mum: SIE BEZAHLEN, SO VIEL SIE KÖNNEN.

Was hieß, sie bekam keinen Cent. Ein Glück, dass Sanjays Dad der Anwaltskanzlei seiner Mutter mit seinem gut gehenden Taxiunternehmen regelmäßig aus der Patsche half. Sie saßen sogar im selben Gebäude: Rechtsberatung (oft kostenlos) oben, Taxis unten. Meera schaffte es immer wieder, die Fahrer zu bequatschen, ihre Klienten kostenlos zu Gerichtsterminen zu chauffieren, sehr zum Verdruss seines Vaters.

Mum, ebenso geübt in abrupten Themenwechseln: ANITAS TOCHTER IST DENTALHYGIENIKERIN. ALSO UNBEDINGT GRÜNDLICH DIE ZÄHNE PUTZEN, WENN DU ZUM ESSEN KOMMST!

Danke, Mum, aber am Sonntag habe ich schon was vor, antwortete Sanjay.

Fast sah es aus, als hätte Iona ihm tatsächlich einen Gefallen getan. Es gab doch nichts Schlimmeres als Frauen in einem gewissen Alter, die einen partout verkuppeln wollten.

Iona

Das Brainstorming war im Clark-Kent-Zimmer angesetzt. Ed war bei seinem Antritt in der Agentur auf die grandiose Idee gekommen, sämtliche Konferenz- und Arbeitsräume nach berühmten Journalisten zu benennen. Die realen waren ihnen anscheinend schnell ausgegangen. Seit Monaten setzte Iona sich nun schon dafür ein, das Clark-Kent-Zimmer in Nora-Ephron-Zimmer umzutaufen, aber vergebens. Es war eine stumme Anklage gegen Eds Einstellungspolitik, dass weit mehr seiner Mitarbeiter schon mal was von Clark Kent gehört hatten als von der unnachahmlichen Nora Ephron.

Bisher war Iona aufgrund ihres Dienstalters – so vermutete sie zumindest – von den wöchentlichen Brainstorming-Sessions ausgenommen gewesen, aber nach ihrer »Rundum-Beurteilung« galt ihre Anwesenheit plötzlich als unabdingbar. Aktive und engagierte Teilnahme an Teamsitzungen gehörte, laut Ed, zu ihren KPIs. Um nicht zugeben zu müssen, dass sie keinen Schimmer hatte, was KPIs waren, hatte sie es gegoogelt, sobald sie wieder an ihrem Platz gewesen war. Es stand anscheinend für »Key Performance Indicator«, was ihr genauso wenig sagte. Klang irgendwie nach einem Messgerät, das ein Elektriker benutzte.

»Willkommen zusammen, willkommen!«, rief Ed, der mit einem Marker-Set in Primärfarben im Anschlag vorne vor der Flipchart stand. »Und immer daran denken, dumme Ideen gibt es nicht!«

Was schlicht und ergreifend nicht stimmte. Man denke nur an den Sinclair C5. Oder Chips mit Krabbencocktailgeschmack. Oder die Kerzen von Goop mit dem schönen Namen *Riecht wie meine Vagina*.

Aber vielleicht glaubte Ed das wirklich, schließlich hatte er schon genug dumme Ideen umgesetzt, seit er hier das Sagen hatte.

Diesen Konferenzraum, beispielsweise. Damals, in der guten alten Zeit, hatte hier ein großer ovaler Tisch mit praktischen Stühlen gestanden. Jetzt war der ganze Raum übersät mit grellbunten Sitzsäcken, die, laut Ed, angeblich den Kreativitätsfluss anregen sollten.

Bei Iona regten die Sitzsäcke die Kreativität mitnichten an. Stattdessen lebte sie in ständiger Sorge, man könne ihr Höschen sehen, wenn sie drinsaß. Und außerdem waren die vermaledeiten Dinger tückisch wie Treibsand. Saß man erst einmal drin, kam man nur mit Müh und Not wieder heraus. Letztendlich blieben ihr nur zwei Möglichkeiten: Jemanden zu bitten, ihr beim Aufstehen behilflich zu sein, was eine entsetzliche Schmach wäre, oder sich auf Hände und Knie zu wälzen und sich dann aus eigener Kraft hochzuarbeiten. Die anderen schienen keinerlei Probleme damit zu haben. Womöglich waren sie einfach nur jünger und gelenkiger oder hatten als Kinder der Sitzsackära deutlich mehr Übung. Iona beschloss, sich schleunigst einen Sitzsack anzuschaffen, um zu Hause heimlich zu üben. Bis dahin musste sie sich irgendwelche Ausreden einfallen lassen, um unauffällig im Clark-Kent-Zimmer zu bleiben, bis alle anderen weg waren, damit niemand sie hilflos auf dem Boden herumzappeln sah wie ein Fisch auf dem Trocknen. Der sie ja irgendwie auch war.

Zähneknirschend ließ Iona sich in einen quietschgelben Sitzsack sinken. Sie hatte Lulu bei Eds Assistentin abgegeben, denn der hätte das hier ganz und gar nicht zugesagt. Sie war einfach durch und durch Traditionalistin.

»Iona!«, rief der Mann im smaragdgrünen Sitzsack links von ihr. Sie drehte sich um und sah Olly, den Social Chef, was, wie sie nach einem ziemlich peinlichen Missverständnis gelernt hatte, Twitter und Instagram bedeutete, nicht Partys und Empfänge.

»Ja?«, sagte sie und hoffte inständig, er würde sie nicht bitten, ihr Facebook-Freund zu werden.

»Du hast unseren Twitter-Feed diese Woche echt zum Glühen gebracht. Bravo!«

»Tatsächlich?« Wie um alles auf der Welt hatte sie das denn angestellt? Sie war ja nicht mal auf Twitter. Twitter war einfach zu *wütend* für ihren Geschmack. Ein Haufen Leute, die sich erst gegenseitig Beleidigungen um die Ohren hauten und dann niedliche Kätzchenbilder posteten. *Rassismus! Frauenhass! Homophobie! Hier, mein entzückendes Flauschekätzchen!*

»Und wie! Deine kleine Glosse über Pornografie und Schambehaarung ist *tausendfach* geteilt worden. Ich war ganz fassungslos, TBH, ich dachte eigentlich, du kommst mit dem Standardgerede über Kindersicherungen«, erklärte Olly.

»Grundgütiger, nein«, wehrte Iona ab. »Weiß doch jeder, dass die Jungs heutzutage schon mit zehn ganz genau wissen, wie man die Kindersicherung aushebelt.« Aus den Augenwinkeln sah sie, wie Ed neugierig zu ihnen rüberschaute, und redete noch ein bisschen lauter. »Aber ich bin froh, dass ich euch mit ein bisschen *knisterndem Millennial-Content* aushelfen konnte.« Nimm das, Ed, und steck es dir in deine KPIs.

»Also gut, alle!«, rief Ed. »Ruhe bitte! Ich möchte das heutige Meeting eröffnen mit ein paar super aufregenden News von Olly. Olly, dein Auftritt.«

Ohne auch nur die Hände zu benutzen, sprang Olly aus dem

Sitzsack in den Stand, der Angeber, ging nach vorne und stöpselte ein Kabel in sein iPad, und sofort erschien ein Balkendiagramm auf dem großen Monitor an der Wand. Die moderne Technik war ein wahres Wunderwerk, aber Iona sehnte sich mit einem Mal fast schmerzlich nach der guten alten Zeit der Overhead-Projektoren und Folien, als man dem Lakaien am Dia-Karussell noch höflich, aber bestimmt sagen konnte: *Die Nächste, bitte.*

»Wie ihr sicher alle wisst«, setzte er an, »werden unsere Leserinnen immer älter. Das Durchschnittsalter liegt inzwischen bei fast fünfzig Jahren.« Wie er *fünfzig* sagte, klang das unfassbar alt. Eines Tages würde auch er einsehen müssen, dass fünfzig Jahre in einem Wimpernschlag verrauschen konnten. »Es ist also *unverzichtbar*, jüngere Leserinnen zu akquirieren, bevor uns die Stammleserschaft wortwörtlich wegstirbt.«

Ed nickte dazu so nachdrücklich, dass sie sich unwillkürlich vorstellte, wie sein Kopf von den Schultern kullerte und zwischen den Sitzsäcken herumtitschte wie die Kugel in einem makabren Flipper-Automaten. Gar nicht so ein Schreckensbild, wie man denken sollte.

»Also, was wir brauchen, sind Influencer, die mit gutem Beispiel vorangehen und Heerscharen von Followern mitziehen. Influencer wie …«, und damit wies er auf ein neues Bild auf dem Monitor. Ein Bild, das Iona schon mal irgendwo gesehen hatte. Stirnrunzelnd überlegte sie, wo wohl. Dann fiel ihr wieder ein, dass sie lieber nicht die Stirn runzeln sollte, weil ihr sonst die Beauty-Redakteurin nur wieder die Visitenkarte ihres Botox-Gurus zustecken würde.

Im Zug! Da hatte sie es gesehen! Emmie hatte ihr genau dieses Foto gezeigt.

»Wir haben das weder eingetütet noch dafür bezahlt, aber Fizz – *die echte Fizz mit dem schwarzen Häkchen* – hat vor ein paar Tagen dieses Bild gepostet, mit dem Titel ›Jedes Mädchen braucht ein bisschen Zeit für sich‹, und wie ihr seht, ist die Zeitschrift, die sie mit in die Wanne genommen hat, *unser Magazin*. Ich habe sie bereits via Social Media und ihrer Agentin zu kontaktieren versucht, habe bisher aber noch nichts von ihr gehört – vermutlich liest sie ihre PNs nicht.« Seit wann, fragte Iona sich, wurden Leute eigentlich *kontaktiert* und nicht mehr ganz einfach *angerufen*? Mal abgesehen von den Amerikanern, die das sicher schon seit Jahren so machten, genau wie sie gerne »socialisen« und ihre »Performance optimieren«. »Also dachte ich mir, jemand von euch hat vielleicht irgendeinen Kontakt? Nein, keiner?« Er sah sich fragend um und schaute jeden Einzelnen an, nur sie nicht.

»Augenblick mal«, sagte Ed und zeigte Olly die erhobene Hand wie ein Schutzmann an der Kreuzung. »Wir sollten vielleicht noch mal einen Schritt zurückgehen, falls jemand nicht weiß, wer Fizz eigentlich ist.« Und dabei glotzte er Iona so unverblümt an, dass alle anderen sich auch nach ihr umdrehten und sie anstarrten. »Iona denkt bestimmt, Fizz ist eine Limo!«, gluckste er lachend.

»Urkomisch, Ed, wirklich«, entgegnete sie mit stählerner Stimme. »Sie ist eine TikTok-Sensation und rein zufällig eine sehr gute Freundin einer sehr guten Freundin von mir. Wenn du willst, kann ich sie mal fragen, ob wir sie demnächst zum Essen einladen dürfen, um über eine mögliche Zusammenarbeit zu sprechen. Soweit ich weiß, liebt sie das Savoy Grill.« Iona wusste natürlich nichts dergleichen, aber wie konnte man das Savoy Grill *nicht* lieben?

Alle starrten Iona an, ungläubig und, wenn sie nicht irrte, auch ein klitzekleines bisschen bewundernd, und sie musste sich eingestehen, dass sie sich köstlich amüsierte. Könnte sie doch jetzt bloß einen großen Abgang hinlegen und sie mit ihrer albernen »Ideengenerierungssession« allein lassen, aber das war leider unmöglich. Bis zur Mittagspause steckte sie fest in diesem verflixten Sitzsack.

Piers

18:17 Waterloo nach Surbiton

Dass das Gespräch auf dem Heimweg mit Iona im Zug das Highlight des Tages zu werden versprach, zeigte nur, wie beschissen der bisher gelaufen war.

Vorher hatte Piers sich eine ganze Weile auf Bahnsteig 5 herumgedrückt, nur damit er auch ganz bestimmt denselben Zug erwischte wie sie.

Piers hatte seine Meinung über Iona komplett revidieren müssen, nachdem er am Vorabend bestimmt eine Stunde oder noch länger im Internet gestöbert und Dutzende Artikel über sie gelesen hatte. Kaum zu glauben, aber damals in den Achtzigern und Neunzigern waren sie und Bea richtige It-Girls gewesen. Ständig waren sie auf Partys und Premieren, in Privatjets und Traumurlauben abgelichtet worden. Iona groß, gertenschlank, blond und unnahbar. Bea sogar noch größer, eine stattliche schwarze Frau, die Haare zu Braids geflochten, die ihr bis zur Hüfte über den Rücken fielen oder auf dem Kopf zu immer kunstvolleren Frisuren aufgetürmt waren, und mit Augen, die ihn durch Raum und Zeit hinweg herausfordernd anzuschauen schienen.

»Ich habe Sie gegoogelt«, gestand er. »Sie waren der Hammer. Und Ihr Spitzname erst: Iona Yacht.« Bemüht beiläufig versuchte er das einzustreuen, in seltener Selbsterkenntnis war ihm nämlich aufgegangen, wie oberflächlich sein neu entdecktes Interesse an ihr wirken musste.

»Das waren noch Zeiten«, sagte sie. »Eine Yacht habe ich nie besessen. Aber ich war ständig auf den Yachten anderer Leute unterwegs. Ehe ich die Fragenseite übernommen habe, war ich Society-Reporterin. Bea und ich wurden einfach *überall* eingeladen. Und wurden sogar dafür bezahlt, bei bestimmten Partys anzutanzen. Offen lesbisch zu leben galt damals, man glaubt es kaum, noch als ziemlich *exzentrisch*. ›Lippenstiftlesben‹ hat die Presse uns genannt. Und die Paparazzi haben uns auf Schritt und Tritt verfolgt.«

»Das glaube ich Ihnen aufs Wort«, sagte Piers, dem gerade – zum ersten Mal – Ionas markante Wangenknochen und die durchdringenden kobaltblauen Augen auffielen. Warum hatte er die vorher nicht bemerkt? War er wirklich so oberflächlich, dass er nichts als schlaffe Haut und Falten gesehen hatte? Vermutlich ja.

»Wissen Sie, dass Sie in der Vergangenheit von mir reden?«, bemerkte Iona. »Vom It-Girl zum It's-Over-Girl in drei kurzen Jahrzehnten.« Wie todtraurig sie auf einmal aussah. Ach du lieber Himmel, hoffentlich fing sie jetzt nicht an zu weinen. Doch nicht hier im Zug, oder? Bestimmt gab es Gesetze gegen derartiges Verhalten in öffentlichen Verkehrsmitteln. Und wenn nicht, dann sollte es sie geben.

Aus den Augenwinkeln bemerkte Piers, dass etliche ihrer Mitreisenden verstohlen *Iona Yacht* ins Handy tippten. Ihm war auch aufgefallen, dass die freien Plätze neben Iona, ganz anders als früher, rar geworden waren. Sie schien zur On-Bord-Seifenoper avanciert zu sein. War er damit einer der Nebendarsteller von Staffel eins?

»Das tut mir leid«, sagte er.

»Schon gut«, erwiderte sie und wedelte mit der Hand vor

dem Gesicht herum, als könnte sie so die aufsteigenden Tränen unterdrücken. »Passiert mir ständig. Das Tragische daran ist, ich bin immer noch dieselbe wie damals. Ich fühle mich keinen Tag älter als siebenundzwanzig.«

»Nur weiser«, warf Piers sein.

»In der Tat. Aber die jugendversessene Gesellschaft von heute sieht das anders. Heutzutage ist man mit fünfzig abgeschrieben. Ein Dinosaurier.«

»Das stimmt doch gar nicht«, sagte Piers, obschon er bis zum Vorabend derselben Meinung gewesen war. »Und außerdem liebe ich Dinosaurier. Sie können sich gar nicht vorstellen, wie oft ich als Kind im Naturkundemuseum war.« Was er nicht sagte, war, dass er das Museum so geliebt hatte, weil es keinen Eintritt kostete, ein warmer, sicherer Ort, wo er sich für ein paar Stunden im Gewusel glücklicher Familien verlieren und so tun konnte, als gehörte er dazu.

»Damals hätte ich nicht mal in einem Müllsack vor die Tür gehen können, ohne dass der Verkehr zum Erliegen kam«, meinte Iona schniefend. »Jetzt könnte ich nackt über die Straße rennen, und es würde niemanden jucken.« Was Piers für äußerst unwahrscheinlich hielt. Wobei er sich Iona eigentlich gar nicht nackt vorstellen wollte. Das Bild konnte einem den ganzen Tag verderben.

»Wissen Sie, in Japan werden die Alten verehrt, man schaut zu ihnen auf. Vielleicht sollten Bea und ich nach Japan auswandern. Schade nur, dass ich keinen rohen Fisch mag. Und auch kein Karaoke. Trotzdem«, fuhr sie fort, »besser als bei den Inuit. Die setzen ihre Alten zum Sterben auf einer Eisscholle aus.«

»Schon lange nicht mehr, Iona. Schon seit Jahrhunderten nicht mehr«, widersprach Piers.

»Wie dem auch sei, reden wir über was Interessanteres. Sie. Wie läuft es mit dem Berufswechsel?«, fragte Iona und sah ihn mit schmalen Augen an. Er kam sich vor, als würde er an der Selbstbedienungskasse im Supermarkt gescannt, nur um dann zu hören, es befinde sich ein unerwarteter Gegenstand im Einpackbereich.

»Um ehrlich zu sein, weit bin ich nicht gekommen«, sagte Piers. »Keine Ahnung, wie das mit der Umschulung überhaupt gehen würde. Vielleicht bin ich auch längst zu alt dafür.« Den wahren Grund, warum er seinen Traum vom Lehrersein so schnell drangegeben hatte, behielt er lieber für sich: Candidas eklatanten Mangel an Verständnis. Der erschien ihm höchst illoyal.

»Quatsch. Sie sind doch noch ein junger Hüpfer. Nicht mal vierzig, würde ich wetten. Sie sollten das am besten mit einem Lehrer besprechen. Er oder sie kann Ihnen da sicher weiterhelfen. Sie kennen nicht zufällig einen?«

Im Geiste ging Piers sämtliche Gäste von Candidas letzter Cocktailparty durch – Anwälte, Banker, Hedgefonds-Manager, Risikokapitalanleger, Geschäftsvorstände und der eine oder andere Medienfritze, nur der Abwechslung wegen. Kein einziger Lehrer weit und breit. Der wäre bei lebendigem Leibe verspeist worden. Von den livrierten Leihkellnern zusammen mit den Räucherlachs-Blinis und dem Krabben-Tempura serviert und mit einem gut gekühlten Pol Roger runtergespült.

»Nein, ich glaube nicht«, sagte er. Mintys Grundschullehrerin schloss er kategorisch aus. Auf keinen Fall wollte er riskieren, dass Candida etwas davon mitbekam, und außerdem wollte er, wenn schon, mit Problemkindern arbeiten, nicht verhätschelte, verwöhnte Fünfjährige unterrichten.

»Mmmm. Na ja, ich bin mir sicher, früher oder später ergibt sich was«, sagte Iona. »Tut es meiner Erfahrung nach immer.«

»Bestimmt«, meinte Piers und fragte sich, in was für einer eigenartigen, simplistischen Welt Iona wohl lebte. Der Zug fuhr im Bahnhof Surbiton ein, und er stieg aus und ging zu seinem Banker-Wagen, mit dem er dann nach Hause zu seinem Banker-Anwesen und seiner Banker-Frau fuhr.

Die Sache war reine Zeitverschwendung, für Iona genauso wie für ihn. Er hatte ganz andere Probleme.

Sanjay

Wie er so durch die Gärten um den Hampton Court Palace schlenderte, mit den perfekt gestutzten Rasenflächen, den anmutigen Wasserspielen und den Parterren, spürte Sanjay geradezu, wie sich die Verspannungen in Nacken und Schultern ein klein wenig zu lösen begannen. Wenn man die meiste Zeit des Tages im harschen Neonlicht und den erbarmungslos durchdesinfizierten Räumen einer Londoner Klinik verbrachte, war es leicht zu vergessen, wie wohltuend Spaziergänge an der frischen Luft sein konnten. All diese Anmut und Schönheit warteten nur ein paar Meilen von Sanjays Zuhause entfernt, und doch war er heute zum ersten Mal hier.

Es war ein herrlicher Morgen. Einer dieser Tage, an denen der Winter erste zaghafte Anstalten machte, dem nahenden Frühling zu weichen. Der Himmel war wolkenlos und strahlend blau, aber die Luft war klar und kalt, und über den Teichen lag dünner Nebel. Die ersten vorwitzigen Blüten von Schneeglöckchen und Krokussen schoben sich durch die kalte Erde.

Sanjay kam sich vor wie eines der Fabelwesen aus Narnia, das mitansehen durfte, wie die Macht der Weißen Hexe schwand. Ein Biber vielleicht. Oder ein Faun. Lieber wäre er ein Faun.

Der Irrgarten von Hampton Court Palace ist das älteste heute noch erhaltene Heckenlabyrinth, dessen Bau um 1700 in Auftrag gegeben wurde, ratterte Sanjay im Kopf herunter. Gestern Abend hatte er stundenlang Fakten und Anekdoten über die Anlage und den Irrgarten auswendig gelernt, damit er und Iona, sollte ihnen unterwegs der Gesprächsstoff ausgehen, etwas zu reden hatten. Komisch, aber noch nie hatte er mit einer wildfremden Person, die zudem bestimmt dreißig Jahre älter sein musste als er, einen Ausflug unternommen. Weiß der Himmel, warum sie das vorgeschlagen hatte und warum er ja gesagt hatte. Irgendwie schienen die Dinge, sobald Iona in der Nähe war, wie von selbst zu geschehen, ohne dass er auch nur den geringsten Einfluss darauf hatte.

»Sanjay!«, rief Iona so laut, dass der Reiher, der bis eben ganz geduldig ausgeharrt hatte, damit ein Haufen japanischer Touristen ihn in Ruhe ablichten konnte, so unerschütterlich, dass Sanjay schon gemutmaßt hatte, er müsse aus Plastik sein, erschrocken aufflog. »Hier drüben!«

Iona wartete am Eingang des Irrgartens. Sie trug einen langen, smaragdgrünen Gehrock aus Samt mit auffälligem Kunstpelzkragen, großen Goldknöpfen und Litzen, der sich hervorragend in diese royale Umgebung einfügte. Dazu hatte sie klobige schwarze Doc Martens kombiniert, die so gar nicht hierher passten.

»Schau mal«, sagte sie und deutete in die Ferne. »Ist das nicht Emmie da drüben?«

Sanjay blieb fast das Herz stehen, als er mit den Augen Ionas ausgestrecktem Zeigefinger folgte. Das konnte doch nicht sein? Aber tatsächlich, sie war es. Unverwechselbar, unvergleichlich Emmie.

Auf diese Entfernung konnte man zwar keine Einzelheiten ausmachen, aber sie schlängelte sich durch die Touristenmassen und die Kanadagänseschar wie sonst morgens immer durch Wagen drei. Energiegeladen und sprühend vor guter Laune, als könnte sie es kaum erwarten, dort anzukommen, wohin sie gerade unterwegs war. Als wäre der Tag ein reifer Pfirsich, der gepflückt werden wollte. Ach herrje. Wie war er denn ausgerechnet auf dieses Bild gekommen?

Was zum Kuckuck machte sie hier? Die Antwort war gleich vor seiner Nase, wie ihm rasch aufging, als er sich mit finsterer Miene zu Iona umdrehte, die seinem Blick geflissentlich auswich.

»Emmie! Juhu! Hier sind wir!«, rief sie.

»Iona!«, sagte Emmie, ein bisschen außer Atem und mit zartrosa Bäckchen von der Kälte. »Wie wunderbar ist das hier bitte? Hi, Sanjay! Ich wusste gar nicht, dass du auch kommst!«

»Nein, ich wusste auch nicht, dass du kommst«, entgegnete Sanjay. Beide drehten sich zu Iona um, aber die hatte sich eben gebückt, um ihre Doc Martens zuzubinden.

»Warst du schon mal hier?«, fragte Emmie ihn mit einem Lächeln.

»Ähm, nein«, stammelte er.

Welch Ironie, dass es ausgerechnet Sanjay, dem man im Krankenhaus nachsagte, er könne mit *jedem* reden und Fremde schneller zu Freunden machen, als man einen Tee am Automaten ziehen konnte, bei Emmie jedes Mal die Sprache verschlug. Immer schaute sie ihn so erwartungsvoll an, und ihm war dann, als würde seine Zunge anschwellen und langsam den ganzen Mund ausfüllen, bis sie sich anfühlte wie eine besoffene Nacktschnecke, die kaum noch zu einer Bewegung fähig war, während seinem Hirn gleichzeitig die Fähigkeit zum logischen Denken abhandenkam. Sie musste ihn für einen Schwachmaten halten. Stumm verfluchte er Iona für ihren tollpatschigen Verkupplungsversuch. Sie hätte ihn doch wenigstens warnen können.

»Tolle Stiefel, Iona«, sagte Emmie, die es wohl aufgegeben hatte, auf eine Antwort von ihm zu warten. »Sind das die veganen?«

»Sicher nicht«, entgegnete Iona stirnrunzelnd. »Es sind Stiefel, Liebes. Die sind weder vegan noch karnivor, weil sie als unbelebte Objekte nicht essen müssen.«

Emmie wusste offenbar nicht so recht, was sie darauf erwidern sollte, also wechselte sie lieber das Thema.

»Der Irrgarten ist ja *gigantisch*. Ob Heinrich VIII. immer hergekommen ist, um seiner augenblicklichen Gattin zu entfliehen und mit ihrer anvisierten Nachfolgerin anzubandeln?«, überlegte sie.

»Ich glaube kaum«, widersprach Sanjay und war heilfroh um die angelesenen Fakten von vergangener Nacht. »Er war schon über hundert Jahre tot, als der Irrgarten geplant wurde. Das war die Idee von William III.« Ach herrje, jetzt klang er wie ein arroganter Angeber. »Soweit ich weiß«, setzte er hinterher, damit es nicht ganz so eingebildet und besserwisserisch klang.

Emmie entdeckte einen Pfau, der hocherhobenen Hauptes um den Springbrunnen stolzierte und mit sauertöpfischer Miene die Touristen musterte, als fragte er sich, was diese ungebetenen Eindringlinge in seinem Garten zu suchen hatten. Sie ging hin, um ein Foto von ihm zu knipsen, was Sanjay die Gelegenheit gab, Iona anzuraunzen.

»Iona«, sagte Sanjay streng. »Du hast sicher geglaubt, das ist eine grandiose Idee, aber …«

»Schätzchen, es *ist* eine grandiose Idee«, unterbrach sie ihn brüsk. Dass er sie duzte, störte sie nicht weiter. »Eine geradezu geniale, genau genommen. Wart's nur ab, du wirst es schon noch sehen. Ich werde dich bei eurer Hochzeit daran erinnern, wie undankbar du warst.«

Er seufzte.

»Tja, wo du uns jetzt schon in diese peinliche Lage gebracht hast, tust du mir da wenigstens den Gefallen, zu verschwinden?«

»Verschwinden?«, fragte Iona und schaute ganz pikiert. »Du meinst, ich soll gehen?«

»Nein! Ich meine, im Labyrinth. Du sollst im Labyrinth verschwinden. So tun, als hättest du dich verlaufen. Du weißt schon, damit Emmie und ich ein bisschen Zeit zu zweit haben«, erklärte er.

»Aber Schätzchen, wer soll das denn glauben? Ich bin die *Großmeisterin* dieses Irrgartens. Wieso verlauft ihr euch nicht, das dürfte euch sicher nicht allzu schwerfallen, und ich warte in der Mitte auf euch?«, schlug Iona vor, während Emmie wieder auf sie zusteuerte.

»Wollen wir uns anstellen und Karten kaufen?«, sagte sie.

»Habe ich schon«, erwiderte Iona und zog drei Eintrittskarten aus der Handtasche. »Nein, nein, ich bestehe darauf. Das geht auf mich. Das ist mein kleiner Dank an den NHS. So, ihr zwei, und jetzt los, ich komme nach. Ich will euch ja nicht das Vergnügen verderben und einfach vorgehen! Wo bliebe denn da der Spaß? Nein, ich warte in der Mitte auf euch.«

»Durchschnittlich brauchen Besucher etwa zwanzig Minuten bis zur Mitte«, ratterte Sanjay sein eingepauktes Wissen von der Hampton-Court-Webseite herunter.

»Na, das ist doch mal eine Herausforderung«, meinte Iona. »Mal sehen, ob ihr die Zeit schlagen könnt!«

Wie schwer konnte es schon sein, das Zentrum des Irrgartens zu finden? Schließlich gab es nur eine begrenzte Anzahl von Pfaden, die hineinführten. Früher oder später würden sie von allein darüber stolpern. Sanjay und Emmie hörten das Triumphgeheul der Besucher, die es bis zum Mittelpunkt geschafft hatten. So nahe, und doch so schwer zu finden.

»Es muss hier gleich um die Ecke sein!«, rief Sanjay. »Ganz bestimmt!« Aber als er um die Ecke bog, stand er bloß wieder in einer Sackgasse, die ihm irgendwie bekannt vorkam. Aber das war die Krux an der Sache: Eine Hecke sah aus wie die andere. Iona langweilte sich sicher schon zu Tode.

»Wir laufen ständig im Kreis«, sagte er. »Wir brauchen ein Garnknäuel, wie Theseus im Labyrinth!« Insgeheim war er ziemlich stolz auf diesen Verweis. Emmie schien ihm ein Mädchen zu sein, das Anspielungen auf die griechische Mythologie verstand.

»Da sagst du was!«, rief Emmie. »Hast du Proviant dabei? Ich fürchte fast, das könnte länger dauern. Vielleicht finden sie uns irgendwann, wenn wir uns verlaufen – zwei vertrocknete, verschrumpelte Pellen.«

»Ich glaube, wir brauchen ein System«, meinte Sanjay und versuchte, möglichst entschlossen und männlich zu klingen. Wie jemand, dem man sein Herz anvertrauen konnte. »Wir könnten versuchen, nur noch nach rechts zu gehen?«

Das funktionierte nicht. Und auch nicht, abwechselnd links und rechts zu gehen.

»Ich glaube, wir verkomplizieren die Sache unnötig«, meinte Emmie. »Hast du gesehen, wie die Kinder hier rein und raus rennen? Vielleicht sollten wir das auch mal probieren, uns einfach treiben lassen, wahllos herumlaufen und schauen, wo es uns hinführt?«

Emmie nahm ihn an die Hand, und gemeinsam zogen sie los, stürmten lachend um die Ecken, machten Schlenker um zeitlupenlangsame Touristengrüppchen, bis sie schließlich siegestrunken mitten im Irrgarten standen. Ein großer offener Bereich mit einer Bank in der Mitte. Einer leeren Bank.

»Wo ist denn Iona?«, fragte Sanjay verwundert und setzte sich neben Emmie. Er musste sich an die Kante der Bank klammern, um dem Drang zu widerstehen, den Arm um ihre Schultern zu legen.

»Keine Ahnung«, sagte Emmie noch etwas atemlos. »Meinst du, ihr ist die Warterei zu blöd geworden und sie ist nach Hause gegangen? Oder vielleicht hat der Minotaurus sie gefressen.«

»Ich weiß nicht, ob der Minotaurus es wagen würde, sich an Iona zu vergreifen«, entgegnete Sanjay. »Ehe er sich's versieht, guckt sie ihn mit diesem Blick an und sagt: *Was macht dich denn bloß so wütend? Ich bin nämlich Zeitschriftentherapeutin.*«

Emmie lachte, und Sanjay kam es vor wie ein Sechser im Lotto.

»Iona!«, rief Emmie laut. »Iona! Bist du hier irgendwo?«

»Komme schon, fast da, ihr Süßen!«, hörten sie sie zurückrufen. »Ich wollte euch ein bisschen Vorsprung geben.« Sie klang ganz nahe, und sie sahen etwas Smaragdgrünes durch die Hecken blitzen.

»Das war ein Riesenspaß, oder?«, sagte Emmie. Sanjay grinste nur und nickte. Kaum hatten sie aufgehört, sich den Kopf darüber zu zerbrechen, in welche Richtung sie laufen sollten, hatte er auch aufgehört, sich den Kopf darüber zu zerbrechen, wo das mit ihm und Emmie hinführen sollte. Zum ersten Mal hatte er sich in ihrer Gegenwart entspannen können, als wäre sie nichts weiter als eine seiner Patientinnen – bloß eine umwerfend hübsche, und ohne Krebs.

»Iona!«, brüllte sie.

»Gleich da!«, hörte man eine Stimme, die eigenartigerweise weiter entfernt klang als eben noch.

Sanjay fragte sich gerade, ob er Emmie wohl sagen sollte, wie sehr er sie mochte, als Iona unvermittelt und ziemlich aufgelöst durch eine kleine Lücke in der Hecke brach. So hatte er sie noch nie gesehen. Die aufwendige Frisur hing windschief am Kopf, und ein kleiner Zweig stach heraus wie ein Stechpalmenzweig auf einem weihnachtlichen Plumpudding.

»Gut gemacht!«, keuchte sie etwas atemlos und krallte sich haltsuchend an die Rückenlehne der Bank. So fest, dass ihre Knöchel schneeweiß wurden und die blutroten Fingernägel noch mehr leuchteten. »Ihr habt es geschafft! Und ziemlich schnell sogar. Ihr beide seid ein tolles Team. Fabelhaft, findet ihr nicht?«

»Und wie!«, rief Emmie. »Ich muss unbedingt mal mit Toby herkommen. Dem würde es hier sicher auch gefallen.«

Es wurde still, bis Sanjay sich die Frage stellen hörte, deren Antwort er eigentlich überhaupt nicht wissen wollte.

»Wer ist denn Toby?«

»Mein Freund«, erklärte Emmie. »Er steht total auf Rätsel. In so was ist er ein Genie. Vermutlich ist er darum auch so ein guter Programmierer. Er hat ein eigenes Tech-Start-up.«

Wie schön für ihn, dachte Sanjay säuerlich und fragte sich, wie man jemanden, den man noch nie gesehen hatte, so abgrundtief hassen konnte.

Iona

Wie hatte ihr Triumph nur so rasch in ein Fiasko umschlagen können?

Iona hatte *endlich* den Weg in die Mitte des Irrgartens gefunden – sie mussten seit ihrem letzten Besuch einiges umgebaut haben – und hatte die beiden Turteltäubchen einträchtig nebeneinander auf der Bank sitzend vorgefunden, nur um dann mitanhören zu müssen, wie Emmie von ihrem Freund schwärmte.

Sanjay hatte ein wenig überzeugendes Lächeln aufgesetzt, das er trug wie eine Karnevalsmaske. Als Schauspieler war er jedenfalls eine Niete. Trotzdem, es war noch nicht alles verloren. Womöglich war die Beziehung frisch und nichts Ernstes. Womöglich könnte man da noch eingreifen.

»Wie lange seid ihr beiden denn schon zusammen?«, erkundigte sie sich und quetschte sich neben Emmie auf die Bank, sodass sie näher an Sanjay heranrücken musste.

»Beinahe zwei Jahre«, antwortete Emmie.

Zwei Jahre waren für Iona kaum mehr als ein Wimpernschlag, aber sie konnte sich lebhaft vorstellen, dass es Sanjay und Emmie wie eine Ewigkeit vorkommen musste. Vielleicht war es eine Fernbeziehung, die längst eingeschlafen war. Aus der die Luft ohnehin raus war. Immerhin trug sie keinen Ehering. Dessen hatte Iona sich schon im Zug versichert, ehe sie diesen kleinen Ausflug vorgeschlagen hatte. Man sollte stets seine Hausaufgaben machen.

»Aber verheiratet seid ihr nicht?«, fragte Iona.

»Nein, noch nicht«, sagte Emmie. »Aber wir wohnen schon so ewig zusammen, dass es eigentlich fast keinen Unterschied mehr macht.«

Mist, verdammter.

»Du hättest Bea mitbringen sollen, Iona. Ich würde sie schrecklich gerne kennenlernen«, sagte Emmie.

»Hätte ich wohl besser«, entgegnete sie. »Ich habe ihr schon so viel von euch beiden erzählt. Sie kann es kaum erwarten, euch kennenzulernen. Was meint ihr, wollen wir erst mal einen Kaffee trinken? Ich muss dich noch wegen deiner entzückenden kleinen Freundin Fizz ausfragen. Ich würde sie gern zum Mittagessen mit mir und meinem Chefredakteur einladen. Und danach könnt ihr beiden Hübschen das Schloss erkunden! Ich muss nach Hause zu meiner süßen Lulu. Sie kann es nicht ausstehen, wenn ich zu lange weg bin.«

»Kannst du uns den schnellsten Weg nach draußen zeigen?«, fragte Emmie.

»Oh nein«, sagte sie. »Das wäre ja geschummelt. Ihr beide geht vor, und ich folge euch einfach.«

Wo sie schon mal mit zwei Millennials beim Kaffee saß, bei denen sie, offen gestanden, eigentlich was guthaben müsste, auch wenn nicht alles ganz genau nach Plan gelaufen war, ergriff Iona die Gelegenheit beim Schopf, kramte rasch das kleine Notizbüchlein aus der Tasche und linste verstohlen auf die Liste der neuesten Leserfragen, dann steckte sie es wieder weg.

»Ihr Süßen«, sagte sie. »Also, wenn ein Mädchen in eurem Alter rein theoretisch auf den Exfreund ihrer besten Freundin stehen würde: machen oder nicht?« Emmie und Sanjay guckten etwas komisch, also setzte sie rasch hinterher: »Dachte ich nur gerade«, was es auch nicht unbedingt besser machte.

»Na ja, sie muss sich auf jeden Fall an den Mädels-Kodex halten«, sagte Emmie. *Kodex? Was denn für einen Kodex?* Iona juckte es in den Fingern, ihr Notizbuch zu zücken und mitzuschreiben, aber sie hielt die Hände ganz still im Schoß gefaltet und sagte: »Selbstredend. Nur interessehalber, wie würdest du den Mädels-Kodex umreißen, Emmie?«

»Der Kodex besagt, sich niemals mit dem Ex einer Freundin einzulassen, ohne vorher deren ausdrückliches Einverständnis eingeholt zu haben. Außerdem sollte man sich vor Augen halten, dass es sicher einen guten Grund für die Trennung gab. Man sollte sich also vergewissern, über sämtliche relevanten Informationen zu verfügen, ehe man sich blind in irgendwas hineinstürzt«, erklärte Emmie.

Das Handy auf dem Tisch vor ihnen fing an zu summen und vibrierend über die polierte Platte zu tänzeln. Der Name TOBY erschien auf dem Display und dazu ein Bild von einem Mann mit blassblauen Augen wie ein zugefrorener See und so einem blöden Hipster-Bart, wie sämtliche jungen Leute in Ionas Redaktion ihn sich mittlerweile hatten wachsen lassen.

»Stört es euch, wenn ich eben kurz rangehe?«, fragte Emmie, nahm ihr Handy und ihren Kaffee, ohne eine Antwort abzuwarten, und marschierte davon.

»Jetzt guck nicht wie ein geprügelter Hund, Sanjay«, sagte Iona, die fix ihr Notizbuch herauszog und hektisch hineinzukritzeln begann.

»Hast du das Foto gesehen?«, fragte Sanjay. »Er sieht aus wie ein …«

»Sahneschnittchen«, sagte Iona, während Sanjay zeitgleich »Saftarsch« spie.

»Saß er in einem Skilift?«, fragte Sanjay.

»Ja.«

»Ich war noch nie Skilaufen.«

»Ist überbewertet«, meinte Iona. »Massenweise blökende Londoner Snobs mit einem zweifelhaften Sinn für Mode und sauteuren Brettern an den Füßen.«

»Es ist hoffnungslos, Iona«, seufzte Sanjay.

»Nie und nimmer ist es hoffnungslos«, entgegnete sie. »Ich sag dir was, Bea stand quasi schon vor dem Altar und hätte um ein Haar einen immens einflussreichen, aber leider unerträglich faden Kerl geheiratet, der glatte zehn Jahre älter war als sie, ehe sie mit mir nach London durchgebrannt ist.«

Iona hatte plötzlich das Bild von sich und Bea vor Augen, wie sie kreischend versuchten, in ihrem butterblumengelben VW Käfer Cabrio den Place de la Concorde zu umrunden.

Das Auto hatten sie vollgestopft bis unters Dach mit ihren liebsten Habseligkeiten und alles andere zusammen mit ihrem alten Leben einfach zurückgelassen. Das Verdeck hatten sie heruntergeklappt, damit sie mehr Platz hatten, und hatten sich allergrößte Mühe gegeben, alles irgendwie hineinzuzwängen, mussten aber auf dem Weg nach Calais Nigel, die Yucca-Palme, und die Teekanne von Ionas Großmutter verloren haben.

Funktionierende Sitzgurte gab es nicht, also hatte Bea – die im Gegensatz zu Iona beherzt genug gewesen war, sich das Fahren auf der rechten Straßenseite zuzutrauen – immer reflexartig den Arm nach Iona ausgestreckt, wenn sie abrupt bremsen musste, damit ihr nichts passierte. *Liebes, es ist so süß, dass du dich um mich sorgst!*, hatte Iona ihr über den Verkehrslärm zugebrüllt.

Unvermittelt verschwand das Bild der wilden Autofahrt wieder, und stattdessen sah sie Beas Brautschleier, der im Wind flatterte wie ein spitzenbesetzter Albatros, als sie ihn während der Überfahrt auf der Kanalfähre in den Himmel hatte steigen lassen.

»Zweihundertfünfzig Hochzeitsgeschenke mussten sie wieder eintüten und zurückschicken«, sagte sie.

»Mutig, mutig«, meinte Sanjay.

»Ich fand es ehrlich gesagt eine ziemliche Verschwendung. Ein paar der Geschenke waren echt irre«, meinte Iona.

»Nein, ich meinte, ich finde es mutig, wenn jemand so bedingungslos seinem Herzen folgt«, sagte Sanjay.

»Ihr blieb keine andere Wahl, Schätzchen«, sagte Iona. »Uns beiden nicht. Manchmal zeigt dir das Schicksal den Weg, und du kannst nichts weiter tun, als ihm zu folgen. Und wenn das hier dein Schicksal ist, kommt es, wie es kommen soll. Wart's nur ab. Noch ist nicht aller Tage Abend.«

Emmie

Wochenendausflüge mit fast fremden Menschen waren nicht unbedingt Emmies bevorzugter Zeitvertreib. Sie hatte sich nur ihrer langjährigen Iona-Manie wegen dazu überreden lassen.

Heimlich stalkte Emmie Iona bereits seit über einem Jahr – so lange nahm sie morgens schon den Zug von Thames Ditton nach Waterloo. Iona war ihr gleich aufgefallen – wie sollte man sie auch übersehen? So wie sie wollte Emmie mal werden, wenn sie alt war. Sie war durch und durch Individualistin – fast schon eine Ikone – und scherte sich offensichtlich einen Dreck darum, was andere über sie dachten.

Iona erinnerte Emmie an ein Gedicht, das sie damals in der Schule gelernt hatte. *Wenn ich einmal eine alte Frau bin, werde ich Purpur tragen …*

Wann immer sich die Gelegenheit ergab, setzte Emmie sich unauffällig neben Iona und linste verstohlen hinter ihrem Buch hervor, um sie heimlich zu beobachten und sich zu überlegen, was für eine Geschichte sie wohl zu erzählen hätte. Womöglich war sie Balletttänzerin gewesen. Das würde zumindest die kerzengerade Haltung erklären. Ein Wunderkind, dem die ganze Welt zu Füßen gelegen hatte, bis sie sich bei einer etwas zu überschwängliche Hebung ihres russischen Tanzpartners die Wirbelsäule irreparabel verletzt hatte und gezwungen gewesen war, mit dreiundzwanzig die Spitzenschuhe an den Nagel zu hängen. Oder vielleicht eine berühmte Cellistin, die nicht mehr öffentlich aufgetreten war, seit ein italienischer Dirigent ihr das Herz gebrochen hatte und mit der zweiten Klarinettistin durchgebrannt war.

Dank Piers und der irrgegangenen Traube hatte Emmie endlich erfahren, wie Iona wirklich hieß und was sie machte, und hatte Fizz die ganze Sache gleich nach einem ihrer Treffen haarklein geschildert.

»Iona Yacht!«, hatte Fizz gekreischt. »Du hast ernsthaft die richtig echte Iona Yacht kennengelernt! Iona war schon Influencerin, lange bevor es so was überhaupt gab. Meine Mum war verrückt nach ihr. Als Kind hat sie mir jedes Wochenende ihre Kolumne vorgelesen. Und jetzt ist sie also Kummerkastentante bei einer Zeitschrift? Wie entzückend retro ist das denn? Ich habe seit Jahren keine Zeitschrift mehr gelesen. Die muss ich mir auf der Stelle kaufen. Welche eigentlich?«

»*Modern Woman*«, sagte Emmie.

»Örks. Das klingt ja mal fies«, meinte Fizz. »Ich wusste gar nicht, dass es Iona noch gibt, geschweige denn, dass sie in einem Pendlerzug sitzt. Abgefahren. Ich hätte geschworen, sie muss bei einem tragischen, ungemein glamourösen Unfall ums Leben gekommen sein, wie Isadora Duncan damals.«

Emmie hatte Isadora Duncan nachschlagen müssen. Eine Tänzerin, die mit fünfzig auf schicksalhafte Weise starb, weil ihr Kopftuch sich um Räder und Achse des Cabrios gewickelt hatte, in dem sie gerade durch Südfrankreich brauste. Fizz hatte recht. Sollte Iona sterben, wäre das genau der Abgang, den man von ihr erwarten würde. Andererseits war es aber auch durchaus möglich, dass Iona unsterblich war. Vielleicht würde sie sich einfach wieder verjüngen, wie Doctor Who, und im Körper von Scarlett Johansson zurückkehren.

Fizz hatte Emmie angefleht, sie Iona vorzustellen, und nach dem, was Iona vorhin hatte verlauten lassen, würde sich ein

Kennenlernen leichter arrangieren lassen als befürchtet. Die Eifersucht versetzte ihr einen kleinen Stich bei der Vorstellung, Fizz und Iona könnten beste Freundinnen werden.

»Rate mal, meine Hübsche«, rief Toby am anderen Ende der knisternden Leitung. »Ich habe dir heute dein Lieblingsessen gekocht. Roastbeef mit allem Drum und Dran. Es gibt sogar Yorkshire Pudding.«

»Aber Toby«, sagte sie und versuchte sich ihre Verärgerung nicht anmerken zu lassen. »Ich habe dir doch gesagt, du musst heute ohne mich essen. Ich bin in Hampton Court, schon vergessen?«

»Ach du lieber Himmel, wie dumm von mir!«, stöhnte Toby, und sie konnte förmlich hören, wie er sich mit der Hand vor die Stirn schlug, wie immer, wenn er etwas Wichtiges vergessen hatte.

»Ich bin gerade mal seit einer Stunde hier. Wir sind im Irrgarten gewesen, aber ich hatte eigentlich gehofft, Sanjay und ich könnten uns noch die Schlossküchen anschauen. Wenn du nichts dagegen hast …«, sagte Emmie, der just in diesem Moment aufging, wie sehr sie es genoss, wieder neue Freundschaften zu schließen.

Die meisten von Emmies alten Freundschaften waren fast unmerklich eingeschlafen, seit sie mit Toby zusammengezogen war. So geht es wohl, wenn man in einer festen Beziehung lebt, dachte sie, und zudem auch noch meilenweit weg von allen wohnt, in Thames Ditton. Toby hatte unbedingt rausziehen wollen aus der Stadt und ein Haus kaufen müssen, groß genug für ihre zukünftige Familie, aber sie fühlte sich dort oft einsam.

Komisch eigentlich, dass sie nun zwar unendlich viel mehr Platz hatte als in ihrem Schuhschachtel-Apartment in Dalston, und doch hatte sie manchmal das Gefühl zu ersticken. Die Vorstadt erschien ihr beengend, erdrückend fast. Ihre alten Mitbewohner fehlten ihr, und ihr Freundeskreis, und die spontanen, zwanglosen Treffen im Pub um die Ecke.

»Sanjay?«, fragte Toby. »Ich dachte, du triffst dich mit einer sechzigjährigen Dame?«

»Tue ich auch«, antwortete sie. »Iona. Aber sie hat Sanjay auch eingeladen mitzukommen, wir kennen uns alle aus dem Zug. Er ist Krankenpfleger.«

»Ach, cool«, sagte Toby, wobei Emmie vermutete, dass er ein bisschen eifersüchtig war. Männer hatten oft ein erstaunlich fragiles Ego. Sie sollte es wohl als Kompliment nehmen – seine felsenfeste Überzeugung, jeder Mann wolle sie ins Bett kriegen.

Ihr Blick ging zu Sanjay und Iona, die die Köpfe zusammengesteckt hatten und in ein angeregtes Gespräch vertieft schienen. Gut, dass es kein Videoanruf war. Wenn Toby wüsste, wie unverschämt gut Sanjay aussah, würde er garantiert gelb vor Neid werden. Wollte man einen Krankenpfleger in der Notaufnahme einer Arztserie besetzen, der klug und mitfühlend zugleich war und so heiß, dass sämtliche Patientinnen (und nicht wenige Patienten) sich unvermeidlich in ihn verknallten, man könnte niemand Besseren als Sanjay finden. Sanjay mit den verstrubbelten, ein bisschen zu langen schwarzen Haaren, die ihm immer in die Stirn fielen, weshalb er sie sich ständig aus den Augen pusten musste. Und diesen Augen, dunkelbraun, in so vielen Schattierungen, wie Braun sie eigentlich gar nicht haben dürfte, umrahmt von einem Wimpernkranz, für den Emmie ein Vermögen an Mascara hätte ausgeben müssen, um auch nur annähernd denselben Effekt zu erzielen.

Man merkte auf Anhieb, dass Sanjay wusste, was er tat. In Krisensituationen blieb er ruhig und gelassen, und er war so einfühlsam. Ein Mensch, mit dem man auch peinliche Symptome besprechen konnte. Es sei denn, man hatte eine Schwäche für ihn. Aber die hatte sie ja nicht.

»Wirklich, Emmie«, sagte Toby. »Mach dir meinetwegen keine Gedanken. Mach dir einen schönen Tag mit deinen Freunden. War schließlich mein Fehler, echt blöd. Ich werfe dein Essen dann einfach in die Tonne. Warmhalten oder einfrieren lässt sich das nicht, leider.«

Seufzend musste Emmie das weitere Tagesprogramm im Kopf korrigieren.

»Bitte nicht, Schatz«, sagte sie. »Ich mache mich gleich auf den Weg, dann bin ich um eins zu Hause. Passt das?«

»Perfekt!«, rief Toby begeistert und war wieder ganz der Alte. »Ich freu mich schon. Ich liebe dich ganz schrecklich! Habe ich dir das eigentlich schon mal gesagt?«

»Ungefähr eine Million Mal«, erwiderte Emmie lächelnd. »Ich liebe dich auch, und das nicht nur, weil du die besten Backkartoffeln der Welt machst.«

Schon vor Iona und ihrem nun stetig wachsenden Freundeskreis hatte Emmie eine Bekanntschaft in einem öffentlichen Verkehrsmittel gemacht. Beinahe auf den Tag genau zwei Jahre war es her, da hatte sie mit der U-Bahn von Dalston zur Arbeit fahren wollen. Vor dem Drehkreuz war sie stehen geblieben, um das Portemonnaie aus der Handtasche zu kramen, aber es war unauffindbar. Aufgeschmissen war sie gewesen, hatte das Drehkreuz nicht passieren können und dagestanden, ohne Geld, ohne Bankkarten und – viel schlimmer noch – ohne das Lieblingsfoto von ihrer Mutter, das, auf dem sie sie als Baby auf dem Arm hielt und ihr einen Kuss auf das zarte, kahle Köpfchen drückte.

»Sieht aus, als könnten Sie Hilfe brauchen«, hatte sie da eine Stimme hinter sich gehört. Und da stand er. Mindestens einen Kopf größer als sie. Ihr Ritter, nicht mit Ross und Rüstung, aber in einem weichen dunkelblauen Kaschmirmantel, eingehüllt in

Zitrus- und Sandelholzduft. Er hatte den Wachmann schließlich überzeugen können, sie durch das Drehkreuz zu lassen, und hatte ihr zwanzig Pfund geborgt, allerdings unter der Voraussetzung, dass sie noch am selben Abend mit ihm essen ging.

Emmie war immer stolz darauf gewesen, stark und unabhängig zu sein, aber im Umkehrschluss hatte das auch bedeutet, dass sie in Beziehungen oft die Entscheidungen treffen und Tempo und Richtung vorgeben musste. Mit Toby war das ganz anders. Er himmelte sie an, wie er ihr stets aufs Neue versicherte, und wollte sie umsorgen und auf Händen tragen, und sie musste – so sehr es ihr widerstrebte – zugeben, dass es eine ungeheure Erleichterung war, hin und wieder die Zügel aus der Hand zu geben.

Emmie hatte Toby nichts von den gemeinen anonymen Nachrichten erzählt, die sie in letzter Zeit bekommen hatte. Sie konnte sich lebhaft vorstellen, wie sehr er sich deswegen aufregen würde, und da er überhaupt nichts dagegen ausrichten konnte, wollte sie nicht, dass diese unschöne Geschichte sie bis nach Hause verfolgte und auch noch die Atmosphäre ihres gemütlichen Heims vergiftete. Mit Toby zusammen zu sein genügte, damit sie aufhörte, sich Sorgen zu machen. Sie war sich ganz sicher, wenn sie nicht darauf einging, würde ihr Peiniger früher oder später von ihr ablassen.

Emmie trat in den akribisch aufgeräumten und penibel geputzten gefliesten Flur. Sie roch den Rinderbraten im Ofen und hörte Toby lauthals zu einem Song aus dem Radio mitsingen, und wie immer traf er nicht jeden Ton und bekam den Text nicht ganz zusammen.

Sie zog die Schuhe aus und stellte sie ordentlich in den »Schuhbereich«. Bei Toby hatte jedes Ding seinen Platz. Unordnung und Durcheinander konnte er nicht ausstehen, weshalb es bei ihnen zu Hause aussah wie in einer Musterwohnung. Selbst

Marie Kondō müsste beeindruckt sein. Nach dem Einzug hatten sie eines Abends zusammengesessen, Champagner getrunken und Emmies gesamten Krimskrams durchgesehen. Jedes einzelne Teil hatte Toby hochgehalten, eins nach dem anderen, und gefragt: »Macht dich das glücklich, Emmie?«, und dann hatten sie gemeinsam entschieden, was im Müll landen sollte und was bei der Wohlfahrt.

Schließlich hatte Emmie sich in einer wohlig warmen Champagnernebelwolke zu ihm hinübergebeugt und ihn geküsst. »Macht dich das glücklich, Toby?«, hatte sie gefragt. Und dann hatten sie einander stundenlang zwischen überquellenden Spendensäcken glücklich gemacht.

»Emmie, da bist du ja wieder!«, rief Toby und goss ihr ein Glas Wein ein. »Komm her, einen Kuss für den Koch!« Und damit zog er sie an sich und küsste sie, als hätten sie sich seit Wochen nicht gesehen.

Konnte es etwas Schöneres geben? Der Vormittag war herrlich gewesen, aber sie war wirklich froh, wieder zu Hause zu sein.

Sanjay

08:19 New Malden nach Waterloo

Sanjay hatte das Mädchen, das ihm gegenübersaß, erst gar nicht bemerkt. Er war gerade in Gedanken bei Julies erster Chemotherapie-Sitzung heute Morgen gewesen. Er hatte ihr versprochen, dabei zu sein und ihre Hand zu halten. Dann hatte der Zug in Raynes Park gehalten, und ein Grüppchen schnatternder Schulmädchen war eingestiegen. Da hatte er sie bemerkt. Sie trug dieselbe Schuluniform wie die Zugestiegenen, aber ihre war adretter, und sie erstarrte wie ein Reh im Scheinwerferlicht eines Autos, als sie die anderen hereinkommen sah. Die Luft schien förmlich zu knistern, so aufgeladen war die Atmosphäre.

»Oh Gott, los, wir gehen in einen anderen Wagen«, stöhnte eines der Mädchen, so laut und aufgesetzt, dass offensichtlich jeder es mitkriegen sollte.

»Wieso das denn?«, fragte eine ihrer Freundinnen.

»Guck mal, wer da drüben sitzt. Die liebe Martha.« Und dabei zog sie ihren Namen so in die Länge, dass er wie Hohn und Spott klang.

Wie auf Kommando schossen alle Mädchenköpfe herum, und das Mädchen gegenüber von Sanjay rutschte immer tiefer in seinen Sitz, als wollte es im Erdboden versinken, als könnte er sie verschlucken wie ein Schwarzes Loch und sie durch ein Wurmloch in ein freundlicheres Universum spucken.

Sanjay kannte dieses Gefühl nur zu gut. In seiner Schulzeit hatte er jahrelang abwechselnd versucht, sich irgendwie hervorzutun – in die Fußballmannschaft aufgenommen oder von einem Mädchen, das er mochte, bemerkt werden – und sich unsichtbar zu machen – nicht das Geld fürs Mittagessen geklaut bekommen oder von den coolen Kids auf dem Spielplatz zu rituellen Demütigungen auserkoren werden. Wie gerne hätte er diesem Mädchen gesagt, dass alles gut werden würde. Dass es vorbeigehen würde. Dass ihre Peinigerinnen selbst zu bemitleiden waren, dass sie selbst unglücklich waren und darum so blind um sich schlugen.

Aber so was ging natürlich nicht im Zug. Zumindest nicht hier, in dieser Stadt. Hier hatte man sich blind und taub zu stellen, wie alle anderen ringsum auch. Das ging sie nichts an. Das war nicht ihr Problem. Sanjay hatte einmal gesehen, wie eine Frau in den Zug gestiegen war, die sich versehentlich den Rock hinten in die Strumpfhose gestopft hatte. Keiner hatte ein Wort zu ihr gesagt, alle hatten einfach zugesehen, wie sie in Waterloo wieder ausstieg und in der Menschenmenge verschwand. Den ganzen restlichen Tag hatte Sanjay ein schlechtes Gewissen mit sich herumgetragen.

Und dann musste Sanjay an Iona denken und was sie wohl getan hätte, wäre sie an diesem fraglichen Morgen im Zug gewesen. Nie im Leben hätte sie irgendwen einer solchen Peinlichkeit ausgesetzt, und auch jetzt hätte sie nicht tatenlos zugesehen.

Sei mehr wie Iona, sagte er sich.

Er schaute sich seine junge Mitreisende etwas genauer an. Sie hatte kantige Gesichtszüge, und alles wirkte ein wenig zu groß für ihr Gesicht. Aber er wusste nur zu gut, dass sich das schnell auswachsen würde, und wenn sie ein bisschen älter war, würde aus dem linkischen Entlein ein stolzer Schwan werden. Je hübscher Kids als Teenager waren, desto langweiliger und unscheinbarer wurden sie als Erwachsene. Sie hingegen würde erst noch erblühen. Aber davon ahnte sie ganz bestimmt noch nichts, und sie würde es ihm auch nicht glauben, wenn er es ihr sagte.

»Hey«, sagte er in einem Ton, mit dem er sonst Kinder nach einer Vollnarkose im Aufwachraum ganz behutsam ansprach. »Ich bin Sanjay. Und du bist Martha, nehme ich an?«

Martha gab keine Antwort, sondern versank nur umso tiefer in ihrem Sitz.

»Keine Sorge, sie sind weg«, sagte er zu ihr. »An Kids von dem Kaliber kann ich mich leider nur zu gut erinnern. Sie haben mich immer mit dem P-Wort beschimpft und haben mir gesagt, ich soll dahin zurückgehen, wo ich hergekommen bin. Naiv, wie ich war, habe ich versucht ihnen zu erklären, dass ich in Wembley geboren wurde und indischer Abstammung bin, nicht pakistanischer, aber das hat sie natürlich überhaupt nicht interessiert. Aber soll ich dir sagen, was aus denen geworden ist?«

»Was?«, entgegnete sie, den Blick noch immer nervös auf die Zugtüren gerichtet.

»Also, einer arbeitet im Klärwerk in Berrylands – und das nicht im Büro, wenn du verstehst. Einer ist langzeitarbeitslos und verzockt, vermutlich, sein Geld im Wettbüro, und der andere ist mit Anfang zwanzig wegen schwerer Körperverletzung in den Knast gewandert.« Alles Lüge. Sanjay hatte keine Ahnung, was aus seinen ehemaligen Peinigern geworden war, aber es bereitete ihm insgeheim ein diebisches Vergnügen, sich das schlimmstmögliche Ende für sie auszudenken. Denn auch wenn die Leute das mitunter anzunehmen schienen, war man als Krankenpfleger nicht unbedingt zwangsläufig ein Heiliger.

»Nicht, dass du mich falsch verstehst. Ich feiere nicht, was aus ihnen geworden ist – ich sage dir das nur, weil die Leute, die anderen das Leben schwermachen, es meistens noch viel schwerer haben, als man es sich überhaupt vorstellen kann«, sagte er.

»Und was hast du gemacht?«, fragte sie und erwiderte zum ersten Mal seinen Blick.

»Ich bin Krankenpfleger geworden«, entgegnete er.

»Cool«, sagte Martha und brachte doch tatsächlich ein kleines Lächeln zustande. Mit das Beste an seinem Job war, dass die Leute immer lächelten, wenn er ihnen sagte, was er beruflich machte.

»Und warum haben sie dich auf dem Kieker?«, fragte Sanjay. »Bist du super schlau, und die sind alle neidisch?«

»Schön wär's«, antwortete sie. »Nein, ich habe was wirklich Saublödes angestellt. Alles allein meine Schuld. Meine Freunde gehen mir aus dem Weg, als wäre meine Dummheit ansteckend. Alle tun plötzlich, als würden sie mich nicht kennen.«

Sanjay wollte Martha nicht verschrecken, indem er nachfragte, was genau sie gemacht hatte. Er konnte sich noch gut genug an seine eigene Schulzeit erinnern, um eine Vorstellung davon zu haben. Leider hatte er keinen Schimmer, wie er ihr helfen könnte. Aber er wusste, wer es wissen würde.

»Hey Martha«, sagte er. »Kennst du eigentlich Iona hier aus dem Zug? Die Frau mit der verrückten Frisur, den ausgefallenen Klamotten und der Französischen Bulldogge, die immer auf ihrem eigenen Sitz sitzt?«

Martha nickte heftig.

»Wer kennt sie nicht! Nur weiß ich nicht, wie sie heißt. Ich nenne sie immer die Frau mit der Zauberhandtasche, ich glaube nämlich ganz fest, dass ihre Handtasche das Portal zu einem Paralleluniversum sein muss. Was sie aus dem Ding alles herauskramt, kann unmöglich vorher drin gewesen sein«, sagte sie. »Sie hat mich neulich in Schutz genommen, als mir auf dem Weg zur Schule schlecht geworden ist.«

»Das klingt ganz nach Iona!«, meinte Sanjay grinsend, der gerade eins und eins zusammenzählte, aber Martha dann lieber doch nicht verriet, dass Iona ihm von dem kleinen Kotzzwischenfall erzählt hatte. Das arme Mädchen war ohnehin schon Gesprächsthema sämtlicher Klatschmäuler.

»Ach, und das ist auch nicht ihr Hund, das ist ihr Dæmon«, sagte Martha.

»Ihr Dämon?«, fragte Sanjay.

»Dæmon«, korrigierte Martha. »Hast du nicht *His Dark Materials* gelesen? Ein Dæmon ist sozusagen die Manifestation der menschlichen Seele außerhalb des eigenen Körpers in Tiergestalt. Die beiden dürfen nie getrennt werden. Ich meine, hast du sie je ohne ihren Hund gesehen?«

»Ähm, nein«, sagte Sanjay.

»Siehst du«, sagte Martha. Er wusste nicht recht, wie er das sah.

»Also, wenn du Iona und ihren Dæmon das nächste Mal hier im Zug siehst – sie sitzt immer in diesem Wagen, Wagen drei –, dann sagst du ihr genau dasselbe, was du mir eben erzählt hast. Ich wette, sie weiß, was man da machen kann. Sie ist toll.« Er unterbrach sich, um dann hinzuzufügen: »Nur Kummerkastentante solltest du sie nicht nennen. Oder dir von ihr ein Date organisieren lassen.«

Iona

Iona hatte ganz vergessen, wie sehr sie das Savoy vermisste. Während die ganze Welt drum herum im Laufe der vergangenen zwanzig Jahre, seit sie damals dort Stammgast gewesen war, auf den Kopf gestellt worden war, schien das Savoy bis heute eine beruhigende Konstante, eine Oase der Zeitlosigkeit, eingebettet zwischen The Strand und der Themse.

Man merkte gleich beim Reinkommen, dass es von einem Theaterdirektor erbaut worden war, Iona hatte immer das Gefühl, eine Bühne zu betreten, und das Art-déco-Dekor verlieh allem einen Hauch von altem Hollywood-Glamour. Iona war dem Anlass entsprechend gekleidet und trug ein apfelsinenoranges, von den Zwanzigerjahren inspiriertes Kleid aus Samt und Seide. Passend dazu prangte an Lulus strassbesetztem Halsband eine orangefarbene Feder.

»Iona«, sagte Ed mit seiner besten *Ich bin hier der Boss, damit das klar ist*-Stimme, die er bei ihr anscheinend besonders gerne einsetzte. »Auf keinen Fall lassen die uns mit dem Hund ins Restaurant. Nicht in so einem Edelschuppen. Das ginge gegen sämtliche Sicherheits- und Hygienebestimmungen. Vielleicht bringst du Lulu besser eben nach Hause, ehe du mich in Verlegenheit bringst. Ich kann dieses Meeting auch alleine durchziehen. Vermutlich sogar besser.«

»Ist es nicht traumschön, Schätzchen? Ich hab dir doch gleich gesagt, es wird dir gefallen«, säuselte Iona Lulu zu, die in ihrer

Armbeuge lag, und ignorierte ihren zunehmend überspannten Chefredakteur, der darauf theatralisch aufseufzte.

Gemeinsam marschierten sie zu dem hochnäsigen Oberkellner, der die Türen des Savoy Grills bewachte, und das Klackern von Ionas Stilettoabsätzen auf den Marmorböden hallte durchs Foyer.

»Ed Lancaster«, sagte Ed. »Chefredakteur von *Modern Woman*.« Iona war längst aufgefallen, je eingeschüchterter er war, desto unausstehlicher wurde er. *Chef*redakteur. Was sollte das überhaupt heißen?!? »Ich habe einen Tisch für drei reserviert. Ich habe einen Termin mit Fizz – der Influencerin. Von der haben Sie bestimmt schon gehört. Ich hätte gerne den besten Tisch, und natürlich einen Medienrabatt.«

Über sie verlor er, wie Iona nicht entging, kein Wort. Eines der vielen Dinge, die Ed noch zu lernen hatte, war, dass man auf der Karriereleiter auf dem Weg nach oben nicht auf die Leute unter einem spucken sollte, sonst spuckten die nämlich zurück, wenn es wieder nach unten ging. Iona hingegen hatte sich, *zum Glück*, schon in ihren Glanzzeiten überall beliebt gemacht, und manchmal, wenn sie es am allerwenigsten erwartete, bekam sie ihre Nettigkeit mannigfach zurück – so wie jetzt gleich. Sie drückte hinter dem Rücken die Daumen und wartete.

Der Oberkellner musterte Ed wortlos über den Brillenrand hinweg, dann wandte er sich über das ganze Gesicht strahlend Iona zu, packte sie an den Schultern und drückte ihr mit großer Geste einen Kuss auf jede Wange.

»Iona, Liebes«, rief er. »Warum warst du so lange nicht mehr hier? Wir haben dich vermisst! Du hast dich wirklich kein bisschen verändert! Wie du weißt, dürfen Hunde eigentlich nicht mit ins Restaurant …« Ed sah sie siegesgewiss an. »Aber bei dir machen wir natürlich eine Ausnahme! Eigentlich wollte ich euch an den Tisch da hinten in der Ecke setzen, weil mir niemand gesagt hat, dass du kommst.« Finster funkelte er Ed an, weil er wohl, ganz zu Recht, vermutete, dass das nur sein Fehler gewesen sein konnte, und wies auf den Katzentisch in Restaurant-Sibirien. »Aber ihr bekommt natürlich deinen alten Tisch mit Blick aufs Wasser. Der Finanzminister kann woanders sitzen. Wenn Sie mir bitte folgen möchten.«

»Tausend Dank, mein lieber François«, flötete Iona und musste sich zusammenreißen, um sich nicht nach Eds dummem Gesicht umzudrehen. »Und wie geht es der liebreizenden Nicole?«

»Älter ist sie geworden, aber immer noch genauso schön. Wenn du mich fragst, ist sie wie einer unserer besten Käse: mit dem Alter nur noch köstlicher«, sagte er und zwinkerte ihr vielsagend zu. »Aber bitte sag ihr nicht, dass ich sie mit einem Stilton verglichen habe.«

Lachend bedeutete Iona ihm, ihre Lippen seien versiegelt. Sie kannte François noch aus der Zeit, als er als Jungkellner hier angefangen hatte, einen unüberhörbaren East-End-Akzent gehabt und Frank geheißen hatte. Für die kleinste Unaufmerksamkeit hatte er vom damaligen Oberkellner erbarmungslos eins hinter die Löffel bekommen, wenn er beispielsweise ein Messer mit der Schneide nach rechts statt nach links auf den Tisch gelegt oder auf einem silbernen Weinuntersetzer einen verwischten Fingerabdruck übersehen hatte. Iona wusste noch, wie sie einmal für Nicole, ein Zimmermädchen, mit dem er gerade angebandelt hatte, eine Serviette signiert hatte, und wie sie den beiden immer Freikarten zugesteckt hatte, die sie und Bea ständig für die neuesten Shows im West End hinterhergeworfen bekamen.

Sie nahmen am besten Tisch Platz, der sich unter dem Gewicht von Porzellan und Kristallglas zu biegen schien. Iona musste sich die allergrößte Mühe geben, nicht allzu triumphierend dreinzuschauen, aber sie bezweifelte, ob ihr das auch nur ansatzweise gelang.

»Wie bist du eigentlich darauf gekommen, Fizz hierher einzuladen?«, fragte Ed, der wohl versuchte, verlorenen Boden wiedergutzumachen. »Ich hätte gedacht, das ist *so gar nicht* ihr Stil. Viel zu altmodisch. Bestimmt wäre ihr doch ein angesagter Hipsterladen in Shoreditch lieber gewesen, meinst du nicht?«

»Nein, nein, sie liebt das Savoy«, entgegnete Iona, die – wenn sie ganz ehrlich war – ein bisschen Fracksausen bekam. Schließlich kannte sie Fizz gar nicht und hatte bis vor zwei Wochen irgendwo zwischen Hampton Court und Waterloo auch noch nie von ihr gehört. Inzwischen hatte sie sich ein paar ihrer seltsamen kleinen Filmchen angeschaut und wusste nicht so recht, ob sie sich überhaupt mögen würden.

Was war es bloß mit den jungen Leuten heutzutage, dass sie geradezu *besessen* davon schienen, selbst die unbedeutendsten Kleinigkeiten ihres Lebens vor aller Augen auszubreiten? Wo blieb da das Geheimnisvolle? Das Rätselhafte? Damals, als sie und Bea sich noch ständig in den Klatschspalten tummelten, konnte die geneigte Leserschaft hautnah miterleben, auf welchen Partys sie gewesen waren, was sie angehabt und mit wem sie gefeiert hatten. Aber niemand erfuhr, wo sie wohnten, ganz zu schweigen davon, was sie morgens gefrühstückt hatten. Wobei übrigens zu keiner Zeit Avocados, zerdrückt oder in irgendeiner anderen Darreichungsform, zum Einsatz gekommen waren. Ihr Zuhause war immer ein Tabu gewesen – ihr sicherer Hafen, ihr Rückzugsort.

Bei Fizz gab es, so schien es, überhaupt keine Tabus. Nach nur ein paar Minuten scrollen wusste Iona, auf welcher Seite des Betts sie schlief, alles über ihre Nutella-Abhängigkeit und dass ein Tattoo auf ihrer linken Pobacke prangte. Fragen Sie lieber nicht.

Eds Blick ging über ihre Schulter nach hinten, und sie konnte ihm dabei zusehen, wie er sich vor ihren Augen verwandelte wie eine Schlange, die ihre alte Haut abstreifte, und aus dem entnervten Langeweiler im Handumdrehen ein serviler Schwätzer wurde.

»Fizz!«, flötete er. »Wie schön, dich endlich im Real Life kennenzulernen! Ich bin ein riesengroßer Fan!« Iona ließ er links liegen und stellte sie ihrem Gast nicht einmal vor. Genauso gut hätte sie eins der übergroßen Deko-Stücke auf dem Tisch sein können, um die herum sie sich unterhalten mussten.

»Ach, das ist aber lieb«, sagte Fizz. »Was für ein abgefahrener Laden. Nie im Leben hätte ich mich hierher verlaufen. Das ist *so gar nicht* mein Ding.« Sie war, dachte Iona bei sich, ganz genauso nervig wie befürchtet. Sie strich ein bisschen Butter auf eins der frischen kleinen Brötchen und steckte es heimlich Lulu zu. Wenigstens würde bei dieser ganzen Scharade ein anständiges Mittagessen für sie abfallen. Iona nahm sich vor, nur die teuersten Gerichte auf der Karte zu bestellen.

»Das dachte ich mir schon«, bemerkte Ed und stierte Iona an, wie um ihr verstehen zu geben, *das habe ich dir doch gleich gesagt.*

»Nein, es ist *fabelhaft*. Absolut einmalig. Ich hab die ganzen Nullachtfünfzehn-Hipster-Läden in Shoreditch so satt. Die sehen alle gleich aus. Öde. Ich wette, das war Ihre Idee, Iona, stimmt's?«, sagte sie an Iona gerichtet und strahlte sie an mit ihren verrückten bunten Haaren, den wild im Gesicht verstreuten Piercings und den perfekten Zähnen. Ein Zipfelchen von Ionas Herz begann zu schmelzen.

»Hey, ich bin eben an einem Typen vorbeigelaufen, der mir irgendwie bekannt vorkommt«, meinte Fizz und wies mit dem Daumen auf den Finanzminister.

»Fizz«, sagte Ed in einem Ton, so ölig, dass man darauf glatt ausrutschen und sich die Hüfte auskugeln könnte. »Ich kann dir gar nicht sagen, *wie* ich mich freue, dass mein kleines Magazin dir so zusagt.« *Sein* kleines Magazin?

»Tut es gar nicht«, antwortete Fizz, die dabei Lulu unter dem Kinn kraulte und ihr Küsschen zuwarf. »Aber ich bin ein *Riesen*fan von Iona.«

Iona schmolz noch ein bisschen mehr dahin. Wenn es so weiterging, würde nach dem Essen nichts mehr von ihr übrig sein außer einer kleinen Pfütze auf dem Boden. Es war, dachte sie bei sich, durchaus möglich, dass sie und Fizz beste Freundinnen werden würden.

»Ich werde echt verrückt – *die* Iona. Iona Yacht!«, fuhr Fizz hingerissen fort.

»Ach, hä?«, fragte Ed und spitzte plötzlich die Ohren. »Iona hatte doch noch nie eine Yacht, oder?«

»Ha, ha, Sie sind wirklich witzig, Ted«, sagte Fizz. »Nein, das war früher Ionas Spitzname. Das müssen Sie doch wissen! Sie können sich wirklich glücklich schätzen, sie zu haben!«

»Und wie«, knurrte Ed zwischen zusammengebissenen Zähnen wie ein verspannter Nussknacker.

Iona lächelte milde, und plötzlich war es, als würde die Last, die seit Jahren auf ihren Schultern lag, mit einem Mal etwas leichter. Und sie fing an, sich ein ganz kleines bisschen wie die Frau zu fühlen, für die Fizz sie allem Anschein nach hielt. Die Frau, die sie früher einmal gewesen war.

Vielleicht würde doch noch alles gut.

Iona

18:17 Waterloo nach Hampton Court

Nach dem fantastischen Mittagessen war Iona so blendender Laune, dass sie in Wagen drei stolzierte, als wäre es die Yacht, die sie nie besessen hatte. Fizz hatte sich bereit erklärt, eine wöchentliche Kolumne für ihre »Angesagt/Abgesagt«-Rubrik zu schreiben, und Ed war der felsenfesten Überzeugung, damit junge Leserinnen zu Tausenden für seine Zeitschrift gewinnen zu können.

Iona runzelte die Stirn. Eigenartig, aber in ihrem Wagen war es in letzter Zeit oft erstaunlich voll, auch wenn der restliche Zug beinahe leer schien. Sie sollte besser in einen anderen Wagen wechseln, aber Lulu hasste Veränderungen, und außerdem, an diesem Wagen hingen so viele Erinnerungen.

Iona hielt kurz inne und ließ sich, nur für ein paar glückselige Momente, von einer dieser Erinnerungen mitnehmen. Die, die sie und Bea den »Anzugtag« getauft hatten. Zehn Jahre musste das ungefähr her sein.

Sie ließ den Film vor ihrem inneren Auge ablaufen und sah sich selbst dabei zu, wie sie sich auf ihren gewohnten Platz setzte und ihre Sachen aus der Tasche holte. Völlig ins Mixen ihrer Drinks vertieft – Negronis waren damals die Cocktails ihrer Wahl –, hatte sie die junge Frau, die sich ihr gegenübersetzte, zuerst gar nicht bemerkt. Gekleidet war sie in einen Nadelstreifen-Dreiteiler mit extravaganter Seidenkrawatte und einem gepunkteten Einstecktuch, das fröhlich aus der Brusttasche lugte. Das Gesicht versteckte sich hinter einer Ausgabe des *Evening Standard*, aber den Duft von Jo Malones Limetten-, Basilikum- und Mandarinenparfum, und die Hände, die die Zeitung hielten, erkannte Iona auf Anhieb. Wunderschöne schwarze Hände, mit makellos manikürten Fingernägeln und langen, eleganten Fingern, die – in einem anderen Leben – einer Konzertpianistin hätten gehören können. Beas Hände.

»Sind Sie öfter hier im Zug?«, hatte Iona ihre Frau mit ihrer tiefsten, rauesten Stimme gefragt.

Bea hatte die Zeitung sinken lassen und sie fragend angeschaut, als sähe sie sie gerade zum ersten Mal.

»Wenn Sie es sind«, hatte sie gesagt, die Zeitung gefaltet und Iona die Hand gereicht, just als der Zug in Vauxhall einfuhr. »Beatrice. Erfreut, Ihre Bekanntschaft zu machen.«

»Hat Ihnen schon mal jemand gesagt, wie unverschämt gut Sie aussehen?«, hatte Iona gesagt, als sie den Bahnhof von Wimbledon wieder verließen.

In Raynes Park angekommen, hatte Beas Hand auf Ionas Knie gelegen, und in Berryland hatten sie hemmungslos über den ganzen Tisch hinweg miteinander geknutscht.

In Thames Ditton waren sie aus dem Zug geflogen.

»So einen Schweinkram lasse ich mir nicht bieten, nicht mit mir«, hatte der Schaffner sie empört angeschnauzt. »Ekelhaft, so was.«

Ein Blick in die Gesichter ihrer Mitreisenden, und sie hatten gewusst, dass er bei Weitem nicht der Einzige war, der ihr etwas anzügliches Verhalten missbilligte. Nur eine junge Frau Anfang zwanzig war von ihrem Sitz aufgesprungen und hatte spontan applaudiert, als der Zug aus dem Bahnhof von Thames Ditton fuhr und die beiden auf dem Bahnsteig stehen ließ.

»Wo um alles auf der Welt hast du diesen Anzug her?«, fragte Iona.

»Im Laden gleich nebenan war Ausverkauf«, erklärte Bea. »Die Garderobiere im Theater hat ihn für mich geändert, und ich konnte einfach nicht anders, ich musste ihn sofort ausführen. Das ist so ein Anzug, um bildschöne fremde Frauen im Zug kennenzulernen.«

»Tja, wunderbar, aber jetzt müssen wir zu Fuß nach Hause gehen«, seufzte Iona. »Ich kann heute Abend nicht noch mal in einen Zug steigen. Meinst du nicht, wir sollten vielleicht ein klitzekleines bisschen *diskreter* sein? Versuchen, nicht ganz so viel Aufmerksamkeit auf uns zu ziehen?«

Bea trat einen Schritt zurück und musterte sie entrüstet.

»Liebes, wozu *lebt* man denn, wenn man unbemerkt durchs Leben huscht, ohne hin und wieder aufzufallen und auch mal richtig hohe Wellen zu schlagen? Und für jeden schweinsköpfigen Moralapostel wie den Schaffner gibt es eine junge Frau, die aufsteht und applaudiert und die – vielleicht – gerade mit ihrer eigenen Sexualität ringt und deren Leben wir auf den Kopf stellen, weil wir einen Teufel tun und diskret sind und um Himmels willen immer brav den Kopf einziehen.«

»Du hast ja recht, Bea. Natürlich hast du recht, Liebes«, versicherte Iona und nahm Beas Hand, während sie losgingen in Richtung Hampton Court. Weil Bea immer recht hatte.

Nun, zehn Jahre später, saß Iona da und starrte auf just denselben Platz. Ein Aktenkoffer stand darauf. Piers' Aktenkoffer. Er hatte ihr den Platz freigehalten. Wie nett. Und mit seinem Mantel hatte er den Sitz daneben für Lulu reserviert.

In letzter Zeit war kaum ein Tag vergangen, ohne dass einer ihrer neuen Freunde sie schon an ihrem Lieblingstisch erwartet hatte. Warum war sie erst jetzt, nach all den langen Jahren, darauf gekommen, ihr Zugabteil könne ein veritables Portal in anderer Leute Leben sein und nicht bloß Mittel zum Zweck, um von A nach B zu gelangen? Gerade als sie das Gefühl gehabt hatte, ihr Leben wolle sich unversehens zwischen ihren Fingern in seine Bestandteile auflösen, hatte ihre Zug-Gang sie vor übermäßiger Grübelei gerettet. Lange über etwas zu brüten, war nie gut. Außer, man war ein Huhn.

»Piers!«, rief sie. »Wie nett, dass Sie Lulu und mir einen Platz freigehalten haben!«

»Leicht war das nicht«, sagte Piers. »Von allen Seiten böse Blicke und missbilligendes Schnalzen. Ich musste mich aufführen wie ein durch und durch bornierter Sturschädel.«

»Das ist Ihnen sicher nicht leichtgefallen«, sagte Iona. »Aber was für ein nettes Ende eines fabelhaften Tages. Das schreit nach Gin Tonic. Ein Glück, dass ich zwei Gläser dabeihabe. Und Nüsschen. Und Servietten.«

»Geben Sie es zu, Sie haben doch einen ganzen Feinkostladen da drin, oder, Iona?«, sagte Piers.

»Die fünfte eherne Pendlerregel«, sagte Iona. »Allzeit gerüstet sein für sämtliche Eventualitäten. Ich kann Ihnen aushelfen, sollten Sie eine Laufmasche in den Strümpfen haben, von einer Mücke gestochen werden oder unerwartet Ihre Tage bekommen.«

»Das wäre in der Tat ziemlich unerwartet«, meinte Piers.

»Gleichfalls«, sagte Iona. »Den Tampon schleppe ich schon seit 2004 unbenutzt in meiner Handtasche herum.«

Piers wand sich unbehaglich. Derartige Details der weiblichen Biologie schienen ihm eher unangenehm zu sein.

»Zu viele Informationen?«, fragte Iona. »Wieso erzählen Sie mir nicht, wie Ihr Tag war?«

»Nicht so gut«, entgegnete Piers und machte dazu ein Gesicht wie sieben Tage Regenwetter, das sehr viel schlimmer aussah als *nicht so gut*. Sie kam sich vor wie Puh der Bär, der im Hundertsechzig-Morgen-Wald unverhofft auf I-Aah getroffen ist. Und sie ärgerte sich ein wenig, dass Piers ihr die gute Laune verhagelte.

»Wollen Sie darüber reden?«, fragte sie und schob ihren Unmut entschieden beiseite. Im Augenblick, sagte sie sich streng, hatte sie genug *joie de vivre*, um anderen ein wenig davon abzugeben.

»Kennen Sie das Gefühl, dass Ihr ganzes Leben ein Jenga-Turm ist, und wenn man auch nur einen einzigen kleinen Holzklotz herauszieht, bricht alles in sich zusammen?«, fragte er.

»In der Tat, ja«, sagte Iona und musste unvermittelt an Brenda-vom-Personalmanagement denken. Schnell verscheuchte sie den Gedanken wieder. Aber just, als sie ihn bitten wollte fortzufahren und ihr zu verraten, was, oder wer, die Holzklötze aus dem Jenga-Turm seines Lebens zu ziehen drohte, wurden sie jäh unterbrochen.

»Verzeihung«, sagte eine junge, reichlich verschüchterte Stimme. »Sind Sie Iona?«

»Ja, die bin ich«, sagte Iona. »Wieso fragst du?«

»Ich bin Martha. Sanjay schickt mich«, sagte das Mädchen, das nur aus Ellbogen und Knien zu bestehen schien, mit den unvermeidlichen Wangenknochen irgendwo dazwischen. Sie konnte unmöglich viel älter als fünfzehn sein. Wobei man dazu sagen musste, dass jeder unter vierzig für Iona wie fünfzehn aussah.

»Nimm Platz«, sagte Iona, verscheuchte Lulu kurzerhand von ihrem Sitz und fegte nebenbei noch die hinterlassenen Hundehaare auf den Boden. Nervös schaute Martha rüber zu Piers, als könnte er jeden Augenblick hochschnellen und zuschnappen wie ein Krokodil. Was Iona darauf brachte, dass sie Martha schon mal hier im Zug gesehen hatte.

»Nur keine Sorgen wegen Piers, Schätzchen«, sagte sie. »Er ist schon ganz handzahm geworden und ist schrecklich zerknirscht, weil er dich damals so angepflaumt hat, als dir nicht gut war. Stimmt's, Piers?« Streng schaute Iona ihn an.

»Ach, du bist's«, sagte Piers. »Die Kotztüte. Aber nichts passiert, was ein Besuch im Computerladen und Unsummen an Geld nicht wieder hätten reparieren können. Sorry fürs Anbrüllen.« Martha schien nicht so recht überzeugt.

»Also«, sagte Iona. »Sanjays Freunde sind auch meine Freunde. Was kann ich für dich tun? Du hast doch nichts dagegen, Piers, oder?« Piers wirkte tatsächlich etwas verschnupft, aber Iona überging das geflissentlich. Die Zugfahrten waren kurz, und sie musste ihre rare Zeit gerecht aufteilen.

Leise und sehr stockend, mit viel Gefuchtel und Grimassen, um keine allzu expliziten Ausdrücke verwenden zu müssen, berichtete Martha Iona von dem Foto und ihrer darauffolgenden Tortur. »Sie verstehen also sicher, warum ich meinen Lehrern nichts davon sagen will und warum ich mit meinen Eltern nicht darüber reden kann, weil die getrennt leben und das alles ... ziemlich kompliziert ist. Die geben bloß mir und sich gegenseitig die Schuld, und dann gibt es noch mehr Streit. Und Freunde habe ich gerade auch keine mehr.«

»Klingt nach einem verdammt wackeligen Holzturm«, meinte Piers.

Martha unterbrach sich und schaute Piers fragend an. Sie schien nicht recht zu wissen, was sie dazu sagen sollte.

»Achte nicht auf ihn, Süße. Er hat gerade eine Karrierekrise, um die ich mich ein andermal kümmern muss«, erklärte Iona und bedachte Piers mit ihrem strengen »Husch, husch, ins Körbchen«-Blick.

»Ich habe schon vorher nie so richtig dazugehört, und jetzt kann ich es mir endgültig abschminken. Ich weiß nicht, was ich machen soll.« Und dann fing Martha an zu weinen und wischte sich mit den Aufschlägen des Schulblazers die Augen, und Lulu, die für einen Hund über ein ungemein ausgeprägtes Einfühlungsvermögen verfügte und in ihrem früheren Leben sicher eine renommierte Therapeutin gewesen sein musste, winselte leise mit.

»Gütiger Himmel. Wieso möchte man denn *dazugehören*?«, fragte Iona. »Zu was? Den ganzen Langeweilern? Was Schlimmeres kann ich mir kaum vorstellen. Meine Frau Bea sagt, im Leben geht es vor allem darum, aufzufallen, nicht dazuzugehören.« Sie krempelte im Geiste die Ärmel hoch und machte sich an die Arbeit. »Gut, wenn du nicht mit den zuständigen Stellen kooperieren willst« – sie hielt kurz inne, während Martha vehement den Kopf schüttelte –, »dann können wir dieses Problem nicht einfach an den Hörnern packen. Das Foto zu thematisieren, würde das Augenmerk nur noch mehr darauf lenken – man würde bloß Öl ins Feuer gießen. Wir müssen also *um die Ecke denken*. Uns sozusagen von hinten anschleichen, als spielten wir eine Runde Ochs am Berg.« Martha guckte sie verständnislos an. Iona seufzte. »Ein Kinderspiel, das wir damals vor der Erfindung des Internets gespielt haben«, erklärte sie.

»Ich verstehe immer noch nicht, was Sie meinen?«, sagte Martha.

»Es ist ganz einfach, wenn die anderen bei dir nicht nur an …«

»… an ein nacktes Mädchen«, fiel Martha ihr ins Wort.

»Ja, genau«, sagte Iona. »Wenn sie bei dir nicht *daran* denken sollen, dann muss man sie dazu bringen, stattdessen an etwas anderes zu denken. Klassisches Ablenkungsmanöver. Ein Bild durch ein anderes ersetzen.«

»Dann soll ich was *noch Schlimmeres* machen?«, fragte Martha.

»Na ja, das wäre eine mögliche Strategie«, sagte Iona. »Würde ich dir allerdings nicht empfehlen. Nein, du musst was viel, viel *Besseres* machen! Denk an Kim Kardashian!«

Martha guckte skeptisch.

»Nennt irgendwer die gute Kimmy ›die mit dem Sex-Video‹?«, fragte Iona. »Nein, natürlich nicht! Weil Kim ihnen so viel anderen Gesprächsstoff geliefert hat, so vielen anderen Klatsch und Tratsch, dass sich kaum noch jemand an das Video erinnert.«

»Was für ein Video?« fragte Martha.

»Siehst du, genau das meine ich«, sagte Iona. »Also, was ist dein *Ding*?«

»Mein Ding?«, fragte Martha verdattert.

»Ja. Jeder hat doch ein Ding. Musik? Kunst? Sport?« Martha schaute noch immer ganz perplex. Das schien mehr Arbeit zu werden als befürchtet. »Piers' Ding« – sie wies auf Piers, der schon dachte, sie hätte ihn vollkommen vergessen – »sind Zahlen. Ich weiß, ein komisches Faible, aber jeder, wie er mag.«

»Was ist denn Ihr Ding?«, wollte Martha wissen.

»Tja, mein Herz, was glaubst du wohl, warum Sanjay dich zu mir geschickt hat?« Mit vielsagend hochgezogenen Augenbrauen sah sie die verdutzte Martha an. »Weil *das* mein Ding ist!« Und sie lächelte ihr Lächeln der unerkannten Wohltäterin. »Menschen zu helfen. Ich bin eine Professionelle.«

»Sie sind Psychotherapeutin?«, fragte Martha.

»Sozusagen«, entgegnete sie. »Ich bin Zeitschriftentherapeutin.«

»Ach. So eine Art Journalistin-Schrägstrich-Psychotherapeutin-Mashup? Cool«, sagte Martha, die allem Anschein nach doch ein kluges Kind war.

»Ganz genau«, sagte Iona.

»Ich weiß gar nicht, ob ich ein Ding habe«, gestand Martha. »Schauspielerei finde ich toll. Zumindest fand ich das immer. Ich habe schon seit Ewigkeiten nicht mehr gespielt.«

»Bingo!« Iona haute mit der flachen Hand auf den Tisch und räumte dabei beinahe ihren Gin Tonic ab. »Ich stand früher selbst auf der Bühne, genau wie Bea. So haben wir uns auch kennengelernt. Das Tolle an der Schauspielerei ist, man kann jemand anderer sein. Man kann in andere Rollen schlüpfen und andere Welten erkunden. Die beste Therapie, wenn das wahre Leben einem gerade zu viel abverlangt. Statt dass die Leute also Nacktfrosch denken, wenn sie dich sehen, wirst du in ihren Köpfen mit einem Mal Martha-die-tolle-Schauspielerin. Martha-im Rampenlicht-der-das-Publikum-zu-Füßen-liegt. Kapiert? Also, wo fangen wir an? Steht demnächst eine Schulaufführung an?«

»Ja. *Romeo und Julia*. Muss ich sowieso lesen. Das Vorsprechen müsste, soweit ich weiß, auch bald sein«, meinte Martha und wirkte dabei gleichermaßen verschreckt und elektrisiert. »Aber meine Mum erlaubt mir das nie.«

»Wieso denn das nicht?«, fragte Iona.

»Weil sie meint, es ist ein *kritisches Schuljahr*.« Martha machte ein strenges Gesicht und malte um die beiden letzten Wörter Anführungszeichen in die Luft. Iona nahm an, dass sie ihre Mutter nachmachte. Also doch eine geborene Schauspielerin. »Nächstes Jahr sind GCSE-Prüfungen, und mein Mathelehrer meint, wenn ich so weitermache, fahre ich voll vor die Wand. Mum wird behaupten, die Theaterproben stehlen mir zu viel Hausaufgabenzeit. Garantiert.«

»Mmmm«, brummte Iona und dachte bei sich, dass das Universum manchmal wirklich seltsame Wege ging. »Du brauchst einen Nachhilfelehrer. Jemand, der dir ein bisschen auf die Sprünge hilft. Kostenlos. Ein angehender Lehrer vielleicht, der ein bisschen praktische Erfahrung braucht …« Sie ließ den Satz unvollendet in der Luft hängen und wartete ab. Nichts passierte.

»Ich meine, das wäre doch nicht zu viel verlangt, oder? Nicht, nachdem *jemand einem das Leben gerettet* hat, hm?«

Noch immer nichts.

»Weißt du, es gibt ein wunderbares buddhistisches Sprichwort, das besagt: *Wenn der Schüler bereit ist, kommt der Lehrer*…« Iona betonte besonders das Wort »Lehrer«.

Piers räusperte sich. »Ich kann dir gerne helfen«, sagte er. »Wir sitzen ja oft genug im selben Zug, da können wir auch was Sinnvolles anfangen mit unserer Zeit. Solange du mir versprichst, mich nicht wieder vollzukotzen.«

Et voilà!

Emmie

Emmie kam es vor, als wäre sie versehentlich auf das Set eines Hollywood-Films gestolpert.

Im Schein des flackernden, warmen Kerzenlichts saß sie bei ihrem Lieblingsitaliener und hatte ihre Spaghetti alle Vongole gerade zur Hälfte gegessen, und nun ging Toby plötzlich vor ihr auf die Knie, in der Hand eine offene Schmuckschachtel mit einem funkelnden Diamant-Solitärring. Jeden Augenblick würde der Regisseur *»Schnitt«* rufen, und die Kellner würden die Bühne verlassen, um in der kurzen Drehpause Tee aus Styroporbechern zu trinken und zu vapen.

»Eins ist dir schon klar, oder? Sollten unsere Kinder uns irgendwann fragen, wie du mir den Antrag gemacht hast, werden sie uns diese Story sicher nicht abkaufen. Es ist einfach alles viel zu perfekt«, seufzte sie. »Ich kann es ja selbst kaum glauben.«

»Also, ich will dich ja nicht drängen, aber ich hänge hier gerade ein bisschen in der Luft, und ich kriege gleich einen Krampf in der Wade. Darf ich aus deiner Erwähnung hypothetischer gemeinsamer Kinder schließen, dass das ein Ja ist?«, fragte er.

»Ja, natürlich, ja! Liebend gerne will ich deine Frau werden!«, sagte sie. Grinsend drehte Toby sich zu den übrigen Gästen um, die schweigend und gespannt zu warten schienen.

»Sie hat Ja gesagt!«, brüllte er triumphierend, und das gesamte Restaurant brach in Jubel und Applaus aus, vermutlich aus Erleichterung, keine hochnotpeinliche öffentliche Zurückweisung miterleben zu müssen, was dem netten Abend wohl einen nicht unerheblichen Dämpfer versetzt hätte.

Toby umarmte sie ganz fest, als befürchtete er, sie könne es sich doch noch mal anders überlegen und ihm davonlaufen, und die Kellner holten die Champagnerflasche hervor, die sie wohl vorsorglich unter dem Tisch kaltgestellt hatten. Den Korken hatten sie drin gelassen. Man konnte ja nie wissen.

Dieser Abend war genauso sorgfältig choreografiert, wie ihr Haus eingerichtet war – alles stimmte bis ins kleinste Detail, für sämtliche Eventualitäten war vorgesorgt. Selbst der Ring passt wie angegossen, dachte sie, während sie ihn am Finger drehte und mit dem Daumen über die harten Kanten fuhr und sich fragte, ob sie sich je an dieses Gewicht gewöhnen würde.

»Woher wusstest du denn meine Ringgröße?«, fragte sie.

»Ähm, ich habe im Schlaf deinen Finger vermessen. War gar nicht so einfach! Ich hatte eine Heidenangst, dass du mittendrin aufwachst und denkst, ich hätte irgendeinen seltsamen Fingerfetisch. Er gefällt dir doch, oder? Der Stein ist fair gehandelt, ich weiß ja, wie wichtig dir das ist.«

»Und wie!«, rief Emmie, vielleicht ein bisschen zu überschwänglich. Wäre sie wählerisch – was sie nicht war –, hätte sie sich eingestehen müssen, dass sie immer von einem Smaragd-Verlobungsring geträumt hatte. Aber sie konnte ja nicht erwarten, dass Toby das ahnte, und hätte er sie nach ihren Verlobungsringwünschen gefragt, wäre es schließlich keine Überraschung mehr gewesen, oder?

So oft schon hatte Emmie zu hören bekommen: *Wenn man es weiß, weiß man es.* Ein besonders selbstgefälliges und reichlich abgelutschtes Klischee, so hatte sie immer gedacht. Doch nun verstand sie, was die Leute damit meinten. Sie konnte sich ein Leben ohne Toby gar nicht mehr vorstellen. Seit sie einander begegnet waren, war ihre Beziehung fast ihre ganze Welt geworden. Niemand hatte sie je so geliebt, wie er sie liebte, und dieser perfekte Augenblick war der unumstößliche Beweis dafür.

Sie schaute sich um, bemüht, sich jede Einzelheit zu merken, mochte sie auch noch so klein sein – den Duft nach Knoblauch und frisch gebackenem Brot, die gestärkte Leinentischdecke unter den Händen und die Champagnerperlen, die auf der Zunge zerplatzten, das Klappern und Scheppern der Töpfe und Pfannen in der Küche –, um die ganze unglaubliche Szene in ihrer Erinnerung für die Ewigkeit festzuhalten.

Kaum zu Hause angekommen, hatte Emmie sofort ihren Vater gefacetimed. Der Tag, der bei ihnen gerade zu Ende ging, hatte bei ihm in Kalifornien, wo er seit dem Tod ihrer Mutter lebte, eben erst begonnen. Nur ein paar Monate nach Emmies Studienabschluss war er weggezogen. *Zu viele schlimme Erinnerungen*, hatte er gesagt. Erinnerungen, die selbst die Freude, seine Tochter in der Nähe zu haben, nicht aufwiegen konnte. Der Stich schmerzte heute noch, nach all den Jahren. Mit Toby eine eigene Familie zu gründen, würde die alte Wunde vielleicht endlich heilen lassen.

Das Gesicht ihres Vaters erschien auf dem Bildschirm: Augen, genauso grün wie ihre, aber von vielen kleinen Lachfältchen umkränzt, Haare, noch dicht und gewellt, aber inzwischen fast zur Gänze ergraut. »Silberfuchs« nannte er sich selbst.

Ein Mensch, so vertraut, und doch war nicht zu übersehen, dass sie sich zunehmend voneinander entfernten. Seine gebräunte Haut gegen ihren blassen Teint, das helle Morgenlicht, das durch sein Küchenfenster fiel, gegen das Kunstlicht, das ihr Gesicht beleuchtete.

Von Delilah, Dads »Untermieterin«, war zum Glück nichts zu sehen. Delilah, die höchstens ein paar Jahre älter war als

Emmie, tauchte bei ihren Telefonaten oft unvermittelt im Hintergrund auf, mit Yogamatte unter dem Arm oder wie sie gerade einen Smoothie mixte, wie eine wandelnde Reklamefigur für den gesunden kalifornischen Lifestyle. Aber auch nach drei Jahren regelmäßiger Gastauftritte taten Emmie und ihr Dad immer noch, als gäbe es sie nicht.

Ihr Dad hatte ihr versichert, er freue sich für sie, hatte ihr gratuliert und versprochen, sie bald zu besuchen und seinen zukünftigen Schwiegersohn persönlich kennenzulernen. Die beiden würden sich blendend verstehen, da war sie sich ganz sicher.

Auch am nächsten Morgen lächelte das Universum gnädig auf Emmie herab, als sie am Bahnhof stand und der Zug einfuhr und sie Iona und Lulu an ihrem Lieblingstisch sitzen sah, an dem sogar noch ein Plätzchen frei war. In Ionas Nähe einen freien Sitzplatz zu ergattern, war beinahe ein Ding der Unmöglichkeit geworden. Oft konnten sie sich einander nur aus der Ferne über die Köpfe ihrer Mitreisenden hinweg zuwinken und zulächeln.

Hoffentlich würde Sanjay in New Malden zusteigen. Sie konnte es kaum erwarten, ihren neuen Freunden die frohe Botschaft zu verkünden. Wie die sich für sie freuen würden! Während sie durch Surbiton und Berrylands ratterten, hielt Emmie die linke Hand unter dem Tisch versteckt und wartete ungeduldig darauf, dass Sanjay ihr Publikum für die große Enthüllung vervollständigte. Der Zug kam am Bahnsteig zum Stehen, und da war er.

Irgendwie schaffte es Sanjay, sich bis zu ihrem Tisch vorzukämpfen und sich gerade genug Platz zu machen, dass er bei ihnen stehen bleiben könnte. Emmie sah, wie ein recht korpulenter Mann ihm auf den Fuß trat und Sanjay das Gesicht verzog.

»Verzeihung«, murmelte er. Der Zug fuhr an, und er streckte den Arm nach der Haltestange über seinem Kopf aus, und sein Pulli rutschte hoch und entblößte einen kleinen Streifen seines gebräunten, durchtrainierten Bauchs genau vor Emmies Nase. Emmie konnte nicht anders, sie starrte ihn an. *Schluss damit, Emmie! Frisch verlobte Frauen starren nicht auf die nackten Bäuche fremder Männer. Egal wie durchtrainiert sie sind.*

»Hey, Sanjay!«, rief Emmie also und winkte ihm etwas übertrieben zu. Das Licht brach sich in ihrem Diamantring und warf Lichtflecken auf den Tisch vor ihnen wie eine winzig kleine Siebzigerjahre-Discokugel. *Schaut her*, schien er zu schreien. *Wie ich funkele!* Niemand nahm Notiz von ihm.

Emmie konnte dem Gespräch kaum folgen, weil sie die ganze Zeit nur darauf wartete, dass jemand ihren Ring bemerkte. Der Zug hielt in Wimbledon und spie genügend Menschen aus, dass David sich zu ihnen durchdrängeln konnte.

»Hi David!«, rief Emmie. »Setz dich doch! Ich stehe gerne.« Sie reichte ihm die linke Hand, damit David ihr hoch half.

»Was für ein schöner Ring, Emmie«, sagte er und nahm ihre Hand.

»Ach, halleluja! Ich dachte schon, es bemerkt ihn gar keiner mehr! Seit New Malden winke ich mit der linken Hand wie die Queen bei einer verdammten Parade, und Iona und Sanjay haben überhaupt nichts davon mitgekriegt, weil sie die ganze Zeit nur darüber ratschen, wer bei *Love Island* was mit wem hat.«

»Emmie!«, quiekte Iona. »Du bist verlobt! Wann ist das passiert? Wie ist das passiert? Ach, du musst uns alles ganz genau erzählen! Auf der Stelle!«

»Wie aufregend!«, sagte Sanjay. »Ich freue mich so für dich! Und für ihn natürlich auch!«

Die ganze Strecke durch Earlsfield und Clapham Junction berichtete Emmie haarklein von Tobys Antrag. Sie wollten die ganze Geschichte hören, die sie nur zu gerne en détail erzählte, und waren völlig aus dem Häuschen – vor allem Sanjay, der anscheinend ein rettungsloser Romantiker war. Emmie nahm sich vor, ihn schleunigst mit einer ihrer Freundinnen zu verkuppeln.

»Hast du Bea den Antrag gemacht, Iona, oder Bea dir?«, fragte Emmie, die, auch nachdem sie den Freitagabend erschöpfend vor allen ausgebreitet hatte, noch nicht das Thema wechseln wollte.

»Lange Zeit konnten wir das leider beide nicht«, sagte Iona. »Die Ehe für alle war ein Wunschtraum. Wir haben uns jahrelang für die Legalisierung gleichgeschlechtlicher Ehen eingesetzt, und sobald es rechtlich möglich war, haben wir uns gegenseitig einen Antrag gemacht – im Juli 2013. Und dann haben wir eine rauschende Hochzeit gefeiert, am 30. März 2014. Wir waren eines der ersten legal verheirateten lesbischen Paare im ganzen Land!«

»Und du, David?«, wollte Iona wissen.

»Ach, ich hatte den Ring schon eine ganze Weile in der Tasche. Ich wollte den richtigen Moment abpassen, all meinen Mut zusammennehmen und ihr die alles entscheidende Frage stellen«, sagte er. »Eines Abends haben wir uns im West End ein Theaterstück angeschaut – *Ernst sein ist alles*, wir fanden es beide zum Schießen komisch –, und anschließend waren wir zu einem wunderbaren Dinner bei J. Sheekey. Ich wusste, auf eine bessere Gelegenheit kann ich lange warten. Anschließend habe ich sie nach Hause gebracht, und als sie mir noch einen Schlummertrunk anbot, habe ich den Ring aus der Tasche geholt, und der Rest ist, wie es so schön heißt, Geschichte.«

»Ach, das ist ja himmlisch!«, rief Emmie hingerissen und klatschte in die Hände, worauf David die romantische Stimmung mit einem verdrießlichen »Jetzt ist es jedenfalls Geschichte« zerplatzen ließ.

»Ach, ich liebe dieses Stück!«, warf Iona ein. »Oscar Wilde. Als schwuler Mann hatte er es damals so viel schwerer als wir heute, der Ärmste. Das ist das Stück mit dem Baby, das in einer Reisetasche in der Victoria Station gefunden wird. *Eine Reisetasche?!*« Tatsächlich erinnerte Iona Emmie selbst ein bisschen an Lady Bracknell, aber sie hielt es für klüger, das für sich zu behalten.

»Sicher, dass in deiner kein Baby ist?«, fragte Sanjay.

»Ungezogenes Kind!«, schimpfte Iona und tat, als wollte sie ihm eins hinter die Löffel geben. »Natürlich nicht. Aber ein Döschen Wundcreme gegen Windelausschlag ist drin, die wirkt Wunder gegen Falten.«

»In ein paar Wochen ist unser Hochzeitstag«, sagte David. »Beinahe vierzig Jahre.«

»Wieso führst du Olivia nicht ganz schick ins J. Sheekey aus?«, schlug Iona vor. »Das gibt es doch sicher noch. Um sie daran zu erinnern, wie es sich damals anfühlte, als sie so verliebt in dich war wie unsere Emmie in ihren Toby.«

»Oh, unbedingt, David. Noch ist nicht aller Tage Abend. Das Stück ist erst zu Ende, wenn der Vorhang fällt. Stimmt's, Iona?«, sagte Sanjay, und Emmie fragte sich, warum er dabei so traurig aussah.

Zum Glück hatte Emmie erst mal keine Meetings, konnte also ihren Kolleginnen und Kollegen alles stundenlang und haarklein erzählen. Alle schwärmten von ihrem Ring und schienen beinahe genauso hingerissen wie sie selbst. Sogar Joey schaffte es, beinahe so zu tun, als hätte er nicht insgeheim eine Heidenangst, schon wieder eine seiner Art Directorinnen in den Mutterschutz schicken zu müssen.

Als Emmie sich schließlich durch die Gratulantentraube bis zu ihrem Schreibtisch durchgekämpft hatte, schaute sie zuerst nach ihren E-Mails. Auf den Absender der E-Mail mit dem überschwänglichen Betreff: GUTE NACHRICHTEN! hatte sie gar nicht geachtet, also war sie überhaupt nicht darauf gefasst, was ihr daraus entgegensprang.

DU HAST DIESEN MANN NICHT VERDIENT.
EIN FREUND

Sanjay

19:00 Waterloo nach New Malden

Sanjay fragte sich ernsthaft, ob sogar der Snackautomat etwas gegen ihn hatte. Sein letztes Kleingeld hatte er gierig verschluckt, weigerte sich jetzt aber hartnäckig, den Mars-Riegel auszuspucken, den Sanjay dringend brauchte, um das gigantische Loch im Magen zu stopfen. Das hatte sich aufgetan, weil er wieder mal ohne Pause durchgearbeitet und das Mittagessen ausgelassen hatte.

Wütend ballte er die Hände zu Fäusten und hämmerte gegen die Glasscheibe. Der Automat lachte ihn bloß aus, als er sich die Knöchel wund schlug, ohne dass das Mars sich auch nur im Geringsten vom Fleck rührte, geschweige denn, in die Ausgabeschale fiel.

Sanjay knurrte der Magen vor Hunger und Frust, nicht bloß wegen der blöden Maschine, nein, weil er einfach nichts richtig machen konnte. Kein Mars, keine Emmie. Blöde, saudoofe Maschine. Blöder, saudoofer Toby. Toby mit seiner blöden IT-Firma, dem blöden Bart, den blöden Skiurlauben und dem blöden einfallslosen Verlobungsring. Sanjay hätte Emmie einen Smaragd geschenkt, passend zu ihrer Augenfarbe.

Mit Anlauf rannte er gegen den hämisch grinsenden Metallklotz an und trat mit voller Wucht zu. »Nimm das, du aufgeblasenes, nerviges Scheißdrecksding!«, brüllte er den Automaten an. Die Maschine erzitterte ganz leicht, das Licht in ihrem Inneren verdunkelte sich, was unerwartet mitfühlend wirkte, um dann rasch wieder grell aufzuleuchten.

Sanjay spürte jemanden hinter sich, noch ehe er die beiden sah. Eine erschöpft wirkende junge Mutter mit Harry an der Hand, einem seiner Patienten von der Kinderkrebsstation.

»Alles okay, Sanjay?«, fragte Harrys Mum, die, wie Sanjay sehr wohl wusste, deutlich mehr gute Gründe gehabt hätte als er, diese Frage mit Nein zu beantworten. Nun kamen auch noch Scham und Schuldgefühle auf die Liste seiner negativen Emotionen.

»Ja, alles bestens«, versicherte er und bückte sich, bis er auf Augenhöhe mit Harry war. »Entschuldige das blöde Wort, Harry«, sagte er. »Weißt du, manchmal kann das Leben echt unfair sein, dann hilft es, ein bisschen Dampf abzulassen, stimmt's?« Harry nickte. »Aber Fluchen ist nicht gut, richtig?« Er stand auf und flüsterte Harrys Mum ein stummes *Sorry* zu.

»Keine Sorge. Ich habe schon oft viel schlimmere Sachen gesagt«, entgegnete sie.

Sanjay sah Harry erst am Ende seiner Schicht wieder, als er das Blutdruckmessgerät durch die Station schob. Harry lag im Bett, die Haut so blass wie die Laken und der Kopf kahl. Er wirkte so schutzlos wie ein neugeborenes Baby. Wenn man bedachte, dass die Chemo sein gesamtes Immunsystem lahmgelegt hatte, war er vermutlich sogar *noch* schutzloser als ein Neugeborenes.

Harry schnappte sich sein Kissen, hielt es vor sich in die Luft und drosch dann mit erstaunlicher Wucht mehrmals mit der Faust darauf ein. »Nimm das, du aufgeblasenes, nerviges Scheißdrecksding!«, schimpfte er. Ein Glück, dass seine Mutter schon nach Hause gegangen war.

»Hat das ein bisschen geholfen, Harry?«, fragte Sanjay.

»Ja«, sagte Harry, und Sanjay sah ihn zum ersten Mal für heute lächeln.

Auf dem Weg nach Hause hatte Sanjay im Zug gerade einen Platz gefunden, als sein Handy mit einem »Ping« den Eingang einer Textnachricht ankündigte.

Mum: DAD SAGT, DU HAST MÜDE AUSGESEHEN, ALS ER MIT DIR GEFACETIMED HAT. SCHLÄFST DU AUCH GENUG?

Sanjay seufzte.

Mum: UND NIMMST DU DIE MULTIVITAMINE, DIE ICH DIR MITGEGEBEN HABE?

Alles bestens Mum, tippte Sanjay. *Nur viel zu tun.*

Mum: ÜBRIGENS, ANITAS TOCHTER HAT GESAGT, WENN DU EINEN TERMIN IN IHRER ZAHNARZTPRAXIS VEREINBARST, BEKOMMST DU RABATT AUF EINE ZAHNREINIGUNG MIT POLITUR.

Mum, du kannst es einfach nicht lassen, oder?, schrieb Sanjay. Und setzte noch einen Smiley hinterher, um nicht allzu barsch zu klingen. Seine Mutter war mitunter empfindsamer, als man dachte.

Mum: ICH MACHE DOCH GAR NICHTS! ICH SORGE MICH NUR UM DEIN ZAHNFLEISCH.

Dann gab es eine kleine Pause, bevor ein weiteres Emoji erschien, das womöglich mütterliche Sorge symbolisieren oder schlicht und ergreifend viele Zähne zeigen sollte. Meera benutzte für ihr Leben gerne Emojis, die in ihren Augen eine klitzekleine Wiedergutmachung darstellten für die wahrlich beschämende Unfähigkeit der englischen Sprache, das ganze Ausmaß und Spektrum ihrer Gefühlswelt auszudrücken.

»Du siehst aus, als wärst du ganz in Gedanken«, meinte Emmie und setzte sich ihm gegenüber.

»Ach, hi, Emmie! Ich schreibe bloß meiner Mum«, sagte Sanjay. »Sie will partout nicht wahrhaben, dass ich inzwischen groß genug bin, auf mich selbst aufzupassen. Jeden Tag fragt sie mich, ob ich auch genügend Ballaststoffe esse und brav ein warmes Unterhemd trage. Ehrlich, ich bin einfach zu alt, um meinen Stuhlgang mit meiner Mutter zu besprechen! Ist deine Mum auch so?«

Augenblicklich sah er in Emmies Gesicht, dass er etwas ganz Furchtbares gesagt haben musste.

»Wäre sie bestimmt«, meinte Emmie betont munter, als versuchte sie gerade krampfhaft, nicht in Tränen auszubrechen. »Aber sie ist tot, schon lange.«

»Das tut mir leid«, murmelte Sanjay, und er meinte es auch so. Wie schaffte er es eigentlich, immer mitten ins Fettnäpfchen zu treten? »Ständig sehe ich Mütter viel zu früh sterben. Schrecklich, das bricht einem das Herz. Es ist einfach so unfair.« Sanjay wünschte sich ein paar Worte herbei, die nicht nach leeren Plattitüden klangen. Tagein, tagaus mit dem Tod konfrontiert zu sein, machte es auch nicht leichter, darüber zu reden. Es gab einfach Situationen, denen mit Sprache nicht beizukommen war.

»Aber es ist doch sicher sehr erfüllend, was du tust«, änderte Emmie gekonnt das Thema.

»Ja, aber manchmal auch ganz schön hart«, sagte Sanjay. »Es ist körperlich anstrengend – stundenlang auf den Beinen, Patienten umdrehen, um Druckstellen zu vermeiden, Katheter legen, schmutzige Bandagen und Bettpfannen wechseln.« Oh Gott, warum musste er ihr unbedingt unter die Nase reiben, mit wie vielen fremden Körperflüssigkeiten er jeden Tag in Berührung kam? Er sollte lieber bei der fotogenen Seite seines Jobs bleiben, wie letzte Weihnachten, als er sich als einer der Elfen des Weihnachtsmanns verkleidet und geholfen hatte, Geschenke an die Kinder auf Harrys Station zu verteilen. »Und emotional kann es einen auch ganz schön belasten«, setzte er hinterher. »Überall nur Tränen und Traurigkeit.«

»Verstehe«, sagte Emmie und schaute zu ihm auf, als wäre er so eine Art Superheld. »Aber immerhin kümmerst du dich um Dinge, die *wirklich* wichtig sind. Leben und Tod. Ich zerbreche mir gerade den Kopf, wie man Teenager dazu bringen kann, eine bestimmte neue Zahnpasta zu kaufen.«

»Das macht bestimmt Spaß, klingt jedenfalls sehr kreativ«, meinte Sanjay. »Und Zahnhygiene ist total wichtig. Darum hat meine Mum mir auch geschrieben. Sie meinte, ich soll unbedingt einen Termin zur Zahnreinigung machen.«

Sanjay kam sich vor wie ein Heuchler. Er wollte Emmie von den Angstattacken erzählen und dass er sich manchmal nur wieder beruhigen konnte, wenn er sich in einer dunklen Abstellkammer versteckte und das Periodensystem der Elemente aufsagte. Aber just als er die Worte endlich auf der Zunge hatte, fuhr der Zug schon in New Malden ein.

Sanjay hatte noch immer nichts gegessen, auch dank des erfolglosen Besuchs am Snackautomaten, also flitzte er rasch in das Café gleich neben dem Bahnhof. Manchmal, wenn kurz vor Ladenschluss noch Muffins übrig waren, steckte der Besitzer ihm einen zum halben Preis zu. In der ungewohnten Umgebung erkannte er Piers zuerst gar nicht. Es waren noch zwei Haltestellen bis Surbiton, wo Piers wohnte. Er saß über einen Laptop gebeugt und murmelte halblaut vor sich hin.

»Drückst du dich vor dem Nachhausegehen, Piers?«, fragte Sanjay. Eigentlich sollte das ein Scherz sein, aber Piers' Gesicht ließ ihn vermuten, dass er unwissentlich ins Schwarze getroffen hatte. Piers guckte ganz komisch und knallte den Laptop zu, als wäre er beim Pornogucken erwischt worden. Das konnte doch aber nicht sein, oder? Schließlich waren hier Leute mit kleinen Kindern.

»Ach, ich wollte nur eben schnell die dringende Mail eines Klienten beantworten. Du weißt ja, wie das ist«, sagte er.

Sanjay nickte, als wüsste er, wie es war, vermutete aber, dass seiner und Piers' Job so gar nichts miteinander gemein hatten. Sein Tag bestand aus Tupfern, Nadeln, Chemo-Ports und Blutuntersuchungen. Dringende Klienten-E-Mails spielten da eine eher untergeordnete Rolle. Außerdem verdiente Piers in seinem Job obszön viel Geld. Was man von Sanjay nicht unbedingt behaupten konnte.

Sanjay fragte sich, wie es wohl sein musste, keine Geldsorgen zu haben. Piers hatte bestimmt nach Kaschmir-Babydeckchen und Reinsilber-Rasseln und einem kurzen Schlenker über eine exklusive Privatschule mühelos einen Job bei einem von Daddys Freunden bekommen. Bestimmt hatte er nie einzelne Kaffeesahnedöschen aus der Kantine klauen müssen, weil am Ende des Monats nicht genug Geld übrig war, um auf dem Weg nach Hause noch einen Karton Milch im Supermarkt zu kaufen.

Wusste er überhaupt, was für ein Glückspilz er war? Sanjays Jahreseinkommen nach Steuerabzug würde nicht reichen, um die absurd teure Angeberuhr an Piers' Handgelenk zu bezahlen. Sanjay riss sich am Riemen. Mit so was machte man sich nur verrückt.

Er fragte sich, was Piers wohl zu verbergen hatte. Eine Affäre vielleicht? Das wäre typisch Piers, der es gewohnt war, sich einfach zu nehmen, was er wollte, am Ende mit zwei Frauen dazustehen, während Sanjay nicht mal eine abbekam.

Piers

08:13 Surbiton nach Waterloo

Piers wartete auf dem Bahnsteig in Surbiton auf Martha, damit sie, wenn möglich, beim Nachhilfeunterricht nebeneinandersitzen konnten. Piers war inzwischen dahintergekommen, dass es meistens ausreichte zu sagen: »Ich bin ihr Mathelehrer, würde es Ihnen etwas ausmachen, wenn wir eben die Plätze tauschen?«, und Martha lernte langsam, mit der Peinlichkeit zu leben. Ins Gesicht sah sie ihm fast nie, als traute sie ihm nicht recht über den Weg. Oder könnte ihn nicht ausstehen. Er war sich ziemlich sicher, sie hätte sich nie überreden lassen, seine Hilfe anzunehmen, wenn sie nicht in einem vollgestopften Zug säßen und Iona ihn nicht persönlich empfohlen hätte.

Dabei war es ein großartiges Gefühl, zuzusehen, wie Martha langsam immer sicherer und selbstbewusster wurde im Umgang mit Zahlen. Mit jeder Nachhilfestunde im Zug wurde sie flinker und fehlerfreier. Ganz anders sah die gegenwärtige Entwicklung von Piers' Geldanlagen aus, unter denen vermutlich eine spitze Bemerkung in roter Tinte stehen würde wie *Muss sich mehr Mühe geben* oder *Bitte nach der Stunde zu mir*.

Piers fuhr jetzt meist später in die City, in Abstimmung mit Marthas Stundenplan und um die ganz vollen Züge zu meiden, aber Candida schien das nicht weiter aufzufallen. Und sie hatte bisher auch nichts dazu gesagt, dass er bei jeder Gelegenheit den

Briefkasten leerte und die Umschläge mit dem Vermerk DRINGEND! LETZTE MAHNUNG! unauffällig ganz hinten in seiner Sockenschublade verschwinden ließ.

Alles in allem wirkte Candida ausgesprochen unaufmerksam, zumal wenn man bedachte, dass sie den Hauch einer Spinnwebe, den die Putzfrau übersehen hatte, oder den Verlust von einem Prozentpunkt bei Mintys Kognitionstest auf zwanzig Meter Entfernung erkennen konnte. Fast war er versucht, einen kapitalen Bock zu schießen, nur damit sie endlich spitzkriegte, was da in seinem Leben vor sich ging. Aber dazu hatte er nicht den Mumm, und er wusste, würde er wirklich einen Bock schießen, alles um ihn herum würde zusammenbrechen wie ein Kartenhaus.

»Wie geht's meiner Musterschülerin heute?«, fragte Piers, während sie auf den Zug warteten.

»Ich bin Ihre einzige Schülerin«, sagte Martha. »Aber danke, gut.«

»Bist du mit den Hausaufgaben von gestern zurechtgekommen?«

»Größtenteils. Mit den simultanen Gleichungen hatte ich ein bisschen Probleme.«

»Der Trick bei Gleichungen«, sagte Piers, »ist, sie nicht als schnöde olle Zahlen zu sehen, sondern als Muster. Kunst sogar. Wenn man genau hinschaut, sind sie wunderschön. Warte, ich zeige es dir.«

Sie stiegen ein. Drinnen saß Iona wie üblich an ihrem Lieblingstisch. Lulu hatte ihnen einen Platz freigehalten. Mit ein bisschen Charme und etwas Nachdruck gelang es Piers, eine Dame mittleren Alters zum Aufstehen zu bewegen und ihnen so einen weiteren Sitzplatz zu verschaffen.

Während Piers Martha die Schönheit simultaner Gleichungen erklärte, sah er sich selbst, wie er damals Algebra für sich entdeckt hatte. Und angefangen hatte, Zahlen nicht nur als etwas zu sehen, das man aufreihen, verschieben und lösen konnte, sondern als Fahrkarte in ein neues, ganz anderes Leben. Wie ironisch, dass er ausgerechnet diesem Leben nun mit aller Macht entfliehen wollte.

»Und, siehst du?«, fragte er Martha, die auf der Unterlippe kaute, wie immer, wenn sie sich konzentrierte.

»Weißt du was, ja, ich sehe es«, sagte sie und grinste ihn an.

»Du bist nicht schlecht in Mathe, Martha. Dir fehlt nur ein bisschen Selbstvertrauen, und ich vermute mal, man hat es dir nicht richtig beigebracht. Wie ist denn dein Lehrer so?«

»Die wechseln ständig. Wir haben an unserer Schule nicht genug richtige Mathelehrer, also bekommen wir ständig andere Vertretungslehrer. Sogar unser Schauspiellehrer hat schon mal ein paar Stunden übernehmen müssen. Der war fast genauso schlecht wie ich«, sagte Martha. »Meine Mum hat sich bei der Schule beschwert, aber der Direktor hat gesagt, es gibt landesweit eine Mathelehrerknappheit.«

»Wie heißt deine Schule noch mal?«, fragte Piers.

»St. Barnabas Secondary«, sagte Martha. »Wieso?«

»Nur so«, brummte Piers und nahm sich vor, sich das zu merken, für alle Fälle.

Piers hatte Iona morgens im Zug meist links liegen lassen und merkte, wie sehr es sie fuchste, außen vor zu sein. Sie köchelte still vor sich hin wie ein Dampfgarer, in dem sich unablässig Druck aufstaute bis zur unausweichlichen Explosion.

»Also, ich weiß, das mit der Mathenachhilfe war meine Idee – für die ich eigentlich etwas Dank verdient hätte –, aber könnten wir bitte für die verbleibende Fahrtzeit über was anderes reden, ich muss nämlich alles über das Vorsprechen für das Theaterstück wissen.«

»Das ist in zwei Wochen«, sagte Martha und legte den Stift

schneller beiseite, als Piers lieb war. »Wir sollen einen kurzen Dialog auswendig lernen und dann vorsprechen. Bestimmt lande ich hinter den Kulissen, in der Garderobe oder bei der Beleuchtung, aber das wäre gar nicht schlimm. Es wäre so toll, wenn ich überhaupt mitmachen dürfte, und ich denke jetzt schon viel weniger über die ganze Nacktfotogeschichte nach.«

»Hinter den Kulissen, hm? Das werden wir ja sehen«, murrte Iona. »Kein Schützling von Iona verschwindet einfach hinter den Kulissen. Hast du den Text da?«

Martha zog ein zerknittertes Blatt Papier aus der Schultasche, legte es auf den Tisch, mitten auf die wesentlich wichtigeren Matheunterlagen, und versuchte, es mit dem Ärmel glatt zu streichen. Iona guckte mit zusammengekniffenen Augen darauf, griff in ihre Handtasche und kramte eine Lesebrille heraus.

»Ich mache das nur für dich, Liebes«, flüsterte sie. »Sonst trage ich die nie in der Öffentlichkeit. Die macht mich zu alt.« Piers wollte eigentlich zurückschießen, dass ihr Alter sie alt machte, um es ihr heimzuzahlen, dass sie seinen Matheunterricht gestört hatte, verkniff es sich dann aber doch lieber. Iona aufzuziehen, war ganz lustig, aber man musste sich vorsehen, dass sie nicht irgendwann zurückschnappte.

»Ooh, schau an, die Balkonszene!«, rief Iona. »Also schön, du spielst natürlich die Julia und ich den Romeo. Wir haben drei Stationen Zeit, Piers und diesen jungen Mann …«, Iona deutete auf die vierte Person an ihrem Tisch – ein auffallend muskulöser Mann, der trotz der Kälte draußen nur T Shirt und Shorts trug, »… zu zeigen, dass wir uns unsterblich ineinander verliebt haben. Was für ein Spaß! Ich bin Iona, und das ist Martha«, sagte Iona zu ihrem Publikum. »Auch bekannt als Romeo und Julia.«

»Jake«, sagte er und reichte ihr die Hand. »Auch bekannt als Jake.«

»Ach, ja, da steht es ja auch auf Ihrer Brust«, sagte Iona. »Wie praktisch.« Piers verrenkte sich fast den Hals, um die Worte JAKE'S PERSONAL TRAINING lesen zu können, die auf Jakes T-Shirt prangten.

Martha schien vor Schreck wie versteinert, aber Piers erkannte die Methode hinter Ionas Wahnsinn. Wenn sie diese Peinlichkeit irgendwie durchstand, würde der Auftritt vor Publikum später ein Kinderspiel.

Iona

18:17 Waterloo nach Hampton Court

Wie viel sich doch in ein paar Monaten ändern konnte, dachte Iona.

Es war das Ende eines weiteren erfolgreichen Tages. Sie hatte Piers und Sanjay an Bahnsteig 5 in Waterloo entdeckt und hatte es geschafft, sie an ihren üblichen Tisch zu lotsen, allerdings nur, indem sie sich rüde an einer jungen Mutter mit Kinderwagen vorbeidrängelte. Sie hatte deswegen glatt einen Anflug von schlechtem Gewissen bekommen, bis sie hörte, wie die Frau zu ihrem Baby sagte: »Auf die böse alte Frau achten wir gar nicht, was, Mäuschen?«

»Wie albern, mich vor ihrem Kind schlechtzumachen«, hatte Iona daraufhin zu Lulu gesagt. »Als würde es auch nur ein Wort verstehen.«

Eds Assistentin hatte ihr einen Termin in den Kalender gesetzt, ein Meeting morgen Nachmittag um fünf. Bis vor Kurzem hätte das Iona völlig aus der Fassung gebracht, aber jetzt sah sie dem Ganzen recht gelassen entgegen. Fast ein wenig vorfreudig.

Seit sie neuerdings ihre Leserbriefe mit Emmie, Sanjay und Martha besprach und deren beste Antworten mit einbaute, sorgte sie in den sozialen Medien für gehörigen Wirbel, war ihr Postsack bedeutend dicker geworden und ihr Ansehen in der

Redaktion beträchtlich gestiegen. Und dann natürlich der unglaubliche Coup, Fizz für ihre Zeitschrift rekrutiert zu haben. Alle führten sich auf wie schockverliebte Teenager, seit Fizz vergangene Woche zum Redaktionsteam gestoßen war.

Ja, dieses Meeting würde bestimmt ganz nett. Vielleicht war sogar eine kleine Gehaltserhöhung drin? Schließlich hatte sie schon seit Jahren keine mehr bekommen. Und sich deshalb zu beschweren, hatte sie nicht gewagt, aus Angst, ihr recht bescheidenes Gehalt sei womöglich der einzige Grund, warum sie den Job überhaupt noch machen durfte.

Und dann ging ihr plötzlich ein Licht auf. In dieser Woche feierte sie ihr dreißigjähriges Jubiläum bei *Modern Woman*. Das konnte doch wohl kein Zufall sein? Vielleicht wollte man eine kleine Feier für sie arrangieren? Zu ihrem zehnten Jubiläum hatte man ihr eine Überraschungsparty geschmissen – mit Champagner und Kanapees. Zum zwanzigsten gab es eine Torte und Geschenkgutscheine für Harvey Nichols. Was das dreißigste wohl bringen mochte? Sie musste unbedingt daran denken, ganz erstaunt und erfreut zu tun, sonst verdarb sie den anderen den Spaß.

Nur zwei Dinge dämpften Ionas gute Laune ein wenig. Zum einen die Person, die gleich hinter ihr saß und einen unbeschreiblich übelriechenden Hotdog verspeiste. Kannte dieser Kretin denn nicht die dritte eherne Pendlerregel, die besagte, nie sollst du im Zug warme Speisen essen? Zum anderen Sanjay, der schwermütig in seinen Coffee to go glotzte, als ließe sich dort der Schlüssel zu seiner Zukunft finden. Zeit für ein wenig mütterliche Strenge.

»Sanjay«, sagte sie. »Es wird langsam Zeit, nach vorne zu schauen und weiterzuziehen. Andere Mütter haben auch schöne Töchter.«

»Aber Iona«, sagte er, und zum ersten Mal, seit sie sich kannten, schien er sie wütend anzufunkeln. »Du hast doch selbst gesagt, es ist erst vorbei, wenn der Vorhang …«

»Er ist gefallen, Sanjay«, fiel Iona ihm ins Wort. »Der Vorhang ist gefallen, und dahinter laufen schon die Hochzeitsvorbereitungen. Manchmal läuft es im Leben nicht so, wie wir es gerne hätten. Das weiß ich besser als jede andere, glaub mir.«

»Aber Iona«, widersprach Sanjay und schaute sie finster an. »Was, wenn Emmie *die Eine* für mich ist, und jetzt heiratet sie einen anderen?«

»*Die Eine* gibt es nicht«, erklärte Iona. »Für jeden gibt es viele mögliche Richtige.«

»Tatsächlich? Dann könntest du also genauso gut mit jemand anderen zusammen sein statt mit Bea?«

»Nein, für mich gilt das natürlich nicht«, sagte Iona. »Aber Toby ist eindeutig der Richtige für Emmie. Sie ist überglücklich, und als ihre Freunde ist es unsere Pflicht, uns mit ihr zu freuen, ganz gleich, wie schwer uns das auch fallen mag.«

»Ich freue mich ja mit ihr«, sagte Sanjay. »Ehrlich, es ist mir schnurz. Das war bloß eine dumme Schwärmerei. Es ist vorbei.«

»Du weißt ganz genau, dass das nicht stimmt, Sanjay«, sagte Iona. »Ich bin professionelle Empathin, schon vergessen. Ich *lese* Menschen. Du schmollst wie ein trotziges Krabbelkind, und damit muss jetzt Schluss sein.«

Sanjays Handy auf dem Tisch vor ihm pingte.

»ICH HABE DIR FÜR SAMSTAG EINEN TERMIN GEMACHT«, las Iona laut vor.

»Das ist meine Mum«, sagte Sanjay. »Ich glaube, sie will mich mit einer Zahnhygienikerin verkuppeln, auch wenn sie das vehement bestreitet.«

»Hervorragende Idee! Siehst du, andere Mütter haben ebenfalls schöne Töchter!«, rief Iona, schnappte sich sein Telefon und antwortete mit einem Gereckter-Daumen-Emoji. Sanjay riss ihr das Handy aus der Hand.

»Halt dich da raus, Iona«, herrschte er sie an, mit einer Stimme, die viel lauter klang, als sie eigentlich war, weil es so still war im Wagen. »Es reicht, wenn meine Mum mich nervt. Mein Liebesleben geht dich überhaupt nichts an. Du bist bloß eine frustrierte alte Schnepfe, die nichts Besseres zu tun hat, als ungefragt ihre Nase in anderer Leute Leben zu stecken und sich überall einzumischen.«

Iona spürte die Worte wie einen Schlag ins Gesicht. Verletzend wären sie von jedem gewesen, aber sie von Sanjay zu hören, tat besonders weh, weil er sonst immer so sanftmütig und rücksichtsvoll war.

Sanjay starrte demonstrativ aus dem Fenster, als könnte er ihren Anblick nicht ertragen, geschweige denn mit ihr reden. Was ganz schön frech war in Anbetracht der Tatsache, dass sie hier das unschuldige Opfer war. Seine Anschuldigungen hallten ihr noch in den Ohren nach: *Frustriert. Alt. Ungefragt eingemischt.* Sie wusste gar nicht, welcher von Sanjays Giftpfeilen am schlimmsten schmerzte.

Piers war ganz still geworden, sehr untypisch für ihn. Er hatte den Kopf im *Evening Standard* vergraben wie eine Schildkröte, die sich in ihren Panzer verkriecht. Zu Hilfe schien er ihr nicht kommen zu wollen, und sie fragte sich, ob sie diesmal vielleicht wirklich zu weit gegangen war. Sie musste an all die schweigsamen Fahrten früher denken, vor dem Tag der Traube. Aber das war ein behagliches, entspannendes, belangloses Schweigen gewesen, nicht so unangenehm und aufgeladen wie dieses hier, das schier unerträglich schwer zwischen ihr, Sanjay und Piers in der Luft hing.

Als Sanjay schließlich aufstand, um in New Malden aus dem Zug zu steigen, murmelte Piers hinter dem Schutz seiner Zeitung ein flüchtiges *Bye*, aber weder Iona noch Sanjay sagten auch nur ein Wort.

Die nächsten beiden Bahnhöfe hindurch starrte Iona reglos aus dem Fenster und sah zu, wie der Abendhimmel nach und nach in strahlenden Rot- und Orangetönen aufleuchtete, während Stare in riesigen Schwärmen ihre hypnotischen, wellenförmigen Choreografien flogen. Die Frage, wie die Vögel es wohl anstellten, jederzeit zu wissen, wohin sie gerade fliegen mussten, und ob sie vielleicht doch manchmal in der Luft zusammenstießen, erwies sich als so gute Ablenkung, dass Iona, als sie in den Bahnhof von Surbiton einfuhren und direkt vor ihrem Fenster ganz unvermittelt ein Frauengesicht auftauchte, das sonst sicher sehr hübsch gewesen war, nun aber grässlich *wut*verzerrt wirkte, beinahe laut aufgeschrien hätte vor Schreck.

»Grundgütiger, was ist denn in die gefahren?«, quiekte sie und deutete nach draußen. Piers war gerade aufgestanden, um auszusteigen. Die Frau vor dem Fenster trug ein Designer-Yoga-Outfit. Quer über den knackigen Brüsten stand ganz groß der Aufdruck OM SHANTI, was so gar nicht zu ihrem martialischen Auftreten passen wollte.

Piers drehte sich um, und sein Blick folgte Ionas ausgetrecktem Finger, und alle Farbe wich aus seinem Gesicht.

»Das ist Candida«, sagte er leise.

»Sieht aus, als wäre dein Jenga-Turm mit Getöse zusammengekracht«, meinte Iona.

»Sieht ganz danach aus. Dann gehe ich jetzt wohl besser mal nach Hause und löffele die Suppe aus, die ich mir eingebrockt habe«, sagte Piers und brummte dann: »Wird auch langsam Zeit.«

Piers schob sich durch die Menschenmenge zur Tür. Im Aussteigen drehte er sich noch mal zu Iona um mit einem Gesicht wie ein ertappter Schuljunge, der zum Direktor zitiert worden ist und genau weiß, dass er jetzt endgültig von der Schule fliegt.

Iona blieb allein am Tisch zurück, mit Piers' zurückgelassenem *Evening Standard* und einem unguten Gefühl im Magen. Was um alles auf der Welt konnte Piers angestellt haben, um von einem derart aufgebrachten Empfangskomitee erwartet zu werden? Vermutlich war eine andere Frau im Spiel. Darauf lief es ihrer Erfahrung nach meistens hinaus.

So viel zu ihrem perfekten Tag. Alles war schiefgegangen. Und mit einem Mal blickte sie dem morgigen Treffen mit Ed nicht mehr ganz so optimistisch entgegen.

Piers

»Candida«, rief Piers. Irgendwie musste er sich doch noch herauslavieren können. »Wie nett, dass du mich von der Bahn abholst.«

»Dein Wagen stand auf dem Parkplatz«, entgegnete sie mit bebender Stimme und geblähten Nasenflügeln. »Ich konnte mir also denken, dass du mit dem Zug gefahren bist. Die Frage ist bloß: *wohin?*«

Die Menschen auf dem Bahnsteig ringsum versuchten erst gar nicht so zu tun, als schauten sie nicht hin, während sich gleich neben ihnen dieses Drama entspann. Köpfe gingen hin und her wie auf den Zuschauerrängen eines besonders aggressiv gespielten Tennismatches.

»Wie meinst du das?«, fragte Piers, der genau wusste, wie sie das meinte und den Ball bloß wieder in ihre Hälfte zurückspielen wollte, um ein bisschen Zeit zu gewinnen.

»Ich meine«, zischte sie, »was soll das, dass du hier aus dem Zug steigst, mit Anzug und Aktenkoffer, als kämst du gerade von der Arbeit, wo du doch laut einem der Mädels aus meinem Pilates-Kurs schon seit *drei Monaten* keinen Job mehr hast?«

Spiel, Satz und Sieg für Candida. Sah ganz danach aus, als wäre das Turnier für ihn beendet.

Piers blieben zehn Minuten zum Durchatmen, während er und Candida in getrennten Autos nach Hause fuhren. Candida nahm in ihrem Mini Cabrio die Kurven mit halsbrecherischer Geschwindigkeit. Man hatte das Gefühl, einer entsicherten Granate zu folgen.

Kaum war die Haustür hinter ihnen ins Schloss gefallen, explodierte sie.

»Was hast du dir bloß dabei GEDACHT, mich derart bloßzustellen?«, herrschte sie ihn an. »Kannst du dir auch nur ANSATZWEISE vorstellen, wie dumm ich aus der Wäsche geguckt habe, als Felicia mich fragte, wie du damit umgehst, und ich nicht den LEISESTEN SCHIMMER hatte, was sie da redet?« Sie stand so dicht vor ihm, dass ihm ein Fitzelchen Spucke an die Wange flog. Er wischte es nicht weg, aus Angst, eine unvermittelte Bewegung könnte einen weiteren Wutausbruch provozieren.

»Ich wollte dich nur schützen«, sagte er leise. »Bei der letzten Entlassungswelle im Januar hat es mich erwischt, und ich dachte mir, was bringt es, wenn wir uns beide verrückt machen? Ich dachte mir, ich sage es dir, sobald ich einen neuen Job aufgetan habe, aber das erweist sich als schwieriger als gedacht. Überall nur noch Entlassungen, niemand stellt mehr Leute ein. Und je länger ich den Mund gehalten habe, desto unmöglicher konnte ich es dir sagen.«

»Was sollen wir denn jetzt MACHEN?«, fragte sie. »Was ist mit dem Schulgeld der Kinder? Der Hypothek? Der Nanny? Wie sollen wir das denn alles bezahlen?«

»Verstehst du das denn nicht, genau deswegen wollte ich dir nichts davon sagen! Es war schon schlimm genug, dass die Bank, für die ich fünfzehn Jahre lang gearbeitet habe, für die ich Geld gescheffelt habe wie Heu, für die ich meine Abende, Wochenenden und Urlaube aufgegeben habe, mich einfach wie Alteisen auf dem Schrott entsorgt hat. Mir einen Karton in die Hand gedrückt und fünf Minuten Zeit gegeben hat, meinen Schreibtisch zu räumen, unter den strengen Blicken zweier Wachleute. Die haben mich dann zum Ausgang begleitet und meinen Ausweis konfisziert.«

Ihm wurde schlecht, wenn er nur an diesen Tag dachte – die öffentliche Demütigung, im Gänsemarsch zur Tür eskortiert zu werden, quer über das Parkett, wie er es schon bei so vielen Männern und ein paar Frauen vor ihm gesehen hatte. Einige seiner Kollegen – die, die sich selbst für unantastbar hielten – hatten ihm im Vorbeigehen spöttisch *Midas! Midas!* hinterhergerufen. Die erfahreneren Händler hatten nur starr auf die Bildschirme gestiert und wohl insgeheim gedacht, *hätte genauso gut mich erwischen können*. Kaum einer, wenn überhaupt, würde es auch nur annähernd bis ins Rentenalter schaffen, ohne irgendwann den Gang der Schande antreten zu müssen.

»Und was hast du mit dem Karton gemacht?«, fragte sie mit dem leisesten Anflug eines Lächelns, einem winzigen Riss in der Rüstung.

»In den nächstbeste Müllcontainer gekippt.«

»Mitsamt dem Foto von mir, das du auf dem Schreibtisch hattest?«

»Ich hatte kein Foto von dir auf dem Schreibtisch«, sagte er und wollte sich im selben Augenblick am liebsten auf die Zunge beißen. Aber aufs Ganze gesehen würde dieses minderschwere Missgeschick vermutlich kaum mehr ins Gewicht fallen.

»Und wo warst du die ganze Zeit? Was hast du gemacht?« Und da war sie – die unausweichliche Frage, die zu weiteren Enthüllungen führen würde. Er holte tief Luft, nahm Anlauf und sprang ins Bodenlose.

»Ich habe den ganzen Tag in Cafés und Büchereien gesessen und Bewerbungen geschrieben«, sagte er. »Ich habe ein paar Strippen gezogen und bin zu ein paar Vorstellungsgesprächen eingeladen worden. Aber es kam mir immer vor, als hätten sie eigentlich gar kein Interesse, und es hat sich auch nie was daraus ergeben.« Er unterbrach sich und drehte den Siegelring am Finger, um dann hinzuzufügen: »Und ich habe Tagesgeschäfte gemacht.«

»Tagesgeschäfte?«, fragte sie. »Soll das heißen, du hast mit unserem eigenen Geld gehandelt?«

Er nickte.

»Ich dachte mir, für unsere Klienten habe ich schließlich lange genug gutes Geld verdient, warum also nicht zur Abwechslung mal für mich selbst? Für uns?«

Ihre Augen wurden ganz schmal.

»Mit was für Geld?«

»Meiner Abfindung«, sagte er.

»Und wie läuft es so?«, fragte sie in einem Ton, als wüsste sie die Antwort längst.

»Momentan nicht so gut«, gestand er. »Ich musste irgendwann einsehen, dass es einen gewaltigen Unterschied macht, ob man anderer Leute Geld riskiert oder sein eigenes. Ich muss wohl erst mal umdenken. Das ist ein Prozess, das dauert eine Weile, das wird schon.«

»Und während dieses Umdenkprozesses«, sagte sie und zog jede einzelne perfekt betonte Silbe in die Länge, »wie viel von deiner Abfindung – *unserer Abfindung* – hast du da schon verzockt?«

»Ungefähr zwei Drittel«, gestand er, obwohl er nur zu gut wusste, dass es ganz genau einundsiebzig Prozent waren. Allein beim Gedanken daran wurde ihm wieder speiübel. »Aber keine Sorge. Noch ist nichts verloren. Ich hole das alles wieder rein. Ich hatte bloß eine saublöde kleine Pechsträhne. Aber die ist jetzt vorbei, ganz bestimmt.«

»Du weißt schon, dass du wie ein Feld-, Wald- und Wiesen-Zocker klingst, oder?«, sagte sie. »Das, was du da machst, ist auch nichts anderes als der Kerl, der das Haushaltsgeld der Familie beim Pferderennen verwettet oder im Wettbüro auf fixe Quoten setzt. Der Unterschied ist der gleiche wie der zwischen einem Penner auf der Parkbank, der Brennspiritus säuft, und dem ›Weinkenner‹, der zum Dinner im Ivy drei Flaschen Château Lafite leert. Der einzige Unterschied ist die Kohle, die man verpulvert, und die Klamotten, die man dabei trägt. Das muss sofort aufhören.«

»Ich kann jetzt nicht aufhören, Candida. Nicht, ehe ich meine Verluste wieder reingeholt habe.«

»Und wie lange sagst du dir das schon, Piers?«, entgegnete sie. Darauf brauchte er nicht zu antworten. Sie konnte es sich denken. »Hat bisher nicht so gut geklappt, oder? Es ist nur immer schlimmer und schlimmer geworden.«

»Es ist zu spät. Es gibt kein Zurück«, sagte er.

»Es ist zu spät für *alles andere* als ein Zurück, Piers«, sagte sie.

Piers sackte in einen Sessel und ließ den Kopf in die Hände sinken. Er spürte, wie das Band, das ihn zusammenhielt und das sich in den vergangenen Monaten enger und immer enger um seine Brust zugezogen hatte, mit einem Knall zerriss. Zum ersten Mal seit jenem grässlichen Tag im Januar, zum ersten Mal, seit er seine alte Haut abgestreift und den neuen, unsichtbaren Piers übergezogen hatte, weinte er. Und als er erst einmal damit angefangen hatte, wusste er nicht, wie er je wieder aufhören sollte.

Es dauerte eine Weile, bis Piers wusste, wo er war. Die Morgensonne fiel in einem anderen Winkel als sonst ins Zimmer, und als er den Arm ausstreckte, war das Laken neben ihm kalt und leer. Dann fiel es ihm wieder ein. Er war im Gästezimmer. Und dann brach die Erinnerung an den gestrigen Tag unversehens über ihn herein.

Candidas Worte schienen, während er geschlafen hatte, ausgetrieben und Wurzeln geschlagen zu haben, denn mit einem Mal sah er das ganze Schlamassel mit unliebsamer Deutlichkeit. Sie hatte recht. Er war bloß ein Zocker mit einer nicht enden wollenden Pechsträhne, der schlechtem Geld gutes hinterherwarf und beharrlich so lange am Roulettetisch sitzen blieb, bis irgendwann das Licht im Casino ausging.

Das Spiel war aus, endgültig.

Piers duschte und rasierte sich wie ferngesteuert, dann ging er in sein Ankleidezimmer. Aus purer Gewohnheit verharrte seine Hand vor den langen Reihen beinahe identischer Anzüge, liebevoll maßgeschneidert von seinem Schneider in der Jermyn Street, bis er sich schließlich für Jeans und Kaschmirpullover entschied. Er hatte ja jetzt keinen Grund mehr, Anzug zu tragen.

Aber was nun?

Piers konnte die Vorstellung des vor ihm liegenden leeren Tags kaum ertragen, oder den Gedanken, auf Zehenspitzen durchs Haus schleichen zu müssen, um nur ja nicht Candidas Zorn heraufzubeschwören. Oder, schlimmer noch, ihre Enttäuschung abzubekommen. Auch in den schlimmsten Krisenzeiten ihrer Ehe – als sie nach dem kurzen, unüberlegten Seitensprung mit dem holländischen Au-pair wirklich stinksauer auf ihn gewesen war –, hatte sie ihn trotz allem respektiert. Nun schien sie allen Respekt vor ihm verloren zu haben. Wen wunderte es, respektierte er sich doch selbst nicht mehr.

Piers stieg in den Porsche, atmete den teuren Duft der Ledersitze und lauschte auf das kehlige Aufheulen des Motors. Sonst eigentlich ein Garant für einen Glücksmoment, spürte er jetzt gar nichts mehr. Als hätte es ihm alle Sinne weggeätzt.

Wie ein Roboter fuhr er zum Bahnhof. Er stellte den Wagen ab, marschierte über die Fußgängerbrücke und stand unversehens auf seinem gewohnten Bahnsteig, obwohl alles andere mit einem Mal alles andere als gewöhnlich war. Er war ein Hochstapler. Ein zweidimensionaler Avatar.

Er musste an den Tag denken, als er die Traube eingeatmet hatte, vor ungefähr zwei Monaten. Er wusste noch ganz genau, wie verzweifelt er hatte leben wollen, und verstand nun nicht mehr, weshalb eigentlich.

Wozu noch hier auf dem Bahnsteig stehen? Wozu überhaupt noch hier sein? Wozu überhaupt noch sein?

Piers trat an die Bahnsteigkante und starrte hinab auf die Gleise. Eine Ratte huschte vorbei und verschwand in den Schatten. Man hörte das leise elektrische Surren des Zugs von weit her entlang der Schienen, das sekündlich näher kam. Und je lauter das Surren, desto lauter schienen die Schienen ihn zu rufen. Wie leicht es wäre, einfach einen Fuß vor den anderen zu setzen und das alles hier hinter sich zu lassen.

Das Surren wurde eindringlicher, nachdrücklicher, und er spürte Menschen um sich, fühlte ihre Blicke. Fragend. Nur noch ein paar Sekunden, und die Gelegenheit wäre verpasst.

Je länger er auf die Schienen starrte, desto näher schienen sie zu kommen. So, so nahe. Kein Sprung, nicht einmal ein Sturz. Bloß ein Schritt. Das Surren wurde lauter, wurde zu einem Zischen, das ihn zu rufen schien. *Jaaaa, komm zzzzu mir.*

»Nein!«, rief da eine Stimme direkt hinter ihm.

Martha

07:59 Surbiton nach Waterloo

Martha konnte kaum glauben, dass der Piers, den sie heute kannte, derselbe sein sollte, auf den sie sich erst vor ein paar Wochen übergeben hatte. Sie hatte sich richtig gefreut, ihn morgens am Bahnhof zu sehen. Sie hatte all ihre Mathehausaufgaben erledigt und insgeheim auf ein kleines Lob und Anerkennung von einem interessierten Erwachsenen gehofft. Ihre Mutter, und den Lover ihrer Mutter, schloss das von vorneherein aus. Und ein bisschen Ablenkung könnte auch nicht schaden.

Heute war nämlich der große Tag, heute wurde die Besetzungsliste am Schwarzen Brett ausgehängt. Ganz leise hegte sie die Hoffnung, womöglich doch eine winzig kleine Rolle mit ein paar Zeilen Text abbekommen zu haben. Schließlich hatte Iona sie fast zwei Wochen lang beinahe jeden Morgen gecoacht, eine *richtig echte Schauspielerin.* Das Vorsprechen war nicht ganz reibungslos über die Bühne gegangen – am Anfang hatte sie sich ein paarmal verhaspelt, sich dann aber gefangen, und danach war es eigentlich ganz gut gelaufen. Besser als gut sogar. Sie war ganz kribbelig gewesen vor Aufregung, auf einer richtigen Bühne zu stehen und einen sechzehnjährigen Jungen als Gegenüber zu haben, statt im Zug sitzend mit einer Uralt-Lesbe zu flirten.

Und Iona hatte recht gehabt. Das Vorsprechen für das Theaterstück hatte sie, zumindest vorübergehend, von der *Vagina-*

Geschichte abgelenkt, und komischerweise war ihr aufgefallen, je weniger sie selbst darüber nachdachte, desto weniger spitze Bemerkungen oder schiefe Seitenblicke gab es von den anderen. Iona hatte ihr erklärt, derartige Gedanken wirkten wie Katzenminze auf Katzen. Sie hatte nicht gefragt, was Katzenminze war, aber sie verstand, worauf Iona hinauswollte. *Das ist eine sich selbst erfüllende Prophezeiung*, hatte sie gesagt, *siehst du aus wie ein Opfer, wirst du unweigerlich zur Zielscheibe.* Martha hatte sich vorzustellen versucht, wie Iona selbst zur Zielscheibe wurde, und war dabei kläglich gescheitert. Die Frau war einfach unbezwingbar.

Martha ging den Bahnsteig entlang und hielt Ausschau nach Piers.

Zuerst erkannte sie ihn gar nicht. Bisher hatte sie ihn immer nur im Anzug gesehen. Wobei Piers in Jeans und Pulli immer noch gelackter aussah als die meisten anderen Menschen im besten Sonntagsstaat. Die ganze Aufmachung *schrie* geradezu Geld. Wie ein Lehrer sah er jedenfalls ganz bestimmt nicht aus.

»Piers!«, rief sie, aber er reagierte nicht. Er stand nur an der Bahnsteigkante, deutlich jenseits der gelben Markierung, die man nicht übertreten sollte, und glotzte auf die Schienen, als hätte er gerade eine Münze in einen Wunschbrunnen geworfen und sich dann überlegt, sie wieder herauszuangeln.

»Piers«, sagte sie zu ihm. »Ist alles okay?«

Es war, als hätte er sie gar nicht gehört, dabei stand sie direkt neben ihm. Er starrte nach unten wie hypnotisiert und schwankte ganz leicht vor und zurück. Martha war es, als wären all ihre Sinne plötzlich in Alarmbereitschaft, denn sie hörte die Menschen um sie herum – das Atmen, Schlurfen, Schniefen – um ein Vielfaches lauter. Sie roch den Schweiß in den eigenen Achselhöhlen. Und sie sah ganz genau, was passieren würde; wie in Zeitlupe spielte sich die ganze Szene vor ihren Augen ab.

»Nein!«, brüllte sie und packte Piers am Arm.

Der Schnellzug nach Waterloo ohne Halt in ihrem Bahnhof rauschte vorbei, so rasant und dröhnend, dass Martha ganz schlecht wurde beim Gedanken daran, was hätte passieren können. Aber ihre Erleichterung schlug rasch in Scham um. Ob sie überreagiert hatte? Ging ihre Fantasie mit ihr durch? Piers hatte schließlich keinen Schritt über die Bahnsteigkante gemacht. Er hatte nur … so komisch ausgesehen.

Das Vakuum, das der vorbeirasende Zug hinterlassen hatte, wurde bald von einem weiteren einfahrenden Zug gefüllt, und die Menschenmenge um sie herum schwärmte zu den Türen, die aufsprangen. Martha stand da, auf dem Bahnsteig, Piers' Ärmel noch immer fest umklammert, und wusste noch weniger als sonst, was zu tun war.

Piers drehte sich um und starrte sie mit ausdruckslosem Gesicht an, als wüsste er weder, wer sie war, noch, wo er war.

»Ich wollte nicht springen«, murmelte er, fast als müsste er sich selbst überzeugen, nicht sie.

»Wollen wir uns hinsetzen?«, sagte sie und führte ihn zu einer Bank. Wie würde Attenborough jetzt sagen? *Der verletzte einsame Wolf muss alsbald zurückkehren in die Sicherheit seines Rudels.*

»Wieso rufen wir nicht deine Frau an?«, schlug sie vor. Er saß nur da und stierte starr geradeaus. Er kam ihr vor wie ein Elektrogerät im Stand-by-Modus – eingestöpselt, aber nicht funktionstüchtig –, und sie hatte keine Ahnung, wo sie die Fernbedienung herholen sollte.

Martha griff in seine Jackentasche und spürte die vertraute Form eines iPhones. Sie nahm seinen Daumen und fuhr ein wenig zurück, als sie die abgekaute Haut rings um den Nagel sah, die roh und rot war und so gar nicht zu den manikürten, polierten Fingernägeln passen wollte, und legte ihn dann unten auf das Display. Zum Glück entsperrte es sich gleich. Sie ging zu der FAVORITEN-Liste in seinen Kontakten und fand ZUHAUSE.

Es dauerte gerade einmal eine Viertelstunde, bis Candida am Bahnhof war. Im Laufschritt rannte sie auf die beiden zu und setzte sich dann auf Piers' andere Seite.

»Danke … ähm …«

»Martha«, sagte Martha.

»Vielen Dank, Martha. Ich kümmere mich jetzt um ihn. Nicht dass du zu spät zur Schule kommst. Bestimmt wird alles wieder gut. Vermutlich unterzuckert, mehr nicht. Er hat heute Morgen nicht gefrühstückt.«

»Sicher«, sagte Martha, die sich da nicht so sicher war.

Gerade als sie, zittrig und ziemlich flau, in den Zug stieg, ging ihr auf, dass sie ganz vergessen hatte, Candida nach Piers' Telefonnummer zu fragen. Wie sollte sie denn nun herausfinden, ob alles okay war? Und wenn bei Erwachsenen – bei richtigen, gebildeten, verheirateten und *stinkreichen* Erwachsene wie Piers – einfach so die Sicherungen durchbrennen konnten, was sollte sie dann erst sagen? Was sollte überhaupt einer sagen?

»Alles okay?«, fragte eine Stimme neben ihr, als stünde sie nun am Abgrund und starrte einen entgegenkommenden Zug an. Sie drehte sich um und sah in das besorgte Gesicht von Jake, dem Personal Trainer, der vor ein paar Wochen ihrer Julia gelauscht hatte.

»Ich weiß es gerade ehrlich gesagt nicht so genau«, sagte sie. »Ist Iona im Zug? Ich würde wirklich gerne mit ihr reden.«

»Nein«, entgegnete er und wies auf ihren verwaisten Stammplatz, auf dem ein Fremder saß, der offenkundig keine Ahnung hatte, was das für ein Sitz war, siebte Reihe rechts in Fahrtrichtung. »Ich habe sie schon seit ein paar Tagen nicht mehr gesehen. Wie sie heißt, weiß ich erst seit dem Tag, als wir beide uns kennengelernt haben. Aber aufgefallen sie ist mir natürlich schon viel früher.«

»Natürlich«, sagte Martha und hätte schwören können, dass etliche Leute ringsum schweigend ihre Zustimmung nickten.

»Ich habe sie immer Muhammad Ali genannt«, sagte er.

»Okay, damit hätte ich jetzt nicht gerechnet«, erwiderte Martha. »Wieso das denn? Ich meine, *Sie* sehen selbst ein bisschen aus wie Muhammad Ali, aber Iona doch nicht.«

»Weil sie gleichzeitig elegant ist und eine Kämpfernatur. Du weißt schon, *flieg wie ein Schmetterling, stich wie eine Biene.*«

Martha wusste es nicht, nickte aber trotzdem, weil sie wirklich nicht in die Uraltgeschichte von irgendwelchen Boxern einsteigen wollte.

»Hier, vielleicht hilft das.« Jake reichte ihr einen Energydrink – einen von der Sorte, bei dem ihre Mutter umgekippt wäre vor Entsetzen über all die leeren Kalorien –, aber er hatte recht. Ein Schluck, und das Schwächegefühl und der Schwindel verschwanden.

»Ich wollte sowieso noch mit dir reden«, sagte Jake. »Weißt du, ich habe damals zufällig dein Gespräch mit Iona mitgehört. Als du von der Sache in der Schule erzählt hast. Nicht schlimm, oder?«

»Nein, nicht schlimm«, sagte Martha. »Iona zu überhören, ist ziemlich unmöglich, was?«

»Jedenfalls wollte ich dir die hier schon länger geben«, sagte er und reichte ihr eine laminierte Karte. »Ein VIP-Pass für mein Studio. Wenn die Mobber nach der *Romeo-und-Julia*-Geschichte nicht das Maul halten, könntest du wenigstens boxen lernen.«

»Danke, aber das kann ich nicht annehmen«, sagte sie mit einem Blick auf den Namen des stadtbekannten, ultraangesagten Fitnessstudios auf der Karte, und dahinter den Worten

ZUTRITT ZU ALLEN BEREICHEN. »Die muss ja ein Vermögen kosten. Und außerdem, Iona sagt, es gibt ein chinesisches Sprichwort, das besagt: *Wenn du lange genug auf der Brücke stehst, treibt irgendwann die Leiche deines Feindes vorbei.* Ich glaube, das heißt so viel wie, eines Tages bekommt jeder seine Quittung.«

»Mmm.« Jake schien wenig überzeugt. »Hör zu, vergiss, was das kostet. Der Laden gehört mir. Du kannst dafür ein bisschen Mundpropaganda für mich machen.«

»Wow. Tja dann, okay. Das ist echt nett von dir, Jake, danke«, sagte Martha und steckte die Karte in ihre Blazertasche. Sie fragte sich, was Jake wohl dachte, wem sie von seinem Studio vorschwärmen sollte. Sie war schließlich alles andere als eine Influencerin. Ganz im Gegenteil. Eine Empfehlung von ihr könnte der potenzielle Todesstoß für jeden Laden sein.

»Hey, ich arbeite bloß ein bisschen an meinem Karma«, erklärte er. »Weißt du, ich habe selbst eine Tochter, nicht viel jünger als du. Und wenn jemand sie so behandeln würde, wie sie dich behandelt haben, würde ich mir wünschen, dass einer da ist, der ihr beisteht.« Martha lächelte. Was für ein sanfter Riese, so feingeistig und freigiebig.

»Oder einer schnappt sich die kleinen Scheißer, die sie schikanieren, und gibt ihnen ordentlich aufs Maul. Was meinst du?«, setzte er grinsend hinterher. »Manchmal reicht es nicht, auf einer Brücke rumzustehen. Manchmal muss man die Leiche auch in den Fluss werfen und ihr den Fuß auf den Hals setzen.«

So viel zum sanften Riesen.

»Wir sehen uns dann im Studio«, sagte er.

Sanjay

Sanjays Tag lief alles andere als gut.

Schon wieder hatte er eine schlaflose Nacht hinter sich. Stundenlang hatte er auf die Ziffern des Weckers gestarrt und den Minuten beim Verticken zugesehen. Wie kam es bloß, dass die Zeit tagsüber, wenn er verzweifelt versuchte, sich innerhalb seiner Schicht um alle Patienten zu kümmern, geradezu verflog, aber nachts einfach nicht vergehen wollte? Es war ein Teufelskreis – je mehr er sich sorgte, am nächsten Tag nicht ausgeschlafen zur Arbeit gehen zu können, umso weniger konnte er schlafen und umso mehr sorgte er sich wiederum.

»Sanjay, hättest du einen Moment Zeit?«, fragte Julie, und er musste sich zusammenreißen, den Kopf aus dem Nebel zu ziehen und sich zu konzentrieren. »Ich wollte dich fragen, ob du mir vielleicht einen kleinen Gefallen tun könntest? Ich frage dich wirklich nur sehr ungern, ehrlich, aber …«

»Sicher, kein Ding«, sagte Sanjay und verfluchte sich im selben Atemzug. Er sollte sich ganz dringend abgewöhnen, Ja zu sagen, ehe er überhaupt wusste, worum es ging.

»Danke«, sagte sie und strahlte ihn an. »Ich wusste, du bist der Richtige dafür. Also, die Sache ist die, diese Kältekappe tut höllisch weh und bringt rein gar nichts. Mir fallen die Haare trotzdem büschelweise aus. Ständig muss ich sie aus dem Abfluss in der Dusche fischen, und heute Morgen beim Aufwachen lag gefühlt die Hälfte auf meinem Kopfkissen. Ich kann das einfach nicht mehr, Sanjay. Das ist ein Tod durch tausend Nadelstiche. Ich will sie radikal abrasieren.«

»Das kann ich gut verstehen, Julie«, sagte Sanjay. »Die Kältekappe funktioniert nicht bei allen Patienten. Und wir haben einen tollen Perückenmacher. Der hat früher für Vidal Sassoon gearbeitet.«

Julie verzog das Gesicht. »Vielleicht bleibe ich lieber bei Mützen und Turbanen«, sagte sie. »Aber ich hatte eigentlich gehofft, du würdest es machen.«

»Was machen?«, fragte Sanjay, der Mühe hatte, diesem Gespräch zu folgen.

»Mir den Kopf rasieren. Ich weiß, das ist überhaupt nicht dein Job und womöglich auch zu viel verlangt, aber meine Friseurin brauche ich gar nicht erst zu fragen. Ich wollte mir von ihr einen Kurzhaarschnitt mit mehr Volumen machen lassen, und als sie beim Waschen plötzlich lauter Haare in der Hand hatte, fing sie an zu kreischen *Die armen Kinder! Noch so klein!* Als wäre ich schon tot. Ich bin in Tränen aufgelöst zur Tür raus, noch mit Shampoo in den Haaren.«

»Und Ihr Mann?«, fragte Sanjay.

»Den will ich erst recht nicht darum bitten«, sagte Julie und schüttelte sich bei dem Gedanken. »In einer Beziehung, in der einer Krebs hat, die Romantik irgendwie zu retten, ist schon schwer genug, aber das würde uns endgültig den Rest geben. *Bitte.*«

Sanjay überlegte fieberhaft, wie er diese Bitte abschlagen sollte. Ihr erklären, dass das nicht zu seinen Aufgaben gehörte. Dass er zu viel zu tun hatte. Dass er – wieder mal – Ärger bekommen würde, weil es ihm nicht gelang, die notwendigen Grenzen zu ziehen. Aber er war zu müde, und er wusste nicht, wie er Julie, der das Leben doch ohnehin schon so übel mitgespielt hatte, diesen Wunsch ausschlagen sollte.

»Ich weiß nicht, wen ich sonst fragen soll, Sanjay. Und du bist so was doch gewohnt, für dich ist das nicht weiter schlimm.«

Wenn die wüsste. »Ich habe schon mal Schere und Rasierer dabei«, sagte sie, wohl weil sie merkte, wie er schwankte.

»Okay«, sagte er. »Suchen wir uns eine leere Kabine.«

Sanjay stand hinter Julie, damit sie sein Gesicht nicht sah, als er ihr die Haare so dicht am Kopf wie möglich absäbelte und zuschauen musste, wie die langen kastanienbraunen Locken eine nach der anderen zu Boden fielen. Erinnerungen an ein anderes, glücklicheres Leben, als sie noch zu Hochsteckfrisuren toupiert und zum Tanzen ausgeführt worden waren oder Finger sich beim Sichlieben hineingewühlt hatten. Dann rasierte er ihr den Kopf, bis er spiegelglatt war, und durch das Surren des Rasierers merkte man nicht, wie ihm die Hände zitterten.

Sanjay trat vor sie, hockte sich hin und nahm ihre Hände in seine.

»Wie sieht es aus?«, fragte sie und wischte sich die Tränen aus dem Gesicht.

»Prima!«, sagte er. »Sie können von Glück sagen, so einen formschönen Schädel zu haben. Manche Leute haben richtig knubbelige Eierköpfe. Mit so was will man nicht herumlaufen.«

Julie grinste ihn schief an, dann zog sie das Handy raus und drehte die Kamera, damit sie sich anschauen konnte.

»Sanjay, ich sehe aus wie Humpty Dumpty«, sagte sie. Und dann vergrub sie den frisch rasierten Kopf in den Händen und heulte. Bloßgestellt. Kein schützender Haarvorhang mehr, hinter dem man sich verstecken konnte. Nichts als nackte Haut und Tränen. »Trotzdem danke«, schluchzte sie durch die tränennassen Finger. »Es ist besser so. Morgen schaut das alles schon ganz anders aus, ganz bestimmt.«

»Kommt Adam Sie abholen?«, fragte Sanjay.

»Ich bin mit ihm und Sam, unserem Jüngsten, in der Cafeteria verabredet«, antwortete sie. »Ich weiß jetzt schon, die beiden werden entsetzt sein, und ich habe keine Ahnung, ob ich das durchstehe.«

»Am besten, Sie warten kurz hier, Julie«, sagte Sanjay. »Setzen Sie ein nettes Lächeln auf, und ich gehe runter und hole sie. Hier ist es ein bisschen ruhiger.«

Sanjay starrte auf die Uhr, während er die Treppe zur Cafeteria hinunterhastete. Er war jetzt schon eine Stunde im Verzug. Nie im Leben würde er das wieder aufholen. Beim Reinkommen sah er Adam und Sam sofort, die an einem Tisch in der Ecke über ein Malbuch gebeugt saßen.

»Hi«, sagte er und hockte sich neben Sam. »Julie hat mich gebeten, euch zu sagen, dass ihr hoch auf die Station kommen sollt. Aber vorher wollte ich noch kurz mit euch sprechen.«

Sam sah ihn mit großen braunen Augen an, die zu alt und zu wissend schienen für so ein junges Gesicht.

»Wir haben Mummy eine neue Frisur verpasst. Wir haben ihr den ganzen Kopf rasiert, jetzt sieht sie aus wie Dwayne ›The Rock‹ Johnson. Kennst du den?« Sam nickte. »Ist auch nur vorübergehend. So schnell kannst du gar nicht gucken, wie ihre Haare wieder nachwachsen. Es ist bloß so, deine Mummy hat Angst, dass es dir vielleicht nicht gefällt. Dabei wirst du sie bestimmt immer noch genauso wunderschön finden wie vorher, weil sie deine Mummy ist und weil sie die Schönste auf der ganzen Welt ist, stimmt's?«

Sam nickte.

»Kannst du dann ganz, ganz dolle versuchen, sie nicht zu traurig anzugucken, und daran zu denken, dass du ihr sagst, wie hübsch sie ist?«, sagte Sanjay mit einem Blick zu Adam, der wohl verstanden hatte, dass er genauso gemeint war wie sein kleiner Sohn.

»Das kriegen wir hin, was, Sam?«, meinte Adam und nahm seinen Sohn an die Hand.

»Prima«, sagte Sanjay. »Tut mir leid, aber ich muss schon wieder weiter.«

»Danke, Sanjay«, rief Adam ihm nach, da war er längst an der Tür.

Ihm entgegen kam ein Mann, der die Schwingtür so heftig aufstieß, dass Sanjay gegen die Wand gedrückt wurde. »Sorry«, stammelte Sanjay.

Im neonhellen, hallenden Treppenhaus blieb er stehen, stützte sich gegen die Wand und versuchte durchzuatmen. Sein Herz hämmerte, schneller und immer schneller, und seine Handflächen waren schweißnass. Ging das schon wieder los.

Er hatte keine Zeit für diesen Mist. Jetzt nicht. Und überhaupt gar nie.

Sanjay sank auf den Boden, den Kopf zwischen den Knien, und versuchte, ganz langsam zu atmen und die Erkenntnis zu ignorieren, die ihn in den schlaflosen Stunden im Morgengrauen heimgesucht hatte: Allein schaffte er das nicht.

Er musste jemanden um Hilfe bitten.

Iona.

Piers

Piers schaute auf die Uhr. Es war drei Uhr nachmittags, und er lag im Bett. In den makellos sauberen, weißen, gemangelten und gestärkten Laken kam er sich nur umso schmuddeliger vor. Wie ein Makel. Eine Unvollkommenheit. Die es zu bleichen, nein, auszumerzen galt.

Er war sich ziemlich sicher, dass er morgens aufgestanden war, und anscheinend war er auch angezogen. Ob er schon von der Arbeit zurück war?

Und dann war da plötzlich wieder dieser altbekannte Knoten im Magen. Nein, er war schon seit geraumer Zeit nicht mehr arbeiten gewesen, und nun konnte er sich sogar die Maskerade ersparen, jeden Tag so zu tun, als ob.

Er war sich ziemlich sicher, dass er Martha gesehen hatte. Ob sie zur Mathenachhilfe verabredet gewesen waren?

Dann klopfte es zaghaft an der Tür. Gerade versuchte er sich daran zu erinnern, wie das mit dem Sprechen funktionierte, als die Tür aufging und Candida mit einer Tasse Tee hereinkam. Sie zog die Vorhänge zurück, dann setzte sie sich zu ihm ans Bett und fragte mit erstaunlich sanftem Ton, wie sie ihn sonst nur bei den Kindern benutzte, und auch bei ihnen nur, wenn sie krank waren: »Ist alles in Ordnung, Piers?«

Da er darauf keine Antwort wusste, sagte er gar nichts.

»Weißt du, welches Jahr wir haben? Und wie der Premierminister heißt?«, fragte sie.

»Ich bin noch nicht vollkommen verblödet«, entgegnete er. Um dann hinzuzufügen: »Leider.«

»Keine Sorge. Wir stehen das schon durch«, sagte Candida und tätschelte ihm die Hand.

»Ich wüsste nicht, wie«, sagte er, seine Stimme kaum mehr als ein Krächzen, und fragte sich, ob sie wohl mal pusten, ihm dann ein Pflaster holen und ein bisschen Kinderfiebersaft geben würde.

»Wir gehen unsere Finanzen *gemeinsam* durch, gucken, was noch übrig ist, konsolidieren die Lage und retten, was zu retten ist«, sagte sie ruhig, aber entschlossen, streifte die Schuhe ab und krabbelte zu ihm unter die Bettdecke.

Wie hatte er Candida bloß so maßlos unterschätzen können? Immer hatte er gedacht, er sei der Stärkere in ihrer Beziehung, aber nun war sie es, die ihn stützte. Warum hatte er ihr nicht von Anfang an die Wahrheit gesagt? War wirklich noch irgendwas zu retten in diesem schrecklichen Schlamassel?

Candida schreckte auf, als etwas gegen das Fenster schlug und die Scheibe erzitterte. Piers selbst reagierte irgendwie zeitverzögert. Wie in Watte gepackt.

»Was zum Kuckuck war das?« Candida ging zum Fenster, machte es auf und schaute hinaus auf die gekieste Auffahrt.

»Das war eine Taube«, sagte sie.

»Geht es ihr gut?«, fragte Piers.

»Ich glaube, sie ist tot«, sagte Candida, was er irgendwie unerträglich traurig fand. Piers fing wieder an zu weinen.

»Ach, Herrgott noch mal, Piers, es ist doch bloß eine Taube«, schimpfte Candida. »Was soll ich denn jetzt damit machen, was denkst du? Gehört die in den Restmüll oder in die Biotonne? Recyceln kann man sie wohl eher nicht.«

»Das ist keine Taube, das ist ein Omen«, schluchzte Piers.

»Ich finde, du solltest dringend mit jemandem reden«, sagte

Candida. »Einem Profi. Wenn du mich fragst, wirst du damit alleine nicht fertig.«

Wie recht sie hatte. Allein die alltägliche Scharade hatte ihn so lange durchhalten lassen. Solange er auf großen Macker hatte machen können, hatte er sich einreden können, dieser Macker zu sein. Aber ohne die ganze Staffage war er wieder bloß Kevin – der Junge, der er gewesen war, ehe er alles hinter sich gelassen hatte, sogar seinen Namen. Kevin mit der Alkoholikermutter, der viel zu kleinen Secondhand-Schuluniform und dem Gratis-Essen in der Schulkantine. Kevin, dessen eigener Vater ein Taugenichts gewesen war, ein Habenichts, unfähig, für seine Familie zu sorgen. Fast sah es aus, als wäre der Apfel nicht weit vom Stamm gefallen. Irgendwann musste seine Vergangenheit ihn ja einholen. Man konnte nicht ewig davonlaufen.

»Ich lasse mir von unserem Hausarzt einen Psychotherapeuten empfehlen und mache dir einen Termin«, sagte Candida.

»Nein, lieber nicht«, sagte Piers. Es gab nur einen Menschen, mit dem über das alles zu reden er sich vorstellen konnte. »Ich weiß da schon jemanden. Ich kümmere mich darum.«

»Oh, prima.« Sie lächelte und klopfte ihm auf die Schulter, als hätte er sich gerade ein Fleißkärtchen für den bemühtesten Schüler verdient. »Ist er auch qualifiziert?«

»Sie«, sagte Piers und fragte sich, ob Frauenzeitschriftenkummertanten wohl als qualifiziert galten. »Ja, sie macht das schon ziemlich lange.« Zumindest machte sie *irgendwas* schon ziemlich lange, nur vielleicht nicht das, was Candida erwartete. Aber wenn Iona ihm nicht helfen konnte, dann würde sie sicher jemanden wissen, der es konnte.

Er drehte sich um und schlief wieder ein.

Martha

Martha *war* ihre Rolle. Nach einer ihrer Nachhilfestunden, vor seinem Zusammenbruch, hatte Piers ihr gesagt, sie *müsse nur daran glauben, bis es irgendwann so ist.* Das, so hatte er ihr im Vertrauen gesagt, sei das Geheimnis seines Erfolgs. Er hatte ihr erklärt, sie solle sich eine ganz neue Figur ausdenken – ihr sogar einen neuen Namen geben –, die alles war, was sie gerne wäre. Und Martha hatte auf ihn gehört. Sie hatte sie Die andere Martha genannt.

Die andere Martha hatte Unmengen von Freunden. Nicht weil sie besonders hübsch gewesen wäre, sondern wegen ihres natürlichen Selbstbewusstseins und ihrer starken Präsenz, und weil es ihr schnuppe war, was andere über sie dachten. Gar nicht so viel anders als Iona. Ja, vermutlich waren Die andere Martha und Iona miteinander verwandt. Nicht unbedingt Mutter und Tochter, das wäre zu kompliziert. Aber vielleicht Tante und Nichte.

Die andere Martha war eine begnadete Schauspielerin, die bei einer Schultheateraufführung entdeckt worden war und nun die Hauptrolle in einer neuen Netflix-Serie spielte. Sie könnte mit einer Plastiktüte als bauchfreiem Top in die Schule kommen, und keiner würde sie auslachen. Nein, ganz im Gegenteil, am nächsten Tag würden alle coolen Kids auch so ein bauchfreies Plastiktütentop tragen.

Die andere Martha lief hocherhobenen Hauptes durch die

Schule, immer mitten auf dem Gang, ganz anders als die gewöhnliche Martha, die sich an der Wand entlangdrückte und stur auf ihre Füße starrte. Für Die andere Martha machten alle Platz, und die Menge teilte sich vor ihr wie das Rote Meer.

Sie schaute auf und sah ein paar der coolen Mädchen zusammenstehen. Sie hatten die Köpfe zusammengesteckt und tuschelten aufgeregt miteinander. Sobald Martha näher kam, brach das Getuschel abrupt ab, und alle drehten sich zu ihr um und starrten sie an wie eine Erdmännchenfamilie in der Kalahari. *Die Erdmännchenkolonie ist stets auf der Hut – sie hält Ausschau nach Feinden, Futter, potenziellen Paarungspartnern*, erklärte Richard Attenborough. Nein, ein viel zu niedliches Bild. Das hier war mehr eine vielköpfige Hydra, vor der selbst Attenboroughs Erzählkünste kapitulieren mussten.

Just in dem Moment, als sie sie am meisten gebraucht hätte, verpuffte Die andere Martha in einer Trockeneiswolke, und sie stand da, allein und schutzlos. Danke auch. Sie hätte sich ja denken können, was für eine bescheuerte Idee es war, auf den Rat eines Mannes zu hören, der noch mehr Probleme hatte als sie selbst.

Den Blick starr auf die Treppe vor ihr geheftet, ging sie einen Schritt schneller, um ihren Peinigerinnen so rasch wie möglich zu entkommen.

»Hey, Martha!«, rief eine von ihnen. Ob sie einfach so tun könnte, als hätte sie es nicht gehört? »Hey, du! Martha! Warst du schon am Schwarzen Brett?«

Sie blieb stehen und drehte sich um. »Nein«, sagte sie. »Wieso?«

»Tja, dann mal nix wie hin«, meinte eine andere.

Martha überlegte kurz, sie schon allein aus Prinzip zu ignorieren, aber die Neugier siegte. Also machte sie kehrt und marschierte zurück zum Anschlagbrett der Schule.

»Glückwunsch!«, hörte sie jemanden rufen. Aber das galt doch sicher nicht ihr?

Sie steuerte auf das Schwarze Brett zu, und alle machten ihr Platz und glotzten ihr nach. Aber es waren freundliche, interessierte Blicke, nicht die feindseligen, die sie in letzter Zeit immer abbekommen hatte. So würden sie vielleicht Der anderen Martha hinterherschauen.

Die Besetzungsliste hing aus. Hatte sie etwa eine Rolle ergattert? Sie hielt den Atem an und überflog die Namen auf der Liste von unten nach oben. Sie stand nicht drauf. Sie stand nicht drauf. Wieso guckten die alle so? Weil sie die Frechheit gehabt hatte, zum Vorsprechen zu gehen, und sie sich daran weideten, wie komplett sie versagt hatte?

Martha war beim letzten Namen auf der Liste angelangt. Dem ganz oben.

- *Julia – Martha Andrews*

Von allen Menschen auf der ganzen Welt wollte Martha gerade nur einen sehen, und der war Iona. Vor allem natürlich, weil sie es kaum erwarten konnte, ihr Gesicht zu beobachten, wenn Martha ihr erzählte, dass sie nicht nur irgendeine Rolle bekommen hatte, sondern *die Rolle*. Iona wäre sicher ganz aus dem Häuschen. Aber auch, weil sie schreckliche Angst hatte, die Rolle nur *wegen* Iona bekommen zu haben. Dass die vielen Coaching-Stunden eigentlich so etwas wie Schummelei waren, und sie *auffliegen* würde, sobald die Proben begannen. Zwei volle Wochen hatte sie Zeit gehabt, diese eine Szene zu proben, wie lange würde es dann erst dauern, sich das ganze Stück draufzuschaffen?

Vielleicht sollte sie lieber gleich gestehen, dass sie eine Hochstaplerin war, und einer talentierteren Mitschülerin die Rolle überlassen?

Iona wüsste, was zu tun war. Iona strotzte nur so vor Selbstvertrauen. Niemals, keine Sekunde, würde sie an sich zweifeln. Sie wusste um ihren Platz in der Welt. Sie war ganz fraglos Marthas liebster alter Mensch. Gleich nach David Attenborough. Die beiden würden ein tolles Paar abgeben, dachte sie bei sich, wenn Iona nicht lesbisch wäre und verheiratet.

Martha wusste, dass Iona immer gegen sechs mit dem Zug von Waterloo nach Hause fuhr, also brauchte sie nach der Schule bloß ein bisschen Zeit totzuschlagen. Sie fuhr mit der Hand in die Blazertasche und spürte die scharfen Kanten der Plastikkarte am Daumen.

Warum eigentlich nicht? Sie könnte sich Jakes Studio ja mal ganz unverbindlich anschauen. Die andere Martha würde sich so eine Gelegenheit sicher nicht entgehen lassen.

Seit einer Dreiviertelstunde stand Martha nun schon an den Drehkreuzen, die den Zugang zu Bahnsteig 5 versperrten. Drei Züge nach Hampton Court waren ein- und wieder abgefahren, aber von Iona keine Spur. Ob sie sie womöglich übersehen hatte? Nein, das konnte nicht sein. Iona zu übersehen, war schlichtweg unmöglich.

Martha war schrecklich enttäuscht. Immer wieder sagte sie sich, was für ein unglaublicher Triumph das doch war. Aber Freude, die man nicht teilen konnte, schmeckte schnell schal. Und eine Aufgabe, die man ganz allein bewältigen musste, schien einem rasch unmöglich.

Seufzend warf sie die Schultasche über die Schulter und ging zum Bahnsteig, um den nächsten Zug nach Hause zu nehmen.

Iona

18:40 Waterloo nach Hampton Court

Iona huschte in den Souvenirladen gleich neben dem Zugang zum Bahnsteig und versteckte sich, so gut es ging, hinter einem Postkartenständer. Sie drehte den Ständer ganz langsam und tat, als betrachtete sie sich die abgeschmackte Dreifaltigkeit der Abziehbildchen von Big Ben, Doppeldeckerbussen und Themsebrücken. Manchmal alle drei zusammen auf einer Postkarte. Draußen hatte es geregnet, drinnen roch es nach feuchter Wolle, den Ausdünstungen Hunderter Touristen und dem künstlichen Fichtenduft chemischer Raumlufterfrischer.

Ihr Blick ging zu ihrem Spiegelbild im Schaufenster. Lächerlich sah sie aus. Bea nannte diese Aufmachung ihr »Gestiefelter Kater«-Outfit. Und das alles nur wegen der erwarteten Party anlässlich ihres dreißigsten Dienstjubiläums. Jener Party, die sich im Nachhinein als ein einziges gigantisches Hirngespinst entpuppt hatte.

Heute Morgen noch hatte sie sich wie ein Laufstegmodel gefühlt in den langen Overknee-Stiefeln über der engen schwarzen Hose und der doppelreihigen burgunderroten Samtjacke, zu der sie einen schwarzen Fedora trug. Die Unbezähmbare. Sie hatte sich vor dem bodentiefen Spiegel um die eigene Achse gedreht wie der Märchenprinz, kurz bevor er aufbricht, das Ding mit Aschenputtel einzutüten. Jetzt kam sie sich vor wie eine albern herausgeputzte Figur in einem Possenspiel. Die hässliche Stiefschwester. Die alte Schachtel, die als junges Ding durchgehen will. Eine törichte olle Schabracke, über die man sich lustig machte. *Nein! Oh! Doch! Nicht möglich!* Vorsichtig spähte sie nach draußen und sah, wie Martha schließlich kapitulierte, die Fahrkarte in den Kartenleser steckte und den Bahnsteig entlang zum wartenden Zug lief.

»Kaufen Sie das jetzt, oder was?«, schnauzte der Ladenbesitzer Iona barsch an. Rasch stellte sie das minikleine schwarze Taxi, von dem sie gar nicht bemerkt hatte, wie sie es in die Hand genommen hatte, wieder ins Regal und spazierte aus dem Laden. Draußen drehte sie sich um, marschierte noch mal hinein und streckte ihm die Zunge raus.

Iona sah Martha nach, bis sie das Gleis hinunter verschwunden war, dann stieg sie in Wagen vier des 18:40-Uhr-Zugs. Eine fürchterlich *gerade* Zahl. Ein Wagen, so vertraut und doch ganz anders. Auf dem Tisch vor ihr lag verlassen eine leere Chipstüte. Nutzlos. Weggeworfen. Und sie fragte sich, ob sie jemals wieder mit ihrem üblichen Zug im üblichen Wagen in die Stadt fahren würde. Und dann fing sie an zu weinen. Lautlos liefen ihr die Tränen übers Gesicht und spülten bestimmt auch ihre Kriegsbemalung davon. Tropften ihr von der Nasenspitze und klatschten auf die Resopalplatte vor ihr.

Die Frau, die im Gang am Tisch gegenüber saß und ihrem kleinen Sohn eine Geschichte vorlas, las noch ein bisschen lauter. »Wir schaffen es nicht pünktlich zum Bahnhof, Thomas. Was sollen wir denn jetzt machen?« Sie blätterte die Seite um und versuchte ihr Kind von dem Gefühlsdrama abzulenken, das sich da auf der anderen Seite des Gangs abspielte, als könnte Ionas offensichtliche Verzweiflung zarten Kinderseelen schaden.

Iona musste an die Kolumne denken, die sie geschrieben hatte, damals, am Tag der Traube. Dass jedem Ende auch ein neuer Anfang innewohne. Was für ein Mumpitz. Manches Ende war einfach ein brutaler, ungerechter, endgültiger Schlussstrich. Stumm verfluchte sie ihr altes Ich mit seinen abgedroschenen Kalenderweisheiten. Und sämtliches Motivationsgeschwätz dieser Erde konnte nichts daran ändern.

An allen Bahnhöfen entlang der Strecke stiegen Passagiere zu, aber zum ersten Mal seit Monaten blieben die meisten Plätze rings um Iona leer. Die Leute steuerten auf sie zu, um dann abrupt abzudrehen, sobald sie ihr Gesicht sahen, und sich so weit wie möglich weg von ihr zu setzen. Ja, viele blieben lieber stehen, als sich neben die alte Frau zu setzen, deren Leben gerade wie ein Kartenhaus in sich zusammenbrach.

Und niemand sagte ein Wort.

Sanjay

08:19 New Malden nach Waterloo

Sanjay hatte eine Menge Zeit mit der Recherche verplempert, ob er nicht vielleicht mit dem Bus von New Malden zur Arbeit fahren könnte. Irgendwann hatte er sich schließlich schweren Herzens von dieser Idee verabschiedet, weil er sonst, je nach Verkehr, mindestens eine Stunde länger unterwegs wäre. Das hieß aber auch, dass er nun auf dem alltäglichen morgendlichen Weg zur Arbeit sowohl Emmie als auch Iona aus dem Weg gehen musste. Emmie, weil Iona recht hatte. Es *war* vorbei, nein, es hatte nie angefangen, und sie zu sehen versetzte ihm jedes Mal einen schmerzlichen Stich. Und Iona, weil er allein beim Gedanken an sie ein schrecklich schlechtes Gewissen bekam.

Wenn das seine Mutter wüsste, dass er eine ältere Dame so unhöflich angeraunzt hatte, sie würde aus der Haut fahren vor Wut. Er wusste selbst nur zu gut, dass er sich dringend bei ihr entschuldigen musste, wusste aber nicht, wie um Himmels willen er das anstellen sollte.

Sehnsüchtig dachte er an die Zeit zurück, als er – wie die meisten britischen Pendler – niemanden im Zug gekannt und mit niemandem geredet hatte. Diese traditionelle Zurückhaltung hatte einen guten Grund, wie er nun am eigenen Leib erfahren musste: Gewissen Leuten tagein, tagaus auf der Zugfahrt zur Arbeit und zurück aus dem Weg zu gehen, war einfach unnötig anstrengend und nervenaufreibend.

Emmie hatte er in den vergangenen Tagen ein paarmal von Weitem gesehen. Wobei er sie natürlich unter Hunderten ausmachen konnte, darauf war er konditioniert, wie eine Hyäne, die ein verwundetes Impala instinktiv von der Herde trennt, wenn auch mit weitaus weniger sinisteren Absichten. Iona aber kein einziges Mal. Komisch, sonst war sie zuverlässig wie ein Uhrwerk.

Zum ersten Mal seit Wochen stieg Sanjay absichtlich in Ionas Stammzug und marschierte geradewegs zu Wagen drei. Wild entschlossen, heute mit ihr zu reden, sich zu entschuldigen und ihr zu versichern, dass er all die Fiesheiten, die er ihr gesagt hatte, gar nicht so gemeint hatte. Er mochte Iona und dass sie sich für ihn und sein Leben interessierte, sie durfte sich jederzeit ungefragt einmischen. Ja, er bat sogar darum. Denn er brauchte dringend Hilfe.

Er hatte sich vorgenommen, Iona zu beichten, dass er seit Monaten keine Nacht mehr durchgeschlafen hatte. Dass er vor lauter Müdigkeit und Stress schon ganz gereizt und dünnhäutig war, weswegen er auch so gegen sie ausgekeilt hatte. Er wollte ihr von seinen Panikattacken erzählen und seiner ständigen Angst davor, die fast noch schlimmer war als die Attacken selbst.

Vielleicht würde Iona Abhilfe wissen. Und allein darüber reden zu können, würde womöglich schon helfen. Auf der Arbeit wollte er darüber nicht sprechen, würde das doch nur zeigen, wie heillos überfordert er mit seinem Job war. Er war ein Totalversager. Kein Wunder, dass Emmie für ihn absolut unerreichbar war. Männer wie Toby hatten keine Panikattacken. Ganz im Gegenteil. Vermutlich hatte er regelmäßige Anfälle von kaum auszuhaltender Selbstherrlichkeit.

Er ging zu Ionas Platz. Leer. Der einzige leere Platz im ganzen

Wagen. Unschlüssig blieb er davor stehen und überlegte, ob es wohl respektlos wäre, einfach dort Platz zu nehmen.

»Sie kommt wohl nicht mehr«, bemerkte eine bekannte Stimme.

»Ach, hi, Piers«, sagte Sanjay und setzte sich zaghaft auf den freien Platz. Er kam sich vor wie ein anmaßender Höfling, der sich heimlich auf dem leeren Thron räkelt. »Ich glaube, ich habe dich noch nie in Jeans gesehen. Ist heute legere Kleidung angesagt im Büro, oder was?« Lange blieb es still, bis Piers antwortete.

»Sie haben mich gefeuert. Na ja, abgefunden vielmehr.«

»Ach herrje. Das tut mir aber leid«, sagte Sanjay, dem die Sache ungeheuer unangenehm war. Und bei allen Vorbehalten gegenüber Piers, so etwas wünschte er niemandem.

»Nicht so schlimm«, sagte Piers, der aussah, als wäre es ziemlich schlimm. »Ist schon eine Weile her. Im Januar. Ich bin also schon seit beinahe drei Monaten arbeitslos.«

Sanjay war vollkommen verdattert. Die ganze Zeit, die er Piers hier im Zug gesehen hatte, wie er mit seinem Erfolg und seinen Weiße-Oberschicht-Privilegien protzte, schick im smarten Anzug mit Statussymbol Accessoires, war der *nur zum Schein* gependelt. Sanjay spulte das Videoband im Kopf zurück und schaute es sich noch mal genauer an. Vielleicht hatte Piers gar nicht geprotzt. Vielleicht hatte er bloß gesehen, was er sehen wollte. Hatte er womöglich genauso viele Vorbehalte wie alle anderen auch? Der Gedanke setzte sich in seinem Hirn fest wie ein eitriger Splitter.

»Und wieso fährst du dann jeden Tag mit dem Zug?«, fragte er.

Piers seufzte. Er schien irgendwie *geschrumpft* zu sein, seit Sanjay ihn vergangene Woche das letzte Mal gesehen hatte. In sich zusammengesackt wie ein Akkordeon, aus dem man alle

Luft herausgepresst hatte. Oder lag das allein im Auge des Betrachters?

»Tausend gute Gründe«, sagte er. »Weil ich vor Candida und den Kindern nicht als Versager dastehen wollte. Weil ich vor mir selbst nicht als Versager dastehen wollte. Weil ich mir nicht eingestehen wollte, dass ich ein Versager *bin*. Aber vor allem, weil ich gedacht habe, ich kriege das wieder hin. Stellt sich raus, ich kriege es nicht wieder hin. Ich habe alles nur noch schlimmer gemacht.«

Sanjay nickte. Er wusste nicht, was er dazu sagen sollte. Hätte Piers ihm erklärt, er habe Hodenkrebs, hätte Sanjay sich nicht ganz so aufgeschmissen gefühlt. Damit kannte er sich aus, und außerdem lag die Überlebensrate bei Hodenkrebs nach fünf Jahren bei fünfundneunzig Prozent. Der bereitete ihm selten schlaflose Nächte. Und auch wenn es vom ästhetischen Standpunkt aus gesehen vielleicht ein kleiner Makel war, waren Männer auch mit nur einem Hoden voll funktionsfähig. Was viele nicht wussten.

»Wo fährst du denn jetzt hin?«, fragte Sanjay, der ein bisschen Gewissensbisse bekam, weil Piers ihm jetzt, als erfolgloser Unglücksrabe, gleich viel sympathischer war.

»Ich hatte eigentlich gehofft, Iona wäre da. Ich habe ihre Telefonnummer nicht, und ich würde wirklich gerne mit ihr reden, weil, na ja, aus bestimmten Gründen. Eigentlich dachte ich, ich könnte sie vielleicht engagieren«, sagte Piers. »Du weißt schon, als Therapeutin. Du hast nicht zufällig ihre Nummer, oder?«

»Nein, leider nicht. Ich wollte sie auch sprechen. Ich frage mich, wo sie wohl steckt«, sagte Sanjay.

Das konnte doch nicht an ihm liegen, oder? Ging sie ihm etwa aus dem Weg, nachdem er so unverzeihlich ungehobelt zu ihr gewesen war? Bestimmt hatte sie dazu doch ein viel zu dickes Fell?

Emmie

08:08 Thames Ditton nach Waterloo

Emmie holte die Pastete aus dem Ofen und stellte sie auf den Küchentisch, den sie schon für zwei gedeckt hatte. Das Rezept erinnerte sie immer an ihre Mum. Fast kam es ihr vor, als schaute sie ihr über die Schulter, wenn sie Möhren, Zwiebeln und Sellerie würfelte. *Vorsicht, schneide dich nicht in den Finger, Emmie. Niemand will Finger im Shepherd's Pie. Höchstens den vom Schäfer selbst vielleicht. Haha.*

Emmie bemühte sich, der Umwelt zuliebe möglichst wenig Fleisch zu essen, aber Toby weigerte sich standhaft, ganz darauf zu verzichten. Also hatte sie den Metzger ihres Vertrauens ins Kreuzverhör genommen, was die Herkunft des Lamms betraf, und er hatte ihr glaubhaft versichert, es habe ein ungemein glückliches – wenn auch recht kurzes – Leben geführt und auf einer Wiese mit Meerblick in Devon saftiges grünes Bio-Gras gefressen.

Dann hatte er süffisant gegrinst, und sie hatte sich gefragt, ob er sie auf den Arm nehmen wollte.

Sonst hatte Emmie unter der Woche oft keine Zeit zum Kochen, aber heute war sie zu Hause im Homeoffice geblieben, was in letzter Zeit immer häufiger vorkam.

Toby war ein großer Freund des mobilen Arbeitens. Die ganze Pendelei, so sagte er, sei ein Relikt der Prä-Internet-Ära.

Eine vollkommen unnötige Zeit-, Energie- und Geldverschwendung, und noch dazu schädlich fürs Klima und die Umwelt.

Bei der Gründung ihrer IT-Berateragentur waren er und sein Geschäftspartner Bill sich gleich einig gewesen, ein eigenes Büro sei nur ein unnötiger Kostenfaktor. Mittlerweile gehörten gut zwanzig Computerfreaks zu ihrem Team, fast ausschließlich junge Männer mit zweifelhaftem Modegeschmack und fragwürdiger Körperhygiene. Wenn sie nicht gerade vor Ort bei einem Kunden waren, arbeiteten alle von zu Hause aus. Die meisten Meetings fanden per Videokonferenz statt, und wenn sie sich doch mal persönlich treffen mussten, mieteten sie sich in einem der unzähligen Co-Working-Spaces ein, die überall wie Pilze aus dem Boden schossen.

Toby war wie immer seiner Zeit weit voraus.

»Toby! Essen ist fertig!«, rief sie.

»Das sieht ja toll aus!«, sagte Toby und beugte sich zu ihr herunter, um ihr einen Kuss in den Nacken zu drücken. »So schön, wenn ich dich nicht mit deinem ganzen Büro teilen muss.«

Während des Essens erzählte Toby ihr eine haarsträubende Kundengeschichte, in der es um mysteriöse Störungen eines Computerbetriebssystems, ein Ethernet-Kabel und einen Cockapoo-Welpen ging.

»Und, wie war dein Tag?«, fragte er.

»Ganz gut«, entgegnete sie. »Aber irgendwie werde ich mit dieser Zahnpasta-Geschichte nicht so richtig warm. Viel lieber würde ich was für einen guten Zweck machen, irgendwas Sinnvolleres, aber da bin ich vielleicht leider ein bisschen zu idealistisch.«

»Unsinn!«, rief Toby und nahm ihre Hand. »Deinen Idealismus liebe ich an dir fast am meisten. Ich habe da so eine Idee. Eigentlich wollte ich schon länger mit dir darüber reden.«

Emmie schaute ihn an, wie er dasaß und vor Begeisterung

schier übersprudeln wollte. Eigentlich hätte sie sich von seiner Euphorie anstecken lassen sollen, aber stattdessen wurde ihr prompt ein bisschen mulmig. Hinter Tobys Ideen konnte alles Mögliche stecken: das Gästeklo im Erdgeschoss neu streichen, Paragliding in den Alpen oder alles an Verrücktheiten, was einem dazwischen so einfiel.

»Dann schieß mal los«, sagte sie.

»Also, du bist doch immer total happy, wenn du nicht ins Büro musst, stimmt's?« Das stimmte so nicht ganz. Toby mochte die Arbeit im Homeoffice deutlich lieber als sie, aber sie wollte ihm die gute Laune nicht verderben und das richtigstellen. Also nickte sie.

»Tja, wenn du mich fragst, solltest du deine eigene Firma gründen«, erklärte er. »Schmeiß den Job hin. In dem Laden bringst du es nie zu was – die wissen dich offensichtlich nicht zu schätzen, und du hasst es, für sie zu arbeiten. Du könntest deine eigene Beratungsagentur gründen, gleich hier von zu Hause. Und ich könnte dir dabei helfen – das habe ich mit meiner eigenen Firma alles längst durch –, die Geschäftsgründung und den ganzen Steuer- und Behördenkram. Denk doch mal! Du wärst endlich deine eigene Chefin. Du könntest dir die Kunden entsprechend deiner Unternehmensphilosophie aussuchen. Genau wie ich! Ich könnte dein erster Kunde sein! Und keine nervige Pendelei mehr, kein enges, verstaubtes Büro. Wenn das Geld erst mal reinkommt, bauen wir uns am anderen Ende des Gartens ein kleines Büro. Und bis dahin können wir uns meins teilen.« Er lehnte sich auf dem Stuhl zurück und strahlte sie an.

»Ach«, sagte sie. Sie war sprachlos. Toby hatte sich das alles anscheinend schon ganz genau überlegt. Sie wollte ihm ja wirklich nicht die Laune verhageln, aber was er da in den Raum geworfen hatte, würde ihr ganzes Leben auf den Kopf stellen.

»Ich weiß nicht, Toby. Ich hasse meinen Job kein bisschen. Im Gegenteil, meistens mag ich ihn sogar sehr gerne. Zugegeben, manchmal gibt es das eine oder andere, womit ich nicht so glücklich bin. Aber ich gehe gerne ins Büro. Ich habe tolle Freunde in der Agentur, und sogar im Zug. Ich glaube, die würden mir schrecklich fehlen«, sagte sie und merkte just in diesem Moment, wie wahr das war.

»Ach, Emmie«, seufzte Toby und sah sie an, als hätte sie ihn ganz schrecklich enttäuscht. »Denk doch nicht immer so *klein-klein*. Was dir fehlt, ist eine ordentliche Portion Ehrgeiz, ein bisschen Mumm! Wurdest du nicht beim Schulabschlussball zum ›Mädchen, das die ganze Welt verändern wird‹ gewählt? Na ja, in deiner popeligen Agentur wirst du wohl kaum die ganze Welt verändern, oder?«

Emmie war ein bisschen betrunken gewesen, als sie ihm das erzählt hatte. Und hatte damals schon gewusst, dass es ein Fehler war, ihm das zu sagen. Aber nie hätte sie gedacht, er könnte es einmal gegen sie verwenden.

»Meinst du, Richard Branson hat je gesagt: *Ich kann Virgin Records nicht gründen, mir würde der Plausch am Wasserspender mit all den Losern so furchtbar fehlen*?«, setzte Toby hinterher.

Vermutlich hatte er recht, und es war wirklich rührend, dass er sich ihr Gemecker so geduldig anhörte und ihm so viel an ihrem Glück lag. Aber Emmie war trotzdem ein bisschen gekränkt, so nachgeäfft zu werden, und wegen des spöttischen Untertons in seiner Stimme und weil er ihre Kollegen so abfällig abgetan hatte. Und warum bitte glaubte er, sie würde es zu nichts bringen? Sie hatte sich immer als erfolgreiche Businessfrau gesehen. Als Senkrechtstarterin sogar. Hatte sie sich die ganze Zeit was vorgemacht?

In der darauffolgenden Nacht lag Emmie im Bett und machte kein Auge zu, während ihr Tobys Vorschlag wieder und wieder durch den Kopf ging. Eigentlich sollte Tobys unerschütterliches Vertrauen in sie ihr doch Auftrieb geben, doch stattdessen kam sie sich wie eine Versagerin vor, deren Arbeitgeber sie nicht zu »schätzen« wusste. Worte, die sie in den hintersten Winkel ihrer Erinnerung verbannt hatte, drängten unaufhaltsam nach vorne, um sie zu verhöhnen. DU HÄLTST DICH FÜR SO CLEVER, DABEI BIST DU BLOSS EIN WINDEI. Damals hatte sie sich eingeredet, das müsse jemand geschrieben haben, der neidisch auf sie war. Aber vielleicht war da auch bloß jemand ehrlich und sprach aus, was alle anderen dachten.

Die Vorstellung einer eigenen Agentur, der Kopfsprung ins kalte Wasser, sollte doch eigentlich aufregend sein, warum also hatte sie das ungute Gefühl, dass ihre Welt immer kleiner wurde statt größer? Wieso erschien ihr der Gedanke, zur Arbeit nicht mehr in die Stadt fahren zu müssen und ihre Arbeitskollegen und Zugfreunde nicht mehr jeden Tag zu sehen, so bedrückend? Wieso jagte ihr das eine solche Angst ein? War sie am Ende ein fürchterlicher Feigling?

In Zeiten wie diesen fehlte ihre Mum Emmie am meisten. Sie hatte ihren Vater sehr lieb, aber auch schon vor seinem Umzug nach Kalifornien hatten sie einander nie so nahegestanden, dass sie Sorgen und Probleme miteinander besprochen hätten. Seit ihre Mum gestorben war, schien es die unausgesprochene Regel zwischen ihnen, jeden Kontakt so gnadenlos fröhlich über die Bühne gehen zu lassen wie irgend möglich, als Gegengift zu ihrer Trauer.

Emmie wusste ganz genau, mit wem sie über die ganze Sache reden wollte, wer ihr den weisesten, unverblümtesten Rat geben würde: Iona.

Emmie saß auf ihrem üblichen Platz im Zug, aber der Sitz ihr gegenüber war leer. War das reiner Zufall, oder wussten alle, dass es eigentlich Ionas Platz war? Und wo steckte sie überhaupt? Wo sie so darüber nachdachte, hatte Emmie sie schon eine ganze Weile nicht mehr gesehen. Und Sanjay auch nicht.

Der Zug fuhr in den Bahnhof von Surbiton ein, und sie schaute aus dem Fenster, ob sie Piers irgendwo am Bahnsteig entdecken konnte. Auch von ihm keine Spur, und sie konnte sich ebenfalls nicht daran erinnern, wann sie ihn das letzte Mal gesehen hatte. Fast kam sie sich vor wie in einem Film à la *Sie liebt ihn – sie liebt ihn nicht*, und irgendwo in einem Paralleluniversum fuhr die ganze Gang in demselben Zug auf derselben Strecke, bloß ohne sie.

»Emmie?«, unterbrach eine Stimme ihre Gedanken. »Du bist doch Emmie, oder? Ionas Freundin? Ich bin Martha.«

»Ach, hi, Martha. Ja, klar, ich erinnere mich an dich. *Romeo und Julia*«, sagte Emmie.

»Meinst du, Iona hätte was dagegen, wenn ich mich auf ihren Platz setze?«, fragte Martha schüchtern und trat von einem Bein aufs andere, als wollte sie einen Lehrer um Erlaubnis bitten, auf die Toilette zu gehen.

»Ganz bestimmt nicht«, erwiderte Emmie. »Schließlich ist sie gar nicht da. Ich habe sie schon seit einer Ewigkeit nicht mehr gesehen.«

»Ich auch nicht«, sagte Martha. »Dabei muss ich ihr unbedingt die großen Neuigkeiten erzählen!«

»Oh, darf ich es auch erfahren?«, fragte Emmie.

»Ja! Ich habe eine Rolle in dem Theaterstück gekommen. Sogar *die* Rolle. Die Julia«, sagte Martha mit breitem Grinsen und sah gleich nicht mehr so linkisch aus. Nein, tatsächlich war sie wunderschön, wie die junge Julia Roberts.

»Ach du lieber Himmel, das ist ja Wahnsinn! Herzlichen Glückwunsch! Iona wird platzen vor Stolz«, rief Emmie.

»Ich weiß«, sagte Martha. »Und ich brauche dringend ihre

Hilfe, um mir die Rolle draufzuschaffen, weißt du, wo sie doch Schauspielerin ist und so.«

»Das wusste ich gar nicht«, gestand Emmie. »War sie bei der Royal Shakespeare Company, oder was?«

»Vermutlich«, meinte Martha. »Jedenfalls ist sie eine begnadete Schauspiellehrerin. Viel besser als unsere Theaterpädagogen an der Schule.«

»Tja, das bin ich leider nicht«, sagte Emmie. »Aber ich könnte dir mit dem Text helfen, wenn du magst.«

Emmie konnte Martha förmlich ansehen, wie sie hin- und hergerissen war zwischen dem Wunsch nach Hilfe beim Textlernen und der Scheu, einen wildfremden Menschen darum zu bitten.

»Ist das der Text?«, fragte sie und wies auf das Blatt in Marthas Hand. Martha zögerte einen Wimpernschlag, dann reichte sie es ihr.

»Danke«, sagte sie und lächelte schüchtern. »Kannst du die Amme spielen? Und ich bin dann die Julia.«

»Wo ist das Kind? He, Juliette!«, sagte Emmie, auch wenn das irgendwie gar keinen Sinn ergab, aber wer war sie schon, Shakespeare zu kritisieren?

»Was ist? Wer ruft mich?«, gab Martha zurück.

»Eure Mutter«, sagte Emmie.

Genau solche Augenblicke würden ihr fehlen, wenn sie nicht mehr mit dem Zug zur Arbeit fuhr. All die vielen flüchtigen und doch zu Herzen gehenden Begegnungen mit den Myriaden von Menschen, aus denen ihr Tag bestand. Der Barista im Bahnhofscafé, der Pförtner im Büro, der Straßenzeitungsverkäufer, mit dem sie jeden Morgen kurz plauschte. Sie alle gaben ihr das Gefühl der Verbundenheit mit der Welt ringsum, mit dem großen Ganzen.

Wo zum Kuckuck steckst du bloß, Iona?

Piers

08:13 Surbiton nach Waterloo

Schon wieder hatte Piers kein Glück gehabt bei seiner Suche nach Iona. Der Zug fuhr in Wimbledon ein, und kurz überlegte er, auszusteigen und nach Hause zu gehen, aber er hatte den ganzen Tag nichts anderes zu tun und konnte genauso gut hier bei Martha, Emmie und Sanjay sitzen bleiben, bis der Zug in Waterloo umdrehte und wieder zurückfuhr.

Piers war heilfroh, dass die ganze Zug-Gang jetzt über ihn Bescheid wusste und anscheinend nicht allzu schlecht über ihn dachte. Und er fragte sich, warum er sich so lange zu Lug und Trug hatte hinreißen lassen.

Er schaute aus dem Fenster und sah David draußen vorbeigehen, ganz kurz nur, und dann gleich wieder in der Menschenmenge verschwinden. Er stieg in Wagen drei ein und steuerte zielstrebig auf sie zu, um sich dann auf einen freien Platz am Tisch nebenan zu setzen.

»Hey David, hast du Iona kürzlich mal gesehen?«, stellte Emmie die Frage, die allen unter den Nägeln brannte.

»Nein, schon seit über zwei Wochen nicht mehr«, sagte er. »Macht sie vielleicht gerade Urlaub?«

»Das hätte sie uns doch bestimmt erzählt, wenn sie verreist wäre«, meinte Sanjay. »Geheimnisse für sich zu behalten, ist nicht gerade ihre Stärke, oder?«

Die Gesichter, in die Piers ringsum schaute, wirkten alle mehr oder minder bedrückt. Und er hatte plötzlich ein Bild vor Augen, von ihnen allen als Speichen an einem Rad, mit Iona als Radnabe, dem Dreh- und Angelpunkt. Ohne sie war ihr kleines Grüppchen führerlos, nichts hielt sie mehr zusammen. Sollte Iona nicht mehr wiederkommen, würden sie dann irgendwann aufhören, einander zu grüßen? Nein, bestimmt nicht. Zumindest nicht von jetzt auf gleich.

»Meint ihr, sie ist vielleicht krank?«, fragte Martha. »Ich meine, in dem Alter kann das ja ganz schnell gehen. Meine Oma ging jede Woche zum Bingo, zum Zumba und zur Wassergymnastik, dann hat sie eine Lungenentzündung bekommen, und zack, zwei Wochen später war's vorbei.«

»*In dem Alter?!?* Grundgütiger, Iona ist mindestens zehn Jahre jünger als ich, mindestens. Ich bin mir ziemlich sicher, dass sie nicht mal sechzig ist, wobei ich mich nie trauen würde, sie zu fragen«, sagte David.

Bei der Vorstellung, Iona nach ihrem Alter zu fragen, schauten alle ganz schockiert.

»Das mit deiner Oma tut mir leid, Martha«, sagte Emmie. »Aber glaub mir, Iona ist verdammt zäh. Da müsste schon so einiges passieren, um sie zwei Wochen von der Arbeit fernzuhalten. Gerade deswegen müssen wir sie unbedingt ausfindig machen. Die Frage ist bloß, wie.«

»Wenn ich mir irgendwie unsicher bin, was ich machen soll«, sagte Martha, »frage ich mich einfach, *was würde Iona tun?*«

»Ich auch«, gestand David. »Wer hätte gedacht, dass ich mich bei wichtigen Lebensentscheidungen mal auf eine exzentrische Lesbe berufe, aber bitte sehr. Es funktioniert.«

Es wurde still, und Piers stellte sich vor, wie alle angestrengt überlegten, was Iona jetzt wohl machen würde.

»Martha, du bist ein Genie«, rief Sanjay. »Emmie, Piers, erinnert ihr euch noch daran, wie wir uns kennengelernt haben? Das erste Mal miteinander geredet haben?« Sie nickten. »Tja, *das* würde Iona machen.« Ein bisschen nervös stand Sanjay auf, holte tief Luft und tönte dann, so laut er konnte:

»KENNT IRGENDWER HIER IONA?« Hunderte Augen wandten sich ihm zu.

»Das ist die Dame mit der auffälligen Garderobe. Ich habe sie früher immer die Regenbogen-Lady genannt, ehe ich wusste, wie sie heißt«, setzte Sanjay hinterher.

»Ich habe sie immer die verrückte Hundemami genannt«, sagte Piers. »Wegen Lulu, ihrem Hund, und weil sie ein bisschen … verschroben ist.«

»Eigentlich ist sie die Dame mit der Zaubertasche«, sagte Martha, »wegen all dem Kram, den sie aus ihrer Handtasche zaubert. Das kann unmöglich alles da reinpassen. Nicht in diesem Universum. Und sie hat einen Dæmon.«

»Oder Muhammad Ali«, sagte ein Mann, der hinter ihnen saß und den Piers als einen von Marthas ersten Zuhörern bei den Proben zu *Romeo und Julia* wiedererkannte. Warum Muhammad Ali? Den Spitznamen konnte Piers sich beim besten Willen nicht erklären, aber jeder, wie er oder sie meinte.

»Wenn Sie wissen, um wen es geht, heben Sie bitte die Hand«, sagte Sanjay.

Ein ganzer Urwald an Händen reckte sich gen Wagendecke.

Piers fragte sich, wie man ihn wohl beschreiben würde. Bestimmt nicht besonders schmeichelhaft. Und wen würde es überhaupt jucken, wenn er plötzlich weg wäre? Vermutlich keine Menschenseele, außer Martha vielleicht. Und natürlich seine Kinder.

»Danke!«, sagte Sanjay. »Und nun bitte alle die Hand oben lassen, die Iona in den vergangenen beiden Wochen gesehen haben.«

Eine Hand nach der anderen sank langsam herab.

»Hat irgendjemand Ionas Telefonnummer?«, fragte Sanjay. Allgemeines Kopfschütteln und *Leider-nein*-Gemurmel. Entmutigt setzte Sanjay sich wieder hin. »Das hat nicht so gut funktioniert wie bei Iona«, brummte er.

»Hattest du auch einen Spitznamen für Iona, David?«, fragte Martha. »Ehe du wusstest, wer sie ist.«

»Ja, hatte ich«, sagte er. Alle drehten sich zu ihm um. Piers hatte schon ganz vergessen, dass er auch noch da war.

»Ich habe sie ›die Frau im Zug‹ genannt«, sagte er.

»Wie … originell«, meinte Piers.

»Ich weiß, wie wir sie ausfindig machen können!«, rief Emmie. »Wie konnte ich nur so dumm sein? Fizz arbeitet doch mit ihr zusammen. Ich rufe einfach Fizz an.«

»Doch nicht die *echte* Fizz? Von TikTok?«, fragte Martha mit Augen, so groß wie Untertassen, als hätte Emmie gerade verkündet, Bill Gates oder Richard Branson anrufen zu wollen.

»Mhm«, sagte Emmie und tippte auf ihrem Handy herum.

»Hi Fizz! Ich bin's, Emmie. Ich hatte gehofft, du könntest uns vielleicht weiterhelfen. Ich mache mir Sorgen wegen Iona. Wir haben sie seit Wochen nicht mehr gesehen. War sie in letzter Zeit in der Redaktion, hast du sie mal gesehen?«

Alle warteten mit angehaltenem Atem, während Emmie Sachen wie *Nein!* und *Was hat sie? Das ist ja furchtbar* und *Was hast du?* in den Hörer quiekte. Dann prustete sie laut vor Lachen und rief: *Das sieht Iona ähnlich!*

»Fizz?«, fragte David. »Ist das die Abkürzung von Felicity oder Fiona? Ich meine, kein Pfarrer, der was auf sich hält, würde ein Kind auf den Namen Fizz taufen, oder?«

Schließlich legte Emmie auf und schaute betroffen in die Runde.

»Tja, das erklärt einiges«, sagte sie und ließ die anderen noch ein wenig länger zappeln, wie die Juroren bei *Let's Dance* – was Piers sich natürlich nur anschaute, weil Candida ihn dazu zwang. Und ja, auch, weil die eine oder andere rattenscharfe Tänzerin dabei war.

»Was?«, fragten sie wie im Chor.

»Sie hat vor fast drei Wochen gekündigt«, sagte Emmie.

»Aber sie liebt ihre Arbeit«, wandte Piers ein. »Das kann ich mir nicht vorstellen.«

»Fizz hat gesagt, ihr Chefredakteur hat sie zu einem Gespräch einbestellt. Hat absichtlich die Tür aufgelassen, damit alle mithören und er sie in aller Öffentlichkeit bloßstellen kann. Hat ihr gesagt, sie müsse sich ihre Kolumne in Zukunft mit einem kleinen Arschloch – Zitat Fizz – von einundzwanzig Jahren namens Dex teilen, der *ein bisschen Leben in die Bude bringen und sie an den Haaren ins neue Jahrtausend schleifen soll.*«

»Ich kann mir nicht vorstellen, dass das besonders gut ankam«, meinte Piers.

»Kam es auch nicht«, sagte Emmie. »Sie hat ihn wohl mit dem F-Wort beschimpft. Und dann in etwa Folgendes gesagt: *Nein, ich nehme das zurück. Ich bin in meinem Leben schon so einigen F-Wörtern begegnet, und jedes einzelne hatte irgendwie Charme und Charakter. Manche waren auch schlicht spektakulär. Dich als F-Wort zu bezeichnen wäre eine Beleidigung für alle F-Wörter. Du bist ein* WICHSER. Und dann ist sie rausgestürmt. Und Fizz ist auch rausgestürmt, schließlich war sie überhaupt nur da, weil Iona ihr absolutes Idol ist.«

Es war ja immer recht ruhig im Wagen, Ionas Tisch mal ausgenommen, aber nun war es so still geworden, dass man eine Stecknadel hätte fallen hören können. Kein Zeitungsrascheln, keine blechernen Musikfetzen aus Ohrstöpseln, kein Räuspern. Es schien, als lauschten alle gebannt der Geschichte von Ionas Wutausbruch.

»Herrje«, sagte Sanjay. »Hat Fizz denn ihre Telefonnummer?«

»Iona musste ihr Handy abgeben, weil es ein Diensthandy war«, erklärte Emmie. »Fizz hat wohl schon versucht, in der Personalabteilung ihre Privatnummer zu erfragen, aber die wollten sie nicht rausrücken, angeblich wegen Datenschutz.«

»Verfluchte Datenschutzvorschriften«, schimpfte Piers.

»Die gibt es aus gutem Grund«, wandte David ein.

»Und was machen wir jetzt?«, fragte Martha.

»Ich glaube, wir sollten mit dem anfangen, was wir *sicher wissen*«, meinte David. Alle schauten ihn verwundert an. »Was wir sicher wissen«, fuhr er fort, »ist, dass sie irgendwo nicht allzu weit von Hampton Court Station wohnt. Wieso treffen wir uns also nicht alle am Samstag um – sagen wir – zehn Uhr im Bahnhofscafé und machen uns auf die Suche. Ich bereite eine Liste vor mit sämtlichen Läden, Cafés und Restaurants, die sie frequentieren könnte, und wir teilen uns auf und fragen überall herum, ob jemand sie kennt.«

»Großartige Idee, Paul«, sagte Piers.

»David«, sagte David. Piers hätte sich selbst in den Allerwertesten treten können. Warum vergaß er ständig seinen Namen? D.A.V.I.D. Er schien seinem Gedächtnis zu entgleiten wie geölte Sardinen, er bekam ihn einfach nicht zu fassen.

»Ich könnte ein Foto aus dem Internet ausdrucken – wobei die vermutlich alle uralt sind –, um es den Leuten zu zeigen, wie die Ermittler im Fernsehen«, schlug Piers vor.

»Schau mal auf der Seite der Royal Shakespeare Company nach«, sagte Emmie. »Vielleicht gibt es da ein Porträt aus ihrer aktiven Zeit.«

Piers sah sich nach all den kleinen Radspeichen um, die sich brav drehten und taten, was sie sollten, und war sehr froh, dazuzugehören.

Iona

Wenn im Wald ein Baum umfällt und niemand hört ihn, macht er dann überhaupt ein Geräusch? Wenn ein Mensch keine Arbeit hat und nicht bezahlt wird, ist er oder sie dann überhaupt noch etwas wert?

Iona jedenfalls fühlte sich vollkommen wertlos. War es das? War das das Ende ihres produktiven Lebens? Würde sie die nächsten dreißig Jahre damit vertrödeln, in karierten Flanell-Pyjamas alte Wiederholungen von *Countdown* zu schauen, die Nachbarn auszuspionieren und Kochsherry aus Teetassen zu trinken?

Es hatte Zeiten gegeben, da hätte sie kaum an sich halten können bei der Vorstellung, drei Wochen Urlaub zu machen. Herrlich, sich auszumalen, genüsslich auszuschlafen, lange im Bett liegen zu bleiben, Romane zu lesen, zu reisen, sich verwöhnen zu lassen. Aber zwischen drei Wochen und kein Ende in Sicht lagen Welten. Alles erschien ihr fade und belanglos. Endlos. Sinnlos.

Iona hatte versucht, sich einen neuen festen Tagesablauf anzugewöhnen: Frühstück um acht, Hundespaziergang um halb neun, Jane Fonda um zehn. Tee mit Bea um vier, danach das Quiz mit diesem sympathischen Richard Osman et cetera, aber die eintönige Wiederholung des Immerselben, tagein, tagaus, hing ihr jetzt schon zum Hals heraus. Wie sollte das erst in drei Monaten aussehen? Drei Jahren? Drei Jahrzehnten?

Ihre Freunde aus dem Zug, die unversehens so ein wichtiger Teil ihres Lebens geworden waren, fehlten ihr. Ein paarmal war sie drauf und dran gewesen, einfach zur gewohnten Zeit in den Zug zu steigen, nur um wieder dazuzugehören. Aber was musste das bitte für eine durchgeknallte Spinnerin sein, die jeden Tag in die Stadt pendelte und dabei nicht einmal einen Job hatte?

Iona fragte sich, ob sie die Arbeitslosigkeit wohl besser verkraften würde, wenn sie und Bea Kinder hätten? Würde es ihr dann leichter fallen, die Karriere an den Nagel zu hängen und sich mit Herzblut und aller Kraft der nachkommenden Generation zu widmen? Möglich. Aber man schaue sich nur David an, wie er dastand, allein und verlassen in seinem leeren Nest. Vielleicht verdrängten Kindern das Gefühl von Leere und Wertlosigkeit bloß vorübergehend, um es dann noch zu verstärken.

Jane Fonda brüllte weiter unbeirrt Befehle, obwohl Iona ihr schon seit geraumer Zeit nicht mehr zuhörte. *Es muss brennen!*, schmetterte Jane Iona entgegen, aber bei der war alles taub.

So mies wie jetzt war es Iona nur einmal im Leben gegangen, und die Bilder von damals – Oktober 1991 –, die sie seitdem in den finstersten Winkel ihrer Erinnerung verbannt hatte, überfielen sie nun immer wieder ganz unvermittelt. Beim Zähneputzen, wenn sie an nichts Schlimmes dachte, und da plötzlich die Erinnerung an einen lose im Mund herumrollenden Backenzahn hochkam und an den metallischen Geschmack von Blut. Beim Buddeln im Blumenbeet, wenn sie unversehens stechende Schmerzen in der Seite überfielen – kein neuer Schmerz, nein, die Erinnerung an gebrochene Rippen, kaputtgetreten von einem Stahlkappenstiefel. Am schlimmsten war es nachts, wenn sie die ganze Szene in ihren Träumen durchlebte. Iona, wie sie in der Old Compton Street im Rinnstein lag, mit Mühe die schweren Lider aufschlug und eine ausgetretene Zigarettenkippe sah, ein weggeworfenes Bounty-Papierchen und das matte Regenbogenmuster der Straßenlaterne in einer schillernden Pfütze aus ausgelaufenem Motoröl.

Sie hatte die Party nur ganz kurz verlassen, um draußen eine zu rauchen. Nicht, weil man drinnen nicht rauchen durfte, sondern weil sie Bea versprochen hatte, damit aufzuhören. Bis heute wusste sie nicht, ob die Schläger draußen absichtlich auf sie gewartet hatten oder ob sie ein Zufallsopfer war – so oder so, am Ende lief es aufs Gleiche heraus.

»Scheiß Lesbenschlampe! Muschileckerin!«, hatten sie ihr von der anderen Straßenseite zugebrüllt. Beschimpfungen war sie gewohnt – die hässliche Kehrseite ihrer wachsenden Berühmtheit. Lässig hatte sie sich zu ihnen umgedreht, die Zigarette in der Hand, und hatte dann langsam und unübersehbar den Mittelfinger der anderen Hand gehoben. Öl ins Feuer.

Wie es kam, dass sie plötzlich auf der Straße lag, wusste sie nicht mehr, aber sie erinnerte sich noch gut an den harten, kalten Asphalt an der Wange und die Tritte, die auf sie herabhagelten, auf ihren Rücken, den Kiefer, den Bauch. Sie erinnerte sich, wie sie sich fest zusammengekrümmt hatte, die Augen zugekniffen, und gehofft hatte, dass es bald aufhört. Sie erinnerte sich an das Geräusch eines Reißverschlusses und den stechenden Gestank von Ammoniak, das Plätschern und das grölende Lachen, und wie es durch das Kleid sickerte, feucht und warm, das Christian Lacroix ihr für den Abend geliehen hatte.

Dann Beas Schreie. Wie sie ihr zurufen wollte, sie solle bloß schnell wieder reingehen, sich in Sicherheit bringen, aber ihr Mund war voller Blut und Zähne, und ihr Kiefer wohl ausgerenkt.

»Die Bullen sind schon unterwegs, ihr Wichser!«, hatte Bea gebrüllt. »Lasst sie sofort in Ruhe!« Und das hatten sie dann auch getan, aber erst, nachdem sie ihre herzallerliebste, märchenschöne Bea mit Schimpfwörtern überhäuft hatten, an die zu erinnern sich selbst ihr Unterbewusstsein weigerte.

Und dann hatte Bea auf der Straße neben ihr gekniet, eine Hand unter Ionas Wange, damit sie nicht auf der kalten Straße lag, ganz behutsam, um sie so wenig wie möglich zu bewegen, bis der Rettungswagen auftauchte. Sie hatte gehört, wie Bea vorbeigehende Passanten angefleht hatte, ihr einen Mantel zu geben, weil Iona unkontrolliert zitterte. Sie hatte mitbekommen, wie Bea den Rettungswagen herangewinkt und ihr Trost und Zuspruch ins Ohr geflüstert hatte, während die Sanitäter ihr wunderbare schmerz- und realitätsstillende Medikamente spritzen.

»Rauchen ist ungesund, habe ich dir doch gesagt, oder?«, hatte Bea gesagt und ihr übers Haar gestrichen. Iona hatte versucht, nicht zu lachen, ehe das schwarze Nichts sie endgültig verschlang.

Aus Angst, wieder so exponiert hinausgehen zu müssen in die Welt, hatte sie ihren Job in der Redaktion kurzerhand gekündigt und sich stattdessen lieber im Schutz der Anonymität verkrochen. Damals allerdings hatte die Redaktion sie unbedingt halten wollen und alle Hebel in Bewegung gesetzt, sie zum Bleiben zu bewegen. Jeden Tag hatten sie ihr Blumen geschickt, Karten und Delegationen ihrer größten Überredungskünstler, die mit wolkigen Versprechen von Gehaltserhöhungen und Bonuszahlungen und einem eigenen Fahrer – Darren – lockten, der sie von nun an zu sämtlichen Events herumchauffieren sollte, im lederbezogenen Kokon seines windschnittigen Mercedes Benz sicher wie in Abrahams Schoß.

Bea war es gewesen, die ihr wieder auf die Beine geholfen hatte, wer sonst. »Wenn du jetzt aufgibst, haben sie gewonnen, Süße«, hatte sie gesagt. »Sie wollen uns kleinhalten, also müssen wir aufstehen. Sie wollen, dass wir unsichtbar bleiben, also müssen wir sichtbar sein. Sie wollen uns mundtot machen, also müssen wir unsere Stimme erheben. Sie wollen uns zur Aufgabe zwingen, also müssen wir weiterkämpfen.«

Und wie sie kämpften. Sie kämpften für eine Angleichung des Schutzalters, für die Zulassung von Homosexuellen beim Militär und für die Aufhebung von Section 28, dem Paragrafen, der die »Förderung« der Homosexualität verbot. Sie waren auf Gay-Pride-Paraden mitmarschiert und hatten für die Ehe für alle demonstriert. Und den Kampf gegen das Rauchen hatte sie auch gewonnen. Nie wieder hatte sie danach einen Glimmstängel angerührt, vor allem auch, weil ihr Kiefer für mehrere Wochen fest verdrahtet gewesen war.

Aber wie jetzt noch kämpfen? Gegen welchen Feind überhaupt? Mutter Natur? Den Lauf der Zeit selbst? Ihren eigenen verfallenden Körper, diesen miesen Verräter?

Dieses Problem ließ sich nicht durch Lobbyarbeit bei Politikern, Protestmärschen aufs Parlament oder Unterschriftensammlungen lösen. Dieses Problem ließ sich gar nicht lösen. Weder von ihr noch von ihrer liebsten, allzeit kämpferischen Bea.

Sanjay

09:10 New Malden nach Hampton Court

Eigentlich fühlte es sich an wie jeder andere Morgen auch, aber irgendwie auch ganz, ganz anders.

Zunächst einmal war er später dran als sonst, und außerdem fuhr er von New Malden in Richtung Süden, vorbei an Bahnhöfen, die er sonst nie zu sehen bekam: Berrylands mit seinem irreleitend hübschen Namen, der an blühende Beerenbüsche erinnerte, aber eigentlich kaum mehr als ein gigantisches Klärwerk war, und Surbiton. Und die Menschen im Zug waren so ganz anders als sonst. Keine Anzüge, kein Gefühl von unterschwelligem Stress, stattdessen bequeme Freizeitkleidung, muntere Vorfreude und Unmengen lärmender Kinder. Tagesausflügler.

Sanjay hatte chronische Angst vorm Zuspätkommen. Vermutlich hatte er die seinem Vater zu verdanken, dem stets in allerletzter Minute einfiel, dass er irgendetwas Unverzichtbares vergessen hatte, weshalb Sanjays Kindheitserinnerungen zu großen Teilen daraus bestanden, wie seine ganze Familie in ein stehendes Auto gequetscht auf ihn wartete, während seine Mutter wieder und wieder auf die Uhr schaute, und sie allesamt stets zu spät zu Hochzeitsfeiern, Fußballspielen oder Schulpreisverleihungen kamen. Infolgedessen saß er in einem viel früheren Zug als nötig und hatte von den anderen noch niemanden gesehen.

Der Zug hielt in Thames Ditton. Und da war sie! Vielleicht war sie auch absichtlich zwanzig Minuten zu früh dran. Ein weiterer Beweis, dass sie füreinander bestimmt sein mussten. Gemeinsam hätten sie stets jemanden zum Reden, wenn sie wieder einmal ganz uncool viel zu früh zu einer Party aufkreuzten.

»Hi Sanjay!«, sagte sie. In der Hand hatte sie, wie üblich, ein Buch.

»Hi Emmie! Du bist auch zu früh dran«, sagte er. Aus unerfindlichen Gründen musste er in ihrer Gesellschaft immer zwanghaft laut aussprechen, was ohnehin jedes Kind sehen konnte. Mit einem Nicken wies er auf das Buch. »Was liest du denn da?«

»*Girl on the Train*«, sagte Emmie.

»Ha! So ein Zufall!«, rief Sanjay.

»Wieso?«

»Ähm, weil du das Mädchen im Zug bist«, sagte er.

»Sieht so aus«, entgegnete sie und schaute ihn an wie den Gimpel, der er offensichtlich war.

»Wo wir gerade bei Büchern sind, die ganze Geschichte kommt einem fast vor, als wäre man in einem Agatha-Christie-Krimi gelandet, oder? So spannend!«, sagte sie und klatschte vor Aufregung doch tatsächlich in die Hände.

»Solange es nicht *Mord im Orient-Express* ist«, meinte Sanjay.

»Haargenau!«, sagte Emmie. »Wobei ich finde, es ist eher das Gegenteil von *Mord im Orient-Express.* Ich meine, da hat jeder gute Gründe, das Opfer umzubringen, während wir alle einen guten Grund haben, Iona ausfindig machen zu wollen.«

»Ich schon«, sagte er, ehe er sich auf die Zunge beißen konnte. »Und du?«

»Ja«, antwortete sie und wirkte dabei ungewohnt unsicher. »Ich stehe vor einer monumentalen Entscheidung und würde sie vorher furchtbar gerne mit Iona besprechen. Und du?«

»Ähm, ich muss mich ganz dringend bei ihr entschuldigen. Ich habe mir ihr gegenüber eine scheußliche Unverschämtheit geleistet.«

Sanjay konnte selbst kaum fassen, wie dämlich er war. Das rückte ihn nicht gerade in ein vorteilhaftes Licht, oder? Ein Typ, der nette ältere Damen beleidigte.

»Ich bin so froh, dass ich dich wiedergefunden habe, Sanjay. Du hast mir echt gefehlt«, sagte Emmie.

Er hatte ihr gefehlt!

»Ihr habt mir alle gefehlt.«

Also doch nicht so besonders.

»Ich habe dich ewig nicht mehr im Zug gesehen. Langsam dachte ich schon, du gehst mir absichtlich aus dem Weg! Und als dann auch noch erst Iona und dann Piers verschwunden sind, kam ich mir vor wie eines der späteren Opfer in *Und dann gab's keines mehr.*«

»Ach so, ich hab eine ganze Weile Nachtschichten gemacht«, sagte er, was tatsächlich stimmte, aber nicht die ganze Wahrheit war. »Und das mit Piers hast du sicher schon gehört, oder?« Emmie nickte.

»Zeigt mal wieder, dass man anderen Menschen nicht in den Kopf gucken kann, was?«, meinte Emmie.

Sanjay war eigentlich recht froh, dass Emmie ihm augenblicklich nicht in den Kopf gucken konnte. Er schwor sich, ihr in Zukunft nicht mehr aus dem Weg zu gehen. Auch wenn sie nicht füreinander bestimmt waren. Irgendwie würde er sich damit arrangieren. Es wäre doch schön, wenn sie Freunde sein könnten. Er musste bloß aufhören, sich Emmie ständig nackt vorzustellen. Argh, da, schon wieder.

»Da sind wir!«, rief Emmie. Der Zug schien mit einem tiefen Seufzer zum Stehen zu kommen. »Wollen wir uns einen Kaffee holen, während wir auf die anderen warten?«

»Gerne«, sagte Sanjay und schickte ein Stoßgebet ans Universum mit der inständigen Bitte um eine Signalstörung, damit in den nächsten ein, zwei Stunden keine Züge mehr in Hampton Court einfahren konnten. Warum kamen Züge immer dann zu spät, wenn man ganz dringend wohin musste, aber nie, wenn man bloß auf ein paar Minuten allein mit der Frau hoffte, in die man heimlich verliebt war? Rasch korrigierte er sich: *Der Frau, die man als platonische Freundin näher kennenlernen wollte.*

»Du kannst mir von euren Hochzeitsvorbereitungen erzählen«, sagte er und merkte erst, als er es schon laut ausgesprochen hatte, was für ein selbstverletzendes Verhalten das war. Genauso gut könnte er die Hand in einen Topf kochendes Wasser stecken.

Auf dem Gehweg vor dem Café war ein freier Tisch mit Blick auf die Bahnhofstüren – perfekt, um hier auf die anderen zu warten.

»Emmie, magst du uns vielleicht den Tisch freihalten?«, schlug Sanjay vor. »Ich hole uns fix einen Kaffee. Was möchtest du?«

»Einen Cappuccino mit Sojamilch, bitte«, sagte sie. »Aber könntest du vielleicht fragen, ob der Kaffee Fair Trade ist? Sonst nehme ich lieber einen grünen Tee.«

Und das waren, wie sich bald herausstellen sollte, die letzten Worte, die er von ihr hören sollte, denn als er kurz darauf mit zwei fair gehandelten Cappuccinos und einem Stück Bananenbrot aus Bio-Fair-Trade-Bananen – denn wer mag schon kein Bananenbrot? – wieder herauskam, war Emmie verschwunden.

Piers

09:45 Surbiton nach Hampton Court

Piers' Leben hatte sich seit *dem verlorenen Morgen*, wie er ihn selbst nannte, weil es fast schon romantisch klang und nicht nach der erschreckenden Wirklichkeit, entscheidend zum Guten gewendet.

Candida war hereingerauscht wie die Kavallerie und hatte das Kommando an sich gerissen, und er ließ sie gewähren, ließ sich einfach im Strom treiben und tat, wie ihm geheißen. Schließlich hatte er, wie sie ihm schonungslos, aber nicht unfreundlich mitgeteilt hatte, *eine ziemliche Sauerei angerichtet beim Versuch, es selbst wieder in Ordnung zu bringen*.

Candida hatte die verbliebenen Reste seiner Abfindung erst mal gesichert und sie dann in ertragsschwachen, aber bombensicheren Sparprodukten angelegt. Er hatte zwar versucht, sie von etwas höherverzinslichen Anlagemöglichkeiten zu überzeugen, aber dafür bloß wieder einen dieser Blicke geerntet.

Mintys Schule und Theos Tagesstätte hatte Candida in persönlichen Gesprächen, die sie als *unvermeidlich, aber beschämend* bezeichnete, davon überzeugen können, ihnen für den Rest des Schuljahrs die Gebühren zu erlassen, was ihnen etwas Bedenkzeit verschaffte, um zu einer Entscheidung bezüglich der weiteren Vorgehensweise zu gelangen. Der Porsche war natürlich längst weg, und sie hatten ihre Koppel an die Nachbarn nebenan verkauft, die schon seit Jahren ein Auge darauf geworfen hatten. Mintys Pony hatte in die Reitschule umziehen müssen, wo es nun gegen freie Kost und Logis andere Kinder herumtragen musste, solange Minty nicht da war. Mit dem Erlös des Koppelverkaufs hatte sie einen ordentlichen Batzen ihrer Hypothek abbezahlen können. Und schlussendlich hatte Candida der Tatsache ins Auge sehen müssen, dass ihre Boutique immer ein Groschengrab sein würde und keine Goldgrube. Sie versuchte gerade, sie an eine Freundin zu verkaufen, deren Mann genauso stinkreich und dämlich war wie Piers früher.

Candida war nun dabei, sämtliche Rechnungen zu begleichen, die Piers in seiner Sockenschublade gehortet hatte, die Kreditkartenabrechnungen, wo immer möglich, abzubezahlen und Piers ein kleines Taschengeld zu ermöglichen. Und Piers hatte sich damit abgefunden, von seiner Frau wie ein drittes Kind behandelt zu werden. Er hatte es schließlich nicht anders verdient. Monatelang hatte er sie angelogen und hatte ihr ganzes gemeinsames Leben aufs Spiel gesetzt. Und es war eigenartig erleichternd, sämtliche Verantwortung auf jemand anderen abzuwälzen. Fast wie die Rückkehr in eine behütete Kindheit, die er nie gehabt hatte.

Auf dem Bahnsteig war es viel ruhiger als unter der Woche, und so hatte Piers Martha schnell entdeckt.

»Martha«, sagte er. »Wie schön, dass ich dich alleine erwische. Ich würde gern kurz unter vier Augen mit dir reden. Candida hat mir erzählt, was du neulich gemacht hast. Ich kann mich kaum noch an irgendwas erinnern. Das muss schrecklich für dich gewesen sein. Es tut mir so leid. Du weißt schon, dass ich nie …« Er ließ den Satz unvollendet.

»Sicher«, sagte Martha, die ihn ansah, als glaubte sie ihm kein Wort. »Echt, nicht der Rede wert. Ich bin bloß froh, dass alles okay ist. Es *ist* doch alles okay, oder?«

»Klaro!«, rief Piers resolut, auch wenn er selbst nicht ganz so überzeugt schien. »Und ich würde gerne unseren Nachhilfeunterricht fortsetzen, wenn du willst. Irgendwas Sinnvolles muss ich schließlich anfangen mit all meiner Zeit.«

Martha nickte und grinste breit. Der Zug fuhr ein, und Piers wartete mehrere Meter von der Bahnsteigkante entfernt. Der Zug kam zum Stehen, und durch die dicken, teils undurchlässigen Fensterscheiben sahen sie David.

Piers wusste, dass er David hieß, weil er sich, wild entschlossen, seinen Namen nicht noch mal zu vergessen, ganz klein mit einem Kuli *David* aufs Handgelenk geschrieben hatte, gut versteckt unter dem Ärmelaufschlag.

»Hi David«, sagte er siegesgewiss.

»Piers! Martha!«, sagte David. »Ich habe euch einen Platz freigehalten, und schaut mal!« David griff in den Rucksack auf dem Sitz neben ihm und zog eine Thermoskanne und mehrere Plastikbecher heraus. »Ich habe mir deinen Rat zu Herzen genommen, Martha, und habe mir gedacht, *was würde Iona tun?* Et voilà, Heißgetränke!« Er goss ihnen jeweils eine dampfende Tasse heiße Schokolade ein, stolz wie Oscar, als hätte er den Juroren von *The Great British Bake Off* gerade eine spektakuläre mehrstöckige Torte präsentiert. »Ich hoffe, deine Mum hatte nichts dagegen, dass du heute mitkommst, Martha?«, fragte er.

»Die ist vermutlich hocherfreut, dass sie und ihr Lover heute Vormittag das Haus für sich haben, nackt herumlaufen und hemmungslos flirten können«, sagte sie. »Ich habe ihr gesagt, ich treffe mich mit ein paar schnuckeligen, aber gefährlichen Jungs im Park.«

»Echt?«, fragte David und schien ehrlich schockiert. »Du hast ihr nicht gesagt, dass du mit uns unterwegs bist?«

»Himmel, nein. Sie hält mich ja sowieso schon für *absonder-*

lich. Wenn ich ihr jetzt noch erzähle, dass ich den ganzen Tag mit ein paar alten Knackern abhänge, um eine vermisste Kummerkastentante aufzuspüren, hängt sie sich gleich wieder ans Telefon und ruft die Kinderpsychologin an«, sagte Martha. »Lieber soll sie denken, ich rauche Gras und vögele wahllos irgendwelche Jungs.«

»Sie ist keine Kummerkastentante, sie ist Zeitschriftentherapeutin«, meinte Piers augenzwinkernd. »Und schön langsam mit den *alten Knackern.* Ich bin nicht mal vierzig, und Sanjay und Emmie sind gerade mal Mitte zwanzig!«

»Für dich ist das vielleicht noch das Embryonalstadium, aber von hier aus betrachtet« – sie wies auf sich selbst – »prähistorisch. Sorry. Und du bist genau der Typ, vor dem uns unsere Eltern immer gewarnt haben, bloß nicht zu dir ins Auto zu steigen, nicht mal, wenn du uns mit Süßigkeiten lockst.«

»Ganz sicher, dass du nicht lieber mit den schnuckeligen, gefährlichen Jungs im Park abhängen willst?«, sagte Piers. »Mit uns musst du dich ja zu Tode langweilen.«

»Erwachsene sind mir ehrlich gesagt lieber«, meinte Martha. »Mit Erwachsenen reden ist easy. Es gibt ein paar einfache Regeln. *Fester, selbstbewusster Händedruck. Mit Namen vorstellen. In die Augen schauen. Kontroverse Gesprächsthemen meiden und nicht fluchen.* Ganz simpel. Und die meisten Erwachsenen mögen mich irgendwie. Mit anderen Jugendlichen zu reden, ist *ungleich* komplizierter. Man kann zum Beispiel nicht einfach hingehen und irgendwen anquatschen. Man muss genau wissen, wo er oder sie in der Hackordnung steht, verglichen mit einem selbst – und ich stehe eigentlich immer ganz unten. Und dann muss man irgendwie ein Gespräch anfangen, ohne zu verspannt zu wirken, und man muss die richtige Sprache sprechen und die richtigen Sachen einwerfen. Und was richtig und falsch ist, wechselt eigentlich ständig. Es ist ein Mienenfeld.«

»Grundgütiger«, sagte Piers. Hatte es damals zu seiner Schulzeit auch schon so rigide Regeln gegeben? Vielleicht schon, und er hatte sie einfach intuitiv erfasst.

Sie sahen Sanjay, kaum dass sie aus dem Bahnhof kamen. Er schien irgendwas vor sich hin zu murmeln, das ein bisschen nach *Aluminium, Silikon, Phosphor* klang, aber das konnte doch nicht sein?

»Was hast du gesagt, Sanjay?«, fragte Piers.

»Ähm, nichts«, entgegnete Sanjay.

»Jetzt fehlt uns nur noch Emmie«, meinte Piers, »dann ist die ganze Gang beisammen. Wir könnten die Fünf Freunde sein. Ich bin Julian.«

»Nein, du bist definitiv Dick«, sagte Martha. Piers war sich ziemlich sicher, dass sie das nett meinte. Aber nicht ganz.

»Emmie ist weg«, sagte Sanjay und guckte ganz bedröppelt.

»Wie meinst du das, weg?«, fragte David.

»Ich meine, eben war sie noch da, hat hier am Tisch gesessen, während ich reingegangen bin, um uns einen Kaffee zu holen. Und als ich zurückkam, war sie weg«, sagte er.

»Ach herrje, wir sollten doch heute eigentlich Leute finden, nicht verlieren. Hast du vielleicht irgendwas gesagt, das sie gekränkt oder beleidigt haben könnte?«, erkundigte sich Piers.

»Nein, natürlich nicht«, brüllte Sanjay und wirkte dabei selbst gekränkt und beleidigt.

»Tut mir leid«, sagte Piers. »Mir ist das in deinem Alter ständig passiert. Immer fiel den Mädels ganz unvermittelt ein, dass sie noch einen dringenden Termin mit ihrer besten Freundin auf dem Klo hatten oder noch wen anrufen mussten oder unbedingt was zu trinken brauchten.«

Sanjay brummte etwas Unverständliches, das sehr nach »glaub ich sofort« klang.

»Zum Glück waren immer genug andere Mädels da, für

Nachschub war also gesorgt. Ha, ha. Aber egal, hast du denn Emmies Telefonnummer nicht?«, fragte Piers.

»Nein, ich konnte ja nicht ahnen, dass ich sie brauche, oder?«, sagte Sanjay. »Wo sie doch *gleich da drüben* gesessen hat.« Und damit wies er auf den Tisch auf dem Gehsteig, neben dem er stand.

»Leute, lasst uns jetzt nicht streiten, sie kommt bestimmt gleich wieder«, meinte David, eigentlich keine geborene Führungspersönlichkeit, aber nun – wo Iona nicht da war – schien ihm die Rolle ungewollt zuzufallen. »Und inzwischen müssen wir alle zusammenhalten, wenn wir hier irgendwas erreichen wollen.«

Martha

Martha hoffte wirklich sehr, sie würden Iona bald finden, denn ohne sie drohten die anderen Erwachsenen sich untereinander heillos zu zerstreiten und unvermittelt zu verschwinden. Früher hatte sie immer geglaubt, Erwachsene wüssten die Antworten auf alle Fragen, und sie sei die Einzige, die sich ohne das entsprechend erforderliche Handbuch durchs Leben schlagen musste. Doch nun ging ihr langsam auf, dass sie häufig genauso im Dunkeln tappten wie Martha selbst. Und sie wusste nicht, ob sie das beruhigend oder erschreckend finden sollte. Blufften die alle bloß?

David trug einen Rucksack, der aussah wie das gepäckliche Gegenstück zu Ionas magischer Handtasche und früher wohl mal seiner Tochter gehört haben musste, weil noch ein Aufkleber mit der Aufschrift »I Heart The Backstreet Boys« und darunter ein paar Typen, die aussahen wie One Direction, darauf pappten. Er griff hinein und zog etliche fotokopierte Seiten heraus.

»Also gut«, sagte er. »Ich habe eine Liste mit sämtlichen Läden, Cafés und Restaurants in der Gegend erstellt. Jeder von euch hat ein eigenes Suchgebiet, das separat markiert ist. Emmies Liste werden wir hoffentlich nicht brauchen, aber wenn doch und wenn sie nicht wiederauftaucht, müssen wir sie unter uns aufteilen. Piers, hast du die Fotos?«

David reichte seine Kopien, auf denen oben ihr jeweiliger

Name in Großbuchstaben prangte, zusammen mit Piers' Ausdrucken herum. Jetzt brauchte er ihnen bloß noch eine Landkarte, einen Kompass und eine wasserfeste Hose in die Hand zu drücken, und sie würde sich vorkommen wie beim Orientierungsmarsch, den sie bei der letzten Klassenfahrt absolvieren mussten.

Martha schaute sich das Foto von Iona an. Sie war darauf um einiges jünger, aufgebrezelt bis zum Anschlag, mit extravaganten künstlichen Wimpern, die aussahen wie fett gefütterte Tausendfüßler, und – nein, kein Witz – einer Tiara auf dem Kopf. Aber es war Iona, ganz unverkennbar. In Ionas Achselhöhle war eine Französische Bulldogge gephotoshoppt, irgendein Bild aus dem Internet. Piers hatte das mit den Größenverhältnissen nicht so ganz hinbekommen, weshalb die unechte Lulu beinahe so gigantisch daherkam wie ein ausgewachsener Labrador.

»Lasst uns doch alle zusammen in den ersten Laden auf der Liste gehen«, schlug David vor. »Dann können wir uns auf die beste Vorgehensweise einigen. Ich hoffe, bis zum frühen Nachmittag haben wir sie gefunden!«

Im Gänsemarsch folgten sie David in das Café und standen dann dumm herum, wie verlegene, wahllos zusammengewürfelte Background-Sänger, während er an den Tresen trat.

»Entschuldigen Sie bitte«, sagte er. Der Café-Besitzer schaute ein bisschen argwöhnisch. Bestimmt dachte er, David käme vom Gesundheitsamt. Aussehen tat er jedenfalls so. »Wir suchen jemanden und hatten gehofft, Sie könnten uns vielleicht helfen.« David reichte ihm eins der Fotos.

»Ach, das ist doch Iona«, sagte der Café-Besitzer. »Wobei Lulu aussieht, als hätte sie ordentlich zugelegt. Aber wer im Glashaus sitzt …« Er tätschelte sich den ausladenden Bauch, über dem die weiße Schürze spannte.

»Himmel, da haben wir aber wirklich Glück. Ganz famos«,

sagte David, der gelegentlich wie ein Kinderfernsehmoderator der ganz alten Schule klang. »Wissen Sie zufällig, wo sie wohnt?«

»Irgendwo am Wasser«, sagte der Mann. »Der Zeitschriftenhändler nebenan liefert zu ihr nach Hause. Der kennt sicher die genaue Adresse.« Er unterbrach sich und sah David mit zusammengekniffenen Augen an. »Sie sind aber kein Gerichtsvollzieher oder so was?«

»Nein, nein. Wir sind Freunde. Wir machen uns bloß ein bisschen Sorgen um sie«, versicherte David.

»Um Iona brauchen Sie sich keine Sorgen zu machen«, meinte der Mann. »Die ist unverwüstlich. Nein, eher um Bea.«

Martha wollte gerade fragen, warum sie sich um Bea sorgen sollten, doch da war David mit einem bemerkenswerten Mangel an Neugier bereits auf dem Weg zur Tür. Hercule Poirot war er jedenfalls nicht.

Beim Zeitungshändler spulte David dasselbe Programm ab, der daraufhin eine große Kladde hervorholte und sie auf den Tresen legte. Rasch überflog er die alphabetische Liste, bis er auf der Seite mit dem »I« angekommen war, und fuhr dann mit dem Finger die Liste der Namen entlang. Beinahe am Ende der Seite angekommen, verharrte der Finger, und er blinzelte sie über die Lesebrille an.

»Ich habe hier ihre Adresse«, sagte er. Alle lehnten sich gespannt nach vorne. »Aber die kann ich Ihnen leider nicht geben. Datenschutz, Sie wissen schon. Tut mir leid.« Er verstummte, den Finger noch auf der Seite, und schaute Martha direkt in die Augen, und sie war sich ziemlich sicher, dass er ihr dabei *zuzwinkerte*. Dann tippte er mit dem Finger zwei-, dreimal auf die fragliche Stelle, bevor er die Kladde wieder zuschlug und unter dem Tresen verstaute.

»Verflixt und zugenäht und dreimal schwarzer Kater«, schimpfte David im Rausgehen. Martha merkte ihm an, dass er kurz davor war zu fluchen. »Dabei hätte es so einfach sein können.«

»Die Adresse ist Hurst Road Nummer vierundzwanzig«, sagte Martha. Alle schauten sie fassungslos an. »Ich habe mir beigebracht, auf dem Kopf stehende Schrift zu lesen, weil ich wissen wollte, was meine Jugendpsychologin wirklich über mich denkt. Schön war das nicht, das kann ich euch sagen. Aber Wissen ist ja, wie es so schön heißt, bekanntlich Macht.«

»Also, ich weiß ja nicht, ob das moralisch einwandfrei ist«, meinte David, »aber der Zweck heiligt hier wohl die Mittel.«

David gab die Adresse in sein Handy ein und fing dann, wie alle alten Leute mit Google Maps, an, sich auf der Stelle im Kreis zu drehen, während er wie hypnotisiert auf das Display seines Handys starrte und herauszufinden versuchte, in welche Richtung sie jetzt gehen mussten.

Schließlich hielt er das Smartphone triumphierend in die Höhe, und sie folgten ihm wie eine folgsame Touristenschar bei einer Stadtführung. Keine zehn Minuten später standen sie vor Ionas Haustür.

Es war ein typisches frei stehendes Stadthaus, alt und ein bisschen skurril, aber gut in Schuss, ähnlich wie Iona selbst. Durch die bleiverglasten Fenster sah Martha ein holzgetäfeltes Esszimmer mit offenem Kamin, einem Klavier und einem Kristalllüster an der Decke. Martha hatte gar nicht gewusst, dass es solche Esszimmer überhaupt noch gab. Eigentlich hatte man heutzutage doch Kücheninseln, Frühstücksbars und Deliveroo.

David läutete an der Tür, und man hörte Lulus Gebell, lauter und lauter, wie sie auf kurzen Beinchen zur Haustür raste.

Martha fragte sich, ob sich die Erwachsenen womöglich auch ein wenig komisch vorkamen bei dieser Geschichte. Nachdem sich herausgestellt hatte, dass sie seit Wochen nicht mehr gesehen worden war, war es der naheliegendste Gedanke gewesen, sich auf die Suche nach Iona zu machen. Aber jetzt, wo sie tatsächlich *hier* vor ihrem Haus standen, kam es ihr doch ein bisschen übergriffig und stalkermäßig vor. Vielleicht wäre sie doch besser in den Park gegangen und hätte da mit den schnuckeligen, gefährlichen Jungs abgehangen.

Martha fragte sich, ob sie wohl die Einzige war, die mit angehaltenem Atem darauf wartete, dass die Tür aufging. Aber nichts, nur Lulus Kläffen gleich hinter der Tür. Sanjay bückt sich, schob die Klappe des Briefschlitzes zurück und spähte hinein.

»Ich sehe weder sie noch Bea. Aber weit kann sie nicht sein, sonst wäre doch Lulu nicht allein zu Hause«, sagte er.

»Stimmt. Man darf sich nicht zu weit von seinem Dæmon entfernen«, sagte Martha.

»Ich schaue mich mal hinten um«, meinte Piers. Das Entsetzen musste Martha ins Gesicht geschrieben sein, er setzte nämlich rasch hinterher: »In Häuser einzusteigen habe ich gelernt, da war ich noch viel jünger als du. Wobei ich immer nur Essen geklaut habe, großes Ehrenwort. Stellt euch mal vor, was die Leute sich wohl gedacht haben, als sie merkten, dass jemand bei ihnen eingestiegen ist und der Einbrecher sich bloß ein Erdnussbutter-Sandwich gemacht hat!« Grundgütiger, bei Piers trog der schöne Schein aber gewaltig. Martha musste das Bild, das sie sich von Piers' idyllischer Kindheit in den Cotswolds gemacht hatte – mit steingemauertem Herrenhaus und Holzofen, Speisekammer, Frau Mama, die Marmelade einkochte, und zwei farblich zusammenpassenden Cockerspaniels mit Namen, wie die oberen Zehntausend sie lustig fanden, Jeeves und Wooster etwa, oder Gin und Tonic –, wohl revidieren. Aber mit was es dann ersetzen? Sie wusste es nicht.

»Sanjay, kannst du mir mal hochhelfen?«, bat Piers. »Ich bin nicht mehr so gelenkig wie damals.«

Worauf Sanjay Piers, etwas linkisch, über das hölzerne Gartentor half. David fehlten angesichts dieser eklatanten, ungenierten Rechtsverstöße allem Anschein nach schlichtweg die Worte. War vielleicht auch besser so.

Und wieder warteten sie.

Iona

Iona hatte ihre Zugfreunde durchs Esszimmerfenster entdeckt, wie sie da unangemeldet bei ihr vor der Tür standen. Hurtig ging sie hinter den Gardinen auf Tauchstation, wieselte geduckt in den Salon im hinteren Teil des Hauses und kauerte sich dort, mit dem Rücken zur Wand, auf den Boden und ringelte sich ein, so klein und unsichtbar wie nur möglich, während sie darauf lauschte, dass die Klingel aufhörte zu schellen.

Nun war es schon seit geraumer Zeit wieder ganz still, und selbst Lulu hatte aufgehört zu bellen, weshalb Iona zaghaft zu hoffen begann, sie könne sich gefahrlos aus ihrem Versteck wagen, als unvermittelt ein Gesicht vor ihren bodentiefen Terrassenfenstern auftauchte. Sie schrie.

»Ich bin es bloß, Iona. Piers!«, hörte sie jemanden, gedämpft durch die Fensterscheibe, von draußen brüllen. »Lässt du mich bitte rein?«

»Verschwinde!«, brüllte sie zurück.

»Bitte!«, rief er flehentlich. Und dann, typisch Mann und der lebende Beweis, dass die Katze das Mausen niemals so ganz lassen kann, versuchte er es mit einer etwas aggressiveren Taktik: »Sonst schlage ich die Scheibe ein.«

Seufzend ging Iona zur Terrassentür, öffnete sie und ließ Piers herein, während sie ihn stumm für seine arrogante, überhebliche Sturheit verfluchte.

»Was willst du?«, fragte sie.

»Wir machen uns Sorgen um dich, Iona«, entgegnete er. »Wir wollten uns nur erkundigen, ob alles in Ordnung ist.«

»Mir geht's bestens«, versicherte sie. »Ihr könnt also gleich wieder verschwinden.«

»Bestens geht es dir ganz offensichtlich nicht«, bemerkte Piers. »Ich meine, nur für den Anfang, was hast du da bitte *an*?« Mit großen Augen bestaunte er Ionas türkisblauen Catsuit und deutete dann auf ihre Fußknöchel.

»Stulpen«, erklärte Iona. »Du weiß schon, wie The Kids from Fame. *Right here's where you start paying. In sweat!*«, erklärte sie mit aufgesetztem amerikanischem Akzent. Piers starrte sie an, als hätte sie vollkommen den Verstand verloren. Vielleicht hatte sie das ja auch. »Ich mache gerade mein Jane-Fonda-Work-out. Das Original, noch immer unerreicht. Also, alles bestens.«

»Wir haben von der Kündigung gehört, Iona. Es tut mir leid«, sagte Piers. Und diese kleinen Worte genügten, die Fassade zerbersten und die gespielte trotzige Tapferkeit zerplatzen zu lassen wie einen Ballon. Matt sank Iona zu Boden und fing an zu weinen. Piers hockte sich neben sie. Und sie hoffte inständig, er würde nicht versuchen, sie zum Trost zu tätscheln oder in den Arm zu nehmen.

Tat er nicht. Und dann wünschte sie sich, er würde es doch tun.

»Ich weiß genau, wie du dich gerade fühlst«, sagte er. Wie konnte er so was sagen? Er stand in der *Blüte* seiner Jahre. Er hatte noch Jahrzehnte Zeit, bis ihm dasselbe Schicksal blühte wie ihr, einfach ausgemustert zu werden. Er hatte *keinen Schimmer*.

»Mir haben sie vor drei Monaten gekündigt«, sagte er.

»Du machst Witze«, entgegnete Iona und wischte sich mit dem Handrücken über die Nase. »Aber du bist doch jeden Tag in die Stadt gefahren.«

»Ich habe einfach weitergemacht, immer weiter, habe getan, als wäre alles in Ordnung, weil ich der Wahrheit nicht ins Gesicht sehen wollte. Ich habe mich zu sehr geschämt«, gestand er. Bei diesen Worten war es ihr, als berührten sich ihre beiden weit entfernten Welten für einen Augenblick, und sie fühlte sich wirklich gesehen.

»Piers, du darfst nie die erste eherne Pendlerregel vergessen«, sagte sie.

»Die da wäre?«, fragte er.

»Man braucht einen Job, um zu pendeln«, sagte sie, und dann lächelten sie einander an.

Es läutete an der Tür, und Lulu fing wieder an zu bellen, lauter noch als vorher.

»Meinst du, wir können die anderen dann jetzt reinlassen? Die haben dich bestimmt schreien gehört. Ich habe Angst, dass sie sonst noch die Polizei rufen«, meinte Piers.

»Okay. Nur einen Moment, ich muss mir eben das Gesicht waschen«, sagte Iona.

Als Iona kurz darauf aus dem Gästebad im Erdgeschoss kam, hatte Piers den anderen bereits die Tür aufgemacht, und David, Sanjay und Martha standen linkisch in Ionas Flur herum und starrten auf die Wand, an der ein gigantisches gerahmtes Schwarz-Weiß-Foto einer Reihe lebensgroßer Cancan-Tänzerinnen prangte. Die unmöglich langen Beine hoch in die Luft geworfen, standen sie da in einem Wirbel gebauschter weißer Unterröcke. Alle in blickdichten schwarzen Strumpfhosen und identischen weißen Rüschenhöschen.

Mit großen Augen studierte David eine der Tänzerinnen in der Bildmitte. Sein Kopf war ungefähr auf Höhe ihrer Brüste – strassbesetzte, unerhört spitze Kegel.

»Iona«, sagte er und deutete auf die Wand. »Sind Sie das?«

»Ach, gut erkannt, kluger Junge«, antwortete Iona, die in der

Gesellschaft ihrer Freunde wieder ein wenig zu ihrer alten Forschheit zurückfand. »Hast du mich an den strammen Schenkeln erkannt?«

»Nein, am Gesicht«, erwiderte David errötend.

»Das war eine Show im Folies Bergère, damals, noch in Paris«, erklärte Iona.

»Nach Shakespeare sieht mir das aber nicht aus«, sagte Sanjay.

»Nein, ganz bestimmt nicht«, bestätigte Iona. »Wieso auch?«

»Emmie hat gesagt, du hättest in der Royal Shakespeare Company gespielt, ehe du Journalistin geworden bist«, sagte Sanjay.

»Ach, das ist alles meine Schuld«, warf Martha da ein. »Ich habe Emmie erzählt, dass du Schauspielerin warst, und sie hat wohl angenommen, du müsstest Mitglied der Royal Shakespeare Company gewesen sein.«

Iona warf den Kopf in den Nacken und lachte schallend, zum ersten Mal seit *jenem Tag*. Ein Lachen wie ein lieber alter, sehnsüchtig vermisster Freund.

»Wie lustig. Ich habe *dir* gesagt, dass ich *auf der Bühne* gestanden habe, Martha, und du hast wohl angenommen, ich müsse Schauspielerin gewesen sein. Nein, Bea und ich waren Burlesque-Tänzerinnen – so haben wir uns auch kennengelernt«, erklärte Iona. »Schau mal, das ist Bea. Bea, die Kurzform von Beatrice und von Beauty.« Iona deutete auf das Bild und die atemberaubend schöne schwarze Tänzerin in ihrem Arm. All die anderen Mädchen guckten geradeaus in die Kamera. Nur Iona und Bea schauten einander an. »Also, ihr alle. Fühlt euch hier ganz wie zu Hause« – sie winkte zum Salon –, »ich bin gleich wieder bei euch.«

Kaum außer Sichtweite, sprintete Iona die Treppe hinauf, dass sie oben angekommen ganz außer Atem war, und machte sich hastig an ihr »Fünf-Minuten-Notfall-Schmink-Programm«.

Dann schnappte sie sich einen Hermès-Schal in Schwarz und Silber und band ihn sich wie einen Turban um den Kopf – viel einfacher, die Haare darunter verschwinden zu lassen, als sie auf die Schnelle frisieren zu wollen. Sie legte einen breiten, silbernen Ledergürtel um den purpurroten Morgenmantel, den sie rasch über die Sportsachen geworfen hatte, streifte die Stulpen ab und schlüpfte stattdessen in hochhackige Pantoletten. *Et voilà!*

Dann wieselte Iona in die Küche und setzte eine Kanne Earl Grey auf, die sie zusammen mit fünf kleinen Porzellantässchen und etwas Teegebäck auf ein Tablett stellte. Damit ging sie zu ihren Gästen in den Salon. *Brust raus, Bauch rein, und immer lächeln, Iona*, befahl sie sich. Bea sagte immer, gute Laune zu verbreiten sei das Wichtigste, wenn man Gäste hatte, auch unerwartete. Vorausgesetzt natürlich, man wollte, dass sie wiederkamen, was hier durchaus der Fall sein könnte.

Piers, Sanjay, David und Martha bestaunten hingerissen die Bilderwand, die sie nur ihre »Ruhmeswand« nannte. Bea hingegen bezeichnete sie, ziemlich unverschämt eigentlich, als »Ionas große Ego-Schau«.

Dort hingen, wie es aussah, Hunderte gerahmter Fotos von Iona und Bea in ihren besten It-Girl-Zeiten, abgelichtet mit aller nur erdenklicher Prominenz, von Sean Connery bis Madonna. Dazwischen ein paar Lücken wie fehlende Zähne, wo Jimmy Savile und Gary Glitter einmal ihren Platz gehabt hatten. Historische Relikte, die einfach wegzuwerfen Iona nicht übers Herz gebracht hatte, darum waren sie in die Pädophilen-Schublade verbannt worden, eingesperrt in ewige Dunkelheit, nur einander zur Gesellschaft.

Ihre Freunde drehten sich zu ihr um.

»Wir haben gehört, was in der Redaktion passiert ist, Iona«, sagte Sanjay. »Wie geht es dir?«

Iona machte den Mund auf, um eine Lüge zu erzählen, und unversehens purzelte die Wahrheit heraus.

»Grässlich«, sagte sie. »Ich meine, ich bin doch noch so *jung*. Ich bin gerade mal siebenundfünfzig. Ich bin eine Frau im *allerbesten* Alter. Und doch bin ich, wie es scheint, redundant – unnütz, zu nichts zu gebrauchen. Überflüssig. Ich weiß gar nicht, was ich noch mit mir anfangen soll.«

»Iona, du bist nicht *unnütz*. Schon vergessen, du bist eine der Spitzen-Zeitschriftentherapeutinnen dieses Landes. Hast du mir selbst gesagt! Und Emmie meint, deine Kolumnen verbreiten sich in den sozialen Medien wie ein Lauffeuer.«

»Danke, mein Lieber«, sagte sie. »Aber leider bin ich eine Hochstaplerin. Der ganze Wirbel der letzten Zeit in den diversen Netzwerken ist doch nur entstanden, weil ich meine besten Ideen von euch geklaut habe. Und nun haben sie mich durch eine Amöbe namens Dex ersetzt. Ich werde nicht mehr gebraucht.«

»Iona«, sagte David, recht streng, wie sie fand. »Wäre das wahr, wären wir nicht hier. *Wir* brauchen dich. Wir vermissen dich. Merkst du denn nicht, was du den Menschen um dich herum bedeutest? Ich wünschte, ich könnte das von mir behaupten. Ich habe das Gefühl, durchs Leben zu gehen, ohne jemals einen bleibenden Eindruck zu hinterlassen. Oft vergessen die Leute mich gleich nach dem Kennenlernen wieder, und wenn sie sich doch vage an mich erinnern, wissen sie nicht mehr, wie ich heiße.«

Eine etwas peinliche Pause entstand, weil darauf niemand etwas zu sagen wusste. Zum Glück redete David gleich unbeirrt weiter.

»Aber egal, wie sollen wir unser Leben ohne dich je wieder in Ordnung bringen?«, fragte er.

»Blödsinn«, erwiderte Iona. »Ihr braucht mich doch nicht,

um euer Leben auf die Kette zu kriegen. Das sagt ihr nur, damit ich mich nicht so mies fühle.«

»Und wie wir dich brauchen. Wir stecken alle bis zum Hals in der Tinte, die einen mehr, die anderen weniger«, sagte Martha. »Vor allem die Erwachsenen.«

Iona war so gerührt, dass sie sich erst mal auf die Chaiselongue setzen musste und wieder zu heulen anfing. Ziemlich ärgerlich eigentlich, die »Fünf-Minuten-Notfall-Schminke« konnte nämlich nicht mal leichtem Nieselregen standhalten, geschweige denn einer veritablen Tränenflut.

Etwas verlegen scharten Ionas Freunde sich um sie.

»Bist du das, Iona?«, fragte Martha, ein – wie sie vermutete – verzweifelter Versuch, Iona von der hysterischen Heulerei abzulenken.

»Ja«, schniefte Iona und schaute auf zu dem Porträt über dem Kamin, das Martha mit großen Augen bestaunte. »Das ist ein Julian Jessop. 1988 war das, da hat er mich gemalt. Ich war sechsundzwanzig, er muss gut und gerne dreißig Jahre älter gewesen sein. Bea und ich waren gerade aus Paris hergekommen und wirbelten die Londoner Szene gehörig durcheinander. Ich habe ihm in seinem entzückenden kleinen Atelier unweit der Fulham Road Modell gesessen. Wir haben Queen und die Sex Pistols gehört und lauthals mitgegrölt, während er malte. Es war ein Heidenspaß.«

»Ich glaube, ich habe erst kürzlich einen Nachruf auf ihn gelesen«, meinte Piers. »Soll er nicht ein berüchtigter Weiberheld gewesen sein?«

»Ja«, sagte Iona. »Bea und ich hatten immer Pfefferspray im Gepäck, wenn wir zu ihm gegangen sind, für alle Fälle. Weiß der Himmel, wie seine arme Frau es mit ihm ausgehalten hat. Mich mochte sie. Von mir als stadtbekannter Lesbe hatte sie ja auch nichts zu befürchten.«

Iona zog eine Handvoll Taschentücher aus der Schachtel auf dem Couchtisch und schnäuzte sich die Nase.

»Egal, genug von mir«, sagte sie. »Raus mit der Sprache, wie geht es euch? Was gibt's Neues?«

»Emmie ist verschwunden«, platzte Sanjay heraus, als wartete er schon seit geraumer Zeit darauf, das endlich loszuwerden.

»Ich glaube, das ist ein bisschen übertrieben, wenn ich das so sagen darf«, sagte David. »Sie sollte heute eigentlich mitkommen, und sie und Sanjay wollten eben noch einen Kaffee trinken, aber dann hat sie es sich wohl anders überlegt und ist wieder nach Hause gegangen.«

»Wenn das stimmt, warum hat sie sich denn dann nicht wenigstens verabschiedet?«, wandte Sanjay nicht ganz unbegründet ein. Iona hätte Emmie nicht für so unhöflich gehalten. Ganz im Gegenteil, eigentlich.

»Sanjay«, fragte sie ganz sanft. »Hast du vielleicht was zu ihr gesagt, weshalb sie auf und davon sein könnte?«

»Fängst du jetzt auch noch an, Iona? Nein, ich habe gesagt, *Möchtest du vielleicht einen Kaffee*? Oder was in der Art. Und als ich wieder rausgekommen bin mit zwei Kaffee und einem Stück Bananenbrot …«

»Oh, ich liebe Bananenbrot«, rief Iona und fragte sich, ob Sanjay ihr wohl auch welches mitgebracht hatte. Martha sah sie strafend an. »'tschuldigung, tut nichts zur Sache«, murmelte sie und wedelte abwehrend mit der Hand, als wollte sie ihre eigenen Worte verscheuchen wie lästige Fliegen.

»Als ich wieder rauskam, war sie weg«, sagte Sanjay.

»Hast du auf der Toilette nachgesehen?«, fragte sie. Er verdrehte entnervt die Augen. »Na ja, bestimmt ist alles paletti, aber es kann ja nicht schaden, wenn du sie eben anrufst und nachfragst.«

»Aber keiner von uns hat ihre Nummer«, wandte Sanjay ein,

ein bisschen waschlappig, wie Iona fand. Kein Wunder, dass Emmie sich aus dem Staub gemacht hatte. Bestimmt hatte sie Angst, sich nass zu machen.

Piers griff nach der Teekanne, um sich noch eine Tasse einzuschenken, und unter dem hochrutschenden Ärmel fiel Iona etwas an seinem Handgelenk ins Auge. Eine Tätowierung? »Was heißt denn DIVAD?«, fragte sie, ehe ihr aufging, dass sie es von hinten nach vorne gelesen hatte. »David« stand da. Eigenartig.

Piers gab keine Antwort, sondern stellte selbst eine Frage. Und Iona hatte keinen Schimmer, wo sie überhaupt anfangen sollte, sie zu beantworten.

»Und jetzt sag mal, wo steckt denn eigentlich Bea?«

Sanjay

Alle standen sie da und starrten Iona erwartungsvoll an, während das Schweigen sich unendlich in die Länge zog. Irgendwann setzte sie sich schließlich und atmete tief durch.

»Auf diese Frage habe ich schon gewartet«, seufzte Iona, gefolgt von einer langen Pause. »Es ist so, sie ist nicht hier. Schon seit Jahren nicht mehr.«

Wieder unterbrach sie sich und starrte auf das Porträt über dem Kaminsims, wobei sie geflissentlich die verdatterten, fragenden Blicke übersah.

»Aber du hast doch gesagt …«, setzte Piers an, als die Stille schier unerträglich wurde.

»Nein, Piers, habe ich nicht. Das musst du vermutet haben. Du solltest lieber keine voreiligen Vermutungen über andere Menschen anstellen. Gerade du solltest das doch eigentlich wissen, würde ich meinen.«

»Und wo ist sie?«, fragte Martha.

»Vor ziemlich genau sieben Jahren wurde bei Bea eine seltene Frühform von Alzheimer diagnostiziert«, erklärte Iona schließlich, so langsam und stockend, als kostete sie jedes Wort enorme Überwindung. »Mit der Zeit wurde sie ein bisschen vergesslich – zuerst entfielen ihr Namen, dann Alltagsworte. Manchmal stand sie wie angewurzelt vor der Waschmaschine, weil ihr partout nicht mehr einfallen wollte, wie man sie einschaltet, und oft stellte sie mir mehrmals am Tag die gleichen Fragen.

Zuerst dachten wir, dass es an den Wechseljahren liegt – wisst ihr? Nein, wisst ihr wohl nicht. Die Wechseljahre sind ja an vielem Übel schuld, aber daran nicht. Leider. Wir wurden kreativ und fanden Mittel und Wege, die schlimmsten Stolpersteine zu umgehen: kleine Zettel im ganzen Haus verteilt, die Bea daran erinnern sollten, wo bestimmte Dinge zu finden waren und was sie tagsüber vorhatte. Doch dann kam eines Abends ein Anruf vom Zeitungsverkäufer am Bahnhof. Bea hatte in Tränen aufgelöst vor seinem Kiosk gestanden. Sie fand den Weg nach Hause nicht mehr.«

Mit zitternden Händen schenkte Iona sich noch etwas Tee ein, nippte an ihrer Tasse und verzog das Gesicht.

»Kalt geworden«, murmelte sie. Niemand wagte es, ein Wort zu sagen. Ein, zwei Minuten blieb Iona stumm, dann erzählte sie weiter. »Kurz darauf dann die offizielle Diagnose. Anfangs habe ich mich selbst um sie gekümmert. Wir sind kaum noch weggegangen, und Besuch kam auch nur noch selten. Ich habe den Kontakt zu unseren alten Freunden verloren. Während ich in der Redaktion war, hat sich eine Pflegerin um sie gekümmert. Aber davon abgesehen gab es nur noch Bea und mich, gemeinsam in unserem kleinen Nest, das sie aber, so sehr ich mich auch bemüht habe, zunehmend ängstigte und verwirrte. Irgendwann ging es nicht mehr. Schweren Herzens musste ich mich nach einem Heim für sie umsehen.«

»Das muss schlimm gewesen sein, deine bessere Hälfte so zu verlieren«, meinte Sanjay. Iona funkelte ihn empört an. Anscheinend hatte er etwas Falsches gesagt, aber er wusste nicht so recht, was.

»Bea war nicht, *ist nicht*, meine bessere Hälfte«, sagte Iona.

»Ähm, nein. Natürlich nicht«, stammelte Sanjay. War sie nicht?

»Keine Frau ist jemals jemands bessere Hälfte. Wir sind alle ganz. Vollständig, eigenständig und absolut einzigartig. Aber manchmal, wenn sich zwei ganze Menschen zusammentun, passiert etwas Magisches, wie Zauberei oder Alchemie. Bea meinte immer, ich sei Zucker und Eier und sie Butter und Mehl, und wenn man uns zusammenrührt, sind wir mehr als nur die Summe unserer Teile, wir sind *die ganze verdammte Torte.* Aber das Problem dabei ist, wenn man es gewohnt ist, eine verführerische, fabulöse Sahnetorte zu sein, ist es verdammt schwer, irgendwann wieder nichts weiter zu sein als Eier und Zucker.«

Sanjay wusste nicht so recht, was er dazu sagen sollte. Also entschied er, den Tortenvergleich einfach zu ignorieren und auf eine altbewährte Floskel zurückzugreifen.

»Sie muss dir bestimmt ganz schrecklich fehlen«, sagte er.

»Ganz schrecklich«, sagte Iona. »Ich mache mir jeden Tag Vorwürfe. Sicher, ich besuche sie, sooft ich kann, aber oft erkennt sie mich nicht mal. In der Vergangenheit scheint sie sich am wohlsten zu fühlen, also verbringen wir die meiste Zeit dort. Musik hilft. Meistens weiß sie nicht, welchen Tag wir haben oder was es zum Frühstück gab, aber sie kann immer noch jeden Text zu jedem Song aus den Achtzigern mitträllern.«

Sanjay hatte Iona immer für unerschütterlich gehalten. Unbezwingbar. Ein Fels in der Brandung. Aber wie sie jetzt so dasaß, in sich zusammengesunken wie ein Häufchen Elend, wirkte sie mit einem Mal sehr verletzlich. Eier und Zucker. Zerbrochene Eier ohne schützende Schale. Alle murmelten betreten abgedroschene Plattitüden, denn was sollten sie auch sonst sagen? *Das tut mir leid, wie schlimm für dich, arme Bea, tust dein Möglichstes*, aber die Worte blieben bedeutungsleer in der Luft hängen.

»Noch ein Grund, warum mein Job mir so wichtig war«, erklärte Iona. »Die Kosten für Beas Pflege verschlingen beinahe jeden Penny, den ich verdiene. Bald werde ich ihr etwas Günstigeres suchen müssen, aber ich mag gar nicht daran denken. Beständigkeit und Vertrautheit sind das Wichtigste für sie. Oder ich muss das Haus verkaufen. Aber das ist das Einzige, was mir noch von der alten Bea, die sie einmal war, geblieben ist.«

»Warum hast du uns denn nichts davon gesagt, Iona? Wie kannst du es dir zum Beruf machen, anderen Menschen zu helfen, wenn du selbst nicht um Hilfe bitten magst?«, fragte Sanjay, der sich alle Mühe gab, nur an Iona und Bea zu denken, aber trotzdem ein bisschen gekränkt war. »Wir sind doch deine Freunde, oder nicht?«

»Ja, Schätzchen, natürlich seid ihr das«, meinte Iona. »Es ist mir nur lieber, dass ihr in mir einen glücklichen, erfolgreichen Menschen seht. Darum habe ich euch auch in euren fälschlichen Annahmen belassen. Weil ich mich wieder wie ein Mensch gefühlt habe, zumindest mit euch zusammen im Zug. Ihr wart meine Verbindung zur Außenwelt, ihr habt mich abgelenkt und mir geholfen, mich noch ein paar Monate länger in meinem Job zu halten. Ihr habt mir also durchaus geholfen, wie ihr seht, und dafür bin ich euch unendlich dankbar.«

Iona stand auf und ging zu den Terrassentüren, wobei sie einen Bogen um einen kanariengelben Sitzsack machen musste, der völlig fehl am Platz wirkte. »Wie wäre es, wenn ich euch erst mal den Garten zeige?«, schlug sie vor. »Beas ganzer Stolz. Mein Daumen ist nicht halb so grün wie ihrer, und alles müsste dringend zurückgeschnitten werden, aber er ist immer noch eine wahre Pracht. Genau wie ich!« Und damit warf sie den Kopf in den Nacken und lachte schallend und sah mit einem Mal wieder aus wie die Iona, die sie alle kannten. Die, die sie so gerne sein wollte.

Sanjay hatte keinen Sinn für Ionas Gartenführung, er war zu sehr damit beschäftigt, den richtigen Moment für eine Entschuldigung unter vier Augen abzupassen, um sein schlechtes Gewissen zu beruhigen. Irgendwann sah er seine Gelegenheit, und während die anderen alle die anmutigen, wunderschön orientalisch anmutenden Koi-Karpfen im Teich bewunderten, nahm er sie beiseite.

»Iona, es tut mir wirklich schrecklich leid, dass ich neulich so gemein zu dir war. Das war unverzeihlich. Und ich habe ehrlich angenommen, du seist meinetwegen verschwunden.«

»Sanjay, ich glaube, wir müssen beide lernen, dass die Welt sich nicht immer um uns und unsere Probleme dreht, hm?«, sagte sie. »Ich war, muss ich gestehen, damals ohne Frage etwas gekränkt. Aber das ist längst vergessen. Wirklich. Und ich nehme an, du hattest gerade andere Sorgen, nicht wahr? Ich war bloß zufällig zur falschen Zeit am falschen Ort.«

»Die hatte ich«, gestand er und schaute lieber in die Blumenbeete als Iona ins Gesicht, aus Angst, ihn könne sonst der Mut verlassen. »Die Sache mit Emmie ist da noch harmlos. Es ist nämlich so, ich habe schlimme Schlafstörungen. Wegen meines Jobs. Immer bin ich gestresst und angespannt, auch wenn ich zu Hause bin. Ich kann den Gedanken an die Arbeit einfach nicht abschütteln. Sie verfolgt mich überall hin, sogar bis in meine Träume.«

»Ach, Sanjay«, seufzte Iona und klang dabei aufrichtig besorgt. »All die Anspannung und Sorge sind doch nur die Kehrseite deines Mitgefühls. Darum bist du sicher auch so ein guter Krankenpfleger. Aber bestimmt lässt sich da ein gesunder Mittelweg finden – Mitgefühl und Anteilnahme für deine Patienten und gleichzeitig klare Abgrenzung. Denk immer daran, es heißt nicht umsonst: *Setzen Sie zuerst Ihre eigene Sauerstoffmaske auf, bevor Sie anderen helfen!*«

»Tja, schon komisch, dass ausgerechnet du das sagst«, bemerkte Sanjay.

»Hm, stimmt schon, was?«, meinte Iona und musste lachen.

»Aber was bringt es mir, um Hilfe zu bitten? Ihr könnt mich auch nicht verjüngen, oder? Und ihr könnt auch nicht verhindern, dass die ganze Welt immer mehr dem Jugendwahn verfällt. Und ganz bestimmt könnt ihr meine liebste Bea nicht wieder heilmachen.«

»Also, was schlägst du vor? Was soll ich tun?«, fragte Sanjay.

»Bestimmt gibt es doch im Krankenhaus Anlaufstellen für so was?«, sagte Iona.

»Die dürfen unter keinen Umständen davon erfahren«, sagte Sanjay, den plötzlich das ungute Gefühl überkam, das ganze Gespräch sei womöglich ein Fehler gewesen. »Wenn ich mit dem Druck nicht fertigwerde, werde ich nie befördert. Wie soll man mir denn bedenkenlos Hochrisiko-Patienten anvertrauen, wenn jeder weiß, dass schon die kleinste Kleinigkeit eine Panikattacke auslösen kann?«

»Sanjay«, sagte sie streng. »Ich kann dir garantieren, du bist nicht die erste medizinische Fachkraft mit derartigen Problemen, und du wirst auch ganz sicher nicht die letzte sein. Es ist ein *Krankenhaus*, Herrgott noch mal. Wenn dir einer helfen kann, dann die. Hör zu, versuch's einfach. Du könntest doch mal unverbindlich am internen Anschlagbrett gucken. Machst du das? Schaust nach, ob es vielleicht eine Selbsthilfegruppe gibt? Bestimmt läuft das alles streng vertraulich.«

Er nickte. »Weißt du, du solltest meine Mum mal kennenlernen«, sagte er. »Ihr beide seid euch ziemlich ähnlich.« Kaum ausgesprochen hätte er seine Worte am liebsten gleich wieder zurückgenommen. Was hatte er sich dabei nur gedacht? Meera und Iona, vereint in geballter Mütterlichkeit, und er in ihrem Würgegriff. Der absolute Albtraum. Er wäre rettungslos verloren.

»Liebend gerne«, sagte Iona. »Ach, wo wir gerade bei deiner Mum sind, wie war die Verabredung mit deiner Dentalhygienikerin?«

»Ich weiß nicht, ob ich das als Verabredung bezeichnen würde«, meinte Sanjay und wand sich unbehaglich beim Gedanken daran. »Sie trug ein Plastikvisier und Einmalhandschuhe und hat mir Fragen gestellt, die ich nicht beantworten konnte, weil sie gerade mit einem spitzen scharfen Metalldings den Zahnstein von meinen hinteren Backenzähnen geschabt hat.«

»Ach, verstehe, klingt nicht gerade ideal«, sagte Iona. »Hast du sie hinterher noch zu einem Kaffee eingeladen oder so was? Wirkte sie denn nett – hinter dem Visier?«

»Ja, aber …«

»Aber nicht wie Emmie?«, beendete Iona den Satz. Und dann seufzten beide.

»Was habe ich nur gemacht, dass sie einfach weggelaufen ist?«, fragte Sanjay in der verzweifelten Hoffnung auf ein tröstendes Wort.

»Ach, Schätzchen, das lag bestimmt nicht an dir«, meinte Iona.

Er wünschte, er könnte ihr das glauben, aber er befürchtete, sie glaubte es nicht mal selbst.

Piers

Piers stand dumm herum und musste notgedrungen Interesse an Ionas seltsamen hässlichen Mutanten-Goldfischen heucheln, weil Sanjay so egoistisch war, sie völlig in Beschlag zu nehmen. Dabei musste er unbedingt ungestört mit Iona sprechen. Endlich stießen Iona und Sanjay wieder zu ihnen, und gemeinsam schlenderten sie zu dem etwas heruntergekommenen, aber trotzdem schrecklich romantischen kleinen Gartenhaus, beinahe völlig überwuchert von Geißblatt und Jasmin.

Noch auf dem Weg ergriff Piers beherzt die sich bietende Gelegenheit, packte Iona am Ellbogen und zog sie unter die Pergola.

»Himmel, ist lange her, dass jemand mich ins Gebüsch gezerrt hat«, sagte Iona augenzwinkernd. »Küsst du mich jetzt leidenschaftlich und fragst mich, ob ich mit dir gehen will?« Sie spitzte die Lippen, und er fühlte sich unangenehm an ein Katzenhinterteil erinnert.

»Ähm, nein«, stammelte Piers und musste sich zusammenreißen, um nicht so entsetzt zu schauen, wie ihm zumute war. »Ich wollte dich eigentlich bitten, meine Therapeutin zu werden.«

»Du liebe Güte«, sagte Iona. »In Anbetracht unserer vorangegangenen Unterhaltung und der ganzen ›Pseudo-Pendler‹-Geschichte wäre ein Therapeut wohl dringend angeraten, und ich fühle mich wirklich geschmeichelt, dass du dabei an mich denkst, aber dazu fehlt mir die nötige Qualifikation. Es sei denn, eine unverbesserliche Nase-in-anderer-Leute-Angelegenheiten-Steckerin und Ex-Society-Größe zu sein, zählt irgendwie.«

»Das weiß ich doch, Iona«, sagte er. »Aber ich habe Candida versprochen, mit jemandem zu reden, und du bist der einzige Mensch, mit dem ich darüber reden will. Wieso versuchen wir es nicht einfach, und wenn es für einen von uns nicht hinhaut, kannst du mich ja an einen echten Profi verweisen.«

Iona blieb einen Moment still, und er konnte ihr förmlich zusehen, wie sie über seinen Vorschlag nachdachte.

»Pass auf«, sagte sie schließlich. »Fragen wir doch Lulu, was sie davon hält.« Iona bückte sich, packte den Hund und hielt sie ihm ganz dicht vors Gesicht. »Na los, frag sie!«, sagte sie.

»Ähm, Lulu«, sagte Piers und kam sich dabei unbeschreiblich dämlich vor. »Was meinst du, soll Iona meine Therapeutin werden?« Lulu sagte nichts, recht erwartbar eigentlich, doch dann streckte sie die Zunge raus und schleckte ihm einmal quer über die Nase, ganz langsam und bedächtig. »War das ein Ja oder ein Nein, Iona?«, fragte er und wischte sich mit dem Armani-Ärmel den Hundesabber von der Nase.

»Oh, das war eindeutig ein Ja«, erklärte Iona und setzte den Hund wieder ab. »Okay, da Lulu mit an Bord ist, können wir uns dann zweimal die Woche hier treffen. Aber bezahlen lasse ich mich dafür nicht, ich rede rein als Freundin mit dir, nicht als Therapeutin.«

»Aber du brauchst das Geld, Iona«, wandte Piers ein.

»Du aber auch, Schätzchen«, erwiderte Iona. »Du verdienst schließlich momentan keinen Penny.« Womit sie recht hatte. Wobei Ionas potenzielles Honorar bloß ein winziges Tröpfchen im uferlosen Meer seiner monatlichen Ausgaben gewesen wäre.

»Du kannst mir zu jedem Besuch einen großen Strauß frische Blumen mitbringen. Ich liebe Blumen im Eingang.«

»Gerne«, sagte Piers. »Aber ist das nicht ein bisschen wie Eulen nach Athen tragen?«, meinte er und wies auf die üppig blühenden Blumenbeete, in denen sich farbenfrohe Frühlingsblumen tummelten.

»Tja, ja, aber deine Blumen sind ja auch mehr für die Nachbarn. Was glaubst du, die werden ihre helle Freude haben und stundenlang spekulieren, wer der gut aussehende junge Mann ist, der mich neuerdings mehrmals die Woche besucht. Ich liebe nichts mehr, als der brandheißeste Klatsch der Stadt zu sein.«

»Dachte ich mir schon«, murmelte Piers.

»Den Major von nebenan wird das besonders freuen«, sagte Iona. »Er hat meine sexuelle Orientierung immer als ›modernen Schnickschnack‹ abgetan, ›eine Phase, die wieder vergeht‹. Er war der Letzte, der mich hinter die Pergola gezogen hat, wenn du es genau wissen willst. Und der suchte ganz gewiss keine Therapeutin.«

»Und, was ist dann passiert?«, fragte Piers.

»Ein freundlich, aber sehr bestimmt platziertes Knie dort, wo die Sonne nicht scheint, das ist passiert«, erwiderte sie. »Und Bea hat ihm später aus Rache sämtliche Schnecken, die sie in unseren Blumenbeeten gefunden hat, über den Zaun in den Garten geworfen, bis er schließlich eine Überwachungskamera installiert und sie auf frischer Tat ertappt hat. Das hat er nicht noch mal versucht.«

»Jede Wette«, meinte Piers und musste sich plötzlich fragen, ob es wirklich eine so gute Idee war, sich mehrmals die Woche allein mit Iona zu treffen. Er konnte vor Glück sagen, wenn er da lebend wieder rauskam.

Iona

Iona summte leise vor sich hin, während sie sich das Gesicht wusch, tonisierte und eincremte.

Als sie das letzte Mal – just am selben Morgen – in den Badezimmerspiegel geschaut hatte, hatte das Spiegelbild ihr eine nutzlose, einsame alte Frau gezeigt. Die Frau, die ihr nun daraus entgegenschaute, hatte kaum noch Ähnlichkeit mit ihr. Sie hatte Freunde, denen sie gefehlt hatte und die sich so sehr um sie gesorgt hatten, dass sie ihren Samstag geopfert hatten, um sich auf die Suche nach ihr zu machen. Und sie wurde, wer hätte das gedacht, doch noch gebraucht. In ihrem ledergebundenen Schreibtischkalender, bisher – von den regelmäßigen Besuchen bei Bea zum Nachmittagstee einmal abgesehen – weiß und konturlos wie die Arktis, wimmelte es nun nur so vor Terminen, allesamt ordentlich mit türkisblauem Füller eingetragen.

Nicht nur Sanjay und Piers hatten ihren Rat gesucht, sondern auch die kleine Martha, die, als alle aufbrechen wollten, noch ein wenig geblieben war und ihr von der Schultheaterproduktion erzählt hatte. Iona hätte kaum stolzer sein können, hätte sie selbst die Rolle ergattert. Und eine dreizehnjährige Jungfrau zu spielen, wäre in ihrem Alter, seien wir ehrlich, ein echtes Kunststück. Dann hatte Martha Iona gefragt, ob sie vielleicht ein paarmal die Woche nach der Schule vorbeikommen dürfe, damit sie ihr half, den Text zu lernen, wo Iona ja nun nicht mehr mit dem Zug fuhr. Und es schien ihr auch nicht das Geringste auszumachen, dass Iona Kabaretttänzerin gewesen war und keine Shakespeare-Schauspielerin.

Sie hatte Martha erklärt, sie nehme ihre Rolle *in loco parentis* – an Eltern statt – sehr ernst, weshalb sie nur unter der Bedingung zugestimmt hatte, dass Martha vor Probenbeginn ihre Hausaufgaben an Ionas Esstisch machte. Martha hatte daraufhin erklärt, seit ihrem neuesten Freund sei ihre Mutter mehr *loco* als *parentis*, und sie würde ihre Hausaufgaben tausendmal lieber bei Iona machen als bei sich zu Hause.

Iona krabbelte, gefolgt von Lulu, ins Bett. Lulus Beine waren zu kurz und das Bäuchlein zu rund, um selbst ins Bett zu springen, weshalb Iona ihr eine maßgefertigte Hundetreppe hatte bauen lassen, die sie stattdessen benutzte. Bea wäre entsetzt gewesen. So offen sie immer für Neues gewesen war, hatte sie doch, was Haustiere und Betten anging, eigenartig rigide und todsterbenslangweilig konservative Ansichten gehabt.

Iona griff nach ihrem neuen Telefon, das sie als Ersatz für das so rüde von Brenda-vom-Personalmanagement eingezogene Handy angeschafft hatte. Darin waren nun sämtliche Kontaktdaten all ihrer Zugfreunde gespeichert, damit die in Zukunft keine Entschuldigung mehr hatten, sie einfach so rücklings zu überfallen, bevor sie geschminkt und frisiert war.

Sie wünschte bloß, sie hätte auch Emmies Nummer, damit sie sich erkundigen könnte, was da wohl heute vorgefallen war. Was konnte Sanjay bloß gesagt haben, um sie so zu verschrecken? Das musste ganz bestimmt ein gewaltiges Missverständnis gewesen sein.

Dann kam ihr ein Gedanke. Emmie würde doch gewiss ein Instagram-Profil haben, oder? Ein Glück, dass sie sich mit Instagram so gut auskannte. Wie viele Frauen über fünfzig konnten das schon von sich behaupten, hm?

Schnell war Emmies Seite gefunden. Iona scrollte sich durch

die Fotos nach unten. Allzu viel hatte Emmie nicht gepostet, nur eine Handvoll selbstverliebter Pärchenfotos von sich und Toby an unvergesslich schönen Orten vor unmöglich perfektem Essen oder bei diversen Aktivitäten, die demonstrierten, wie unbeschreiblich fit, menschenfreundlich und kreativ sie doch waren. Dann fiel ihr Blick auf ein Foto, das ihr seltsam bekannt erschien. Das war sie, in ihrem smaragdgrünen Gehrock und den Doc Martens, wie sie am Eingang des Irrgartens stand. Sie schaute auf die Bildbeschreibung darunter. *So will ich auch mal werden, wenn ich groß bin*, stand da. Das hatte sie sicher geschossen, als sie dem Pfau nachgelaufen war. Iona hatte plötzlich einen Kloß im Hals, und ein Zipfelchen ihres Herzens begann zu schmelzen. Ein beinahe *mütterliches* Gefühl. Zumindest vermutete sie, dass sich mütterliche Gefühle so anfühlen müssten.

Sie klickte auf das Nachrichten-Symbol und tippte: *Hi Emmie, Iona hier. Wollte nur hören, ob alles in Ordnung ist. Wenn du mich brauchst, du findest mich hier: 24 Hurst Road, East Molesey.* Dann fügte sie noch ihre Telefonnummer und ein *Ich mache mir Sorgen* hinzu und klickte auf »Senden«. Bestimmt machte sie sich ganz unnötig Sorgen, aber so lag der Ball nun in Emmies Spielfeldhälfte.

Sie schaltete das Handy aus und legte es in die Nachttischschublade. Schließlich hatte sie schon etliche Artikel über die schädlichen Auswirkungen von blauem Licht auf den Schlaf-Wach-Rhythmus geschrieben.

Iona und Bea hatten diese magische Zeit kurz vor dem Einschlafen geliebt. Einfach dazuliegen, im Dunklen Händchen zu halten, die Zehen aneinander und kleine Anekdoten auszutauschen, darüber, was sie tagsüber erlebt hatten, und mit Geschichten von hinter den Kulissen, dem aktuellsten Klatsch und Tratsch und den Neuigkeiten aus der Zeitschriftenredaktion ihre beiden Welten noch enger miteinander zu verweben. In der

Stille ihres Schlafzimmers konnte Bea, eine hervorragende Imitatorin, die gesamte Theaterbesetzung, mit der sie gerade zusammenarbeitete, zum Leben erwecken, wie sie miteinander stritten und flirteten.

»Gute Nacht, Lulu«, sagte sie. Sie konnte hören, wie Lulu sich leckte, und versuchte sich nicht vorzustellen, welchem Körperteil sie gerade ihre besondere Aufmerksamkeit widmete.

Wie jeden Abend, seit Bea im Heim war, drückte Iona die »Play«-Taste auf dem alten Kassettenrekorder gleich neben dem Bett und lauschte den beruhigenden Klängen des Seewetterberichts. Das war wesentlich wirksamer und machte deutlich weniger süchtig als jede Schlaftablette.

»Mull of Galloway bis Mull of Kintyre, einschließlich Firth of Clyde«, sagte der Sprecher.

Iona drehte sich zu der Bettseite, auf der Bea so viele Jahre geschlafen hatte. Seit sie fort war, hatte sie Beas Kopfkissenbezug nicht mehr gewaschen, aber ganz gleich, wie sehr sie sich auch bemühte, sie konnte nicht mal mehr einen Hauch ihres Dufts daran erschnuppern.

»Gute Nacht, Bea«, sagte Iona zu dem unbenutzten Kissen. »Ich liebe dich.«

»Wind drehend, vorwiegend Ost bis Nordost, zwei bis vier, Schauerböen, Sicht gut, zeitweise mäßig«, kam als Antwort zurück.

Martha

Martha war mit den Gedanken nicht bei der Schulversammlung. Der Direktor hatte eindeutig zu viele TED Talks gesehen und sich angewöhnt, überlange, pseudo-motivierende Monologe zu halten, gewürzt mit leeren Phrasen wie *Sei das beste Du* und Zitaten von Brené Brown, Rumi und – weil er glaubte, damit am Puls der Zeit zu sein – Taylor Swift. Martha faltete verstohlen das Blatt auseinander, das sie in ihre Blazertasche gesteckt hatte, und fing an, die fünfte Szene des dritten Akts zu lesen und ihren Text leise vor sich hinzumurmeln.

> Willst du schon gehen? Der Tag ist ja noch fern.
> Es war die Nachtigall, und nicht die Lerche,
> Die eben jetzt dein banges Ohr durchdrang.

Sie hatte sich das grob als *bitte geh noch nicht* übersetzt. Shakespeare, so stellte sie zunehmend fest, benutzte nie bloß vier Wörter, wenn es genauso gut fünfundzwanzig sein konnten. Theaterstücke konnte er vielleicht schreiben, aber bei Evakuierungsanweisungen für havarierte Flugzeuge wäre er aufgeschmissen.

Marthas Leben war wie umgekrempelt, seit sie Sanjay damals im Zug begegnet war. Das Verhältnis zu ihren alten Freundinnen war zwar noch nicht wieder dasselbe. Es fiel ihr einfach unglaublich schwer, ihnen zu vertrauen, nachdem sie Martha fallen gelassen hatten wie eine heiße Kartoffel. Und das ausgerechnet in dem Moment, als sie sie am meisten gebraucht hätte. Stattdessen fand sie sich nun unversehens in einer ganz neuen Clique wieder: der Theatertruppe.

Wenn Martha nun mittags in die Cafeteria kam, brauchte sie keine Angst mehr zu haben, mutterseelenallein dasitzen zu müssen oder – schlimmer noch – nur bei den Außenseitern einen Platz zu finden, die zu keiner Clique gehörten und sich auch untereinander nicht ausstehen konnten. Jetzt war immer jemand aus der Theatergruppe da, zum Miteinandertratschen und Sich-den-Text-Abfragen. Und dass einer der heißesten Jungs ihrer Stufe den Romeo spielte, war auch ganz nett. Klar, der war eigentlich unerreichbar, aber dass er sie überhaupt beachtete, ließ sie im allgemeinen Ansehen gleich beträchtlich steigen. Das mit dem Vagina-Foto wussten zwar alle, erwähnten es aber mit keinem Wort. Was sie anging, war sie ganz einfach Martha und Julia, Schauspielkollegin und Freundin.

Und nicht nur Marthas Ruf begann sich langsam zu verbessern, nein, auch ihre Noten. Dank Piers war sie in die Spitzengruppe der schwächeren Matheschüler aufgestiegen, und ihr Lehrer hatte sogar schon die Möglichkeit einer Versetzung zu den mittelguten Matheschülern angedeutet.

Selbst in den anderen Fächern hatte sie sich verbessert, seit sie den Großteil ihrer Hausaufgaben bei Iona machte. Und das, obschon Iona ihr dabei überhaupt keine Hilfe war. Das Einzige, woran sie sich aus ihrer Schulzeit damals im finstersten Mittelalter noch erinnern könne, sagte sie, sei die Entstehung von Altwasserarmen, dass Wasserstoff mit einem fiepsigen Knall abbrenne und ihre unerwiderte Schwärmerei für die Netball-Trainerin.

Angesichts Ionas unbefangener Unwissenheit merkte Martha allerdings bald umso deutlicher, was sie selbst alles wusste. Ein gewaltiger Schub fürs Selbstbewusstsein. Und, wie Iona nicht müde wurde zu versichern, Selbstbewusstsein sei nun mal das Wichtigste im Leben. *Wenn du einen Fehler machst, Martha, dann mit* PAUKEN UND TROMPETEN*! Bestimmt bekommt man doch wenigstens Stilpunkte für die Ausführung, oder nicht?* Martha hatte ihr erklären müssen, dass Prüfungsgremien das meist anders sahen.

»Und nun möchte ich euch noch Kevin Sanders vorstellen«, dröhnte der Direktor. »Oder *Mister Sanders* für euch.«

»Ganz schön knackig für einen Lehrer«, kicherte das Mädchen hinter ihr.

»Ja. Wenn man nicht so genau hinguckt, geht er von Weitem glatt als Keanu Reeves durch«, sagte ihre Freundin.

»Dann musst du aber erst die Brille absetzen«, meinte die Erste.

Martha schaute auf und traute ihren Augen kaum. Das war Piers! Aber warum hatte der Direktor ihn als *Kevin* vorgestellt? Er sah überhaupt nicht aus wie ein Kevin. Und ganz bestimmt nicht wie Keanu Reeves. Sie kniff die Augen zusammen. Wobei, vielleicht doch, ein ganz kleines bisschen. Wenn Keanu seinen Fitnesstrainer feuern und ein paar Monate eine Donut-Diät machen würde.

»Mr Sanders wird für den Rest des Schuljahrs unsere Mathematik-Abteilung unterstützen. Zur Mittagszeit wird er in der Bibliothek eine Mathe-Ambulanz anbieten, falls jemand Hilfe bei den Hausaufgaben oder den Prüfungsvorbereitungen braucht. Außerdem wird er einen wöchentlichen Zusatzunterricht anbieten für Schülerinnen und Schüler, die sich in *Oxbridge* bewerben möchten.« So wie ihr Direktor immer »Oxbridge« sagte, klang es, als müsste es dort mindestens so aufregend sein wie in Hogwarts. Wobei, das war es wohl für seine Generation und seinen Berufsstand auch. Obwohl sie bezweifelte, ob man dort Eulen halten durfte. Oder sprechende Gemälde an den Wänden hingen.

Martha wusste jedenfalls, wo sie die Mittagspause verbringen würde.

Martha sah zu, wie Piers einer Schülerin aus Jahrgangsstufe acht geduldig den Satz des Pythagoras erklärte.

»Verstanden?«, fragte er.

»Ja«, antwortete sie. »Bei Ihnen klingt das alles total easy. Danke.«

Piers schien ehrlich angetan, dass er jemandem hatte helfen können. Martha fragte sich, wie lange es wohl dauern würde, bis er genauso abgefuckt und desillusioniert sein würde wie ihre anderen Lehrer. Einzelunterricht war ziemlich locker. Aber wie würde er sich vor einem ganzen Klassenzimmer voller Teenager schlagen? Er schaute auf.

»Martha! Ich habe mich schon gefragt, ob ich dich heute noch zu sehen bekomme. Und da bist du nun!«, sagte er.

»Was machst du hier, Piers?«, flüsterte sie. »Und warum denkt der Direktor, du heißt Kevin?«

»Setz dich«, sagte Piers und klopfte auf den Platz neben sich. »Wie es aussieht, habe ich gerade eine kleine Pause zwischen meinen Mathe-Patienten.« Martha nahm mit verschränkten Armen neben ihm Platz und wartete auf eine Erklärung.

»Also«, fuhr er fort. »Du hast mir doch erzählt, dass an deiner Schule chronische Mathelehrerknappheit herrscht, weißt du noch? Deshalb habe ich einen Termin beim Direktor gemacht und ihn gefragt, ob ich vielleicht ein Praktikum bei euch absolvieren könnte.«

Martha hätte sich in den Allerwertesten treten können. Sie hätte wissen müssen, dass Erwachsene Informationen, die man ihnen versehentlich gab, abspeicherten und bei passender Gelegenheit gegen einen verwendeten, genau wie Facebook. Und überhaupt, ein Praktikum, machte man das nicht im elften Schuljahr? Doch nicht so alte Knacker wie Piers. Wobei sie es eigentlich gar nicht so schlimm fand, dass er hier reingeschneit war. Nein, sie freute sich sogar, ihn zu sehen. Sie wünschte bloß, er hätte sie gewarnt.

»Aber warum inkognito? Warum die Kevin-Geschichte? Du bist kein Doppelagent oder so was«, sagte Martha.

»Nein, leider nicht«, erwiderte Piers. »Kevin ist mein richtiger Name. Ich habe ihn damals mit achtzehn zu Piers ändern lassen. Weißt du noch, wie ich dir gesagt habe, du musst nur daran glauben, bis es irgendwann so ist?« Martha nickte im Gedanken an die andere Martha. »Tja, Piers war der, der ich sein wollte. Mein Alter Ego.«

»Dann war es also Kevin, der in fremde Häuser eingebrochen ist und sich Erdnussbutter-Sandwiches geschmiert hat?«, fragte Martha, die hurtig eins und eins zusammengezählt hatte.

»Ja. Mein Dad hat das ganze Haushaltsgeld im Wettbüro verzockt, und meine Mum war meistens zu betrunken, um einen Pfifferling darauf zu geben. Ich musste sehen, wo ich bleibe. Hunger war mein ständiger Begleiter. Aber Iona sagt, vor der eigenen Vergangenheit wegzulaufen, bringt nichts, und wenn sie noch so unerquicklich war. Und wenn ich ganz ehrlich bin, es hätte auch schlimmer sein können. Geschlagen wurde ich nie. Und das, obwohl meine Eltern sich oft genug gegenseitig verprügelt haben. Und da bin ich nun – Kevin. Du kannst aber trotzdem weiter Piers zu mir sagen, wenn dir das lieber ist.«

Martha wusste nicht so recht, ob Iona Piers damit einen Gefallen getan hatte. So ein gefühlsduseliges Gelaber von einem erwachsenen Mann zu hören, war echt schräg, vor allem von einem Lehrer. Sollten die nicht zugeknöpft und zurückhaltend sein? Und Piers war ein ungleich interessanterer Name als *Kevin*. Martha hatte keinen Schimmer, was sie sagen sollte.

»Cool«, sagte sie.

»Nicht wahr?«, strahlte Piers. Kevin. Wie auch immer.

»Nur eine Sache«, meinte Martha.

»Die da wäre?« Piers schaute ganz betroffen.

»Sollten wir uns im Zug begegnen, muss ich eventuell so tun, als würden wir uns nicht kennen«, sagte Martha. »Nimm's nicht persönlich, aber nach der langen Zeit in der sibirischen Verbannung kann ich mir keine Schnitzer leisten. Und mit dem Feind zu fraternisieren, wird nicht gerne gesehen, selbst wenn er ein bisschen aussieht wie Keanu Reeves. Und das tust du definitiv nicht.«

»Schon klar«, meinte Piers. »Dir sei verziehen.«

Er schwieg einen Moment, dann zog er den Bauch ein und fragte: »Keanu Reeves, wirklich?«

Martha verdrehte nur die Augen.

Piers

17:30 Waterloo nach Surbiton

Piers war blendender Laune.

Ein bisschen erinnerte ihn das alles an seine erste Zeit auf dem Parkett – die absolute Konzentration, die es brauchte, etwas Neues zu lernen, und die unbeschreibliche Befriedigung, wenn man sich schließlich reingefuchst hatte. Nur diesmal alles ohne das beklemmende Gefühl, ein Hochstapler zu sein, der sich irgendwie durchmogelte und eine Rolle spielte, die ihm gar nicht zustand, oder die ständige nagende Angst, früher oder später aufzufliegen.

Irgendwie war er beinahe erleichtert gewesen, als die Wachleute der Bank damals so unerwartet mit dem leeren Karton vor seinem Schreibtisch aufgetaucht waren. Wenn die größte Angst sich plötzlich bewahrheitet, hat man nichts mehr zu befürchten. Er hatte immer gewusst, dass es eines Tages so weit kommen würde. Es hatte bloß fünfzehn Jahre länger gedauert als gedacht.

In seinem neuen Job war alles anders. Hier brauchte er kein Alter Ego zu konstruieren, um überhaupt zu funktionieren. Er brauchte die anfeuernden *Midas! Midas! Midas!*-Rufe nicht und auch keine Rituale, um das Universum milde zu stimmen, oder dicke Bonuszahlungen zur Selbstbestätigung. Es genügte, einfach nur er selbst zu sein, mit seiner Liebe zu Zahlen und dem aufrichtigen Wunsch, zur Abwechslung mal was für andere zu tun. Er hatte sich für das offizielle Lehrerausbildungsprogramm der Schule, das im September begann, beworben, und hoffte nun, die vielen unbezahlten Stunden, die er jetzt ableistete, würden ihm einen Platz garantieren.

Er staunte selbst, wie sehr ihm die Zugfahrten mit Iona fehlten. Ohne sie, die ihre kleine Truppe komischer Käuze wie ein Magnet zusammengehalten hatte, war es einfach nicht mehr dasselbe. Der Berufsumstieg stimmte ihn wohl irgendwie sentimental.

Piers' Blick ging zu ihrem ehemaligen Stammtisch. Emmie war da. Aber nachdem sie damals so sang- und klanglos von ihrem kleinen Suchtrupp desertiert war, hatte er keine Ahnung, was er zu ihr sagen sollte, also drehte er sich kurzerhand um und marschierte zum anderen Ende des Wagens. Er wollte sich den Sonnenschein im Herzen nicht mit einem peinlichen Gespräch verregnen.

In Surbiton stieg Piers aus und blieb am Blumenstand vor dem Bahnhof stehen. Er entschied sich für ein verschwenderisch pompöses Bouquet weißer Rosen, die Candida so mochte. Der Preis war für sein mickriges Lehrergehalt eigentlich unerschwinglich, vor allem, weil er ja noch gar nicht bezahlt wurde, aber Candida hatte sich ein kleines Dankeschön mehr als verdient. Anschließend machte er noch einen kleinen Abstecher in den Feinkostladen und entschied sich für Bœuf Bourguignon und einen anständigen Rotwein. Seine exquisite Weinsammlung hatte Candida leider verscherbelt.

Piers schämte sich dafür, Candida so unterschätzt zu haben. Er hatte geglaubt, ihre Ehe sei zu einer Mogelpackung verkommen, sei nur noch eine Lüge, eine leere Hülle, so wie alles andere in seinem Leben auch. Doch nun erwies sie sich zu seinem Erstaunen als veritables Stehaufmännchen. Genau wie Candida selbst.

In dieser Krise war sie ein Fels in der Brandung gewesen,

ruhig, unbeirrbar und unerschütterlich. Sie hatte ihm wieder auf die Beine geholfen und ihm die Hand gehalten, während er sich mühsam zurück ins Leben kämpfte, und sie hatte ihre gemeinsamen Finanzen so umstrukturiert, dass sie ihre weitere Zukunft nun auf einer kleinen, aber sehr soliden Grundlage aufbauen konnten. Heute Abend wollte er ihr zeigen, wie dankbar er ihr war.

»Also«, sagte Piers am kerzenbeschienenen Küchentisch, »ich wollte dir nur sagen, wie unendlich dankbar ich dir für alles bin, was du bisher getan hast. Du bist unglaublich. Ich weiß wirklich nicht, was ich ohne dich gemacht hätte.«

»Gern geschehen«, sagte Candida. »Ich meine, ich konnte dich schließlich nicht auf dem Bahnsteig sitzen lassen, oder? Und es geht dir doch schon viel besser, stimmt's? Helfen die Sitzungen bei der Psychotherapeutin?«

»Ja. Ich fühle mich wie ein anderer Mensch«, sagte Piers. »Kaum zu glauben, dass ich das damals war. Und der neue Job wird mein ganzes Leben umkrempeln. Unser Leben. Ich weiß, wir werden ein bisschen kürzertreten müssen, weniger Urlaube, öffentliche Schulen und so weiter und so fort, aber ich glaube, so ein einfacheres, ehrlicheres Leben wird uns allen nicht schaden. Den Kindern genauso wenig wie uns. Besser für sie, nicht so verwöhnt und verhätschelt aufzuwachsen. Die goldene Mitte zwischen deiner überbehüteten Kindheit mit silbernem Löffel im Mund und meiner mit gar nichts. Ein gesundes Mittelmaß.«

Und dann strahlte er Candida an und musste an ihre Hochzeit denken und wie umwerfend wunderschön sie ausgesehen hatte, als sie zu ihm an den Altar getreten war. Das hier war bloß ein weiteres Kapitel ihres gemeinsamen Lebenswegs. Ein etwas anderes, aber in vieler Hinsicht auch besseres. Es würde sie nur noch mehr zusammenschweißen.

»Piers«, sagte Candida, und ihre gebotoxte Stirn versuchte vergeblich, sich zu runzeln, »es tut mir leid, solltest du die ganze Sache missverstanden haben.«

»Was?«, sagte er.

»Also, ich freue mich wirklich aufrichtig, dass es dir besser geht«, sagte Candida und legte Messer und Gabel hübsch ordentlich auf den Teller, gleich neben ein einsames Bröckchen Rindfleisch, das ihren hohen Ansprüchen anscheinend nicht genügt hatte. »Und ich wollte, dass du erst wieder auf die Beine kommst. Du bist schließlich der Vater meiner Kinder. Und darum bleiben wir beide auch bis an unser Lebensende miteinander verbunden, ob es uns nun passt oder nicht. Und in gewisser Weise liebe ich dich immer noch.« Candida hielt kurz inne.

In gewisser Weise?

Piers hatte das ungute Gefühl, in seinem alten Porsche auf ein unbewegliches Objekt zuzurasen. Er wusste genau, was passieren würde, aber so sehr er auch auf die Bremse trat, der Aufprall war unvermeidlich.

»Aber ich dachte eigentlich, ich hätte sehr deutlich gesagt, dass dieses Leben nichts für mich ist«, fuhr Candida fort, ganz ruhig und unbeteiligt, als redeten sie über Inselhopping in Griechenland im nächsten Sommer. »So war das nicht abgemacht. Ich bin nicht Mrs Sanders, die Frau des Mathelehrers. Ich will kein kleinkariertes Mathelehrerleben leben, mit einem mickrigen Mathelehrergehalt«, sagte sie. »Und ich halte Mittelmäßigkeit *keineswegs* für gesund. Wann habe ich je gewöhnlich sein wollen? Ich möchte meinen Kindern eine außergewöhnlich gute Erziehung angedeihen lassen. Und um ganz ehrlich zu sein, möchte ich nicht mit einem *Kevin* verheiratet sein. Der Mann, den ich geheiratet habe, hat damals die weise Entscheidung getroffen, seine Vergangenheit hinter sich zu lassen.«

»Ich weiß, dass du das gesagt hast«, sagte Piers. »Aber selbst wenn ich noch mal einen Job in der City bekommen würde, ich würde ihn nicht wollen. Ernsthaft, ich glaube, wenn ich dahin zurückmüsste, ich würde den Verstand verlieren.«

»Das verlange ich ja auch gar nicht von dir, Liebling«, sagte Candida. »Ich will damit nur sagen, dass sich unsere Wege hier trennen. Darum habe ich ja auch unsere Finanzen in Ordnung gebracht. Damit wir dir eine nette kleine Wohnung kaufen, irgendwo in der Nähe, und uns gemeinsam um die Kinder kümmern können. Wir können diese ganze Angelegenheit wie zivilisierte erwachsene Menschen hinter uns bringen, meinst du nicht? Wir können uns bewusst und in Liebe voneinander trennen, so wie Gwynnie und Chris Martin. Dann brauchen wir auch nicht noch mehr von deiner Abfindung für teure Anwälte und Gerichtsstreitigkeiten zu verschleudern und am Ende die Kinder als Faustpfand zu nehmen.«

Piers musste an die tote Taube denken. Das Omen, das gerade in ihrer Bio-Tonne verweste. Es war ihm, als wäre er selbst genauso nichtsahnend und fröhlich einer rosaroten Zukunft entgegengeflattert und hätte dabei die unsichtbare Doppelglasscheibe gleich vor seiner Nase übersehen. War geradewegs hineingeflogen und, blutend und benommen, zu Boden gestürzt. Wie konnte Candida bei alledem nur so *ruhig* bleiben? Und wollte sie allen Ernstes als alleinerziehende Mutter von seinen bescheidenen Unterhaltszahlungen leben? Unmöglich.

Unvermittelt tauchte ein verschwommenes Bild vor seinem inneren Auge auf und wurde allmählich immer klarer und deutlicher, bis er es schließlich gestochen scharf vor sich sah.

»Du hast den Nächsten längst am Wickel, was?«, sagte er und war mit einem Mal unglaublich müde statt wütend, obwohl er annahm, dass die Wut noch nachkommen würde. »Wer ist es?«

»Du kennst ihn nicht«, sagte Candida mit Blick auf ihre

makellos manikürten Nägel. Die Nägel einer reichen Bankergattin. Die Nägel, die längst einem reichen Bankerersatz den Rücken zerkratzten.

»Gab es den vorher schon? Bevor das alles passiert ist? Vermutlich.«

»Jetzt sei nicht so, Liebling«, sagte Candida. »Als Frau muss man immer einen Plan B haben. Erst war es nur ein dummer kleiner Seitensprung, und bestimmt wäre es auch dabei geblieben, wenn du nicht so egoistisch gewesen wärst, unser Leben einfach in die Luft fliegen zu lassen.«

»Das kannst du mir nicht antun, Candida«, sagte er. »Was ist denn mit *in guten wie in schlechten Tagen, in Reichtum und Armut*?«

»Hör zu, wenn du jetzt darüber diskutieren willst, wer von uns beiden sich aufs hohe moralische Ross setzen darf, was, nebenbei bemerkt, sterbenslangweilig wäre«, sagte Candida, »dann vergiss bitte nicht, dass du mich *monatelang* angelogen und jeden Morgen einen Anzug angezogen hast und ›ins Büro gegangen‹ bist. Du hast das Schulgeld der Kinder verzockt. Wäre ich nicht gewesen, stünden wir jetzt auf der Straße.«

»Aber die Kinder!«, sagte er. »Die *brauchen* mich. Ich brauche sie.«

»Das weiß ich«, erwiderte sie. »Aber du wirst sie ja ohnehin öfter sehen als früher, wo du von früh bis spät jede Minute, die Gott dir gegeben hat, gearbeitet hast. Und dann die langen Ferien erst! Außerdem darfst du ihnen herzlich gern jederzeit nach der Schule bei den Hausaufgaben helfen – du weißt ja, wie ich das hasse. Mit dir als Lehrer brauchen wir uns wenigstens nicht mehr um den Nachhilfeunterricht zu kümmern. Und wer weiß, wenn du irgendwann einen Job in einer *ordentlichen* Schule bekommst, erlassen sie uns vielleicht sogar einen Teil der Gebühren. Es hat auch alles sein Gutes! So, und jetzt gehe ich ins Bett. Wir sehen uns morgen früh, dann können wir besprechen, wie es weitergeht.«

Candida schob ihren Stuhl nach hinten und stand auf, und er blieb, umgeben von schmutzigem Geschirr und den Überbleibseln eines zerstörten Lebens, allein zurück. Die weißen Rosen, noch in ihr schützendes Zellophan gewickelt, lagen achtlos in der Küchenspüle. In der Tür blieb sie stehen, warf einen Blick zurück über die Schulter und gluckste mit glockenhellem leisem Lachen: »Weißt du, was Daddy immer gesagt hat? Du bist mein *Erst-Ehemann.*«

Piers konnte kaum fassen, wie kalt und herzlos die Frau hinter diesem bildhübschen Gesicht doch war. Würde man ihr die menschliche Haut abziehen, käme darunter ein Terminator zum Vorschein.

Schon damals, als er sie am Arm ihres Vaters zum Altar hatte schreiten sehen, hatte er gewusst, dass sie in einer ganz anderen Liga spielte als er und dass er nicht annähernd gut genug für sie war. Und immer hatte ihm die Angst im Nacken gesessen, eines schönen Tages könnte sie ihn verlassen. Genau wie die Wachleute, die mit einem leeren Pappkarton vor seinem Schreibtisch aufmarschiert waren, war es bloß eine Frage der Zeit gewesen.

Iona

19:35 Hampton Court nach Wimbledon

»Stillhalten, Süße«, sagte Iona. »Mummy will nicht, dass du Seife in die Augen bekommst!«

Lulu blinzelte sie durch den lavendelduftenden Dunst an und machte ein Gesicht, das wohl sagen wollte: *Das ist alles schon demütigend genug, also bringen wir es bitte schnell hinter uns.*

Iona hob sie aus der Wanne, wickelte sie in ein flauschiges blassrosa Handtuch und trug sie zum Föhnen ins Schlafzimmer.

Wenn man bedachte, dass Iona eigentlich arbeitslos war, hatte sie ganz schön viel zu tun.

Allein mit Martha ihre Rolle einzustudieren, hatte sie so viel Zeit gekostet, dass Iona, sollte Romeo am Abend der Aufführung einen schrecklichen Unfall erleiden und seiner Stimme oder einer wichtigen Gliedmaße verlustig gehen, mühelos für ihn einspringen könnte, obwohl das die Garderobiere womöglich vor eine größere Herausforderung stellen würde.

Piers schaute auch regelmäßig vorbei, stets, wie angewiesen, mit frischen Blumen im Gepäck. Dass sie gefühlt mehr über sich selbst redete als er über sich, alarmierte sie etwas. Sie war sich ziemlich sicher, dass Therapiesitzungen eigentlich anders ablaufen sollten. Darum hatte sie sich schließlich ein Schild mit der Aufschrift SCHNAUZE IONA gemalt, das sie hinter Piers an die Wand gepappt hatte, wo sie es immer im Auge hatte, ohne dass er es sehen konnte. Und sie hatte sich fest vorgenommen, nur noch Sachen zu sagen wie *Und wie fühlst du dich dabei?* oder *Erzähl mir von deinem Verhältnis zu deiner Mutter.*

Viel geholfen hatte es nicht. Anweisungen zu befolgen, war noch nie ihre Stärke gewesen – nicht mal, so schien es, ihre eigenen.

Aber irgendwas musste sie richtig machen, denn mit jedem Mal wirkte Piers gelöster und beschwingter und schien sich allmählich vom I-Aah zum Tigger zu mausern. Statt sich für seine schäbige Kindheit zu schämen und vor der eigenen Vergangenheit davonzulaufen, hatte sie ihn ermutigt, Frieden mit ihr zu schließen und stolz darauf zu sein, es im Leben so weit gebracht zu haben. *Die Erfahrungen der Vergangenheit*, hatte sie erklärt, *sind das Fundament, auf das wir unsere Zukunft bauen. Baue sie auf Stolz, nicht Scham. Die eigene Vergangenheit zu leugnen, heißt, sein Haus auf Sand zu bauen, stets in Gefahr, dass es in sich zusammenbricht.* Die Metapher hatte ihr gefallen. Die sollte sie sich für ihre Kolumne merken. Nur dass sie leider keine mehr hatte.

Piers hatte ihr vom Vorabend und Candidas Enthüllungen erzählt und dazu irgendwelches wirres Zeug von einer Taube gefaselt, aber da hatte sie irgendwann den Faden verloren. Doch selbst das schien ihn kaum aus der Ruhe zu bringen. Womöglich war es noch gar nicht richtig bei ihm angekommen? Er schien sich jedenfalls entschieden mehr um seine Kinder zu sorgen als um seine Frau, war aber der felsenfesten Überzeugung, zukünftig nicht weniger Zeit mit ihnen verbringen zu können, sondern deutlich mehr.

Wenn sie ganz ehrlich war, hatte Piers' unglaubliche Verwandlung wohl mehr mit seinem neuen Job als angehender Lehrer zu tun als mit ihren sogenannten Therapie-Sitzungen. Aber bei dem neuen Job hatte sie schließlich auch die Finger im Spiel gehabt, oder nicht? Es war ja quasi allein ihre Idee gewesen.

Das Problem war bloß, dass Iona, allen Anstrengungen zum Trotz, ein bisschen Geld zu sparen – sogar den monatlichen Goodie-Korb von Fortnum & Mason mit dem eigentlich unverzichtbar Notwendigsten hatte sie abbestellt –, die Ersparnisse zwischen den Fingern zerrannen. Bald würde sie den Tatsachen ins Auge sehen und den Immobilienmakler anrufen müssen.

Sie schaute sich um in ihrem Zuhause, dem Fundament, auf dem sie und Bea ihr gemeinsames Leben erbaut hatten, und wurde unsagbar traurig. Lulu, mit der Gabe der Telepathie gesegnet, starrte ihr in die Augen und leckte ihr über die Wange.

Außerdem machte Iona sich Sorgen um Emmie. Sie hatte sich auf Ionas Instagram-Nachricht bislang nicht gemeldet, und seit dem Tag ihres mysteriösen Verschwindens schien niemand mit ihr gesprochen zu haben. Dabei war sie seitdem mehrmals im Zug gesichtet worden. Sie war also allem Anschein nach weder gekidnappt worden, noch lag sie im Koma im Krankenhaus. Aber irgendwas stimmte da nicht, ganz zweifellos. Sie hatte ein Näschen für so was.

Ionas Handy klingelte, und im ersten Augenblick glaubte sie, es müsse Emmie sein, die sie allein mit der Kraft ihrer Gedanken heraufbeschworen hatte. Hastig schnappte sie es sich. DAVID stand auf der Anzeige.

»Hi, David!«, sagte sie und versuchte sich die Enttäuschung nicht anhören zu lassen und so munter und fidel zu klingen, wie nur irgend möglich.

»Iona«, sagte David. »Wo bist du gerade? Könntest du herkommen? Nach Wimbledon?«

»Schätzchen«, sagte Iona. »Was soll das werden, ein heißes Nümmerchen? Ich bin geschmeichelt, aber du weißt schon, dass ich eher anderweitig interessiert bin, oder?« Was folgte, war ein langes, betretenes Schweigen. Hatte sie ihn in Verlegenheit gebracht, oder wusste er nicht, was sie mit dem Nümmerchen meinte? Sie vergaß immer wieder, dass die meisten Menschen in ihrem Alter nicht ganz so locker und auf der Höhe der Zeit waren wie sie selbst. Sie beschloss, dem Elend ein rasches Ende zu machen.

»Nur ein Scherz, mein Herz. Ja, ich würde gerne vorbeikommen und mir *Chez David* mal anschauen. Schick mir die Adresse, ich nehme gleich den nächsten Zug.«

Iona wusste auf den ersten Blick, dass es Davids Haus sein musste. Sie brauchte gar nicht auf die Hausnummern zu achten. Alle anderen Grundstücke entlang der Straße waren irgendwann im Lauf der Jahre modernisiert worden – mit schicken gläsernen Wintergärten, teuren elektrischen Sicherheitstoren und symmetrischen, akkurat gestutzten und mit funkelnden Lichterketten umwundenen Lorbeerbüschen beiderseits der hochglänzenden Eingangstüren –, doch dieses Häuschen steckte allem Anschein nach in einer Zeitschleife fest. Genau wie sein Besitzer schien es sich seit Jahrzehnten nicht verändert zu haben.

»Herein, herein«, sagte David. »Sind die für mich? Wie nett, danke.«

Iona reichte ihm den viel zu bombastischen weißen Rosenstrauß, den Piers ihr vorhin mitgebracht hatte. Ein Glück, dass sie die Blumen noch nicht ausgewickelt hatte, als David sie anrief. Geschenke weiterzuschenken, war nachhaltig und gut für den Planeten. Ein tolles Thema für einen Artikel, eigentlich. Ach herrje, das sollte sie sich wirklich abgewöhnen.

David führte sie hinein ins behagliche, leicht stickige Wohnzimmer. Auf dem Parkettboden lagen antike Teppiche, und um den Blickfang, einen offenen Kamin, waren dunkle Holzmöbel gruppiert. Ein Makler würde das Haus vermutlich als *mit Stilmöbeln eingerichtet und mit enormem Modernisierungspotenzial* beschreiben.

David ging mit den Blumen in die Küche und trug sie dann in einer Vase zurück ins Wohnzimmer. In der Hand hielt er eine kleine weiße Karte. »Meine liebste Candida«, las er. »Danke für alles. Ich liebe dich.« Anscheinend war sie nicht die Einzige, die Geschenke weiterverschenkte.

»Wie seltsam«, sagte sie. Und dann, weil sie ihre Neugier einfach nicht mehr beherrschen konnte und um David von Piers' Kärtchen abzulenken: »Kann ich irgendwas für dich tun?«

»Tatsächlich hast du schon eine Menge für mich getan«, sagte David.

»Ach, tatsächlich?«, meinte Iona und überlegte angestrengt, wie sie das angestellt haben könnte.

»Ja. Du und die anderen im Zug haben mir die Augen geöffnet. Ohne euch hätte ich nie gemerkt, wie festgefahren ich in meinem Leben war. Jetzt weht hier ein frischer Wind. Ich habe mich für mehrere Volkshochschulkurse angemeldet!«

»Super Idee«, sagte Iona. »Und was lernst du da so?«

»Dienstagsabends russische Konversation und donnerstags, wie man Automotoren auseinanderschraubt und wieder zusammenbaut.«

»Vortrefflich«, rief Iona. »Dann kannst du dich von einem Exil-Oligarchen als Chauffeur anheuern lassen.«

David überhörte das. War wohl auch besser so. »Und das mit Olivia bessert sich auch ganz allmählich. Ich wage fast zu hoffen, dass noch nicht alles verloren ist.«

»Ach, das sind doch mal *wirklich* gute Nachrichten, David«, sagte sie.

»Und darum wollte ich dir auch irgendwie ein bisschen unter die Arme greifen. Du weißt doch, dass ich Rechtsanwalt bin?«

Das hatte Iona nicht gewusst. Aber das zuzugeben, hätte einen eklatanten Mangel an Interesse ihrerseits am Leben ihres lieben Freundes offenbart. Hatte ihn denn keiner mal gefragt, was er eigentlich beruflich machte? Das schlechte Gewissen ließ sie heftiger nicken als nötig, und gleichzeitig stieg ein fieser Schwall Neid in ihr auf. David musste gut und gerne zehn Jahre älter sein als sie, und trotzdem war er in seinem Beruf geschätzt, angesehen und geachtet. Warum wirkten Männer mit grauen Haaren und Falten *gesetzt*, während gut erhaltene Frauen wie sie mit zunehmendem Alter immer unsichtbarer wurden?

»Tja, mein Fachgebiet ist jedenfalls Vertrags- und Sachenrecht«, sagte David, »darum kann ich leider gar nicht viel für dich tun, es sei denn, du möchtest tatsächlich irgendwann umziehen.«

»Mir wird womöglich nichts anderes übrig bleiben«, sagte Iona.

»Vielleicht doch«, meinte David und unterbrach sich dann, weil die Türklingel läutete. »Da ist sie, wie immer pünktlich auf die Minute.«

»David, du willst mich doch nicht etwa verkuppeln, oder?«, rief Iona Davids sich auf dem Weg zur Haustür entfernendem Rücken hinterher.

»Doch, will ich«, sagte David, als er mit einer smarten Frau Mitte vierzig im Schlepptau zurückkam. »Mit einer Anwältin für Arbeitsrecht. Das ist Deborah Minks. Sie arbeitet in unserer Kanzlei. Ich war so frei, deine berufliche Situation mit ihr zu besprechen. Ich hoffe, das ist in deinem Sinne.«

»Ich denke schon«, murmelte Iona ein bisschen misstrauisch.

»Darf ich Ihnen vorab ein paar Fragen stellen, Iona?«, fragte Deborah, die allem Anschein nach keine Small Talkerin war. Bei ihrem Stundensatz gewöhnte man sich überflüssiges Blabla vermutlich schnell ab. Deborah setzte sich und zog eine dünne Aktenmappe aus ihrer quadratisch-praktisch-potthässlichen Aktentasche, die perfekt zu den ebenso vernünftigen, aber leider sterbenslangweiligen Schuhen passte.

»Gehe ich recht in der Annahme, dass man Ihnen keine Abfindung gezahlt hat?«, fragte sie.

»Ja, weil sie mich nicht entlassen haben. Ich habe gekündigt. Na ja, wenn man's genau nimmt, bin ich Hals über Kopf rausgestürmt, nachdem ich meinen Chefredakteur ein F…« David hob energisch die Hand.

»Nun, unsere Lesart der Geschehnisse ist, dass es sich dabei nicht um eine freiwillige Kündigung Ihrerseits gehandelt hat, sondern um eine *erzwungene Kündigung*, bedingt durch das Fehlverhalten Ihres Vorgesetzten. Würden Sie mir zustimmen, dass Sie aufgrund der Umstände unmöglich an Ihrer Arbeitsstelle hätten verbleiben können?« Deborah musterte sie über den Rand ihrer Brille hinweg. Wieder nickte Iona.

»Würden Sie sagen, dass die Atmosphäre an Ihrem Arbeitsplatz toxisch war und dass Sie sich aufgrund Ihres Alters diskriminiert fühlten?«, sagte sie.

»Voll«, entgegnete sie. Je ernster und erwachsener Deborah klang, desto mehr führte Iona sich auf wie ein Teenager und redete wie Martha.

Deborah nahm einen der Jaffa-Kekse, die David ihnen hingestellt hatte, vom Teller, biss ein kleines Stückchen ab und legte ihn, angebissen, wieder hin. Iona konnte angesichts dieser Demonstration schier übermenschlicher Willenskraft und Selbstbeherrschung nur staunen. Deborah war, den unansehnlichen Schuhen zum Trotz, fraglos eine Frau, die man auf seiner Seite wissen wollte.

»Würden Sie sagen, dass Sie womöglich insgeheim sogar zu einer Kündigung gedrängt werden sollten?«, fragte Deborah.

Iona musste daran denken, wie Ed Brenda-vom-Personalbüro zugezwinkert hatte, als Iona ihr Schlüsselband nach ihm geworfen hatte, und nickte.

»Ich möchte keinen Prozess, Deborah«, sagte sie. »Ich ertrage den Gedanken nicht, noch mehr Lebenszeit sinnlos zu verschwenden an diesen F…« Wieder hob David die Hand. Er war wirklich etwas überempfindlich.

»Ich glaube kaum, dass es so weit kommen wird, Iona«, sagte Deborah. »Ich gehe vielmehr davon aus, dass die heilfroh sein werden, wenn wir uns auf eine außergerichtliche Einigung einlassen und sie keine Negativschlagzeilen kassieren. Wir wollen bloß dafür sorgen, dass Sie bekommen, was Ihnen zusteht, nach … wie vielen Dienstjahren?«

»Dreißig«, sagte Iona.

»Perfekt«, sagte Deborah und lehnte sich zufrieden lächelnd zurück. »Das wird schon werden. So, und nun erzählen Sie mir ein bisschen von Ihrem Job, und ich mache mir derweil Notizen.«

Also erzählte sie. Sie erzählte Deborah von dem Dinosauriergespräch, das sie auf der Toilette mitgehört hatte, und den spitzen Bemerkungen, dem *Iona versteht das nicht,* den *Damals-* und *In der guten alten Zeit-*Sticheleien, wie sie systematisch ausgeschlossen wurde von gemeinsamen Lunchs oder Feierabend-Drinks, und wie alle aufhörten zu reden, wenn sie sich an der Kaffeemaschine zu dem plaudernden Grüppchen gesellte. Von dem einen Mal, als die Redaktion eine Weihnachtskarte verschickt hatte, mit allen Mitarbeitern vorne drauf, sogar dem Wachmann, und man sie leider »zufällig« vergessen hatte.

Iona beschrieb, wie man ihre Zuständigkeiten nach und nach zusammengestrichen hatte, bis sie einen Großteil des Tages, und ihrer Kraft, dafür aufwenden musste, nach außen hin den Anschein zu vermitteln, beschäftigt zu sein, während sie den Zeigern der Redaktionsuhr dabei zusah, wie sie ihre Kreise über das Ziffernblatt zogen. Und dann, ganz zum Schluss, erzählte sie von dem Tag, als man ihr mitgeteilt hatte, sie müsse von nun an jedes Wort, das sie schrieb, von einem Knilch gegenlesen lassen, dessen sämtliche Sätze durchsetzt waren mit Kürzeln, die nicht mal richtige Worte waren. OMG, IRL, BTW. Und was dem Ganzen die Krone aufsetzte: Als sie damals mit Glanz und Gloria und unter Lobhudeleien der PR-Abteilung von der Zeitschrift unter Vertrag genommen worden war, da war er noch nicht mal auf der Welt gewesen.

Und wie Iona so erzählte und sich alles von der Seele redete, war ihr, als würde ihr immer leichter ums Herz, und die Last der vielen Jahre voller Kränkungen und Verunglimpfungen fiele von ihr ab. Und sie musste sich eingestehen, dass das, was man ihr angetan hatte, spitzfindiger und hinterhältiger gewesen war als der Schulterror gegen Martha, aber nicht weniger verheerend.

»Danke, Deborah und David«, sagte sie, als sie ans Ende ihrer schmerzhaften und demütigenden Erzählung gekommen war.

»Gern geschehen«, erwiderte Deborah und setzte mit einem lauten Klick die Kappe auf ihren Kuli, als steckte sie die Pistole zurück ins Holster. »Die kaufen wir uns, was?«

Emmie

08:08 Thames Ditton nach Waterloo

Im ersten Augenblick dachte Emmie, Sanjay steuere auf sie zu und wolle sich zu ihr setzen, aber kaum, dass sie aufschaute und ihm zulächelte, drehte er sich auch schon auf dem Absatz um und marschierte woandershin. Genau wie beim letzten Mal. Und beim Mal davor.

Dabei hatte sie es nicht anders verdient, als dass er ihr die kalte Schulter zeigte. Unmöglich hatte sie sich aufgeführt. Aber trotzdem schien seine Reaktion doch ein klitzekleines bisschen überzogen. Kindisch schon fast. Und tat trotzdem weh. Jeder Schritt, den er von ihr weg machte, jedes Lächeln, das er übersah, ein Stachel wie von einem wütenden Wespenschwarm.

Emmie wusste nur zu gut, dass sie sich bei Sanjay entschuldigen musste, aber er ließ ihr gar keine Gelegenheit dazu. Insgeheim war sie auch ein bisschen erleichtert, weil sie gar nicht wusste, wie sie ihm erklären sollte, was an jenem Tag passiert war. Sie verstand es ja selbst nicht. Immer wenn sie den Film im Kopf abspulte, wirkte sie darin schwach und passiv und Toby paranoid und aggressiv, und das konnte ja wohl beides nicht stimmen, oder?

Ob sie Iona gefunden hatten? Wie gerne würde sie mit ihr sprechen, über ihre Angst, dass ihre Welt immer kleiner und enger zu werden drohte, bis nur noch sie und Toby Platz darin hatten, allein in ihrem gemütlichen kleinen Luxusnest. War das schlimm? Reichte das nicht? War es egoistisch, mehr zu erwarten? Iona wüsste die Antworten auf all diese Fragen, ganz bestimmt.

Aber fast mehr noch als Iona vermisste sie Sanjay, wie sie sich widerstrebend eingestehen musste. Wieder und immer wieder sah sie ihn vor sich, wie er aus dem Café gekommen war, lächelnd und mit einem Kaffee in der Hand, nur um feststellen zu müssen, dass sie spurlos verschwunden war. Was musste er bloß von ihr denken? Sie hatte sich so wohlgefühlt in seiner Gesellschaft, war sich so sicher gewesen, dass sie Freunde werden könnten, und so dankte sie ihm seine Freundlichkeit.

Wieder einmal musste Emmie an diesen Tag denken, ließ die Ereignisse vor ihrem inneren Auge Revue passieren und grübelte, was sie hätte anders machen können.

Sanjay war ins Café gegangen, hatte sich noch mal umgedreht und sie angelächelt, und sie hatte sich draußen in der Frühlingssonne an den Tisch gesetzt. Und dann war da plötzlich dieses Prickeln im Nacken gewesen, das Gefühl, beobachtet zu werden. Sie drehte sich um, und dort, auf der anderen Straßenseite, im Halteverbot, stand ein Auto genau wie Tobys. Konsterniert starrte sie es an, suchte nach Unterschieden – einer Delle im Kotflügel vielleicht, oder einem Dachgepäckträger oder einem *Baby an Bord*-Aufkleber. Soweit sie wusste, war Toby noch nie in Hampton Court gewesen. Das konnte er unmöglich sein.

Aber noch während sie darüber nachdachte, wurde das Fenster heruntergelassen, und Toby streckte den Kopf heraus.

»Steig ein«, zischte er. »Sofort.«

Emmie war verwirrt. Und alarmiert. Ihr Verlobter machte ein Gesicht, wie sie es noch nie gesehen hatte. Ob etwas Schlimmes passiert war? Ihrem Dad vielleicht? Aber woher hatte Toby gewusst, wo sie zu finden war? Sie ging rüber zum Auto.

»Toby? Was machst du denn hier? Ist was passiert? Ich verstehe das nicht«, sagte sie.

»Emmie, hier, mitten auf der Straße, vor all den Leuten, können wir uns doch nicht in Ruhe unterhalten«, sagte er. »Also, wieso steigst du nicht ein?«

Emmie ging um das Auto herum zur Beifahrerseite und stieg ein. Ohne ein weiteres Wort startete Toby den Wagen.

»Warte! Toby! Ich kann jetzt nicht einfach weg!«, rief Emmie. »Ich bin mit meinen Freunden hier. Wir haben noch was vor. Ich muss mich zumindest verabschieden.«

»Freunde?«, sagte Toby. »Ich habe nur einen *Freund* gesehen. Vermutlich Sanjay, mit dem du ja so *dicke* bist.« Wie konnte ein harmloses Wort so feindselig klingen? »Ich habe ganz genau gesehen, wie er dich angeguckt hat, und nur ein *Freund* ist der bestimmt nicht.« Toby rammte den Schaltknüppel mit derart roher Gewalt in den ersten Gang, als wollte er das Auto für irgendein Vergehen bestrafen.

»Und du hast mich belogen«, sagte er. »Du hast mir gesagt, du willst im West End einkaufen.« Toby scherte in den fahrenden Verkehr ein, so rücksichtslos, dass der Lieferwagen hinter ihm eine Vollbremsung hinlegen musste und ihn wütend anhupte.

»Schnall dich lieber an«, sagte er.

Emmie wurde schlecht. Sie hatte gelogen, und sie wusste, den Mann anzulügen, den man auf der ganzen Welt am allermeisten liebte, dem man so sehr vertraute, dass man sein ganzes restliches Leben mit ihm verbringen wollte, war unverzeihlich. Aber obwohl er sie gar nicht persönlich kannte, schien Toby seit jenem Tag in Hampton Court eine irrationale Abneigung gegen Iona und Sanjay zu hegen und verabscheute schon ihre bloße Erwähnung.

Er war bloß ein bisschen eifersüchtig, wie bei einer innigen

Liebe wie ihrer eigentlich zu erwarten. Das wusste sie. Wenn sie erst mal ein paar Jahre verheiratet waren, würde sich das sicher legen. Dann war es ihm bestimmt herzlich gleich, wo sie hinging und mit wem, und sie würde wehmütig zurückdenken an diese aufregende Achterbahnfahrt der Gefühle. Aber bis dahin war so ein kleiner Schwindel einfacher für sie und besser für ihn.

Wenn sie ganz ehrlich war, schmeichelte Tobys Eifersucht ihr irgendwie. Das hatte so was Beruhigendes. Ein Beweis für die Tiefe seiner Gefühle. Aber sie wusste auch, dass sie sich deswegen zu Dingen hinreißen ließ, bei denen ihr ganz und gar nicht wohl war. Er zwang sie förmlich zur Heimlichtuerei.

»Tut mir leid, dass ich dich angelogen habe«, sagte sie. »Ehrlich. Aber ich dachte mir schon, es wäre dir sicher nicht recht. Ich verstehe zwar nicht, was du gegen meine Zugfreunde hast, aber irgendwas muss da im Busch sein. Und wo wir gerade bei Vertrauen sind, warum bitte verfolgst du mich?«

»Tue ich gar nicht«, sagte er. »Ich habe nur im Radio gehört, dass es auf der Verbindung nach Waterloo eine massive Störung gibt, also dachte ich mir, ich spiele für dich den Helden und hole dich mit dem Auto ab. Ich habe dich mit der Find-My-iPhone-App geortet. Vielleicht kannst du dir meine Verwunderung vorstellen angesichts der Feststellung, dass du nicht in Richtung Norden unterwegs warst, sondern in den Süden.« Er schoss so rasant um die Kurve, dass sie gegen die Beifahrertür geschleudert wurde und der Sitzgurt sich in ihr Schlüsselbein grub.

»Toby, fahr bitte langsamer!«, kreischte Emmie. Am liebsten wollte sie ihm sagen, er solle sofort umdrehen und sie wieder zurückbringen, damit sie sich wenigstens noch von Sanjay verabschieden konnte. Aber ihn jetzt zu erwähnen, würde die ganze Sache sicher nur noch viel, viel schlimmer machen. Hätte sie sich doch bloß seine Nummer geben lassen, aber wie hätte sie denn auch wissen sollen, dass sich zwischen Kaffeeholen und Wiederrauskommen die Notwendigkeit zu einem Telefonat ergeben könnte.

»Toby, wir waren uns doch einig, dass wir die Ortungsfunktion nur in Notfällen benutzen und nicht, um dem anderen hinterherzuspionieren«, sagte Emmie. »Ich finde das nicht richtig. Das ist übergriffig. Du hättest mich auch einfach anrufen können!«

»Emmie, du warst diejenige, die mich rotzfrech angelogen und sich dann hinter meinem Rücken mit einem Mann in einem Café verabredet hat. Also, komm mir jetzt bloß nicht mit Anstand und Respekt. Hältst du mich wirklich für so naiv? Soll ich glauben, das sei alles ganz harmlos? Überleg dir doch mal, wie das für mich aussieht!« Er drehte sich zu ihr um und sah sie durchdringend an.

»Um Himmels willen, schau auf die Straße!«, rief sie. »Du bringst uns noch beide um! Ich kann mir vorstellen, wie das auf dich wirken muss, aber natürlich ist das alles ganz harmlos. Ich würde dich nie hintergehen. Er ist nur ein Freund, weiter nichts.«

»Tja, den wirst du jedenfalls nicht wiedersehen«, sagte Toby und klang dabei wie ein trotziges Kind.

»Toby, du kannst mir nicht vorschreiben, mit wem ich mich treffen darf und mit wem nicht«, hatte sie gesagt, entschlossen, ihm tapfer die Stirn zu bieten. Aber das Zittern in ihrer Stimme hatte sie verraten. »Und außerdem, ihn nicht wiederzusehen, wird ohnehin nicht gehen. Wir sitzen fast jeden Tag im selben Zug.«

Toby gab darauf keine Antwort, und die restliche Heimfahrt verlief in tiefem Schweigen. Danach redete er das ganze Wochenende nicht mehr mit ihr, und sie fühlte sich unsagbar einsam.

Jetzt, drei Wochen später, war alles wie immer, und Toby tat, als wäre nichts geschehen. Wenn überhaupt, war er nur noch liebevoller und aufmerksamer als zuvor. Aber die ganze Geschichte wollte Emmie einfach nicht mehr aus dem Kopf. Sie konnte zwar verstehen, warum Toby sich so aufgeführt hatte, aber seitdem war ihr irgendwie mulmig zumute. Unbehaglich. Sie wusste, wie unlogisch das war, schließlich betete Toby sie an – nicht mal im Traum würde er auf den Gedanken kommen, ihr auch nur ein Haar zu krümmen. Nein, eher war er überfürsorglich.

Wieder und wieder ging ihr ein unangenehmer Gedanke durch den Kopf, drehte Kreise wie eine Motte, die unablässig eine Glühbirne umflattert, obwohl die Hitze ihr die Flügel versengt: *Woran erkennt man den Unterschied zwischen Fürsorge und Übergriffigkeit?*

Emmie hatte natürlich nicht vor, Sanjay nur wegen Tobys Eifersucht aus dem Weg zu gehen, aber wie sich rasch herausstellte, hatte sie in dieser Sache nichts mehr zu sagen. Sanjay redete nicht mehr mit ihr. Immer wenn sie ihn irgendwo entdeckte, drehte er sich um und strebte in die andere Richtung. Mit voller Absicht.

Doch Emmie war wild entschlossen, sich wieder mit ihm zu vertragen. Sie nahm ihre Handtasche und ging den Gang hinunter schnurstracks auf ihn zu.

»Hi, Sanjay«, sagte sie. »Ist hier noch frei?«

Sanjay

08:29 New Malden nach Waterloo

»Danke«, sagte Emmie, als hätte er ihr einen Platz angeboten, was er gar nicht hatte. Trotzdem setzte sie sich auf den Sitz gegenüber. »Du musst mir unbedingt sagen, ob ihr Iona gefunden habt. Geht es ihr gut?«

»Ja«, sagte Sanjay.

»Ja, ihr habt sie gefunden, oder ja, es geht ihr gut?«, fragte Emmie.

»Beides«, sagte Sanjay. Er wusste, dass ihr das nicht reichen würde, aber irgendwie hatte sie es nicht verdient, mehr erzählt zu bekommen. Schließlich hatte sie ihm mehr als deutlich gemacht, dass sie ihre Zeit nicht mit ihm vergeuden wollte. Im Laufe der letzten Wochen hatte er sie gelegentlich aus der Ferne gesehen. Sie war also ganz offensichtlich weder von Außerirdischen noch von einer fanatischen Sekte entführt worden und hatte auch nicht nach einer schweren Kopfverletzung das Gedächtnis verloren. Sie war bloß unhöflich und gemein und nicht der Mensch, für den er sie gehalten hatte.

»Hör mal«, sagte Emmie. »Ich weiß, dass du böse auf mich bist, und ich kann es dir nicht mal verdenken. Es war unglaublich schlechter Stil von mir, einfach ohne Erklärung zu verschwinden, und es tut mir wirklich aufrichtig leid.«

Sanjay sagte nichts. Einen Teufel würde er tun, es ihr so leicht zu machen. Er schaute aus dem Fenster, hinter dem die sattgrüne, weite, offene Landschaft der Vorstädte allmählich der Backstein-, Beton- und Glasfassadenenge der Londoner City wich.

»Mein Verlobter ist völlig unerwartet aufgetaucht. Es war quasi ein Notfall. Das war ein ziemlich harter Tag«, sagte sie.

»Das erklärt nicht, warum du dich nicht mal verabschiedet hast«, sagte Sanjay. »Ich hatte dir einen Kaffee geholt. Und Bananenbrot. Aus Fair-Trade-Bananen.« Er hätte sich in den Hintern treten können. Das tat doch jetzt wirklich nichts zur Sache.

»Na ja, er war ein bisschen sauer. Ich war woanders, als ich ihm gesagt hatte, und er kann mitunter ein bisschen eifersüchtig sein. Sollte mir wohl schmeicheln«, meinte Emmie. Und dann lächelte sie nervös, und er fragte sich, wen sie eigentlich überzeugen wollte: ihn oder sich selbst.

Sanjays Wut wich erst Verwirrung und dann echter Sorge.

»Emmie, ist er dir etwa *gefolgt*?«, fragte er.

»Nein, nicht direkt«, sagte sie. Er wartete ab, ob sie das weiter ausführen würde. »Wir können uns gegenseitig mit Find My iPhone orten. Du weißt schon, für Notfälle. Er hat zufällig mitbekommen, dass es eine Störung auf der Bahnstrecke gab, und hat bloß geguckt, wo ich stecke und ob er irgendwas tun kann. Total nett von ihm, findest du nicht?«

Sanjay wusste nicht, was er dazu sagen sollte. Gut möglich – ja sogar wahrscheinlich –, dass sein Unbehagen rein gar nichts mit Toby selbst zu tun hatte, sondern Ausdruck seiner eigenen verkappten Verzweiflung war. Dieser Drang, ein Haar in der Suppe zu finden, einen Grund, Emmies Verlobten nicht ausstehen zu können, einen kleinen Riss in der Mr Perfekter-geht's-nicht-Fassade.

»Toby war schon immer so. Er will auf mich aufpassen und

mich beschützen«, sagte sie. »Von Anfang an. So haben wir uns auch kennengelernt. Mir war in der U-Bahn das Portemonnaie geklaut worden. Am Drehkreuz habe ich es gemerkt, und dann stand ich da, ohne Fahrkarte und ohne Geld, bis er kam und mich gerettet hat.«

Verfluchter Toby. Der Mann war wahrlich ein wandelndes Klischee mit seiner Ritter-auf-dem-weißen-Ross-Nummer.

»Wow. Wie romantisch«, sagte er. Klang das zu sarkastisch? Er hoffte nicht. »Emmie, ich möchte mich ja nicht einmischen, und ich weiß, es geht mich auch gar nichts an, aber sei bitte auf der Hut bei dieser Eifersuchtsgeschichte.« Er konnte ihr ansehen, dass sie ihn unterbrechen wollte, aber er redete unbeirrt weiter, ohne sich zu fragen, was er da eigentlich sagte, um nicht zwischenzeitlich die Nerven zu verlieren. »Weißt du, ich habe eine ganze Weile in der Notaufnahme gearbeitet. Und, na ja, ich habe da deutlich zu viele Frauen gesehen, deren Männer ›nur ein bisschen eifersüchtig‹ waren. Die mir erzählt haben, wie alles angefangen hat, mit wilder, stürmischer Leidenschaft nämlich. Bis der Typ irgendwann anfing, ihnen vorzuschreiben, wo sie hingehen dürfen und wo nicht, mit wem sie sich treffen dürfen und mit wem nicht, was sie anziehen dürfen und was nicht, und wie sie ihr Geld auszugeben haben, sollten sie überhaupt welches für sich behalten dürfen. Und eines Tages ist es dann so weit, dass sie schon beim kleinsten Fehltritt versehentlich ›die Treppe runterfallen‹ oder ›gegen einen Schrank laufen‹. Frauen, die schluchzend vor mir im Familienzimmer standen und mir gestehen mussten, sie wüssten ja selbst, dass sie eigentlich gehen sollten, aber wüssten nicht, wie. Das würde ich dir gerne ersparen.«

Sanjay verstummte und sah Emmie nervös an. Sie war ganz still geworden und starrte stumm auf ihre Hände, die sie wieder und wieder zu Fäusten ballte und öffnete. Er war zu weit gegangen. Er wünschte, er könnte seine Worte mit beiden Händen packen, sie sich in den Schlund stopfen und herunterschlucken, aber er wusste, wenn er das versuchte, er würde daran ersticken.

»Sanjay«, sagte sie, ihre Stimme kaum mehr als ein Flüstern. »Mir ist bewusst, du meinst es nur gut, aber du hast nicht die geringste Ahnung, was du da redest. Du kennst mich nicht, und Toby kennst du erst recht nicht. Er liebt mich, und ich liebe ihn. Also geh bitte einfach wieder zurück zu deinen Patienten, die wirklich deine Hilfe brauchen, und lass uns in Ruhe.«

»Okay, Emmie«, sagte er. »Schon klar, dass ich Toby nicht kenne, aber ich habe auch nicht vor, ihn zu heiraten. Du schon, also vergewissere dich, dass du ihn auch wirklich so gut kennst, wie du glaubst. Es ist dir immer so wichtig, dass alle korrekt und fair behandelt werden. Das sollte genauso für dich selbst gelten.«

»Ich *habe nicht vor*, Toby zu heiraten, Sanjay. Ich *werde* ihn heiraten«, zischte Emmie und funkelte ihn wütend an. Und mit dem schlimmstmöglichen Timing kam der Zug just in diesem Augenblick ruckelnd am Bahnhof Waterloo zum Stehen. Noch ehe Sanjay aufstehen konnte, war Emmie schon zur Tür hinaus und auf den Bahnsteig gelaufen und schlängelte sich durch die dichten Menschenmassen, fort von ihm.

Immer wieder musste Sanjay im Laufe dieses Tages an das Gespräch mit Emmie denken. Immer wieder spulte er es in Gedanken ab, hinterfragte seine Motive, beleuchtete Tobys Verhalten aus allen nur erdenklichen Blickwinkeln. Manchmal konnten scheinbar eindeutige Symptome am Ende auf eine ganz andere Diagnose hindeuten. Ein mutmaßlich bösartiger Tumor konnte sich als gutartig entpuppen. Das wusste er.

Vielleicht war Toby einfach der Traummann schlechthin, der nichts anderes wollte, als seiner Angebeteten jeden Wunsch von den Augen abzulesen und dafür zu sorgen, dass es ihr an nichts fehlte. Und er konnte es Toby ja wohl kaum verdenken, wenn er gelegentlich ein bisschen eifersüchtig war, oder? Sanjay selbst hatte schließlich auch wochenlang in seiner Eifersucht geschmort, und das machte ihn noch lange nicht zum Frauenschläger.

Vielleicht hatte er die potenzielle Freundschaft mit Emmie gerade vollkommen grundlos gegen die Wand gefahren. Hätte er den Mund gehalten, könnte er für sie da sein, sollte sie ihn irgendwann brauchen.

In einem seltenen ruhigen Moment flitzte Sanjay in die Kantine, holte sich fix eine Tasse Tee und ein KitKat und setzte sich an einen der Tische. Dann zog er das Handy heraus, öffnete die App, mit der er immer seine Zugverbindungen checkte, und tippte *Zugverspätungen Hampton Court Waterloo* sowie das Datum ihrer kleinen Suchexpedition ein. Er suchte und suchte, aber fand nichts. Keine Verspätungen, keine Störungen, weder in die eine noch in die andere Richtung. Nicht bis zum frühen Abend, als ein liegen gebliebener Zug kurz vor Vauxhall gemeldet worden war.

Entweder Emmie hatte ihn angelogen, oder Toby hatte sie angelogen.

Emmie

Den ganzen Tag bei der Arbeit war Emmie wieder und wieder durch den Kopf gegangen, was Sanjay gesagt hatte. Endlos hatte sie jeden einzelnen Satz gedreht und gewendet. *Bis der Typ irgendwann anfing, ihnen vorzuschreiben, wo sie hingehen dürfen und wo nicht, mit wem sie sich treffen dürfen und mit wem nicht, was sie anziehen dürfen und was nicht, und wie sie ihr Geld auszugeben haben.*

Und dann hatte sie Toby vor sich gesehen, wie er ihr erklärte, sie dürfe Sanjay nicht mehr wiedersehen. Und sie musste an das Business-Kostüm denken, das er ihr letzte Woche als kleine Überraschung geschenkt hatte. Schicker Schnitt und unverschämt teuer, aber sie sah darin aus wie eine verklemmte, nicht mehr ganz taufrische British-Airways-Stewardess aus den Fünfzigern. *Wenn du bald Unternehmerin bist, solltest du auch so aussehen*, hatte er strahlend verkündet. *Und das heißt ab jetzt, keine Miniröcke und keine tiefen Ausschnitte mehr …* Wobei er allerdings geflissentlich zu ignorieren schien, dass es noch gar nicht entschieden war, ob sie ihren Job wirklich an den Nagel hängen würde. Nein, wenn man ihn fragte, war das längst beschlossene Sache.

Emmie musste daran denken, wie nachdrücklich Toby darauf bestanden hatte, dass ihre beiden Gehälter auf ein gemeinsames Bankkonto gingen, wie er regelmäßig die Kontoauszüge mit einem Marker durchging und dabei immer öfter ihre Ausgaben hinterfragte. *Wir sparen für die Hochzeit, Emmie. Du kannst nicht so viel Geld für Kinkerlitzchen wie Schminke verpulvern.* Um den Stich schließlich, wie jedes Mal, mit einer kleinen Schmeichelei abzumildern: *Ich finde dich sowieso viel schöner, so wie du bist.*

Und dann ein Gedanke, bedrückender als alle anderen zusammen. Die Worte, von denen Emmie aus Angst und Scham niemandem etwas erzählt hatte:

IN DEM PINKEN ROCK SIEHST DU AUS WIE EIN FLITTCHEN. ALLE WISSEN, DASS DU BLOSS EIN WINDEI BIST. DU HAST DIESEN MANN NICHT VERDIENT. Sie wischte die Sätze beiseite wie lästige Fliegen. Toby betete sie an. Nie würde er ihr Selbstvertrauen willentlich so erschüttern.

Bestimmt war es Sanjay, der übertrieb, nicht Toby. Er machte sie ganz misstrauisch, beinahe, als wollte er einen Keil mitten in ihre perfekte Beziehung treiben. Fast war es ihr, als starrte sie dieses Kleid an, das damals das Internet gespalten hatte. Was sehen Sie? Ist es wirklich schwarz und blau oder doch weiß und gold? Es kann schließlich unmöglich beides sein.

Emmmie stand vor ihrer Haustür und versuchte, ruhig durchzuatmen. Toby hatte heute Abend ein Essen mit Klienten, sie würde also ein bisschen Zeit für sich zum Nachdenken haben.

»Hi Toby!«, rief sie, so wie immer, zog die Schuhe und den Mantel aus und hängte und stellte alles dahin, wo es hingehörte, so wie immer.

Toby trat zu ihr in den Flur. »Hey Emmie! Was ist los? Alles okay?«, fragte er. Wohl doch nicht so wie immer.

»Bin nur müde«, antwortete sie. »War ein harter Tag.«

»Armes Ding«, sagte Toby. »Je schneller du diesen Job kündigst, desto besser. Wie wäre es mit einem schönen heißen Bad und dann früh ins Bettchen? Du weißt ja, dass ich heute Abend noch wegmuss, oder?«

»Ja«, erwiderte sie. »Ist wohl auch besser so. Ich wäre dir bestimmt eine miserable Gesellschaft.« Manchmal war es die leichteste Lüge, einfach die Wahrheit zu sagen.

Wie ferngesteuert lief Emmie durchs Haus. Es kam ihr vor, als würde man einen alten Film von ihr zeigen, gedreht in einer anderen Zeit. Die Frau sah zwar aus wie sie, wirkte aber irgendwie substanzlos und zweidimensional.

Um sich ein bisschen abzulenken, ging Emmie auf Instagram. Ihr privates Profil benutzte sie so gut wie nie. Wenn man so wie sie beruflich viel Zeit in den sozialen Netzwerken verbrachte, hatte man nach der Arbeit keine Lust mehr darauf. Sie öffnete ihre Nachrichten. Eine fiel ihr gleich ins Auge, von einem Account, dem sie nicht folgte: @ionabeaandlulu. Sie klickte darauf. *Emmie, wenn du mich brauchst, du findest mich hier: 24 Hurst Road, East Molesey.* Dann eine Mobilnummer und die Worte: *Ich mache mir Sorgen. Iona.* Die Nachricht war Wochen alt. Von dem Tag ihrer groß angelegten Suche. Dem Tag, an dem die ersten Risse in ihrer perfekten kleinen Welt erschienen waren. Risse, die sich nun zu klaffenden Spalten auftaten.

Emmies Finger schwebte unschlüssig über dem Display, aber sie hatte keinen Schimmer, was sie Iona antworten sollte. Wo anfangen? Sie würde ihr später schreiben. Vorerst hielt sie sich an Ionas Sorge um sie fest wie an einem Glücksbringer.

Irgendwann schloss sich die Tür hinter ihrem Verlobten, und das Korsett, das ihren Brustkorb einschnürte, lockerte sich ein wenig.

Wie gut kennst du ihn wirklich, Emmie?, fragte die Stimme in ihrem Kopf und wiederholte Sanjays Frage vom Morgen. Sie *kannte* ihn doch, ganz bestimmt, oder nicht? Seit zwei Jahren waren sie zusammen und wohnten schon seit Monaten im gemeinsamen Haus. Und Tobys zwanghafte Ordnungssucht hatte auch ihr Gutes, genau wie seine Philosophie *Jedem Ding seinen Platz, und jedes Ding an seinem Platz.* Sie wusste, was in sämtlichen Schubladen und Schränken im ganzen Haus war, und es waren – weil es ein Neubau war – auch nirgendwo lose Bodendielen oder Geheimverstecke in uralten Kaminabzügen. Nichts, wo er irgendwas vor ihr verstecken könnte.

Nur einen Raum gab es, um den er immer ein Geheimnis machte. Tobys Büro, das er scherzhaft als seine *Männerhöhle* bezeichnete. Emmie betrat es nur, wenn er drinnen war, und dann auch nur nach Anklopfen.

Vorsichtig öffnete Emmie die Tür zum Büro. Tobys Geruch hing noch in der Luft. Das Herz klopfte ihr bis zum Hals, und sie war in höchster Alarmbereitschaft, als fürchtete sie, seine Hand könne sich jeden Augenblick von hinten auf ihre Schulter legen.

Das Büro war genauso tadellos sauber und aufgeräumt wie der Rest des Hauses. Auf dem Schreibtisch nur eine Unterlage, ein Füller, ein Briefhalter und ein antiker silberner Brieföffner, alle streng in Reih und Glied, gerade und im rechten Winkel zueinander angeordnet. In der Stille klang das Ticken der antiken Reiseuhr so laut und bedrohlich wie das Ticken einer scharf gemachten Bombe.

Emmie setzte sich auf Tobys Schreibtischstuhl und seufzte unwillkürlich, als das Lederpolster unter ihr leicht nachgab und sich ihrem Gewicht und ihrer ungewohnten Form anpasste. Mit der Hand fuhr sie über die polierte Schreibtischplatte. Eine nachgemachte Antiquität, Mahagoni-Imitat. Ob Toby auch bloß ein Schwindler war?

Behutsam legte sie die Hände auf Tobys Tastatur. Ein-, zweimal hatte sie seinen Computer schon benutzt, als ihr Laptop Zicken machte. Sie wusste noch, wie sie lachen musste, als er ihr sein Passwort verraten hatte. Emmie20111990. Ihr Geburtstag. Hätte er was zu verbergen, hätte er ihr doch sicher nicht so bereitwillig sein Passwort verraten, oder?

Sie tippte es ein, und der Bildschirm leuchtete auf.

Rasch überflog Emmie seine E-Mails und Dateien. Tobys Festplatte war genauso ordentlich und aufgeräumt wie sein restliches Leben. Sie konnte nichts Verdächtiges erkennen. Was dachte sie sich denn auch dabei, grundlos in seinen Privatsachen herumzuschnüffeln? Und sich just jenes Vergehens schuldig zu machen, dessen sie ihn kürzlich erst selbst bezichtigt hatte.

Sie schob den Stuhl zurück und öffnete nacheinander die Schreibtischschubladen. Zum Vorschein kamen ordentlich gestapelte Pässe, Papiere, Fotos – nichts Unerwartetes, nichts Unverhofftes. Sie sollte auf der Stelle damit aufhören. Was suchte sie eigentlich?

Schließlich angelte sie nach dem Griff der untersten Schublade, doch die wollte sich partout nicht öffnen lassen. Emmie zog wieder und wieder am glänzenden Messinggriff, aber sie war abgeschlossen. Und nicht die Spur eines Schlüssels. Frustriert stöhnte sie auf.

Denk nach, Emmie. Denk nach. Warum sollte Toby eine seiner Schreibtischschubladen abschließen? Vielleicht aus Angst vor Einbrechern, oder aus Angst vor ihr. *Wie gut kennst du ihn wirklich, Emmie?*

Sie nahm den Brieföffner – der aussah wie ein handlicher Dolch – und rammte die Spitze in das kleine Schlüsselloch. Dann drehte sie ihn hin und her und zog und rappelte gleichzeitig am Griff.

Irgendwann, mehr aus Glück und roher Gewalt denn wirklichem Können, und mit einem leisen Splittern, flog die Schublade auf. Toby würde gleich sehen, was sie hier angerichtet hatte, ging ihr in dem Moment auf, und die Angst versetzte ihr einen Stich zwischen die Rippen. Wie sollte sie ihm das bloß erklären?

Emmie spähte in die Schublade. Auf den ersten Blick war vom Inhalt nichts zu erkennen.

Sie versuchte, ganz ruhig zu bleiben, und fühlte in den Untiefen der Schublade herum, bis sie etwas Schlankes ertastete, das sich anfühlte wie ein iPhone. Tobys altes Handy. Das, von dem sie bisher angenommen hatte, er hätte es längst zum Recycling gegeben, nachdem er sich letzte Weihnachten ein neues gegönnt hatte. Sie drückte den Knopf an der Seite und erwartete eigentlich, der Akku müsste mausetot sein, aber das Display leuchtete fast augenblicklich auf. Und forderte eine vierstellige PIN von ihr. Sie versuchte es mit seinem Geburtsjahr. Dann mit ihrem. Dann 2017, das Jahr, in dem sie sich kennengelernt hatten. Bingo. Sie war drin. Alle Passwörter hatten mit ihr zu tun. Doch statt ihr ein Lächeln zu entlocken, lief es ihr bei dem Gedanken eiskalt den Rücken herunter.

Das Telefon war wohl auf die Fabrikeinstellungen zurückgesetzt worden, es fanden sich nämlich keine von Tobys Lieblings-Apps darauf. Sie hielt den Atem an und tippte auf das Nachrichten-Symbol. Nur eine Nachricht, und die kannte sie in- und auswendig, als wären ihr die Worte in die Seele eingebrannt. DU HÄLTST DICH FÜR SO CLEVER, DABEI WISSEN DOCH ALLE, DASS DU BLOSS EIN WINDEI BIST.

Die Wände schienen näher zu kommen und Emmie erdrücken zu wollen. Mit zitterndem Finger klickte sie auf das E-Mail-Symbol und wusste jetzt schon, was sie erwarten würde. Zwei E-Mails, beide an sie adressiert. Von ein.freund@gmail.com. Das iPhone brannte in ihrer Hand wie Feuer, und sie ließ es auf den Schreibtisch fallen, um dann abermals ganz hinten in der Schublade zu wühlen.

Ihre Hand schloss sich um etwas, so vertraut, dass sie ihre

eigenen Fingerabdrücke im abgewetzten Leder fand. Emmie zwang sich, weiter zu atmen, und sie versuchte, die Schlangen, die sich in ihrem Bauch umeinanderwanden, zu ersticken. Es war ihr altes Portemonnaie. Das Portemonnaie, das ihr damals in der U-Bahn aus der Handtasche gestohlen worden war, an dem Tag, als sie und Toby sich kennengelernt hatten. Toby, der sie entdeckt hatte, wie sie hilflos ohne Fahrschein auf der falschen Seite des Drehkreuzes stand. Toby, der sie kurzerhand auf sein Pferd gesetzt und sie gerettet hatte. Ihr Ritter im Kaschmirmantel.

Sie machte es auf, und tatsächlich, da war es – das Bild, von dem sie geglaubt hatte, es nie wiederzusehen, das von ihr und ihrer Mutter. Und sämtliche Bank- und Kreditkarten, die sie hatte sperren lassen müssen, aber kein Bargeld. Ob er ihr damals mit ihrem eigenen Geld aus der Patsche geholfen hatte?

Aber warum das Portemonnaie behalten? Weil er vorgehabt hatte, ihr irgendwann alles zu gestehen und es ihr zurückzugeben? Oder war es eine Art Trophäe? So wie andere sich einen ausgestopften Löwenkopf an die Wand ihres Landsitzes nagelten, oder wie ein aufgespießter Schmetterling unter einer Glasglocke.

Mit einem Mal sah sie alles glasklar. Toby war nicht ihr Retter in der Not, er war ihr Kidnapper. Immer schon. Er hatte ihr einen goldenen Käfig gebaut, und sie war ihm geradewegs in die Falle getappt – dankbar und liebesblind, lächelnd und mit einem diamantenen Verlobungsring am Finger. Er hatte an ihrem Selbstbewusstsein gekratzt, mit anonymen Mails ihren Glauben an sich selbst untergraben, und sich dann darangemacht, ihr systematisch sämtliche Fluchtwege abzuschneiden, indem er mögliche Helfer wie ihre Freunde aus dem Zug und ihre Arbeitskollegen vergraulte. *Du arbeitest doch so gern von zu Hause, Emmie.*

Wie hatte sie bloß so verblendet sein können? Hatte sie so verzweifelt an ihr Märchen-Happy-End glauben wollen, dass sie übersehen hatte, was ihr eigentlich ins Auge hätte springen müssen?

Sie zog den Ring vom Finger und legte ihn mitten auf den Schreibtisch. Dann schob sie ihn zehn Zentimeter nach rechts. Toby hasste es, wenn irgendwas nicht mittig lag.

Danach schnappte sie sich ihr Portemonnaie und rannte die Treppe zum Schlafzimmer hinauf, zog einen Koffer aus einem der oberen Schränke und fing an, wahllos Klamotten hineinzuwerfen. Und auf einmal musste sie an die Instagram-Nachricht von vorhin denken. *Wenn du mich brauchst, du findest mich hier: 24 Hurst Road, East Molesey.*

Im Flur blieb Emmie kurz stehen und ging dann zu Tobys dicht an dicht stehenden Schuhen, ordentlich aufgereiht und paarweise nach vorne schauend wie paradierende Soldaten. Mit zitternden Händen nahm sie von jedem Paar einen, und als sie kurz darauf die Straße entlang in Richtung Bahnhof lief, warf sie die Einzelschuhe bei einem Nachbarn in die Mülltonne. Dann übergab sie sich in den Rinnstein.

Sanjay

19:15 New Malden nach Hampton Court

Auf dem Weg von der Arbeit nach Hause blieb Sanjay vor dem Anschlagbrett für die Mitarbeiter des Krankenhauses stehen. Er überflog die vielfältigen Jobangebote, die Gesucht-Gefunden-Spalte, die Wohnungsannoncen und Fahrradverkäufe, bis er es schließlich entdeckte, ganz unten rechts in der Ecke. Einen kleinen, unauffälligen Zettel, auf dem stand SELBSTHILFEGRUPPE FÜR KLINIKMITARBEITER, TREFFEN IMMER MONTAGS UM 13 UHR. JEDE/R IST WILLKOMMEN!, gefolgt von dem Namen und der Nummer des Organisators. Er zog das Handy heraus und schoss ein Foto davon. Konnte schließlich nicht schaden, sich das mal anzuschauen, oder?

Sanjay stieg die letzten Stufen zu seiner Wohnung hinauf und bog um die Ecke. Eben hatte er noch gedacht, er hätte sich den dezenten Biryani-Duft nur eingebildet, doch nein. Dort, direkt vor seiner Tür, stand eine Tragetasche mit einem gefalteten DIN-A4-Blatt darauf, auf dem in dicken Großbuchstaben sein Name prangte.

Sanjay faltete das Blatt auf: ZUM TEILEN MIT EINEM FREUND. ODER EINER FREUNDIN, stand da, in einer Handschrift, die ihm beinahe so vertraut war wie seine eigene: die seiner Mutter. Und ganz unten hatte sie, wie immer, hinzugefügt: P.S. VORSICHTIG ERHITZEN. NICHT IN DER MIKROWELLE AUFWÄRMEN.

Sanjays Mum Meera zeigte ihre Liebe gerne mit Essen und fand es schier unmöglich, nur noch für zwei zu kochen. Sie rührte in gewaltigen Kesseln und servierte mit gigantischen Kellen – das mit den kleinen Portionen wollte ihr einfach nicht gelingen. Immer wenn einer von Dads Fahrern eine Tour nach New Malden machte, nötigte sie ihm Essen für ihren Sohn auf.

Einen Schlüssel hatte Meera auch. Darauf hatte sie bestanden, für Notfälle. Anfangs, als Sanjay gerade erst mit seinen Kollegen zusammengezogen war, schneite sie gelegentlich unangemeldet herein und frühlingsputzte die gesamte Wohnung. Nach einigen peinlichen Zwischenfällen, in die unter anderem ein benutztes Kondom und Ethans geheimes Pornoversteck involviert waren, kamen sie überein, dass seine Mutter die Wohnung mit sofortiger Wirkung nur noch mit Voranmeldung betreten durfte, außer in akuten Notfällen, sollte beispielsweise einer von ihnen im Sterben liegen. Und selbst dann nur in Begleitung von Einsatzkräften und unter der strikten Order, nichts anzufassen.

Sanjays Mitbewohner liebten Meeras Hausmannskost beinahe genauso sehr wie Sanjay, und es war ein toller Vorwand, um bei ein paar Bier und authentischem indischem Essen gemeinsam einen guten Film zu schauen. Aber mit einem Blick auf den Zettel musste Sanjay sich eingestehen, dass es noch eine andere Freundin gab, mit der er sein heutiges Abendessen noch viel lieber teilen wollte. Und wie.

Er zog das Handy aus der Tasche.

»Immer hereinspaziert, Sanjay!«, rief Iona strahlend. »Es gibt nur eins, was besser ist, als ein hübscher junger Mann, der unverhofft vor der Tür steht, und das ist ein hübscher junger

Mann, der unverhofft mit Essen vor der Tür steht.« Er reichte ihr die Tragetasche.

»Das ist ja so aufregend!«, sagte Iona. »Ist es schwierig zuzubereiten? Ich bin eine grauenhafte Köchin. Bea hat immer gesagt, sollte sie mal abnehmen wollen, würde sie mich einfach bitten, mal einen Monat das Kochen zu übernehmen.«

»Kinderleicht«, versicherte Sanjay. »Einfach in die Mikrowelle und fertig. Oh, aber nicht vergessen, es vorher aus den Aluschälchen zu holen, wenn du nicht willst, dass deine Mikrowelle explodiert. Das ist Ethan mal passiert. Du glaubst nicht, wie lange es dauert, Kurkuma von der Zimmerdecke zu kratzen. Aber egal, was hast du so gemacht, Iona? Du siehst so … heiß aus«, sagte Sanjay.

»Wie lieb von dir, Schätzchen. Heiß hat mich schon lange keiner mehr genannt«, entgegnete Iona und zwinkerte ihm anzüglich zu. Er wusste nicht so recht, ob sie ihn absichtlich missverstanden hatte oder nicht. »Die süße kleine Martha ist noch da. Ich habe ihr Cancan-Tanzen beigebracht. Komm, du kannst mitmachen – danach haben wir bestimmt ordentlichen Hunger. Aber warte, du brauchst einen Rock.«

Mit einem etwas mulmigen Gefühl folgte Sanjay Iona ins Wohnzimmer. Tisch und Stühle waren beiseitegeschoben, und der Teppich mit dem polierten blanken Parkett darunter lag aufgerollt auf der Seite.

»Hi Sanjay!«, rief Martha, die noch hochroter war als Iona. Sie hatte noch die Schuluniform an, aber über dem vorschriftsmäßigen marineblauen Rock trug sie einen weiteren, voluminös, kunterbunt und mit unzähligen Rüschen besetzt.

»Bitte sehr«, sagte Iona und reichte Sanjay ein ganz ähnliches Exemplar mit Gummibund.

Sanjay wusste augenblicklich, nicht mitzumachen wäre keine Option. Also zog er brav den Rock über die Hose.

Iona ging zu einem altmodischen Plattenspieler. »Wir tanzen zu einem klassischen Cancan von Offenbach, *Orpheus in der Unterwelt*«, erklärte Iona. »Ein bisschen kitschig, aber was für ein Spaß!«

Es dauerte nicht lange, da wedelte Sanjay mit seinem Röckchen und warf die Beine in die Luft, als hätte er nie etwas anderes getan. Er musste daran denken, wie er auf dem Weg zur Bahn seinen Mitbewohnern begegnet war und wie sie ihn aufgezogen hatten, als sie hörten, dass Sanjay mit dem ganzen Essen zu einem »Mädchen« unterwegs war. *Ooh, Sanjay hat ein Date. Wird aber auch langsam Zeit.* Wenn die ihn jetzt sehen könnten. Damit würden sie ihn bis an sein Lebensende aufziehen.

Martha glotzte ihn an und fing unvermittelt an zu lachen. Lauter und heftiger als nötig, wie er fand. Sie lachte so laut, dass er schon Angst hatte, sie könne keine Luft mehr bekommen. Gackernd sank sie zu Boden, fiel auf den Rücken und starrte mit geweiteten Pupillen an die Decke.

»Argh, der ganze Raum dreht sich«, sagte sie.

»Martha«, sagte Iona streng und sah sie mit besorgter Miene an. »Als du eben in der Küche ein Glas Wasser getrunken hast, hast du da vielleicht einen von meinen Keksen genascht?«

»Ja, habe ich«, gestand Martha. »Ich dachte, du hast sicher nichts dagegen. Die waren echt lecker. Aber das Komische ist, jetzt habe ich *noch mehr* Hunger.«

»Ach, verflixt«, brummte Iona. »Das sind meine Spezialkekse. Die nehme ich gegen meine Arthritis.«

Sanjay schaute Iona an und dann Martha, und auf einmal kapierte er, was los war.

»Iona, hast du Martha etwa einen Cannabiskeks gegeben?«, fragte er.

»*Gegeben* habe ich ihn ihr ganz bestimmt nicht, Herzchen. Sie hat ihn sich genommen. Keine Sorge, das geht bald wieder vorbei. Sie berappelt sich schon wieder. Und Gelenkschmerzen wird sie in nächster Zeit auch nicht haben.«

»Mir geht es prima! Hervorragend sogar«, versicherte Martha. »Sagt es bloß nicht meiner Mum.«

Die Musik und Marthas Gelächter waren so durchdringend, dass die Türklingel wohl schon eine geraume Weile geläutet hatte, ohne dass es jemand bemerkte.

»Iona! Was ist das denn für ein Gebimmel? Bilde ich mir das ein?«, schrie Martha gegen die Musik an.

Iona nahm den Tonabnehmer von der Platte.

»Meine Türklingel. Lieber Himmel, so viele Überraschungsgäste habe ich nicht mehr gehabt, seit Bea die Bratpfanne auf den Herd gestellt, sich ein Bad eingelassen und sie prompt vergessen hat. Die gesamte Feuerwehr von Kingston war bei uns zum Abendessen. Der wahrgewordene Wunschtraum einer jeden heterosexuellen Frau. Was für eine Verschwendung. Moment, ich schaue eben nach, wer es ist«, sagte Iona.

Sanjay sah auf sein Handy. Eine Nachricht von seiner Mum:

UND, HAST DU EINEN FREUND ZUM TEILEN GEFUNDEN? ODER EINE FREUNDIN?

Gerade wollte er schon antworten, als Iona zurückkam.

»Schaut mal, wer ein Weilchen hierbleiben wird«, sagte sie. Und da, hinter ihr, kam Emmie hereingestolpert. Mit einem Koffer in der Hand.

Ja, tippte Sanjay.

Seine Mum schickte ihm ein freudestrahlendes Emoji, einen Partykracher und ein Herz zurück.

Meera setzte gerne unpassende Emojis ein. Wegen missbräuchlicher Benutzung einer Aubergine hatte sie mal richtig

Ärger bekommen. Aber diesmal hatte sie ganz genau beschrieben, wie Sanjay sich gerade fühlte.

Aber Sanjays unverhohlene Freude wich rasch der Bestürzung, als Emmie wie ein Häufchen Elend auf das Wohnzimmerparkett sank und haltlos zu schluchzen begann.

Piers

08:13 Surbiton nach Waterloo

Während Martha mit den Gleichungen beschäftigt war, die Piers ihr aufgegeben hatte, ging er die Immobilienanzeigen auf Rightmove durch. Sie hatten bereits ein Angebot für das Haus bekommen, und nun suchten sie eine etwas bescheidenere Bleibe für Candida und die Kinder und eine kleine Wohnung für ihn, irgendwo in der Nähe. Leider war Bescheidenheit ein Wort, mit dem Candida nicht allzu viel anzufangen wusste, weshalb sich das Ganze schwierig gestaltete.

Piers wunderte sich fast, wie wenig es ihm ausmachte, ihr gemeinsames Zuhause zu verkaufen. Es war von Candida ausgesucht, von einer Innenarchitektin eingerichtet und von einem Heer an Handwerkern und Hausangestellten instand gehalten worden. Bezahlt hatte er das alles, aber wie seins angefühlt hatte es sich eigentlich nie. Es entbehrte nicht einer gewissen Ironie, dass er dieses obszön große Haus gekauft hatte, um sich am Ende immer in seine kleinsten, kuscheligsten Winkel zu verkriechen. Insgeheim freute er sich schon darauf, sein neues Zuhause eigenhändig einzurichten, einfach, unprätentiös und gemütlich. Einen Ort, an dem sich auch Minty und Theo nach der Schule und an den Wochenenden wohlfühlen würden.

Siegessicher reichte Martha ihm das Blatt mit den Rechenaufgaben.

»Bald brauchst du mich nicht mehr, Martha«, sagte Piers, während er ihre durchweg korrekten Antworten und die akribisch ausgearbeiteten Lösungswege überflog.

»Allmählich werde ich besser, was?«, meinte sie. »Hey, hast du deine Anzüge in die Kleiderkammer gebracht, als Spende für die Langzeitarbeitslosen, wie ich es dir gesagt habe?«

»Ja. Die wurden mir förmlich aus den Händen gerissen. Sie meinten, das wäre genau das Richtige für ihre Klienten, um bei Vorstellungsgesprächen passend gekleidet zu sein. Einen habe ich behalten, zur Erinnerung an alte Zeiten. Martha, kann ich dich mal um Rat fragen?«

»Mich?«, fragte Martha, verdattert über den plötzlichen Rollentausch.

»Genau, dich. Also, der Schuldirektor hat mich letzte Woche angerufen und gemeint, er sei sehr zufrieden mit meiner Arbeit. Er hat mir sogar eine feste Stelle als Mathelehrer angeboten«, sagte Piers.

»Oh, wow! Das ist ja mega!«, rief Martha.

»Tja, na ja, oder auch nicht. Es war mehr ein Super-GAU«, entgegnete Piers und zog unwillkürlich den Kopf ein. Schon wieder hatte er die ganze Szene vor Augen und wäre vor Scham am liebsten im Boden versunken. »Die haben mich überhaupt nicht ernst genommen. Als sei ich gar nicht da. Haben laut miteinander geredet, mit Papierbällen geworfen und auf ihren Handys rumgetippt, und ich habe mich nicht mal getraut, sie zu konfiszieren. Ein paar Kids in der ersten Reihe haben heldenhaft versucht, dem Unterricht zu folgen, aber bei dem Tohuwabohu war das ein Ding der Unmöglichkeit. Ich bin ein Totalausfall, Martha.«

Und dann musste er plötzlich daran denken, dass er noch vor ein paar Monaten nicht mal im Traum darauf gekommen wäre, so etwas laut zu sagen und so freimütig sein Versagen, seine

Schwächen und sein mangelndes Selbstvertrauen einzugestehen. Schon gar nicht einem Teenager, und ganz bestimmt nicht am helllichten Tag im öffentlichen Personennahverkehr. Aber seine Reise an den Abgrund und seine darauffolgenden »Therapie«-Sitzungen bei Iona schienen in ihm den unstillbaren Drang geweckt zu haben, sich *mitzuteilen*. Er hoffte bloß, dass das etwas Gutes war, er hatte nämlich keinen Schimmer, wie er den Deckel wieder auf diese veritable Büchse der Pandora setzen sollte.

»Ach, keine Sorge«, meinte Martha. »Das geht jedem so. Das machen wir mit allen Vertretungslehrern. Quasi der Initiationsritus. Die meisten kommen danach nie wieder.«

»Aber ich habe heute wieder eine Stunde in der Klasse«, sagte Piers, dem ganz schlecht wurde bei dem Gedanken. »Was, wenn der Direktor zufällig vorbeischaut und dieses Massaker in meinem Klassenzimmer mitkriegt? Dann kann ich meinem Platz im Lehrervorbereitungskurs Adieu sagen.«

»Du hast doch bestimmt mal eine von Richard Attenboroughs Tierdokus gesehen?«, frage Martha, wie es schien, vollkommen zusammenhanglos.

»Ja, sicher doch«, sagte er.

»Tja, eins solltest du nämlich wissen: Jugendliche sind wie die Wildtiere in der Masai Mara. Du musst ihr Verhalten studieren. Glaub mir, ich habe jahrelang nichts anderes gemacht«, sagte Martha. »Anders hätte ich nicht so lange überlebt.«

»Okay, erzähl mir mehr«, sagte Piers, bemüht, nicht zu skeptisch zu klingen.

»Wenn du ins Klassenzimmer – das Wasserloch, wenn man so will – kommst, musst du das Alpha-Männchen sein. Du weißt schon, der Silberrücken«, meinte Martha. »Gibt es überhaupt Gorillas in der Mara? Sicher bin ich mir da nicht. Sagen wir also, wir sind in Ruanda. Wie dem auch sei, du darfst *keine*

Angst zeigen, und vor allem, du darfst es nicht zu sehr *wollen*. Wenn du es zu sehr willst oder irgendwie den Eindruck machst, dir läge was daran, gibst du ihnen Macht über dich. Das Alpha-Tier braucht sich nicht zu beweisen, es ist es einfach. Kapiert?«

»Ja, ich glaube schon«, sagte Piers und musste an seine Zeit auf dem Parkett denken. Ein wahrer Dschungel war das, mit Affen, menschenfressenden Löwen und Giftschlangen.

»Und du musst rausfinden, wer der Möchtegern-Alpha ist«, fuhr Martha fort. »Es gibt immer einen, an den alle sich halten, einen, der dir die Vorherrschaft streitig machen will. Ihn oder sie gilt es zu isolieren und dann *eiskalt auszuschalten*. Mach das als Erstes. Dann wird der Trupp – so nennt man eine Gruppe Gorillas – dich als Anführer akzeptieren.«

»Und wie schalte ich ihn aus?«, fragte Piers.

»Oder sie oder xier«, fügte Martha streng hinzu.

»Oder sie oder xier«, sagte Piers und musste sich zusammenreißen, um nicht die Augen zu verdrehen. »Du erwartest doch nicht etwa, dass ich die Zähne fletschte und mir mit den Fäusten auf die Brust trommele, oder?«

»Nein, bestimmt nicht«, entgegnete sie etwas entnervt. »Du darfst diese Metaphern nicht zu wörtlich nehmen. Mach es wie Stand-up-Comedians mit Störern. Nicht fies oder aggressiv, einfach nur schlagfertig und witzig. Freundlich, aber bestimmt. Du kannst das, ganz sicher.« Piers freute sich wie ein kleines Kind darüber, dass sie ihm das zutraute. »Wenn du also ins Klassenzimmer gehst, vergiss Attenborough nicht. Sag dir, *schau sich einer diese bekloppten Schimpansen an. Der große Gorilla, das bin ich.* Ernsthaft, wo ich auch hingehe, Attenborough ist immer mit dabei«, sagte Martha. »Er ist einfach der Beste.«

Der Zug fuhr in den Bahnhof Vauxhall ein, und Martha hielt, wie an jedem Halt, durchs Fenster Ausschau. Aber fröhlich und vorfreudig, nicht ängstlich und angespannt. Piers sah ein Grüppchen Jungs in Schuluniformen wie der von Martha draußen stehen.

»Sorry, Piers, aber ich muss los«, sagte Martha. »Ich setze mich zu Romeo aus unserem Stück.«

Er sah, wie Romeo Martha zuwinkte. Piers wusste, dass er eigentlich Aaden hieß. Er war einer der Jungs, die zu Piers' Oxbridge-Vortrag gekommen waren, ein Asylsuchender aus Somalia, der angeblich bis vor zwei Jahren kein Wort Englisch gesprochen hatte. Nun bekam er bei Piers privaten Matheförderunterricht für Fortgeschrittene, und Piers wollte ihm unbedingt helfen, sich auf ein Stormzy-Stipendium in Cambridge zu bewerben.

»Läuft da was zwischen euch beiden?«, fragte Piers.

»Hey, Mr Sanders. Ein bisschen mehr Respekt. Als Lehrer darf man so was nicht fragen. Das ist voll komisch«, sagte Martha. »Viel Glück mit deiner Klasse!«

Und dann ging sie zu Aaden, der ihr den Arm um die Schultern legte. Sah aus, als hätte er recht gehabt mit seiner Vermutung. Piers musste sich zusammenreißen, um nicht triumphierend die Faust in die Luft zu recken.

Emmie

08:05 Hampton Court nach Waterloo

Emmie vermisste Toby. Natürlich nicht den echten Toby, nein, aber den Mann, für den sie ihn gehalten hatte, und die gemeinsame Zukunft, die sie mit ihm zu haben geglaubt hatte. Ihr Kopf wusste, sie müsste ihn eigentlich hassen, aber ein kleiner Zipfel ihres Herzens, ganz tief in ihrer Brust, hatte davon noch nichts mitbekommen. Dieses Zipfelchen war immer noch verliebt in den Mann, der sie angehimmelt und auf Händen getragen hatte. Den Mann, den es nie gegeben hatte. Zurück blieb Emmie in einem Wust widerstreitender Gefühle: tiefe Trauer, gepaart mit Schuldgefühlen ob dieser Trauer, überwuchert von Wut und durchsetzt mit etwas, das sich beinahe nach Angst anfühlte.

Emmies linke Hand kam ihr seltsam nackt vor ohne den Ring. Als sie das vor Iona erwähnte, sagte die nur trocken: *Sie ist nicht nackt, sie ist* LEICHT. *Dieser Ring hat dich in Ketten gelegt! Das war kein Liebesbeweis, das war ein* BESITZABZEICHEN.

Iona gab sich allergrößte Mühe, Emmie fröhlich und beschäftigt zu halten. Sah sie Emmie Trübsal blasen, kam sie sofort mit einem Jane-Fonda-Work-out, einer Brotbacksession oder Gartenarbeit um die Ecke. Was, offen gestanden, langsam ziemlich anstrengend wurde. Die Bauchmuskeln taten ihr höllisch weh, das Brot kam immer wie ein Backstein aus dem Ofen, und Blumen und Unkraut konnte sie noch immer nicht auseinanderhalten. Iona war dreißig Jahre älter als Emmie und schien doch doppelt so energiegeladen.

Der Zug fuhr in New Malden ein. Sie sah Sanjay auf dem Bahnsteig stehen und ihr zuwinken – und musste lächeln. Irgendwie musste sie immer lächeln, wenn sie ihn sah.

»Hi Emmie! Wie läuft's?«, fragte er, kaum an ihrem Tisch angekommen. Fragend schaute er ihr ins Gesicht, als erwartete er eine ehrliche Antwort, also beschloss sie, ihn nicht mit ein paar leeren Floskeln abzuspeisen.

»Schon viel besser, danke, Sanjay«, sagte sie. »Aber es ist immer noch ganz schön schwer.« Worte, die nicht einmal ansatzweise ihre chaotische Gefühlslage beschrieben, aber immerhin wahr waren.

»Ja, kann ich mir vorstellen«, meinte Sanjay. »Das wird bestimmt seine Zeit dauern. Kommst du denn wenigstens bei der Arbeit auf andere Gedanken?«

»Doch«, behauptete Emmie. »Wobei mein Job mir jetzt irgendwie noch sinnentleerter und belangloser erscheint als vorher.«

»Hör auf meine Mum«, entgegnete Sanjay. »Die sagt immer, ein gebrochenes Herz heilt am besten, wenn wir uns um andere kümmern und nicht nur um uns selbst. Vielleicht denkst du mal darüber nach, wie du dein Marketingtalent für einen guten Zweck nutzen könntest. Du weißt schon, als Nebenjob.«

Sanjays Telefon auf dem Tisch zwischen ihnen pingte.

»Eine weise Frau, deine Mum«, sagte Emmie. »Genau das will ich schon seit geraumer Zeit.«

»Weise ist sie, ich wünschte bloß, sie würde aufhören, mich permanent mit Nachrichten zu bombardieren. Ständig mischt sie sich überall ein. In Großbuchstaben«, seufzte Sanjay und steckte das Handy in die Tasche. Emmie konnte gerade noch

MOCHTE DEIN/E FREUND/IN DIE BIRYANI? lesen und fragte sich, wer diese »Freundin« wohl sein mochte. Die Eifersucht versetzte ihr einen kleinen Stich, und sie schlug nach ihr wie nach einer lästigen Fliege.

Natürlich hatte ein so netter, gut aussehender Typ wie Sanjay eine Freundin. Aber das musste ihrer Freundschaft ja keinen Abbruch tun. Und *natürlich* freute sie sich für ihn.

»Vielleicht ist deine Mum ein bisschen einsam und langweilt sich, jetzt, wo du nicht mehr zu Hause wohnst«, meinte Emmie.

»Bestimmt nicht«, lachte Sanjay. »Sie ist Menschenrechtsanwältin, arbeitet aber hauptsächlich pro bono. Ich kann beim besten Willen nicht nachvollziehen, woher sie überhaupt die Zeit nimmt, ihre Nase überall reinzustecken!«

»Wow. Beeindruckend«, murmelte Emmie und merkte, wie sie rot wurde. Was war sie bloß für eine grässliche Feministin, gleich anzunehmen, Sanjays Mutter müsse ein Hausmütterchen sein, bloß weil sie gerne kochte und wissen wollte, was ihr Sohn so machte?

»Auch«, sagte Sanjay. »Aber was ist mit meinem Menschenrecht auf ein kleines bisschen Privatsphäre?«

»Wo wir gerade bei Vorwitznasen sind«, bemerkte Emmie. »Ich wollte mit dir über Iona reden. Ihr fehlen die Zugfahrten und die tägliche Routine ganz schrecklich. Und sie braucht dringend einen Job, nicht bloß wegen der Kohle, vor allem für ihr Selbstwertgefühl.«

Und noch im Moment, als sie das sagte, prallten in ihrem Kopf zwei scheinbar zusammenhanglose Gedanken zusammen und ließen einen knisternden Funkenregen aufstieben.

Vielleicht denkst du mal darüber nach, wie du dein Marketingtalent für einen guten Zweck nutzen könntest und *Iona braucht dringend einen Job*.

»Sanjay«, sagte sie und hoffte inständig, dass sie ihren Einfall nicht gleich verschrie, wenn sie ihn laut aussprach. »Ich glaube, ich habe da eine Idee.«

»Hi Sanjay, Emmie«, sagte David, der in Wimbledon zugestiegen war. Er setzte sich auf den eben frei gewordenen Platz an ihrem Tisch. Emmie wollte gerade hallo sagen, als eine Facebook-Benachrichtigung auf ihrem Handy aufpoppte. Mit einem Mal verschwamm ihr alles vor Augen, und ihr wurde ganz schwindlig. Sie legte das Handy mit dem Display nach unten auf den Tisch und vergrub das Gesicht in den Händen, als würde die Nachricht wieder verschwinden, wenn sie nicht hinsah.

»Emmie, was ist denn los?«, fragte Sanjay.

»Toby«, murmelte sie durch die Finger. »Ständig bombardiert er mich mit Nachrichten. Es hört einfach nicht auf. Ich habe seine Nummer geblockt, aber er findet immer neue Wege, mich doch zu erreichen. Langsam macht mir das Angst.«

»Aber Emmie, was ist denn passiert mit deinem jungen Verehrer? Es schien doch alles so perfekt«, fragte David mit väterlicher Sorge in der Stimme. Die hatte sie bei ihrem eigenen Vater immer schmerzlich vermisst.

»Ich habe mich von ihm getrennt, David. Mir ist aufgegangen, dass ich Kontrollsucht mit Liebe verwechselt habe. Keine Sorge, bestimmt hört er irgendwann von selbst damit auf«, sagte sie und hoffte, er werde ihren Worten mehr Glauben schenken als sie selbst.

Die Stille zwischen ihnen zersprang, als Emmies Telefon unvermittelt losklingelte. Unbekannte Nummer.

»Das ist er wieder«, erklärte Emmie, der dabei speiübel wurde. Toby musste sich einen Haufen SIM-Karten zugelegt haben, um ihre Blockierung zu umgehen. Sie wollte Luft holen, aber ihr Hals war wie zugeschnürt, als stünde Toby hinter ihr und würgte sie.

»Ich … bekomme … keine … Luft … Sanjay«, keuchte sie mühsam zwischen viel zu flachen Atemzügen. Sie klammerte sich haltsuchend an seinen Arm, damit sie nicht umkippte und alles wieder aufhörte, sich zu drehen.

»Nicht schlimm. Bloß eine kleine Panikattacke«, sagte Sanjay beruhigend. »Eine typische Flucht-oder-Kampf-Reaktion deines Körpers. Mutter Naturs Art, dafür zu sorgen, dass dir nichts geschieht. Weißt du, was ich immer mache, wenn mir das passiert? Ich hole ganz tief Luft und gehe dann im Kopf das Periodensystem der Elemente durch, schön den Ordnungszahlen nach. *Wasserstoff, Helium, Lithium.* Klingt bescheuert, ich weiß, aber mir hilft es.«

»Beryllium, Bor, Kohlenstoff, Stickstoff«, wisperte Emmie, schlug die Augen auf und konzentrierte sich auf Sanjays Gesicht.

»OMG. Du bist der erste Mensch, der das kann, von Medizin-Nerds mal abgesehen«, rief Sanjay hingerissen, als hätte sie gerade das Atom gespalten.

»Ich war eine echte Streberin«, keuchte Emmie zwischen sich allmählich beruhigenden Atemzügen. Langsam löste sie die Finger von Sanjays Handgelenk. Sie hatte es so fest umklammert, dass weiße Abdrücke darauf zu sehen waren. »Es tut mir so leid. Ich komme mir so dumm vor.«

Das Handy vor ihr auf dem Tisch hatte sie schon ganz vergessen, bis es wieder unvermittelt losbimmelte. Noch bevor sie es ausschalten konnte, hatte David es am Ohr.

»Wer spricht da?«, fragte er. Dann schwieg er kurz, um schließlich in einem Ton, den Emmie noch nie bei ihm gehört hatte, zu erklären: »Ich bin Emmies Anwalt. Sollten Sie sich ihr noch einmal nähern, erwirke ich ein Kontaktverbot, schneller als Sie Stalking, Belästigung, ruinierter Ruf oder Freiheitsstrafe sagen können.«

Und dann legte David das Handy zurück auf den Tisch.

»Ein bisschen geschwindelt, weil das eigentlich gar nicht meine Fachrichtung ist, und Emmie hat mir nicht mal eine Vollmacht erteilt, aber anscheinend hat es gewirkt«, meinte er.

»Wow, David. Du bist ja kaum wiederzuerkennen«, staunte Sanjay.

Strahlend sah David sie beide an. »Das hat meine Frau auch gesagt.«

Iona

12:05 Hampton Court nach Waterloo und zurück

Es war Samstag, und Iona wollte mal wieder so richtig schön ausschlafen. Gerade schlummerte sie sich genüsslich in einen halb geträumten Traum zurück, mit ihr und Bea und sämtlichen Spice Girls drin, allen außer Posh Spice, die hatte sie noch nie leiden können, weil sie aus Prinzip nicht lächelte, als es an ihrer Schlafzimmertür klopfte.

»Herein!«, rief sie.

Iona schlug die Augen auf und glaubte im ersten Augenblick, über Nacht erblindet zu sein, bis ihr aufging, dass sie noch die selbstheizende Aromatherapie-Augenmaske trug, die sie beim Schlafengehen aufgesetzt hatte.

Sie hob die Maske vorsichtig an und sah eine ganze Traube knallbunter Heliumballons am Fußende des Betts vorbeiziehen. Träumte sie noch? Und wenn ja, wohin waren die Spice Girls so plötzlich verschwunden? Der Spaß fing doch gerade erst an.

»Alles Liebe zum Geburtstag, Iona!«, rief Emmie.

»Grundgütiger, tatsächlich!«, sagte Iona. »Woher um Himmels willen weißt du das?«

»Das stand auf einer der Einladungen unten an der Wand vom Gästeklo«, erklärte Emmie. »FEIERT MIT UNS IONAS 29. GEBURTSTAG, AM DONNERSTAG, DEN 19. JUNI,

MIT EINER AUSSCHWEIFENDEN NACHT BEI MADAME JOJO's.«

»Ach ja. Die Party war der Knüller. Federn, Strass und Drag Queens, so weit das Auge reichte.«

Die Heliumballons stiegen die Hundetreppe zu Ionas Bett hinauf, festgebunden – wie nun zu sehen war – um Lulus rundes Bäuchlein.

»Ich habe dir Frühstück gemacht«, sagte Emmie und reichte Iona ein Tablett, beladen mit morgenfrischem französischem Frühstücksgebäck, Obstsalat, Orangensaft und einer Cafetiére mit frisch aufgebrühtem Kaffee. »Und das ist für dich.« Sie gab Iona einen Umschlag.

»Liebes, das ist wirklich so, so lieb von dir. Stimmt's, Lulu? Danke. Ich weiß gar nicht, was ich sagen soll«, schniefte Iona etwas theatralisch. Lulu musste es ähnlich ergangen sein, denn sie entließ einen zarten, doch erstaunlich tödlichen Pups und nutzte den darauffolgenden Tumult, um ein Croissant vom Tablett zu stibitzen.

Iona machte den Umschlag auf. Darin fand sie eine Geburtstagskarte, unterschrieben von Emmie und der ganzen Zug-Gang, sowie zwei Fahrkarten. Eine raus, von Hampton Court nach Waterloo, und eine wieder zurück.

»Ach Gottchen. Zugfahrkarten. Wie lieb von euch«, sagte Iona und musste sich große Mühe geben, ein bisschen Begeisterung zu heucheln. Es war schließlich, wie es so schön hieß, der Gedanke, der zählte.

»Die Karten sind nicht das Geschenk. Das, was dich im Zug erwartet, ist das Geschenk«, erklärte Emmie. »Im 12:05-Uhr-Zug, um genau zu sein, du musst dich also sputen.«

»Bye, Bea!«, rief Emmie, als sie aus dem Haus gingen.

Iona hatte eigentlich gehofft, die Anwesenheit eines Hausgasts würde ihr das ständige Reden mit ihrer abwesenden Ehefrau austreiben, doch dann hatte Emmie auch damit angefangen. Wenn sie jetzt einer sah, müsste er sie beide glatt für gaga halten.

Die zehn Minuten bis zum Bahnhof nutzte Iona, um nachzubohren, worum es sich bei ihrem Geschenk wohl handeln könnte.

»Schätzchen, du weißt, wie ich Überraschungen verabscheue«, sagte sie. »Ich möchte mir meine Reaktion gerne vorher zurechtlegen können. Nichts ist schlimmer, als auf dem falschen Fuß erwischt zu werden, noch dazu in aller Öffentlichkeit.« Aber Emmie ließ sich nicht erweichen.

»Bea hat auch mal eine Überraschungsparty für mich geschmissen. Zur Krönung des Abends bin ich nichtsahnend nur im Höschen in einen Raum voller Menschen marschiert«, sagte Iona. Emmie überhörte das geflissentlich. Dabei wäre das eigentlich ihr Stichwort gewesen, um Iona nach einer ihrer Lieblingsanekdoten zu fragen.

»Schnell, Iona«, sagte sie stattdessen nur. »Wir dürften den Zug um 12:05 Uhr nicht verpassen!«

»Lulu kann nicht schneller laufen mit ihren kurzen Beinchen«, bemerkte Iona. »Und ich glaube, die Ballons machen sie auch nicht gerade windschnittiger.«

Emmie klemmte sich Lulu und die Luftballons kurzerhand unter den Arm – das Mädel war erstaunlich kräftig für so ein zierliches Persönchen. Das war allein Jane Fondas Verdienst. Sie hakte sich bei Iona unter und zog sie hinter sich her zum Bahnsteig, wo der Zug schon zur Abfahrt bereitstand.

Rasch stürzten sie zur nächstbesten offenen Tür, just als der Schaffner in seine Pfeife blies, und gingen durch den Zug zu ihrem gewohnten Wagen.

Endlich an der Tür zu Wagen drei angekommen, sah Iona, wie viele Leute sich darin drängten, obwohl der restliche Zug beinahe leer gewesen war. Sie öffnete die Tür und wurde von einem Heidenlärm empfangen.

»ALLES GUTE ZUM GEBURTSTAG!«, riefen alle im Chor. Alle waren sie da – Piers, Martha, David und Sanjay. Ja, sogar Marthas Fitnessstudio-Freund Jake und Deborah, die erschreckend tüchtige Arbeitsrechtsanwältin mit dem nüchternen Klamottengeschmack.

»Emmie! Was machen die denn alle samstags hier im Zug?«, fragte sie.

»Na ja, wo du doch heute Geburtstag hast und wir alle dich jeden Tag im Zug vermissen, dachten wir, wir schmeißen dir einfach eine Party im Zug. Es gibt Getränke, Ballons und Musik, und jeder hat Häppchen mitgebracht.«

»Ich glaube, ich muss mich setzen«, meinte Iona. »Das ist ein bisschen zu viel für mich.«

Iona ging den Gang entlang zu ihrem angestammten Tisch und kam sich vor wie eine Braut bei ihrer Hochzeit. Als sie ihren Platz schließlich erreichte, war das Make-up längst ruiniert. Zum Glück hatte sie ihre Schminksachen in der Handtasche.

Der Tisch vor Iona bog sich fast unter dem wild zusammengewürfelten Büfett – von simplen Snacks bis zu kunstvollen Kanapees war alles da. Mit einer Hand nahm sie einen Käseflip und mit der anderen ein Räucherlachs-Blini. Und überlegte dabei, wer von ihren Freunden wohl was beigesteuert hatte, aber das war schwieriger als gedacht. Piers beispielsweise. Vor ein paar Monaten hätte sie sofort Sushi gesagt, doch nun fragte sie sich, ob er womöglich mehr der Twiglets-Knabberer war.

»Das ist wirklich das beste Geburtstagsgeschenk aller Zeiten«, sagte sie.

»Wobei, das Geschenk haben wir dir noch gar nicht übergeben«, entgegnete Emmie. »Deborah und David, wollt ihr vielleicht anfangen?«

»Mit Vergnügen«, sagte David und legte einen großen braunen Umschlag auf den Tisch. »Also, Teil eins deines Geschenks ist hier drin. Wobei, eigentlich ist es ein Geschenk von Ed Lancaster – deinem alten Chefredakteur – und das Ergebnis mehrerer Treffen mit meiner lieben Kollegin Deborah.« Lulu knurrte ungehalten.

»Entschuldige, David«, bemerkte Iona. »Lulu knurrt immer, wenn sie *diesen Namen* hört.«

»Deborah?«, fragte David und guckte ganz verdattert.

»Nein, du Dummchen. Ed Lancaster.« Wieder knurrte Lulu. »Sie hat ihm noch immer nicht verziehen, wie du siehst.«

»Nun, das hier hat *diese Person* uns angeboten, wenn auch nicht ganz freiwillig«, sagte Deborah und sah Lulu streng von der Seite an, die augenblicklich verstummte. »Er scheint noch nichts davon gehört zu haben, dass Geben seliger ist als Nehmen.«

Iona fuhr mit einem manikürten Fingernagel unter die zugeklebte Lasche des Umschlags. »Das ist der erste außergerichtliche Einigungsvorschlag von *Modern Woman*«, erklärte Deborah weiter. »Wir sind der Ansicht, das ist noch nicht das Ende der Fahnenstange, aber es geht immerhin in die richtige Richtung. Schauen Sie es sich mal an.«

Ohne die Unterlagen ganz herauszuziehen, beäugte Iona den Inhalt des Umschlags, und ihr Blick folgte dem ordentlich getippten Vertrag, bis sie zu einer Zahl mit mehreren Nullen kam. Sie schnappte nach Luft.

»Ach du liebe Güte, das ist ja tausendmal besser, als ich zu hoffen gewagt habe. Vielen lieben Dank euch beiden«, sagte Iona und schob die Papiere rasch wieder in den Umschlag, als könnte das Tageslicht die Zahlen verblassen lassen.

»Ich habe auch noch was für dich, Iona«, sagte Piers und reichte ihr einen ganz ähnlichen braunen Umschlag. »Eine steuerbegünstige Anlagemöglichkeit für deine Abfindung. Damit solltest du monatlich genug herausbekommen, um die Kosten für Beas Betreuung zu decken.« Ionas Gesicht musste sie verraten haben, denn er fügte rasch hinzu: »Keine Sorge. Anderer Leute Geld anlegen kann ich, bloß mein eigenes nicht. Ich erkläre dir das später mal in aller Ruhe.« Was ihr nur lieb war, denn in ihrem Kopf ging alles drunter und drüber, und sie hätte beim besten Willen kein Interesse an anlegerischen Spitzfindigkeiten vortäuschen können.

»Wir wollen dir helfen, das mit Bea zu regeln«, sagte Emmie, »aber du brauchst auch was zu tun. Also habe ich ›Frag Iona‹ wiederbelebt.«

»Ach, Schätzchen, das ist wirklich lieb von dir, aber *er, dessen Name nicht genannt werden darf*, hatte in einem recht: ›Frag Iona‹ war ziemlich überholt. Ich habe nicht mehr halb so viele Zuschriften bekommen wie früher mal. Er hat dem Ganzen ein gnädiges Ende bereitet, ehe die Seite einen langsamen, qualvollen, schmählichen Tod gestorben wäre«, sagte Iona, die schon viel länger über die Sache nachgedacht hatte als Emmie. »Glaub mir, es ist besser so.«

»Das stimmt doch gar nicht«, widersprach Emmie. »Du hast doch gesehen, was passiert ist, als sie was von deinem Content in den sozialen Netzwerken geteilt haben. Die Leute brauchen immer Hilfe bei ihren Problemen – schau uns doch an!« Und damit wies Emmie in die Runde, und alle nickten wie auf Kommando. »*Modern Women* ist überholt. Ironischerweise.«

»Wir gehen mit ›Frag Iona‹ auf YouTube. Wir filmen dich, wie du Probleme besprichst. Entweder live mit einem mutigen Kandidaten oder – für die, die lieber anonym bleiben möchten – mit den vorgelesenen Nachrichten aus deiner Inbox. Und das posten wir dann auf deinem Kanal und teilen es, was das Zeug hält. Später, wenn du erst genug Follower hast, kannst du mit Werbeanzeigen und Sponsoring ganz ordentlich verdienen. Joey, mein Chef, hat gesagt, wir können unser Studio benutzen, wann immer es frei ist, wenn wir nur die Agentur in den Credits nennen und unseren Kunden potenziell Sponsoring-Verträge anbieten können. Er meint, wir sprechen damit eine schwer erreichbare demografische Zielgruppe an. Und dass das genau eins der innovativen, kreativen Instrumente ist, für die unsere Agentur bekannt ist. Bestimmt brüstet er sich damit gerade vor unseren besten Kunden.« Emmie sah sie ganz nervös an und erwartete gespannt ihre Reaktion.

Iona wusste nicht, was sie dazu sagen sollte. Sie war froh und dankbar, dass ihre Freunde ein solches Vertrauen in sie setzten, aber es war zu spät. Sie war zu alt. Abgemeldet. Jahrelang hatte sie mühevoll den schönen Schein gewahrt, und sie war es satt. Die Finger taten ihr weh vom ewigen krampfhaften Festklammern am Klippenrand über dem Abgrund. Alles tat ihr weh.

»Emmie, Herzchen«, meinte sie und überlegte fieberhaft, wie sie ihr Angebot ausschlagen könnte. »Niemand wird sich diese Videos anschauen. Niemand verschwendet seine Zeit auf eine verschrumpelte alte Schachtel wie mich.«

»Tja, wenn das hier eines beweist«, sagte Emmie und deutete auf die Partygäste, »dann, dass du immer dein Publikum findest, ganz gleich, wo du auch bist. Und außerdem haben wir noch eine Geheimwaffe am Start: Fizz. Sie hat hoch und heilig versprochen, ›Frag Iona‹ auf ihren sämtlichen Kanälen zu promoten. Sie hat sogar zugesagt, als Gast zu dir ins Studio zu kommen, damit du ihre Probleme löst. Also, was meinst du?«

»Ich meine, das ist eine großartige Idee«, sagte Iona. »Aber ich kann unmöglich zulassen, dass du so viel Zeit und Energie darauf verschwendest, nur um mir das Gefühl zu geben, ich würde noch gebraucht. Das kann ich nicht verantworten. Du hast dein eigenes Leben zu leben. Du solltest lieber selbst Karriere machen.«

»Aber Iona«, erklärte Emmie. »Ich *will* es doch. Ich möchte mein Können und mein Talent dazu einsetzen, Menschen zu helfen und Gutes zu tun. Vielleicht sogar Leben zu verändern. Ich würde mich viel wohler fühlen in meiner Haut, wirklich. So gesehen würdest du *mir* einen Gefallen tun.«

Iona schwieg und guckte ihre Freunde an, die sie alle fragend anschauten. Sie holte tief Luft, damit ihr die Stimme nicht brach, und sagte dann:

»Danke. Ich bin euch schrecklich dankbar, wirklich. Aber nein. Ich mache es nicht. Der Zug ist für mich abgefahren, und ganz ehrlich, ich habe meinen Frieden damit gemacht. Und jetzt wollen wir feiern, ja?« Iona schenkte sich noch einen Drink ein, konzentrierte sich auf Glas und Flasche, um nicht die Enttäuschung in Emmies Gesicht sehen zu müssen.

»Vielleicht denkst du noch mal darüber nach, Iona?«, meinte Emmie. Aller Elan und alle Freude waren aus ihrer Stimme gewichen, und Iona wusste nur zu gut, das war allein ihre Schuld.

»Sicher«, brummte sie und wich dabei Emmies Blick geflissentlich aus.

Der Zug hielt am Bahnsteig 5 in Waterloo, aber keiner von Ionas Freunden stieg aus. Es schien, als wollte niemand die Rückfahrt verpassen. Selbst der Schaffner hatte es aufgegeben, Fahrkarten zu kontrollieren, und feierte lieber mit.

»Iona«, meldete sich eine Stimme zu ihrer Linken. Es war Martha. »Ich habe auch noch was für dich.«

Und damit reichte sie Iona einen kleinen Umschlag. Es schien eindeutig der Tag der geheimnisvollen Umschläge zu sein. Iona machte ihn auf und fand darin, nun schon zum zweiten Mal für heute, zwei Karten.

»Die sind für den Premierenabend unseres Stücks nächste Woche«, sagte Martha. »Es wäre einfach die Kirsche auf der Sahne, wenn du kommst. Du kommst doch?«

»Liebes, das würde ich um nichts in der Welt versäumen wollen!«, rief Iona. »Aber was ist denn mit deiner Mum und deinem Dad? Ich kann ihnen doch nicht die Karten wegschnappen. Die wollen bestimmt auch dabei sein und dich spielen sehen, oder?«

»Keine Sorge«, sagte Martha. »Sie sind ja keine Rabeneltern, nur manchmal mit den Gedanken woanders. Sie kommen zur Schlussaufführung, und sogar gemeinsam. Hoffentlich halten sie bis zum Ende durch, ohne sich gegenseitig an die Gurgel zu gehen wie die Montagues und die Capulets.«

»Na, wenn das so ist, dann komme ich, aber mit Pauken und Trompeten!« Und als sie Marthas erschrockenes Gesicht sah, fügte Iona rasch hinzu: »Nicht wortwörtlich, Süße. Das sagt man bloß so.«

Iona sah Piers ein bisschen weiter weg stehen und ging zu ihm. Dann vergewisserte sie sich, dass Martha sie nicht hören konnte.

»Piers«, zischte sie. »Du hast doch einen guten Draht zu Marthas Schule, oder?«

Piers nickte. »Ich denke schon. Wenn du damit meinst, dass ich da als unbezahlte Hilfskraft maloche.«

»Meinst du, du könntest vielleicht noch ein paar Karten für den Premierenabend ihres Stücks besorgen?«, fragte sie.

Denn wenn Iona in den vielen Jahren im Showbusiness eines gelernt hatte, dann, dass man nie ein zu großes oder zu begeistertes Publikum haben konnte.

Martha

Die Aula war kaum wiederzuerkennen und schien doch seltsam vertraut. Es erinnerte Martha daran, wie sie einmal dem Grundschul-Weihnachtsmann begegnet war und irgendwann merkte, dass der Mann hinter dem dicken Mantel und dem buschigen weißen Bart in Wirklichkeit der Dad ihrer besten Freundin war.

Das Publikum saß im Sonntagsstaat auf richtigen Stühlen, das Licht in der Aula war gedimmt. Ringsum summte und brummte es vor Aufregung wie in einem Bienenstock, aber unter alldem klang noch das leise Echo unzähliger Schulversammlungen nach. Eine Melange aus Elternparfum und Aftershave überdeckte den sonst alles überlagernden Geruch nach Desinfektionsmitteln, Teenie-Schweiß und Hormonen, und Martha wusste, würde man mit der Hand unter dem Stuhl fühlen, man würde eingetrocknete Kaugummibatzen finden.

Martha musste an ein Wort denken, dass sie erst hatte nachschlagen müssen, aus dem ersten Abschnitt von *Der Report der Magd*, den Iona sie förmlich zu lesen gezwungen hatte. »Palimpsest«. Ein geändertes oder umgeschriebenes Manuskript, in dem man noch die getilgten Spuren des älteren Texts erkennen konnte.

Tybalt lugte durch den Vorhang.

»Wahnsinn, all die Leute!«, staunte er. »Und eine Frau, ich brech ab, ganz in der Mitte, mit einem Hund auf dem Schoß, und der Hund hat einen gestärkten Rüschenkragen an, wie eine Mini-Elisabeth I. im Pelz. Zum Brüllen!«

»Hunde dürfen doch bestimmt nicht in die Aula?«, meinte Benvolio. »Außer einem Blindenhund vielleicht. Ist sie blind?«

»Würde zumindest ihre Aufmachung erklären«, sagte Tybalt.

Es gab nur eine Person, auf die diese Beschreibung zutreffen konnte. Martha spähte an ihm vorbei nach draußen, und tatsächlich, da in der Mitte des Raums saß Iona. Ohnehin schon größer als die meisten anderen Leute, trug sie zur Feier des Tages eine aufwendige, elisabethanisch inspirierte Hochsteckfrisur, die sie zu einer unübersehbaren Sichtbehinderung machte. Martha sah die Leute hinter ihr tuscheln und die Stühle verrücken, um irgendwie um Iona herum zur Bühne sehen zu können. Martha musste grinsen. Was anderes hätte sie auch nicht erwartet.

Nicht erwartet hätte sie allerdings, dass ihr eigens angereister persönlicher Fanclub gleich eine ganze Sitzreihe einnehmen würde. Piers war da, klar, der gehörte ja irgendwie hierher, als Quasi-Lehrer, aber ebenso Emmie, Sanjay, David und sogar Jake, ihr Freund aus dem Fitnessstudio, waren gekommen.

Und so sehr Martha sich freute, sie alle hier zu sehen, wurde sie mit einem Schlag noch viel, viel nervöser. Damals, als sie in der Schule gedemütigt und fertiggemacht worden war, hatte ihre Zug-Bande sie aufgefangen. Sie waren ihr Ruhepol auf Schienen. Ihr sicherer Hafen. Der Gedanke, sich ausgerechnet vor ihnen allen bis auf die Knochen zu blamieren, war unerträglich. Wohin sollte sie sich dann noch flüchten?

Ungläubig rieb Martha sich die Augen. Im ersten Augenblick hatte sie glatt geglaubt, vor Lampenfieber zu halluzinieren. Denn die Frau, die sich da draußen gerade den Weg zu dem freien Sitz zwischen Iona und Emmie bahnte, war keine andere als Fizz. Die Fizz von TikTok. Unverwechselbar. Wer sonst könnte mit so irre kunterbunt gefärbten Haaren so unfassbar cool aussehen?

Als hätte sie den Kopf seitlich in einen knallpinken Farbeimer getaucht und dann mit den Fingern in eine Steckdose gefasst. Die Stuhlreihen standen so eng beieinander, dass alle aufstehen mussten, um Fizz durchzulassen, was von vorne aussah wie eine ihr vorauseilende La-Ola-Welle, die von ihrer Ankunft kündete.

Hinter der Bühne ging das Getuschel los, wurde stetig lauter und aufgeregter. Martha war offensichtlich nicht die Einzige, die ihren illustren Promi-Gast entdeckt hatte.

OMG*! Fizz ist hier, um sich* UNSER STÜCK *anzuschauen. Wieso? Meint ihr, sie postet uns auf ihrem Kanal? Jetzt bin ich mega nervös. Wie viele Follower hat sie wohl? Ja, bestimmt. Ja,* DIE *Fizz. Guck! Da drüben.*

Martha schlich von der Bühne und verkrümelte sich in eine dunkle Ecke, in der sich die Requisiten stapelten, um sich ein bisschen zu beruhigen und tief durchzuatmen. Ständig musste sie an den Traum denken, den sie in dieser Woche jede Nacht geträumt hatte. Wieder und wieder hatte sie, geblendet vom grellen Scheinwerferlicht, die Bühne betreten und ihre erste Zeile deklamiert, nur um mit Hohngelächter überschüttet zu werden. Sie hatte an sich heruntergesehen und gemerkt, dass sie splitterfasernackt war. Hinter ihr, riesengroß auf die Bühne projiziert, erschien *das Bild*, und der Direktor stand am Rednerpult und zeigte mit einem Laserpointer sämtliche beachtenswerten Details auf.

Martha glaubte fast, sich gleich übergeben zu müssen. Sie zog das Handy heraus und rief Iona an, in der Hoffnung, sie möge den Hinweis, im Saal die Mobiltelefone auszuschalten, ignoriert haben. Und siehe da, Iona, die ewige Rebellin, ging prompt ran.

»Iona«, flüstere Martha. »Ich schaffe das nicht. Mir ist kotzschlecht. Ich habe meinen Text vergessen. Das wird mich noch ewig verfolgen.«

»Martha«, flüsterte Iona zurück. »So geht es allen großen

Schauspielern, bevor sie auf die Bühne gehen. Früher musste ich vor jeder Premiere mit Engelszungen auf Bea einreden, um sie aus der Klokabine zu locken, in der sie sich verschanzt hatte. Selbst nach Jahrzehnten im Showbiz ging das noch so. Ihre Regisseure hatten meine Nummer immer in der Kurzwahlliste. Das ist das Adrenalin, davon kriegt man Herzklopfen und schwitzige Hände. Aber Adrenalin ist dein Freund. Es wird dich durch die ganze Aufführung tragen. Glorreich! Glaub mir, wenn du erst mal auf der Bühne stehst, fällt dir alles wieder ein. Konzentriere dich nur auf die erste Zeile, dann läuft es wie von selbst! Und jetzt schön durchatmen. Ein und aus, ein und aus. Wir sind bei dir.«

Alles wurde still, und Martha hörte die souveräne, dröhnende Stimme von George aus der Neunten:

Zwei Häuser waren – gleich an Würdigkeit –
Hier in Verona, wo die Handlung steckt,
Durch alten Groll zu neuem Kampf bereit,
Wo Bürgerblut die Bürgerhand befleckt.

Martha atmete ein und aus und ließ sich von der Poesie der vertrauten Worte mitnehmen, während sie zusah, wie Tybalt, Benvolio und Romeo ihre Plätze auf der Bühne einnahmen. Geschickt den Bühnenarbeitern ausweichend, die, von Kopf bis Fuß in Schwarz gekleidet wie Theater-Ninjas, für nahtlose Szenenwechsel sorgten. Und wartete darauf, die Amme rufen zu hören, wie Emmie damals im Zug, vor einer halben Ewigkeit:

»Wo ist das Kind? He, Juliette!«

Der Weg zur Bühnenmitte erschien ihr endlos lang, der Scheinwerfer, der ihr folgte, blendete sie, und die Anspannung im Publikum war beinahe greifbar.

Ein und aus, ein und aus. Wir sind bei dir.

»Was ist? Wer ruft mich?«, entgegnete sie mit einer Stimme, die von anderswo herzukommen schien. Und mit einem Mal war, genau wie Iona es ihr gesagt hatte, das Publikum verschwunden, und alle Worte, alle Gesten waren wieder da, unauslöschlich eingebrannt ins unterbewusste Muskelgedächtnis.

Sie war nicht mehr die verschüchterte, einsame Martha, und auch nicht die kesse, allseits beliebte andere Martha. Sie war Julia, ein dreizehnjähriges Mädchen, unschuldig verwickelt in ein Familiendrama, das lange vor ihrer Zeit seinen Anfang genommen hatte, einem Jungen versprochen, und verliebt in einen anderen, den sie nie würde haben können.

Sanjay

Das Publikum sprang auf die Füße, und die Aula dröhnte vor Klatschen, Stampfen, Johlen und Jubel, eine wilde Mischung aus dem schrillen Kreischen der Mädels aus der siebten Klasse und dem tiefen Bass vereinzelter Väter. Selbst Lulu konnte nicht mehr an sich halten und stieß eine Salve hoher, gellender Beller aus.

Martha war eine Sensation. Es hatte nur Minuten gedauert, bis Sanjay vergessen hatte, dass er sie kannte, dass sie jemand anderer war als die dreizehnjährige Julia Capulet. Sie hatte so etwas Unbeschreibliches, Hypnotisches, dass man die Augen nicht von ihren ruhigen, subtilen Bewegungen wenden konnte.

Er sah ihr zu, wie sie ins Publikum strahlte und kaum als das verängstigte, linkische Schulmädchen wiederzuerkennen war, das er nur ein paar Monate zuvor kennengelernt hatte, irgendwo zwischen New Malden und Waterloo.

Romeo beugte sich zu ihr herunter und küsste sie. Entweder er musste ein wesentlich besserer Schauspieler sein, als selbst diese Vorstellung eben hatte erahnen lassen, oder das war mehr als nur ein Bühnenkuss.

Iona griff in die Handtasche und zog eine einzelne rote Rose heraus. Die warf sie in Richtung Bühne. Sie landete zitternd auf den Schultern eines fettleibigen Vaters mit Halbglatze, der sie nahm und nach vorne warf, wo sie vor Marthas Füßen landete. Romeo hob sie auf und reichte sie ihr, eine Hand auf dem Herzen, unter ohrenbetäubendem Johlen und Pfeifen, unter das sich *Nehmt euch ein Zimmer!*-Rufe mischten.

»War das nicht der Wahnsinn?«, rief Jack, der mit seinen großen Händen so begeistert klatschte, dass Sanjays Applaus daneben wie das Flattern zarter Schmetterlingsflügel wirkte.

»Ich bin so stolz auf sie«, sagte Iona. »Ich bin ihre Mentorin. Das hat sie alles von mir.«

Emmie, die neben Sanjay stand, musste glucksen über Ionas offenkundigen Unwillen, Martha ganz allein das Rampenlicht zu überlassen. Sie hatte immer noch Tränen in den Augen vor Ergriffenheit angesichts der Begräbnisszene, bei der sie lauthals hatte schluchzen müssen.

Fizz hielt das Handy auf die Bühne gerichtet, während die Mitwirkenden sich wieder und wieder vor ihrem Publikum verneigen mussten, das sie einfach nicht gehen lassen wollte.

Bei all den brodelnden Gefühlen, all der positiven Energie, all dem Gerede über leidenschaftliche Liebe – das musste doch Sanjays Moment sein, oder nicht? Einen besseren Augenblick konnte es doch kaum geben, oder?

Er griff nach Emmies Hand, hielt sie fest, schloss die Augen und nahm all seinen Mut zusammen. Mit einem Gefühl, wie Tom Daley auf einem olympischen Sprungbrett zu stehen, splitternackt bis auf ein winziges Union-Jack-Badehöschen, hechtete er kopfüber ins eiskalte Wasser.

»Emmie«, flüsterte er ihr ins Ohr. »Ich wollte dir die ganze Zeit schon sagen, wie sehr ich dich mag.«

Emmie drehte sich zu ihm um und lächelte ihr herzliches, natürliches Lächeln. Das Lächeln, in das er sich verliebt hatte, als er sie das allererste Mal im Zug gesehen hatte, vor über einem Jahr.

»Ach, ich mag dich auch, Sanjay«, sagte sie, und sein Herz machte vor Freude einen Hüpfer. »Ich kann dir gar nicht sagen, wie schön es ist, einen Freund wie dich zu haben, der nicht permanent versucht, mich irgendwie ins Bett zu kriegen. Ich habe zwar keinen Bruder, aber so ungefähr stelle ich mir das vor, nur ohne das ständige Gezanke natürlich.«

Sanjay wusste so einiges über den menschlichen Körper, und er wusste auch, dass ein Herz nicht wortwörtlich brechen konnte. Aber wenn man das nur so sagte, wieso tat es dann so weh? Er starrte auf das Programmheft in seinen Händen und die Worte, die darauf prangten: *Denn niemals gab es so ein herbes Los / Als Juliens und ihres Romeos.*

Das Publikum drängte in die Schulkantine, wo es für die Erwachsenen lauwarmen Weißwein und für die Kinder pappsüßen Fruchtpunsch gab. Ein Glas von beidem in den Händen versuchte Sanjay herauszufinden, welches am wenigsten fies nachschmeckte. Im Gedränge war es unvermeidlich, sich gegenseitig anzurempeln und die Getränke zu verschütten, weswegen der Boden unter seinen Füßen klebrig war und, wegen eines Zwischenfalls mit einer Schüssel Chips, auch ein bisschen knistrig.

Sanjay lauschte dem aufgeregten Geschnatter ringsum und versuchte nicht an seinen beschämenden, jäh unterbrochenen Versuch zu denken, seine Julia zu verführen.

Habt ihr das gesehen? Fizz hat auf ihrem Kanal ein Video gepostet vom Applaus nach dem Stück. Mit der Überschrift: »Was für eine Julia! Meine Freundin Martha war DER HAMMER*!«*

Woher kennt Martha denn Fizz? Meint ihr, sie stellt sie uns mal vor?

Also, ich lade sie auf jeden Fall zu meiner Party ein. Ob sie Fizz auch mitbringt?

Guckt mal. Martha hält Händchen mit Aaden. Sieht aus, als wäre das mit Romeo und Julia was Ernstes.

Das Foto, wie Martha es immer nannte, wurde mit keinem

Wort erwähnt. Iona hatte recht behalten, sie hatte den bösartigen Klatsch mit etwas viel Interessanterem vergessen gemacht.

Martha und Aaden standen zusammen, umringt von einem Schwarm Gratulanten. Zwei kleine Magnete auf einem Teller voller Eisenspäne. Bei ihnen wirkte das ganze »Junge trifft Mädchen«-Ding kinderleicht. Wie machten sie das bloß? Und warum kriegte er das nicht hin?

Sanjay beobachtete, wie sich ein groß gewachsenes Mädchen mit mürrischem Gesicht, das aussah, als hätte es gerade in einen madigen Apfel gebissen, rüde durch die Menge drängelte. Er hatte sie schon mal gesehen, wie ihm da aufging. Sie war mit ihrer Clique in den Zug gestiegen an dem Tag, als er und Martha sich kennengelernt hatten.

»Hey, Julia!«, rief sie, so laut, dass man sie trotz des ganzen Tumults hörte. »Hast du Romeo schon das Foto von deiner Muschi gezeigt?«

Schlagartig wurde es still, und ein gespanntes Schweigen breitete sich um Martha aus. Alle schauten sie an, was sie wohl darauf antworten würde. Aber sie sagte keinen Ton. Stattdessen hob sie nur den rechten Ellbogen, ungefähr bis auf Schulterhöhe, und verpasste dem deutlich größeren Mädchen einen wuchtigen Schlag mitten ins Gesicht.

Man hörte die Umstehenden nach Luft schnappen, und halb erstickten Jubel, während das Mädchen, die Hand auf die Nase gepresst, nach hinten taumelte.

Rasch bahnte Piers sich einen Weg durch die Menge zu Martha.

»Du kommst besser mit, junges Fräulein«, kommandierte er mit gänzlich ausdrucksloser Lehrerstimme und wutverzerrtem Gesicht.

Die Menge teilte sich, um sie durchzulassen. Piers hatte Martha am fraglichen Arm gepackt und dirigierte sie zum Ausgang.

Im Hinausgehen kamen sie an Sanjay, Iona und Jake vorbei, und er hörte Piers flüstern: »Bravo, Martha. Wir gehen jetzt ein bisschen an die frische Luft und warten, bis sich die Lage wieder beruhigt hat.«

»Ich bin so stolz auf sie«, sagte Jake zu Iona. »Ich bin ihr Mentor. Das hat sie alles von mir.«

»Gibt es hier einen Arzt?«, rief einer der anderen Lehrer, der dem Mädchen ein Taschentuch unter die blutende Nase hielt.

»Ooh, Sanjay! Ich glaube, ich habe gerade ein Déjà-vu!«, rief Iona.

Sanjay seufzte und rief: »Ich bin Krankenpfleger!«

Gemeinsam gingen sie im Schein der Straßenlaternen durch die belebten Straßen von Westminster, ganz berauscht von Marthas Erfolg.

»Hattest du Schiss, als du auf die Bühne musstest?«, fragte Sanjay, noch immer voller Blutspritzer von der zertrümmerten Nase.

»Und wie!«, sagte Martha. »Meinetwegen hätten nicht so viele Leute kommen brauchen.«

»Zu kommen brauchen«, korrigierte Iona. »Wer brauchen ohne zu gebraucht, braucht brauchen nicht zu brauchen. Entschuldige, aber nach den vielen Jahren Textarbeit bin ich ein kleiner Grammatik-Diktator.«

»Grammatik brauche ich auch nicht«, meinte Martha.

»Die gebraucht heute keiner mehr. Ich sollte es einfach gut sein lassen, ich schreibe ja ohnehin nicht mehr«, meinte Iona und guckte ganz geknickt.

»Iona«, sagte Emmie. »Ich kann einfach nicht fassen, dass du dich von diesen Arschgeigen in der Redaktion so niedermachen lässt. Du darfst Ed Lancaster nicht gewinnen lassen.« Lulu brummelte sie an, aber sie redete unbeirrt weiter. »Du musst ihnen beweisen, dass du es immer noch draufhast! Du bist noch lange nicht abgemeldet. Du kannst immer noch schreiben, und du bist Therapeutin – das liegt dir im Blut. Wenn jemand echt und authentisch ist, dann du.«

»Emmie, Liebes«, sagte Iona. »Das ist wirklich nett von dir, aber ich weiß genau, worauf du hinauswillst. Du willst, dass ich bei deinem kleinen YouTube-Dingsbums mitmache, und so sehr ich deine Beharrlichkeit auch bewundere, die Antwort lautet bedauerlicherweise immer noch nein.«

Iona

Iona und Bea saßen im großen Erkerfenster des Pflegeheims und schauten hinaus auf die uralte Parklandschaft. Iona konnte die Geister der Jagdgesellschaften längst vergangener Zeiten fast vor sich sehen, wie sie nach einem langen Tag bei der Hirschjagd nach Hause zurückkehrten und sich just in diesen Salon zurückzogen, um bei einer schönen Tasse Tee mit ihren Erlebnissen zu prahlen und sich in der Allgegenwart des Todes nur umso lebendiger zu fühlen.

Heute war nicht der beste Tag, aber auch nicht der schlechteste. Bea hatte sie nicht erkannt, hatte sich aber – immerhin – erinnert, dass sie eine Freundin war und niemand, vor dem man sich fürchten musste. An ihren besten Tagen, wie an dem Tag, als Iona den Diktator mitgebracht hatte, wusste Bea ganz genau, wer sie war und wo sie war, und es war fast wie in alten Zeiten. Die Tage, an denen Bea sie nur verwirrt anschaute oder gar mit Angst in den Augen vor ihr zurückwich und vor ihrer ausgestreckten Hand zurückzuckte, das waren die Tage, die sie kaum ertrug.

Iona griff in ihre Handtasche und zog das alte, ledergebundene Fotoalbum heraus. Wie herrlich es war, die Fotos anfassen zu können, statt dass sie nur körperlos in der Cloud herumschwebten, wo sie sich mit Millionen anderer Erinnerungen unzähliger wildfremder Menschen vermischten. All die vielen Urlaube, Hochzeiten, Geburtstagsfeiern, die durch den Äther wirbelten und nur darauf warteten, für einen kurzen Moment abgerufen oder als beliebige Facebook-Erinnerung ausgespuckt zu werden.

Das Album öffnete sich auf einer Seite mit der Überschrift »1. Dezember 1992 – WELT-AIDS-TAG«.

»Weißt du noch, Bea?«, fragte Iona und schob ihr das Album hin. »Wie wir die Downing Street hinuntermarschiert sind und wie sie dich eingebuchtet haben, weil du einem Polizisten eins mit deinem Protestplakat übergebraten hast?«

Bea fuhr mit dem Zeigefinger über die Fotos.

»Viel Lärm um nichts. Der Polizist hatte einen Helm auf, und das Plakat war aus Pappe und ganz durchweicht vom Regen, Himmel noch eins. Weniger Schaden hätte man nur anrichten können, hätte man einen Wackelpudding mit einem Hammer attackiert. Alles homophobe Rassisten, denen war jede Ausrede recht«, knurrte Iona beim Gedanken an diesen Tag. Sie spürte noch die Angst im Nacken beim Versuch, die Polizeiabsperrung zu durchbrechen und zu Bea zu gelangen, und die Wut und die Ohnmacht, als sie hilflos mitansehen musste, wie sie Bea Handschellen anlegten und sie in einen Polizeibus verfrachteten.

Und nun stand sie wieder da und versuchte verzweifelt durchzudringen zu der Frau, die sie liebte. Aber die Entfernung zwischen ihnen war heute so viel größer und schwerer zu überwinden als eine Polizeiabsperrung. Immer wieder veränderte sie sich, undurchsichtig und wandelbar, und es wimmelte darin vor Dingen, die man nicht sehen, nach denen man nur tasten und an denen man sich entlanghangeln konnte.

Bea brummte etwas.

»Wie meinst du, Liebes?«, fragte Iona.

»Wenn man aufgibt, haben sie gewonnen«, erwiderte sie.

»Ganz genau«, erklärte Iona und nahm Beas Hand in ihre. »Das hast du zu mir gesagt, als ich meinen Job an den Nagel hängen wollte, damals, nachdem ich aus dem Krankenhaus gekommen bin. Und das haben wir auch immer gesagt, wenn wir wieder marschiert sind, Petitionen gestartet und für unsere Belange eingetreten sind. *Je kleiner sie uns machen wollen, desto aufrechter gehen wir.*«

»Je unsichtbarer sie uns machen wollen, desto unübersehbarer werden wir«, sagte Bea.

»Je brutaler sie uns zum Schweigen bringen wollen, desto lauter erheben wir unsere Stimme«, sagte Iona.

»Je unerbittlicher sie uns zum Aufgeben zwingen wollen, desto erbitterter kämpfen wir«, sagten sie gemeinsam, und dann lehnte Bea sich an Iona und legte den Kopf auf ihre Schulter.

Eine Frage kam Iona in den Sinn, wollte ihr nicht mehr aus dem Kopf, wurde drängender und drängender, bis sie an nichts anderes mehr denken konnte.

Wann genau hatte sie eigentlich aufgehört zu kämpfen?

Sie wusste es. Es war der Moment gewesen, als sie schließlich hatte einsehen müssen, dass sie Bea nicht helfen konnte, und dass sie, ganz gleich, wie sehr sie auch kämpfen mochte, nichts wiedergutmachen konnte. In dem Moment hatte sie auch aufgehört, für sich selbst zu kämpfen. Sie hatte die weiße Fahne geschwenkt, die Waffen gestreckt und kapituliert.

Etwas, das Bea niemals tun würde.

Iona faltete sich in ihren uralten schweinchenrosa Fiat 500 und prügelte ihn in den ersten Gang. Der Motor protestierte, wohl verunsichert, warum seine Fahrerin plötzlich so rücksichtslos daherkam. Auf dem Heimweg, auf dem sie wie ferngesteuert die Gänge hineinknüppelte, gingen ihr Beas Worte wieder und wieder durch den Kopf und mischten sich mit dem, was Emmie gestern zu ihr gesagt hatte.

Wir müssen sichtbar sein. Wir müssen unsere Stimme erheben.

Wir müssen ihnen zeigen, dass du es noch draufhast. Du bist noch lange nicht abgemeldet. Sie wollen uns kleinhalten. Wir müssen aufrecht gehen. Du bist nicht irrelevant. Du musst kämpfen.

Iona überkam ein eigenartiges Kribbeln, als hätte ihr Leben plötzlich wieder einen Sinn, als hätte alles wieder einen Sinn, und ein Adrenalinstoß durchfuhr sie, fast als stünde sie wie damals hinter der Bühne, wartete auf ihren großen Auftritt und lauschte dem Raunen eines ausverkauften Hauses. Wohl wissend, dass sie bald Teil einer magischen Welt sein würde, die hier erschaffen wurde.

Sie schloss die Haustür auf und stieß sie so heftig auf, dass der Türknauf mit Karacho gegen die Wand im Flur knallte, die bereits vorhandene Delle noch vertiefte und einen feinen Niesel aus Putz auf den Fliesenboden regnen ließ. Sie stellte die Tasche ab und nahm einen aufgerollten Regenschirm vom Garderobenständer.

»EMMIE!«, brüllte sie. »EMMIE, WO STECKST DU?«

Emmie erschien am oberen Ende der Treppe und starrte sie verschreckt an.

»EMMIE!«, brüllte Iona abermals und schwenkte den Regenschirm wie einen Degen. »WORAUF WARTEST DU NOCH, MÄDCHEN? AN DIE ARBEIT!«

Piers

Piers konnte kaum fassen, dass er tatsächlich in einem schallisolierten Tonstudio einer oberhippen Werbeagentur in Soho saß. Eine vollkommen andere Welt als sein alter Job auf dem Handelsparkett.

Emmie und Iona hatten ihn zur Aufzeichnung der ersten Folge von »Frag Iona« eingeladen. Wobei, na ja, das stimmte nicht so ganz. Er hatte an diesem Vormittag keinen Unterricht und hatte sie so lange beinahe auf Knien angefleht, dabei sein zu dürfen, bis sie schließlich nachgegeben hatten.

An den üblichen Erfolgsparametern gemessen, war Piers' Leben in letzter Zeit ziemlich den Bach runtergegangen. Und doch war er glücklicher denn je. Überall konnte er feine Silberstreifen am Horizont ausmachen, und er war dankbar für das, was er hatte. Der personifizierte Motivationsspruch.

Noch vor einem halben Jahr hatte er mit seiner bildhübschen Frau und den beiden entzückenden Kindern umgeben von mehreren Morgen Land ein herrschaftliches Anwesen bewohnt, das die *Daily Mail* wohl als »Luxusvilla« bezeichnen würde. Candida hingegen hatte es für »zweckentsprechend« befunden. Nun wohnte er in einer hundsgewöhnlichen Zweizimmerwohnung unweit des Bahnhofs mit Blick auf einen Supermarktparkplatz.

Der Teppich war stellenweise abgewetzt, die Vorhänge trafen sich nicht in der Mitte, und in einer Ecke seines Schlafzimmers prangte ein Wasserfleck, der aussah wie Afrika. Aber jedes Mal, wenn Piers ein neues Kissen mit nach Hause brachte, neues Geschirr oder einen Kerzenständer, überkam ihn ein ungeheures Gefühl der Befriedigung. Als hätte er Großes erreicht.

Neulich war er mit Theo und Minty bei IKEA gewesen. Was für ein Abenteuer, den Pfeilen durch die weitläufigen Ausstellungshallen zu folgen, Möbel fürs Kinderzimmer auszusuchen und einfach darauf zu pfeifen, ob alles zusammenpasste oder gerade angesagt war. Nein, ganz im Gegenteil waren sie sich sogar einig gewesen, je unmoderner, desto besser. Anschließend hatten sie ihren erfolgreichen Beutezug im hauseigenen Restaurant gefeiert, ein unzertrennliches Trio furchtloser Möbelhaus-Musketiere, das sich an schwedischen Fleischbällchen und Daim-Schokolade gütlich tat.

Candida fehlte ihm wesentlich weniger als befürchtet. Piers hatte inzwischen einsehen müssen, dass ihre Ehe schon seit Jahren nur mehr aus gemeinsamen Verpflichtungen, Terminen und Zwängen bestanden hatte. Eigenartig, aber am nächsten hatte er sich ihr gefühlt, während sie hinter seinem Rücken schon ihren großen Abgang vorbereitete.

Mit Candida war er so freundschaftlich verblieben, wie man es eben konnte, wenn einer von zweien hintenrum den reichen Nachbarn vögelt, während der andere klammheimlich die gemeinsamen Finanzen gegen die Wand fährt. Und ja, er bekannte sich schuldig im Sinne der Anklage, die Kinder jedes Mal, wenn ihre Mutter ein Date hatte, mit Zucker vollgestopft bis zu den Ohren, hochgradig überdreht und kaum mehr zu bändigen, zu Hause abzuliefern. Aber er hatte auch nie behauptet, ein Heiliger zu sein.

Piers hatte einen Platz im Lehrerqualifizierungsprogramm bekommen, das im nächsten Schuljahr starten würde, und sollte bis dahin weiter als Vertretungslehrer aushelfen. Dass sein neuer

Beruf auch unglaublich viel Papierkram bedeutete, Strafarbeiten und Nachsitzen und den vergeblichen Versuch, Schülerinnen und Schülern die Grundprinzipien der Mathematik einzubläuen, die davon träumten, Reality Stars zu werden oder berühmte Gamer, und nicht kapierten, wozu Algebra da gut sein sollte, war ihm klar. Aber gelegentlich merkte er schon jetzt, dass irgendwas von dem, was er gesagt oder getan hatte, doch hängen blieb. Dass er vielleicht, im Kleinen, die Zukunft eines dieser Kids verändern würde, statt bloß Zahlen zu verschieben, um reiche Säcke noch reicher zu machen, und als Dank dafür mit einem Magengeschwür nach Hause zu gehen.

Piers hockte in der dunkelsten Ecke ganz hinten in dem winzigen, stickigen Aufnahmeraum und hatte strikte Anweisungen, auf gar keinen Fall dazwischenzufunken. Ganz vorne im Rampenlicht, überschattet nur von einem riesengroßen Mikrofon an einer langen Stange, standen zwei kleine Sessel, und in einem davon saß eine zierliche, grauhaarige Dame namens Louisa, die sonst für das Catering der Agentur zuständig war und nur dort saß, weil Emmie sie beschwatzt und schließlich bestochen hatte mitzumachen.

»Bea sagt immer, dünnen Köchen kann man nicht trauen«, raunte Iona ihm zu. »Stell dir vor, du hättest einen fettleibigen Fitnesstrainer oder einen Eheberater im Rosenkrieg-Dauerclinch mit seiner Exfrau. Sie meint, wer den ganzen Tag mit Essen zu tun hat und nicht zu viel isst, kann nicht mit ganzem Herzen bei der Sache sein.«

»Oder hat ein kleines Koks-Problem«, mutmaßte Piers.

»Herrje, meinst du wirklich?«, sagte Iona mit einem misstrauischen Seitenblick zu Louisa.

»Nein, Iona, meine ich nicht«, entgegnete Piers.

Emmie stand hinter einer auf einem Stativ montierten Kamera, enorme Kopfhörer auf den Ohren, und sah dabei schrecklich professionell aus. Piers erkannte den knallpinken Rock wieder. Den hatte sie damals auch getragen, als sie sich kennengelernt hatten. Wenn man ein Nahtoderlebnis denn als Kennenlernen bezeichnen wollte.

»Okay, auf geht's, Iona«, rief sie.

Iona stellte sich Louisa vor und setzte sich in den freien Sessel. Dann drehte sie sich zur Kamera, und Emmie rief: »Action!«, genau wie im Film.

»Guten Morgen allerseits!«, sagte Iona mit einem breiten, knallrot geschminkten Lippenstiftlächeln. »Und willkommen zu unserer allerersten Folge von ›Frag Iona‹! Ich bin Iona Iverson, und heute bei mir ist die entzückende Louisa. Willkommen im Studio, Louisa!«

Louisas Gesicht war zu einer grinsenden Grimasse gefroren.

»Danke, Iona«, sagte Louisa mit schriller Stimme. »Hallo allerseits!« Und dann winkte sie sichtlich nervös in die Kamera.

»Nun, möchten Sie uns erzählen, warum Sie heute hier sind, Louisa?«, sagte Iona.

»Ähm … ich wollte … ich wollte Sie fragen … wegen …« Piers hielt den Atem an und fragte sich, ob dieser allererste Studiogast seine Frage wohl je zu Ende formulieren würde.

»… der Wechseljahre«, haspelte sie, und die letzten beiden Worte überschlugen sich fast.

»Ach, ja. *Die Wechseljahre*«, seufzte Iona. »Komisch, dass die so heißen, oder? Als würden wir uns, sobald wir ein gewisses Alter erreichen, über Nacht in Werwölfe verwandeln oder den unglaublichen Hulk!«

»Na ja, manchmal kommt es einem ja beinahe so vor«, meinte Louisa. »Sie wissen schon, überfallartige Hitzewallungen, Schlafstörungen, unerklärliche Wutausbrüche, ein Gedächtnis wie ein Sieb, das einen prompt vergessen lässt, was man eigentlich in dem Zimmer wollte, in das man gerade eigens gegangen ist, und dank dessen man den Autoschlüssel unvermutet im Kühlschrank wiederfindet.« Piers überlegte, ob es wohl eine gute Idee war, die Pausenbrote für die gesamte Belegschaft von dieser Frau schmieren zu lassen. »Man hat das Gefühl, zu nichts mehr nütze zu sein. Als sei man plötzlich unsichtbar.«

Louisa lief sich langsam warm. Fast sogar ein bisschen zu warm. Ob es wirklich ratsam war, derart intime Privatangelegenheiten in aller Öffentlichkeit auszubreiten? War es nicht besser, ein paar Geheimnisse für sich zu behalten? In den acht Jahren ihrer Ehe hatten er und Candida beim Gang zur Toilette nie die Badezimmertür offen gelassen. So etwas tötete jede Romantik. Wobei die Romantik in ihrer Ehe schon seit geraumer Zeit mausetot gewesen war, abgelöst von diktatorischen Befehlslisten und passiv-aggressiven Seitenhieben. Und das trotz strikter Vermeidung gemeinschaftlichen Wasserlassens. Ob Candida und ihr Neuer schamlos voreinander pinkelten? Möglich war das.

»Meine Liebe, da sind Sie nicht die Einzige!«, rief Iona. »Mir ging es ganz genauso! Und als eine, die die Wechseljahre glücklich überstanden hat, kann ich Ihnen nur sagen, das Ganze hat durchaus auch sein *Gutes*.«

Louisa schaute reichlich skeptisch. Nur allzu verständlich.

»Wir Frauen leiden über weite Strecken unseres Lebens unter der nervigen Sklaverei unserer Hormone. Wir müssen uns mit der unerquicklichen Sauerei schmerzhafter, teurer Blutbäder, aka Perioden, herumschlagen!« Piers wurde ganz flau. Hätte sie das nicht wenigstens ein bisschen wattiger umschreiben können, wie *die Erdbeerwoche haben* oder *auf der roten Welle surfen*? »Von PMS ganz zu schweigen! Und dann das dämliche Östrogen, das uns zu Glucken mutieren lässt und uns dazu treibt, uns um alles und jeden zu kümmern, nur nicht um uns selbst. Männer brauchen sich mit so einem Quatsch nicht herumzuschlagen. Die machen unbeirrt weiter, immer weiter, und schwelgen derweil fröhlich in der Lohnungleichheit der Geschlechter. Nur ahnen sie nicht, dass nach den Wechseljahren endlich *Zahltag* ist. Endlich dürfen wir auch mal nur an uns denken. Oft entdecken wir ganz neue Seiten an uns, schlagen ein neues Kapitel im Leben auf oder eröffnen gar einen triumphalen zweiten Akt!«

»So habe ich das noch nie gesehen«, sinnierte Louisa. »Jetzt geht es mir gleich viel besser.«

»Erinnern Sie sich noch an Tina Turners Album *Private Dancer*?«, fragte Iona. Louisa nickte. »Das war ihre erfolgreichste Platte überhaupt. Ihr Comeback nach Jahren kommerzieller Zweitklassigkeit. Wissen Sie, wie alt sie war, als sie die Platte rausgebracht hat? *Vierundfünfzig!* Und das war erst der Anfang. Ihre letzte Tour hat sie mit siebzig absolviert.«

»Okay, schön, aber die Hitzewallungen?«, hakte Louisa nach, die offenkundig Realistin war und, seien wir ehrlich, beileibe keine Tina Turner.

»Sicher. Man muss für sich eine Möglichkeit finden, den Übergang möglichst erträglich zu gestalten«, sagte Iona, die langsam wieder zur Erde zurückkehrte. »Das sollte man am besten mit der Ärztin oder dem Arzt seines Vertrauens besprechen, er oder sie kann dann eine individuelle Risikobewertung erstellen und die verschiedenen Möglichkeiten durchsprechen, wie beispielsweise eine Hormonersatztherapie oder Akupunktur.«

Nach einigem weiterem Hin und Her über Haarausfall und Gedächtnisstörungen machte Emmie schließlich eine Geste, Iona möge langsam zum Schluss kommen.

»Herzlichen Dank, Louisa, dass Sie heute bei uns im Studio waren bei ›Frag Iona‹ – auch bekannt als Ionas postmenopausalem zweiten Akt –, und danke Ihnen allen fürs Zuschauen.«

»Auf officecateringsolutions.com finden Sie alles, was das Herz für die Mittagspause im Büro begehrt! Wir sind top in Preis und Leistung!«, ratterte Louisa zungenbrecherisch schnell herunter.

»Fragen und Probleme können Sie uns per E-Mail an iona@fragiona.com zusenden«, fiel Iona ihr ins Wort. »Wer zu schüchtern ist, kann seine Frage auch anonym einschicken, oder Sie machen es wie Louisa und besuchen uns im Studio, live oder per Videolink.«

»Prima gemacht, Louisa und Iona!«, rief Emmie. »Ihr wart toll!«

Piers applaudierte aus seiner kleinen Ecke, und alle fuhren erschrocken auf, als hätten sie völlig vergessen, dass er auch noch da war.

»Nächstes Mal können wir hoffentlich ein paar Gäste dazuschalten«, meinte Emmie. »Wir benutzen seit Neuestem Zoom, damit kann man Videokonferenzen von verschiedenen Standorten via Weblink aufnehmen. Es heißt, das ist die Zukunft.«

Piers schnaubte bloß abfällig. Er hätte eine günstige Gelegenheit gehabt, in dieses kleine Unternehmen zu investieren, hatte aber dankend abgelehnt. Nichts konnte ein persönliches Meeting ersetzen. Das würde sich nie durchsetzen. Für so was hatte er einen Riecher.

Sanjay

Zu drei Treffen der klinikeigenen Selbsthilfegruppe war Sanjay mittlerweile gegangen. Und konnte kaum glauben, dass er nicht schon viel früher darauf gekommen war. Die Panikattacken waren zwar nicht weg, waren aber merklich seltener geworden. Der Angst mutig ins Gesicht zu schauen, hatte ihr einiges von ihrem Schrecken genommen.

Und noch etwas hatte sich spürbar verändert: Das Gefühl der Einsamkeit und der Scham, das sonst auf Schritt und Tritt sein Begleiter gewesen war, schien wie weggeblasen. Zu hören, wie Kollegen, von angesehenen Fachärzten bis hin zu Schwesternschülerinnen, genau die gleichen Ängste und Unsicherheiten schilderten, die ihn quälten und unerbittlich verfolgten, war eine unglaubliche Erleichterung und sehr tröstlich.

Vergangene Woche hatte einer der Chefärzte, Herzchirurg und Superstar mit begeisterter Gefolgschaft, die ihn auf den Krankenhausfluren ständig belagerte, ganz offen gestanden, dass er sich vor Angst bis heute vor jeder größeren Operation übergeben müsse. Und dabei erklärt, er habe diese Nervosität inzwischen zu akzeptieren gelernt, eben weil es ihm nicht egal sei, und egal dürfe es ihm auch niemals sein, wenn da ein bewusstloser Mensch vor ihm auf dem OP-Tisch liege.

Er sah zu, wie Julie zu der großen Messingglocke marschierte, die an einem Pfeiler mitten im Wartezimmer für die Chemo-Patienten hing. Auf dieser Station war es gute alte Tradition, dass Patienten, die ihre letzte Chemo-Sitzung hinter sich gebracht hatten, die Glocke läuten durften. Das Glockenläuten brachte ein klein wenig Hoffnung und Freude in diesen Raum, in dem Krankheit und Kummer allzu oft so greifbar waren.

Julie packte das Seilende fest mit beiden Händen und zog dreimal, und die Glocke begann zu schwingen, und ihr Läuten und das Klatschen und Jubeln der wartenden Patienten erfüllten den ganzen Raum. Julie ging zu Sanjay und fiel ihm um den Hals. Sie war schmal geworden in den letzten Monaten, die Chemo hatte nicht viel Federlesen gemacht, aber ihr Gesicht war kämpferisch.

»Darauf habe ich gewartet, seit ich die Glocke das erste Mal habe läuten hören«, sagte sie. »Unglaublich, endlich bin ich jetzt dran.«

»Es war mir zwar ein großes Vergnügen, deine Bekanntschaft zu machen, aber jetzt will ich dich hier erst mal nicht mehr sehen, verstanden, Julie?«, sagte Sanjay.

»Ich werde mir Mühe geben.«

»Kommt Adam und bringt dich nach Hause?«, fragte Sanjay.

»Ja, aber er muss erst die Kinder von der Schule abholen, es dauert also bestimmt noch eine halbe Stunde«, antwortete sie.

»Tja, ich habe gerade Pause. Sonst arbeite ich eigentlich immer durch, aber ich musste mir sagen lassen, ich soll das lieber sein lassen. Du würdest mir also einen großen Gefallen tun, wenn wir in der Kantine mit einem Tee auf deinen Abschied anstoßen.«

»Abgemacht«, entgegnete Julie.

»Toll siehst du aus, Julie«, sagte Sanjay, als er das Plastiktablett, beladen mit Tee und Kuchen, vor ihr auf dem Tisch abstellte. Sie zog die etwas dilettantisch aufgemalten Augenbrauen hoch und schaute ihn zweifelnd an.

»Du bist ein echter Charmeur«, entgegnete sie. »Aber seien

wir ehrlich, ich sehe schrecklich aus.« Sie zog die kunterbunte Mütze vom Kopf und rieb sich mit der Hand über den spiegelglatten Schädel.

»Die Haare meine ich nicht«, sagte Sanjay. »Ich meine, du wirkst viel glücklicher. Vor gerade mal einem Monat hast du mir noch gesagt, du wüsstest nicht, warum du dich morgens überhaupt noch aus dem Bett quälen sollst.«

»Stimmt. Aber mir ist etwas aufgegangen. Ich musste nämlich einsehen, dass sich alles nur noch um meine Zukunftsangst gedreht hat. Oder vielmehr um die Angst, keine Zukunft mehr zu haben. Ich habe in ständiger, allgegenwärtiger Angst gelebt. Und die hat gedroht, mich wie Ratten bei lebendigem Leib aufzufressen.«

»Iih«, sagte Sanjay.

»Ja, was?«, meinte Julie. »Entschuldige, das Bild habe ich aus einer besonders widerwärtigen Folterszene aus *Game of Thrones.* Das habe ich ständig geguckt, als ich kaum noch vom Sofa aufstehen konnte. Aber egal, was ich damit sagen will, ist, ich weiß, dass der Krebs jederzeit zurückkommen und mir in den Arsch beißen kann, aber ich denke einfach nicht darüber nach. Das Leben ist kurz, meins vielleicht noch kürzer als das der meisten anderen, und ich will keinen einzigen Tag mehr damit vergeuden, mich um etwas zu sorgen, auf das ich ohnehin keinen Einfluss habe.«

»Ich mache mir auch immer viel zu viele Gedanken«, gestand Sanjay. »Ich stelle mir immer das denkbar schlimmste Szenario vor. Aber du hast recht. Das Leben ist zu kurz, um in Angst zu leben.«

Und dann traf ihn die Erkenntnis wie ein Blitz. Er wusste, was er tun würde. Was er tun musste.

»Weißt du was? Ich werde den Stier bei den Hörnern packen«, sagte er, ehe er sich auf die Zunge beißen konnte.

»Welchen Stier?«, fragte Julie. »Geht's um deinen Job? Oder, ooh, ein Mädchen? Bitte sag mir, dass es ein Mädchen ist!«

Sanjay nickte und starrte angestrengt in seinen Tee.

»Eines solltest du dich vorher fragen. Wenn man jung ist, das blühende Leben selbst, überschäumend vor Lebensfreude, ist es leicht, jemanden zu lieben. Aber schau dir mich an. Schau ganz genau hin. Würdest du dieses Mädchen auch noch lieben, wenn es keine Haare mehr hätte, keine Augenbrauen, keine Wimpern? Würdest du ihr den Rücken massieren, während sie die ganze Nacht durchkotzt, und nachts um drei stundenlang herumfahren auf der Suche nach Minz-Eiscreme, weil es das Einzige ist, was sie noch herunterbekommt?« Julie schaute ihn ernst an.

»Das würde ich«, sagte Sanjay. »Ich meine, klar, sie hat wunderschöne Haare, und die Wimpern … Aber das kommt erst ganz am Ende von all den Dingen, die ich an ihr mag.«

Julie wollte noch etwas sagen, unterbrach sich dann aber, schaute über Sanjays Schulter und strahlte plötzlich über das ganze Gesicht.

»Julie!«, rief Adam. »Du hast es geschafft! Ich bin so stolz auf dich, Süße.« Und damit nahm Adam sie in die Arme und drückte sie fest an sich und küsste ihren kahlen Schädel, wieder und wieder, um ihr schließlich die Mütze aufzusetzen.

Gemeinsam gingen sie zur Tür, und Julie drehte sich noch einmal zu ihm um.

»Das willst du, Sanjay«, sagte sie. »Pass auf, dass du es auch bekommst.«

Sanjay stellte die leeren Tassen und Teller auf das Tablett und trug es zum Tresen. Zwei Schwesternschülerinnen, die so laut über einen Witz lachten, dass sie nicht aufpassten, wo sie hinliefen, stießen mit ihm zusammen, und das Tablett bekam plötzlich eine alarmierende Schieflage.

Sanjay hatte die Entschuldigung schon auf der Zunge, aber er verbiss sie sich und schaute stattdessen die beiden Schwestern an. Und wartete.

»Oh. Entschuldigung«, sagte die eine.

»Ja, tut mir leid«, sagte die andere.

»Nichts passiert«, entgegnete Sanjay mit einem Lächeln.

Martha

08:13 Surbiton nach Waterloo

Der Zug fuhr in Surbiton ein, und Martha sah Iona und Sanjay in einem der Wagen sitzen. Iona winkte, wies auf Martha und dann auf Lulu, die neben ihr saß. Das sollte so viel heißen wie: *Lulu hat dir einen Platz freigehalten.* Martha fühlte sich wie eine der Auserwählten.

»Hi Iona! Hi Sanjay!«, sagte sie, als sie an ihrem Tisch angekommen war. »Emmie heute nicht da?«

»Nein«, erwiderte Iona. »Sie hatte ein Frühstücks-Meeting mit den Zahnpastafritzen. Ich bin auf dem Weg zu ihr ins Studio, um unsere nächste Folge aufzuzeichnen. Sanjay war so nett, in Hampton Court zuzusteigen, damit wir gemeinsam die ›Frag Iona‹-Mails durchgehen können. Du kannst gerne mithelfen, wenn du willst? Wir haben einige Schüler, die sich Sorgen machen wegen ihrer Noten. Vielleicht kannst du mir da …«

»Sicher«, meinte Martha. »Ich bin absolut überzeugt, all meine Prüfungen komplett vermurkst zu haben. Außer Mathe, vielleicht.«

»Okay, ganz bestimmt nicht, aber dazu später mehr«, sagte Iona. »Was haben wir als Nächstes, Sanjay?«

Sanjay blätterte in ausgedruckten E-Mails, allesamt mit Markern und Post-it-Zetteln bearbeitet. Eine davon reichte er Iona, die ihre Lesebrille aus der Tasche zog und sie studierte.

»Oh, das ist *wirklich* interessant. Wieder von einem anonymen Einsender«, sagte sie und überflog den Rest der Seite. »Also, er schreibt, er ist schon seit einer Ewigkeit in ein ganz bestimmtes Mädchen verschossen. Sie sehen sich beinahe jeden Tag und sind gute Freunde geworden. Aber sie war bis vor Kurzem in einer katastrophalen Beziehung und sieht in ihm eher einen Bruder. Er will aber mehr sein als nur ein Bruder. Ist die Lage hoffnungslos? Wie kann er sie überzeugen, mehr in ihm zu sehen?«

Iona legte das Blatt vor sich auf den Tisch.

»Und, was wirst du ihm antworten?«, fragte Sanjay und sah Iona dabei durchdringend an.

»Nun, mein Herz, ich werde ihm sagen, dass die Grenze zwischen platonischer Freundschaft und romantischer Liebe dünn ist wie Papier. Hast du *Harry und Sally* gesehen?« Sanjay schüttelte den Kopf. »Solltest du aber. Weißt du, das mit dem wilden, leidenschaftlichen Sex kann jeder. Aber eine Freundschaft wie die von Harry und Sally, die auf Mitgefühl, gegenseitigem Respekt, gemeinsamen Werten und einem ähnlichen Sinn für Humor basiert – und das, denke ich, ist zwischen den beiden ganz eindeutig auch der Fall –, *das* findet man nicht an jeder Straßenecke. Dafür müssen beide Zeit und Mühe investieren. Wenn man dann auch noch aufeinander fliegt, ist das *die ganze verdammte Torte*. Verstehst du?« Sanjay nickte.

»So oder so«, fuhr Iona fort. »Wenn es hart auf hart kommt, und das kommt es immer irgendwann, dann ist es die Freund schaft, die einen da durchbringt, nicht der Sex. Das weißt du selbst am besten, Sanjay. Du arbeitest auf einer Krebsstation, du musst doch tagtäglich Beziehungen auf dem Prüfstand sehen.«

»Und Harry und Sally kriegen sich zu guter Letzt? Im Film?«, fragte er.

»Ja! Es dauert allerdings zwölf Jahre und drei Monate.«

»Nicht besonders ermutigend«, sagte Sanjay. »Für den anonymen Einsender.«

»Na ja, ich glaube kaum, dass er so lange brauchen wird«, entgegnete Iona. »Er hat ja mich zum Helfen.«

»Und wie soll er es anstellen, dass er für sie mehr wird als bloß ein Freund?«, fragte Sanjay, als läge ihm die Frage mehr am Herzen als dem Einsender selbst. Sanjay, überlegte Martha, musste einer der mitfühlendsten Menschen sein, den sie je kennengelernt hatte.

»An dieser Stelle brauchst du – er – wohl eine *ganz große Geste*. Etwas, das sie nicht ignorieren kann, das sie aufhorchen lässt, damit sie ihre anfängliche Meinung überdenkt und ihn mit anderen Augen sieht«, erklärte Iona.

»Zum Beispiel?«, fragte Sanjay.

»Nun ja, denkt doch mal an die großen Hollywood-Filme. Richard Gere, wie er in seiner Luxuslimousine steht, einen Strauß Blumen in der Hand, und Julia Roberts seine Liebe gesteht? Hugh Grant und Andy McDowell, wie sie am Ufer der Themse stehen, sich leidenschaftlich küssen und gar nicht mitbekommen, dass es in Strömen regnet? Aber man kann natürlich nicht einfach eine dieser Ideen klauen, es muss etwas sehr Persönliches sein, für das Mädchen, für sie beide«, meinte Iona. »Meine Frau und ich beispielsweise, wir haben uns auf der Bühne kennengelernt. Das war unser Ding. Als ich ihr also meine Gefühle gestehen wollte, habe ich eines Abends getan, als hätte ich etwas im Theater vergessen. Wir mussten also noch mal zurückgehen, und drinnen war alles schon dunkel, still und leer. Und dann plötzlich, ganz unvermittelt, spielte die Band auf und das Scheinwerferlicht ging an. Stellt euch das mal vor, meine Süßen!«

Iona streckte den Arm aus, als deutete sie auf eine imaginäre Bühne, und starrte ins Leere.

»Ich bin ans Mikrofon getreten und habe losgelegt und ›Let's Do It‹ von Cole Porter geschmettert. Das war der Beginn einer lebenslangen Romanze. Wobei es sie zum Glück nicht abgeschreckt hat, dass Singen leider so gar nicht zu meinen vielen Talenten zählt. Ich würde also vorschlagen, unser anonymer Einsender soll sich überlegen, wie sie sich kennengelernt haben, was ihre Freundschaft so einzigartig macht, und sich dann etwas einfallen lassen.«

»Wenn sie sich beispielsweise im Zug kennengelernt hätten …«, setzte Sanjay an.

»Na ja, dann wäre eine große Geste, die irgendwas mit einer Zugfahrt zu tun hat, vielleicht ganz passend«, meinte Iona strahlend. »Warum nicht? Was hat er denn zu verlieren?«

»Aber was, wenn es nicht funktioniert?«

»Scheitern ist nur gewiss, wenn man es gar nicht erst versucht, mein Lieber«, sagte Iona. »Die Liebe ist das größte Risiko im Leben, aber ein Leben ohne Liebe ist sinnlos.«

»Sehr poetisch, Iona«, warf Martha ein. »Von wem ist das?«

»Von mir, mein liebes Kind«, entgegnete Iona. »Ist mir gerade eingefallen.«

Dann kümmerten sie sich noch rasch um die E-Mails mit Fragen zu Hilfe bei Zeugnisstress, und gleich darauf fuhr der Zug auch schon im Bahnhof Waterloo ein. Sanjay musste sich sputen, um pünktlich zu Schichtbeginn im Krankenhaus zu sein, und plötzlich waren Iona und Martha allein mit all den Fragen.

»Iona«, sagte Martha. »Ich will mich ja nicht einmischen oder so, du bist ja sowieso die Expertin. Aber meinst du wirklich, es ist eine gute Idee, wenn jemand eine *ganz große Geste* in einem Zug plant? Was Peinlicheres kann ich mir kaum vorstellen.«

»Ach herrje, da könntest du recht haben, Liebes«, seufzte Iona. »Das Problem ist nur, ich will unbedingt dabei sein. Ich bin schließlich schon von Anfang an dabei gewesen, da möchte ich doch die große Auflösung nicht verpassen.«

Martha hatte keinen Schimmer, was Iona da redete. Die E-Mail stammte von einem anonymen Einsender, wie um alles auf der Welt konnte Iona da erwarten, zum fraglichen Augenblick in der ersten Reihe zu sitzen?

Emmie

08:05 Hampton Court nach Waterloo

Allmählich schien Emmie wieder ganz die Alte zu sein, was irgendwie merkwürdig war, weil sie nämlich gar nicht gemerkt hatte, dass sie in der Beziehung mit Toby nicht sie selbst gewesen war. So schleichend, so heimtückisch hatte er an ihrem Selbstwertgefühl gekratzt, dass die Veränderungen fast unmerklich geschahen.

Sie hatte sich sicher und beschützt gewähnt, dabei hatte er sie nach und nach erstickt. Sie hatte geglaubt, auf Händen getragen zu werden, dabei hatte er sie langsam, aber unaufhaltsam isoliert. Sie hatte geglaubt, er stehe hinter ihr, dabei hatte er hinterrücks ihr Selbstbewusstsein zerstört. Wie hatte sie bloß so blind sein können?

Darum hatte sie sich ganz fest vorgenommen: keine Männer mehr. Zumindest nicht auf absehbare Zeit. Nicht, bis nicht alles wieder gekittet war und sie sich wieder auf ihr Bauchgefühl verlassen konnte.

Emmie saß neben Iona im Zug. Die war zu einem weiteren Termin mit einem weiteren Journalisten in der Stadt unterwegs. *Wieso ist diese ganze »Frau startet mit Ende fünfzig eine neue Karriere und kennt sich leidlich mit Social Media aus«-Kiste eigentlich so ungewöhnlich?*, hatte Iona sie, nicht ganz unberechtigt, gefragt. *Also, Steno zu lernen oder einen Fernschreiber zu bedienen oder die Handvermittlung in einer Telefonzentrale – das war wirklich eine Kunst!*

Emmie vermutete, ein großer Teil des Medieninteresses müsse sich um Iona selbst drehen, die irgendwie nicht anders konnte, als allem, was sie machte, einen Hauch »Ungewöhnlichkeit« zu verleihen. Trotzdem war es natürlich ein unglaublicher Glücksfall. Wegen all der Gratis-PR gingen Ionas Klick-, View- und Follower-Zahlen unaufhaltsam durch die Decke.

Iona, die gerade in ihren E-Mails herumscrollte, schnaubte plötzlich so laut, dass Emmie erschrocken aufschaute.

»Da sieh an!«, rief Iona. »Dort treibt die Leiche meines Feindes vorbei! Erinnerst du dich noch an mein liebstes chinesisches Sprichwort?«

»Wenn du lange genug auf der Brücke stehst, treibt irgendwann die Leiche deines Feindes vorbei?«, entgegnete Emmie, die bereits seit geraumer Zeit darauf wartete, Toby irgendwo im Fluss auszumachen. »Wessen Leiche ist es denn?«

»Er, dessen Name nicht genannt werden darf«, sagte Iona und wies dabei auf Lulu. »Mein alter Chefredakteur. Hör dir das an.« Iona schaute mit zusammengekniffenen Augen auf ihr iPad-Display. Sie hatte die Schriftgröße angepasst, damit sie in der Öffentlichkeit nicht zufällig mit ihrer Lesebrille auf der Nase gesichtet wurde.

Liebe Iona, las sie und äffte dabei Eds wichtigtuerische Art nach. *Ich kann dir gar nicht sagen, wie ich mich für dich und deinen Wahnsinnserfolg freue.* Ja, ganz bestimmt, du schleimiger kleiner Widerling. *Und wie schön, dass wir zu einer derart großzügigen Regelung gefunden haben und im Guten auseinandergegangen sind, ich hatte nämlich gehofft, du könntest dir mit deinem kleinen YouTube-Kanal …* KLEINER Kanal? Ich habe doppelt so viele Abonnenten wie du, Arschgeige … *vielleicht eine bezahlte Partnerschaft vorstellen. Eine Zusammenarbeit könnte für beide Seiten nur von Vorteil sein. Wollen wir uns zum Lunch im Savoy Grill treffen, um alles in Ruhe zu besprechen? Bring gerne deinen entzückenden Hund mit. Beste Grüße*, bla, bla, bla.

»Herrje«, sagte Emmie. »Und was antwortest du ihm jetzt?«

»Wie wäre es mit: *Mein lieber Ed, fick dich ins Knie?*«, schlug Iona vor. Lulu knurrte.

»Vielleicht etwas zu platt?«, meinte Emmie.

»Du hast, wie immer, vollkommen recht, Liebes«, sagte Iona. »Kein Grund, auf sein Niveau zu sinken. Immer daran denken, was Michelle Obama gesagt hat: *Wenn sie sich von ihrer schlechtesten Seite zeigen, zeigen wir uns von unserer besten!* Ich formuliere es ein bisschen netter.« Sie überlegte kurz, dann tippte sie mit den Zeigefingern, was durch die langen, blutrot lackierten Nägel gar nicht so einfach war. »So, das hätten wir. Besser so?«

Iona reichte Emmie das iPad, und sie las die Antwort, die Iona bereits verschickt hatte:

Mein lieber Ed,
fick dich.
Herzliche Grüße
Iona x

Der Zug fuhr in New Malden ein, und Emmie hielt Ausschau nach Sanjay, konnte ihn aber nirgends sehen. Die Enttäuschung versetzte ihr einen Stich, aber das war natürlich albern. Schließlich konnte sie ihm nicht vorschreiben, dass er denselben Zug zu nehmen hatte wie sie. Dann entdeckte sie plötzlich zwei irgendwie bekannte Gesichter.

»Iona«, sagte sie. »Erinnerst du dich noch, wie wir neulich im Zug Sanjays Mitbewohner kennengelernt haben?« Iona schaute auf und nickte. »Sind sie das nicht?«

Beide schauten angestrengt aus dem Fenster und beäugten die

beiden jungen Männer draußen auf dem Bahnsteig. Alle anderen Passagiere schienen in größter Eile, in den Zug zu steigen, doch sie standen nur am Gleis und winkten Emmie und Iona zu. Auf einmal bückten sie sich wie auf Kommando, und als sie sich wieder aufrichteten, hielten sie ein großes Plakat in die Höhe.

Darauf in dicken, schwarzen Großbuchstaben nur ein einziges Wort: EMMIE.

Stirnrunzelnd stand Emmie auf, um auszusteigen und herauszufinden, was es damit auf sich hatte. Aber just in dem Moment fuhr der Zug mit einem Ruck an, und die beiden Gesichter auf dem Bahnsteig verschwanden aus ihrem Sichtfeld.

»Was ist hier los, Iona?«, fragte sie und setzte sich wieder.

»Da fragst du mich was, Schätzchen«, sagte Iona und betrachtete angestrengt ihre Fingernägel.

Emmie verzog das Gesicht. Denn wenn sie eines gelernt hatte, dann das: Je unschuldiger Iona guckte, desto mehr hatte sie auf dem Kerbholz.

Von New Malden nach Raynes Park waren es nur drei Minuten. Ehe Emmie die Gelegenheit hatte, auf des Rätsels Lösung zu kommen, fuhren sie schon in den nächsten Bahnhof ein.

Und dort auf dem Bahnsteig stand, reglos wie ein Poller im dichten Verkehrsgetümmel, Jake. Er bückte sich und hob ein Stück Karton hoch, genau wie das Plakat in New Malden, bloß, dass auf diesem stand: WILLST DU.

Die drei Minuten von Raynes Park nach Wimbledon kamen ihr vor wie eine Ewigkeit. Diesmal wunderte es sie nicht, David dort auf dem Bahnsteig stehen zu sehen, und neben ihm eine Frau, die wohl seine Olivia sein musste. Strahlend hielten sie zwei Plakate in die Höhe. Auf dem einen stand MIT und auf dem anderen MIR.

»Emmie. Willst du mit mir …«, murmelte Emmie. »Iona, das ist eine Nachricht an mich.«

»Himmel, meinst du wirklich?«, sagte Iona, bemüht, überrascht zu tun, was ihr so gar nicht gelang. Emmie hatte wirklich keine Ahnung, wie man darauf verfallen konnte, sie sei Theaterschauspielerin gewesen.

Vier Minuten dauerte es, bis Earlsfield, der nächste Bahnhof, in Sicht kam, und mit ihm Martha und ihr Freund Aaden. Auf ihrem Plakat stand GEHEN.

Die Strecke von Earlsfield nach Clapham Junction war die längste bisher. Ganze sechs Minuten. Emmie hockte auf der Kante ihres Sitzes, die Nase förmlich gegen die Fensterscheibe gedrückt. Sie sah ihn schon von Weitem. Ihren Freund. Sanjay. Er hielt ein Plakat in den Händen, darauf nichts als ein Fragezeichen.

Iona kramte derweil in ihrer ausladenden Handtasche. Dann zog sie zwei kleine Kärtchen heraus und schob sie Emmie über den Tisch zu. Auf dem einen stand JA, auf dem anderen NEIN.

»Tut mir leid«, sagte Iona. »Eine *Ich weiß nicht, darf ich mir das erst noch in Ruhe überlegen*-Karte gibt es leider nicht. Du musst wohl einfach auf dein Bauchgefühl vertrauen. Aber fix. Ehe der Zug weiterfährt. Zack, zack!«

Emmie musste daran denken, wie fröhlich und entspannt sie mit Sanjay immer war. Konnte das der Beginn von mehr als einer wunderbaren Freundschaft sein? Sie musste an ihre Enttäuschung eben denken, als Sanjay nicht in New Malden in den Zug gestiegen war, und dass er der Mensch war, mit dem sie am allerliebsten zusammen war. Sie musste daran denken, wie unverschämt gut er aussah und wie ihr damals, vor einer halben Ewigkeit, der Anblick seines durchtrainierten Bauchs beinahe den Atem hatte stocken lassen, und an ihre unerklärliche Eifersucht, als sie annehmen musste, er habe eine andere. Sie musste daran denken, wie Sanjay sie bei ihrer Panikattacke beruhigt hatte, als Toby wieder und wieder angerufen hatte. Der einzige andere Mensch, den sie kannte, der das Periodensystem der Elemente auswendig wusste und Daphne du Maurier mochte.

Vielleicht war es längst mehr, und sie hatte es bloß nicht bemerkt. Vielleicht war sie zu sehr damit beschäftigt, sehnsüchtig auf das Leben zurückzublicken, das hätte sein sollen, um zu sehen, was sie gleich vor der Nase hatte. Den netten, liebenswerten, zuckersüßen Sanjay.

Aber wie konnte Emmie, die sich so rückhaltlos einer Beziehung hingegeben hatte, an der sie beinahe zerbrochen wäre, sich je wieder selbst vertrauen? Konnte sie nicht. Aber sie konnte Iona vertrauen. Iona, die ihr mit dem Zeigefinger diskret eines der Kärtchen zuschob und sie stumm zu drängen schien, unbedingt dieses zu nehmen.

Fast hätte Emmie schon die Hand danach ausgestreckt, als ihr der felsenfeste Vorsatz wieder einfiel: keine Männer mehr.

Aber hatte Iona ihr nicht beigebracht, dass Regeln dazu da waren, sie zu brechen? Spektakulär und mit Pauken und Trompeten?

Emmie beugte sich vor und griff nach dem Kärtchen mit dem JA.

Martha

Manchmal fiel es Martha schwer, zu glauben, Mr Sanders sei wirklich Piers. Er fügte sich so nahtlos in den Schulbetrieb ein, wie er da inmitten des Lehrerkollegiums in der Aula auf dem Podium saß, in seiner Lehrer-Cordhose und der weinroten Wollstrickjacke von Marks & Spencer, dass es ihr partout nicht in den Kopf wollte, das solle derselbe arrogante Markenfetischisten-Schnösel sein, dem sie in den Schoß gekotzt hatte. Der Mann, der immer zu laut ins Handy geblökt hatte, der viel zu viel Raum eingenommen und mehr Luft verbraucht hatte, als ihm eigentlich zustand. Nun war er auf dem besten Wege, zu jenem erlauchten Lehrerkreis zu gehören, der den schwierigen Balanceakt zwischen »cool und lässig« und »Chaos im Klassenzimmer« mit Bravour meisterte.

Neuesten Gerüchten zufolge sollten Mr Sanders und Miss Copeland – die Kunstlehrerin – *was miteinander haben.* Sie waren nämlich dabei beobachtet worden, wie sie gemeinsam aus dem Vorratsraum für den Künstlerbedarf kamen. Aber Martha hörte nicht auf diesen Tratsch. Viel zu lange hatte sie am falschen Ende der Stille-Post-Gerüchtekette gestanden, um alles zu glauben, was man ihr erzählte. Vielleicht hatte Piers einfach nur dringend ein bisschen Modelliermasse gebraucht. Oder selbstklebende Plastikfolie.

Martha war gerade auf dem Weg nach draußen, als Mr Braden – ihr Theaterlehrer – sie beiseitenahm.

»Martha«, sagte er mit einer Miene, so undurchdringlich, dass sie sich fragte, ob sie nun Ärger hatte oder nicht. Vermutlich hatte man nach so vielen Jahren Schauspielunterricht die eigene Mimik vollkommen unter Kontrolle. Bestimmt war das Pflichtfach. »Ich habe hier einen Brief für dich und deine Eltern. Ihr könnt das ganz in Ruhe besprechen, und du sagst mir dann einfach Bescheid, wie ihr euch entschieden habt.« Und damit drückte er ihr einen schmalen Umschlag in die Hand und war in der Menge verschwunden, noch ehe sie ihm irgendwelche Fragen stellen konnte.

Martha öffnete den Brief erst nach dem Mittagessen, obwohl er ihr ein Loch in die Schultasche brannte wie ein radioaktives Isotop. Den ganzen Morgen hatte sie ihn mit sich herumgetragen und auf eine Gelegenheit gewartet, Aaden abzufangen. Irgendwie wollte sie den Brief lieber nicht alleine aufmachen.

Als sie hereinkam, war die Kantine schon brechend voll. Sie schlängelte sich an den Tischen ganz außen vorbei, an denen die Einzelgänger und die Außenseiter saßen, denen sie sich irgendwie trotzdem verbunden fühlte, und ging rüber zu Aadens Tisch genau in der Mitte.

Noch vor gar nicht allzu langer Zeit hätte sie es nicht mal im Traum gewagt, sich an diesen Tisch zu setzen, denn damit hätte sie sämtliche ungeschriebenen Gesetze gebrochen und die schuleigene Hackordnung auf den Kopf gestellt. Sie war immer noch dieselbe. Immer noch schlaksig und linkisch, immer noch heillos abgehängt, was den neuesten Slang anging, die richtigen Klamotten oder die angesagtesten Promis, aber durch irgendeinen wunderbaren Voodoo-Zauber war aus *schräg* plötzlich *eigenwillig* geworden.

»Hey Martha!«, sagte Aaden und rutschte beiseite, um ihr auf der Bank Platz zu machen. »Ich habe dich schon vermisst.«

»Ist doch gerade mal zwei Stunden her, du Eumel«, meinte

Martha. »Guck mal, den hat Mr Braden mir vorhin gegeben. Ich habe mich noch nicht getraut, ihn aufzumachen. Bestimmt irgendwas total Ödes, aber …«

»Soll ich ihn dir vorlesen?«, fragte Aaden.

»Nein danke, ich wollte dich bloß dabeihaben«, antwortete Martha. »Als moralische Unterstützung.«

Martha machte den Umschlag auf und zog einen gefalteten Brief heraus. Sie überflog ihn rasch, las ihn mehrmals durch, aber verstand nicht, was sie da las. Also reichte sie ihn schließlich wortlos an Aaden weiter, der ihn laut vortrug:

Liebe Martha,
Ihr Theaterlehrer Nick Braden war so nett, mir eine Aufnahme Ihrer Produktion von Romeo und Julia *zukommen zu lassen. Und was soll ich sagen, ich war schwer beeindruckt von Ihrer schauspielerischen Leistung.*
Gerade besetze ich ein Stück am Young Vic Theatre, und es gibt da eine kleine, aber feine Rolle, für die ich Sie gerne vorsprechen lassen würde.
Bei Interesse bitten Sie doch Ihre Eltern, mich kurz zu kontaktieren, um Einzelheiten, Termine etc. zu besprechen.
In der Hoffnung auf ein baldiges persönliches Kennenlernen und mit den besten Grüßen
Peter Dunkley
Theaterregisseur

»Martha, das ist ja der Hammer«, rief Aaden und sah sie an, als schwebte sie plötzlich mehrere Meter über ihrem Stuhl in der Luft. Was, ehrlich gesagt, auch nicht verwunderlicher gewesen wäre als das, was gerade tatsächlich passiert war.

Martha bekam keinen Ton heraus. Sie saß bloß da und starrte auf den Brief in ihrer Hand.

Sanjay und Emmie

»Wo soll die hin, Emmie?«, fragte Sanjay und hielt eine Porzellanteekanne in die Höhe.

»Wohin du willst«, rief Emmie. »Hier muss überall Krimskrams hin, Sachen, die man nicht braucht und die einen auch nicht ›glücklich machen‹. Marie Kondō kann mich mal.«

In Sanjays, James' und Ethans Nachbarschaft war kürzlich eine recht erschwingliche Wohnung frei geworden, und Emmie hatte sich die günstige Gelegenheit nicht entgehen lassen. Es war einfach perfekt: drei Haltestellen näher an Waterloo und nur einen kleinen Spaziergang entfernt für Übernachtungsbesuche. Und doch hatte Emmie ihr eigenes kleines Reich, in das sie sich zurückziehen konnte, wann immer sie wollte. Sanjay hegte die leise Hoffnung, eines schönen Tages in nicht allzu ferner Zukunft werde sie ihn fragen, ob er nicht bei ihr einziehen wolle. Aber er wollte sie auf keinen Fall bedrängen. Das Letzte, was Emmie jetzt brauchte, war wieder jemand, der sie zu kontrollieren versuchte. Und außerdem, sie hatten alle Zeit der Welt.

Jake hatte Emmie angeboten, mit ihr zu Toby zu fahren, um ihre restlichen Sachen abzuholen, was – vermutlich, weil er die ganze Zeit wie ein Personenschützer vor dem Weißen Haus in der Tür gestanden hatte – erstaunlich reibungslos über die Bühne gegangen war.

»Emmie«, sagte Sanjay, als er die nächste Umzugskiste mit

dem Cutter öffnete. Das anheimelnde Aroma gelesener Bücher mischte sich mit dem Duft der Blumen, die Sanjay als Einweihungsgeschenk mitgebracht hatte, und der Frische des gründlichen Frühjahrsputzes, dem sie die Wohnung morgens noch unterzogen hatten. »Kann ich dich mal was fragen?«

»Klar«, sagte sie.

»Möchtest du vielleicht mal meine Familie kennenlernen? Ich dachte, wir könnten am Sonntag zum Essen hingehen«, schlug er vor.

»Nichts lieber als das, Sanjay«, rief sie. »Ich kann es kaum erwarten, Meera endlich kennenzulernen. Bestimmt werde ich sie mögen.«

»Nicht annähernd so sehr wie sie dich«, antwortete Sanjay. »Ich will dich nur vorwarnen.«

Er nahm das Handy und fing an zu tippen.

Mum, kann ich meine Freundin am Sonntag zum Essen mitbringen? Es dauerte nur ein paar Sekunden, schon poppte eine Nachricht auf. FREUNDIN?!?, gefolgt von einem Tornado vollkommen wahllos zusammengewürfelter Emojis. Er deutete das mal als Ja.

Den Arm voller Bücher ging Sanjay zum Regal und fing an, sie ordentlich einzuräumen. Eines davon ließ ihn stutzen und versetzte ihn zurück in die Zeit vor ein paar Monaten. *Rebecca* von Daphne du Maurier.

»Was hast du denn da?«, fragte Emmie und trat neben ihn.

»*Rebecca*«, antwortete Sanjay. »Das Buch fand ich toll.«

»Ich auch«, sagte Emmie.

»Wie findest du Mrs Danvers?«, fragte Sanjay, aber genau wie beim letzten Mal antwortete sie ihm nicht. Sie beugte sich vor und küsste ihn, so heftig, dass ihm ganz schwindlig wurde.

Das Zimmer mit den halb ausgeräumten Kartons und Emmies zu Halden aufgetürmten Sachen verschwand. Mit all seinen

Sinnen war er bei ihr – ihre Hände auf seiner Haut, ihr Atem an seinem Hals, ihre Lippen auf seinen.

Sanjay wusste längst, dass er sich damals, als er sie das erste Mal im Zug gesehen hatte, nicht in Emmie verliebt hatte. Er hatte sich in einen Traum von ihr verliebt. Eine Fantasiegestalt, von ihm erschaffen, makellos und vollkommen. Doch nun hatte er sich in die *echte* Emmie verliebt, mit all ihren Macken und Kanten und Unvollkommenheiten. Mit allem, was sie ausmachte, was sie so unverwechselbar und einzigartig zu Emmie machte.

Sanjay dachte nicht darüber nach, was alles schiefgehen könnte oder was die Zukunft wohl bringen würde. Endlos viele Stunden hatte er der Headspace-App gelauscht, hatte sich mühevoll in Achtsamkeit geübt, und endlich hatte er sie gemeistert. Es gab keinen Moment außerhalb dieses vollkommenen Moments. Alles war hier und jetzt.

Er fuhr ihr mit den Fingern durch die Haare, wickelte eine Strähne um den Finger, atmete ihren Duft ein und wusste, er würde nie mehr woanders sein wollen.

Iona

»Hallo, meine schönste Bea«, sagte Iona.

Bea saß im Sessel und schaute durchs Fenster hinaus in die untergehende Sonne. Sie drehte sich um zu Iona und lächelte. Iona atmete auf. Heute war wohl ein guter Tag.

»Du schon wieder«, sagte Bea. »Dich kenne ich doch irgendwoher, stimmt's?«

»Ja, mein Liebes, ich bin's, Iona«, sagte Iona.

»Iona. So heißt meine Liebste. Sie ist in Paris, weißt du. Schau mal. Wie hübsch sie ist, findest du nicht?« Bea wies auf ein gerahmtes Bild über dem Kamin, eine kleinere Version des Cancan-Fotos in Ionas Hausflur.

»Hübsch, das bist du auch, mein Liebling«, sagte Iona sanft. Sie spielte einfach mit, denn Bea zu widersprechen, würde sie nur verwirren und aufbringen.

Einige Probleme, das hatte Iona schmerzlich erfahren müssen, ließen sich nun mal nicht lösen. Man musste lernen, mit ihnen zu leben. Und wenn Bea nicht mehr in Ionas Welt leben konnte, dann würde sie mit Bea in ihre gehen.

»Wollen wir vielleicht einen kleinen Abstecher nach Paris machen?«, fragte Iona und ging zu dem altmodischen Plattenspieler auf dem Sideboard. Das Cole-Porter-Album, das sie suchte, lag schon auf dem Teller, also senkte sie den Tonarm auf den gewünschten Titel: Ella Fitzgerald, wie sie »Let's Do It« sang.

»Ach, das ist ja unser Lied!«, rief Bea begeistert und klatschte in die Hände.

»Darf ich um diesen Tanz bitten?«, fragte Iona.

Und dann reichte sie Bea die Hand, und Bea stand auf und nahm sie und legte ihre andere Hand ganz unten auf Ionas Rücken.

Iona sang leise mit, die Wange an Beas geschmiegt. Sie schloss die Augen, und dann standen sie wieder auf der Bühne des La Gaîté. Die Band spielte unten zu ihren Füßen im Orchestergraben, während sie die ersten Schritte einer Reise machten, die ihr ganzes Leben andauern sollte.

Sie wirbelten über das polierte Parkett, in einem Tanz, der alle Tänze zugleich war, die sie je miteinander getanzt hatten: im strömenden Regen auf den hell erleuchteten Champs-Élysées sich um die eigene Achse drehend wie ein Kreisel, mit weit ausgebreiteten Armen und in den Nacken gelegtem Kopf. Lauthals lachend bei einer der zahllosen Premierenfeiern und Preisverleihungen und einander im Blitzlichtgewitter der Paparazzi über die Tanzfläche wirbelnd. Überglücklich beim märchenhaft choreografierten Hochzeitstanz, in identischen silbernen Smokings, mit Rosenblätterkonfetti bestreut.

»Ich liebe dich, Iona«, sagte Bea.

Iona wusste nicht recht, ob Bea mit ihr redete oder mit ihrer Erinnerung an sie, aber jetzt gerade war das ganz gleich. So oder so, diese Worte gehörten ihr, so, wie sie immer ihr gehört hatten, wie sie immer ihr gehören würden.

»Nicht so sehr wie ich dich, liebste Bea«, entgegnete sie.

»Die ganze verdammte Torte«, sagte Bea.

»Die ganze verdammte Torte«, sagte Iona.

Anmerkung der Autorin

Einen nicht unerheblichen Teil meines Lebens habe ich in Bussen, Bahnen und der Londoner U-Bahn zugebracht. Oft habe ich die immergleichen Gesichter gesehen und habe mir, genau wie Iona, Spitznamen für meine Mitfahrer ausgedacht und mir ausgemalt, wie ihr Leben abseits unserer gemeinsamen Fahrten wohl aussehen mochte. Damit nahm meine Leidenschaft fürs Geschichtenerzählen ihren Anfang.

Ich habe mit all diesen Menschen nie ein Wort gewechselt. Und sie auch nicht mit mir. Das wäre ganz schön *schräg* gewesen. Einmal habe ich in der U-Bahn mitangesehen, wie ein Mann im eleganten Anzug plötzlich ganz grün wurde im Gesicht. Alle schauten ihn schief an, und schließlich nahm er den teuren ledernen Aktenkoffer, legte ihn sich auf die Knie, klappte ihn auf und übergab sich umstandslos hinein. Dann klappte er den Koffer wieder zu und stieg an der nächsten Haltestelle aus. Keiner sagte auch nur einen Ton. So sind wir Londoner.

Immer mal wieder las ich im *Evening Standard* Geschichten von Männern, die noch Monate, nachdem sie ihren Job verloren hatten, tagtäglich im Anzug in die Innenstadt fuhren, weil sie sich, auch vor sich selbst, zu sehr schämten, die Wahrheit einzugestehen. Ich war fasziniert von diesen Geschichten und habe mich gefragt, was einen Menschen wohl dazu bringen könnte, so etwas zu tun. Die Frage wollte mir nicht mehr aus dem Kopf und verdichtete sich irgendwann zu Piers.

Ich bin aufgewachsen in einem Haus an der Themse in East Molsey. Es ist das Haus, in dem Iona wohnt. Ich habe das Haus aus meiner Erinnerung der Achtzigerjahre beschrieben, muss also die derzeitigen Besitzer um Nachsicht bitten, die es zweifellos längst umgebaut und modernisiert haben. Jeden Tag fuhr mein Dad mit dem Zug von Hampton Court nach Waterloo, und als Teenager fuhr ich dieselbe Strecke zur Schule in Wimbledon. Nur zu gut kann ich mich noch an eine besonders fiese Mädchenclique aus einer verfeindeten Schule erinnern, die mich immer aufgezogen hat, weil ich ständig die Nase in einem Buch hatte. Diese unschöne Erinnerung, gepaart mit meiner Jugendschwärmerei für David Attenborough, hat mich zu Martha inspiriert.

Außerdem muss ich all jene um Verständnis bitten, die tagtäglich auf der Strecke Hampton Court nach Waterloo unterwegs sind. Wie Sie sicher bemerkt haben, habe ich mir ein paar Freiheiten mit der, wie Iona sagen würde, *actualité* erlaubt. Der Zug fährt für gewöhnlich von Bahnsteig 3 in Waterloo, aber Bahnsteig 5 sagt sich viel leichter. Außerdem wurden irgendwann im Laufe der letzten zehn Jahre sämtliche Wagen generalüberholt, wobei die Tische allesamt abgeschafft wurden. Iona wäre entsetzt! Wo sollte sie denn dann hin mit Teetasse und Unterlagen? Ein Glück, dass die dichterische Freiheit es mir erlaubt, diese unerhörte Entgleisung von South Western Trains rückgängig zu machen.

Mittlerweile arbeite ich meist von zu Hause aus oder in Bibliotheken und Cafés, und ich hätte nie gedacht, dass ich die Tage, eingepfercht in schmuddelige, stinkige Zugabteile, irgendwann einmal vermissen würde. Doch dann kam die Pandemie, und ich ertappte mich dabei, wie ich mit einem sehnsüchtigen Gefühl der Nostalgie an die gute alte Zeit zurückdachte. Und anfing, mich zu fragen, was wohl passiert wäre, wenn ich die ungeschriebenen Gesetze unter Pendlern einfach ignoriert und den Mumm gehabt hätte, einen meiner Mitreisenden anzusprechen. Auf was für Abenteuer mich diese Gespräche womöglich geführt hätten?

Und aus diesem Gedanken wurde dieses Buch.

Eine Anmerkung noch zu den Namen. Namen, das habe ich gelernt, haben Macht. *Nomen est omen* ist nicht bloß eine leere Floskel. Sobald neue Figuren in meinem Kopf Gestalt annehmen, kristallisiert sich allmählich auch ihr Name heraus. Und wenn sie erst einmal einen Namen haben, beeinflusst der auch, wie sie sich verhalten. Am deutlichsten habe ich das bei Hazard aus *Montags bei Monica* gemerkt.

Ionas Name hat für mich eine persönliche Bedeutung. Ich hatte einen wunderbaren Freund. Er war nordischer Abstammung und hieß Iver. Iver war ein Bauer und ein Erbauer – und stark wie ein Ochse. Vor ein paar Jahren ist er nach Tansania gegangen und hat dort einer Wohltätigkeitsorganisation beim Aufbau von bezahlbarem Wohnraum für Bedürftige geholfen. Ausgerechnet dort unten erlitt er einen Herzinfarkt und starb. Ivers Tochter Iona ist mein Patenkind, und seine Witwe Wendy ist eine meiner besten Freundinnen. Iona ist also nach Iona und Iver benannt, und kaum hatte ich sie auf diesen Namen getauft, fing der auch schon an, ihre Figur zu formen. Iona hat Ivers Schrullen, seine *joie de vivre* und seinen Sinn für Mode mitbekommen, genau wie Ionas Mut, ihre Klugheit und ihre unendliche Liebenswürdigkeit. Iver fehlt mir noch jeden Tag, und irgendwie hoffe ich, dass er von seiner Namensvetterin weiß und sie genauso ins Herz geschlossen hat wie ich.

Schreiben war für mich immer schon Therapie. Eine Möglichkeit, diese Welt, in der wir leben, zu begreifen und Dinge zu beleuchten, die mich stören und verstören. So war das auch mit der wunderbaren Iona. Beinahe zwanzig Jahre habe ich in der selbstverliebten Werbewelt gearbeitet. Anfangs hat es mir gefallen, ich wurde sogar in den Vorstand von J. Walter Thompson berufen. Ich war das jüngste Vorstandsmitglied und eine von ganz wenigen Frauen. Keine zehn Jahre später schaute ich mich um und musste einsehen, dass ich mit neununddreißig plötzlich zu den Ältesten in der Agentur zählte. Und auf einmal behandelte man mich ganz anders. Ich war auf dem Höhepunkt meiner Macht, und doch sah man mich als Dinosaurier. Überholt und abgemeldet.

Es macht mich fuchsteufelswild, dass Männer mit zunehmendem Alter als »gesetzt« gelten. Als imposante Silberrücken. Frauen hingegen werden unsichtbar. Das, liebe Freundinnen, dürfen wir nicht mehr länger zulassen. Wir müssen alle *mehr Iona* sein. Wir alle haben, genau wie Iona, einen triumphalen zweiten Akt verdient. Schreiben ist meiner. Meinen ersten Roman habe ich mit fünfzig veröffentlicht, und ich bin meinen Leserinnen auf der ganzen Welt, die meine Bücher kaufen und weiterempfehlen, jeden Tag meines Lebens dankbar. Sie haben, im wahrsten Sinne des Wortes, meinen Traum wahr werden lassen. Danke dafür.

Danksagungen

Diese Geschichte hätte es nie gegeben ohne drei real existierende Frauen.

Die erste ist meine Agentin Hayley Steed. Wobei die Bezeichnung »Agentin« nicht einmal ansatzweise beschreibt, was für eine Rolle Hayley in meinem Leben spielt. Sie ist meine Mentorin, mein Resonanzboden, meine Psychotherapeutin, meine Cheerleaderin und meine Freundin. Unterstützt wird sie vom unglaublichen Powerteam der Madeleine Milburn Agency, darunter auch die fabelhafte Madeleine höchstselbst, Giles Milburn und Elinor Davies sowie das Auslandsrechteteam – Liane-Louise Smith, Georgina Simmonds und Valentina Paulmichl und die Film-/TV-Agentin Hannah Ladds.

Die beiden anderen talentierten Frauen, bei denen ich mich bedanken möchte, sind meine Lektorinnen Sally Williamson von Transworld in UK und Pamela Dorman von Pamela Dorman Books in den USA. Die Arbeit mit Sally und Pam und ihren Mitarbeiterinnen Lara Stevenson und Marie Michels war mir eine Ehre und ein Vergnügen. Als Autorin sieht man oft den Wald vor lauter Bäumen nicht mehr. Man weiß, dass irgendwas nicht stimmt, aber meist ist man zu dicht an der Geschichte, um zu merken, woran genau es liegt. Meine unglaublichen Lektorinnen hatten immer den Mut und Takt, mir zu sagen, wenn irgendwas nicht funktioniert, die Kreativität und Weitsicht, mein Geschriebenes stetig zu verbessern, und eine ungeheure Begeisterungsfähigkeit, um mich bei der Stange zu halten.

Geschichtenerzählerin ist der wunderschönste Job auf der Welt, aber beizeiten kann er auch ganz schön anstrengend und einsam sein. Wie so viele Autoren (und vor allem Autorinnen!) leide ich unter einer schlimmen Form des Hochstapler-Syndroms und zweifele allzu oft an meinem Talent. Darum sind Freundschaften mit anderen Autorinnen und Autoren so wichtig. Und darum möchte ich mich auch beim Write Club bedanken – einer famosen Schriftstellergruppe, die sich 2018 gebildet hat, als wir gemeinsam den CBS-Kurs für Romanschriftsteller absolvierten. Danke für eure Unterstützung, eure Lebensweisheit und euren Humor: Natasha Hastings, Zoe Miller, Max Dunne, Geoffrey Charin, Maggie Sandilands, Richard Gough, Jenny Parks, Jenni Hagan, Clive Collings und Emily Ballantyne. Ein dickes Dankeschön geht auch an die D20-Facebook-Gruppe – ein Grüppchen von Debütautoren, genau wie ich, die das zweifelhafte Vergnügen hatten, ihren ersten Roman während der weltweiten Pandemie zu veröffentlichen. Irgendwie haben wir uns gegenseitig gestützt und getragen.

Danke auch meiner wunderbaren Autorenfreundin Annabel Abbs und meinen treuen Erstleserinnen und -lesern; Caroline Skinner, Caroline Firth und Johnny Firth.

Was mich zu meinem Mann John bringt. Seit über zwanzig Jahren sind wir schon zusammen, und während seine Unfähigkeit, eine Spülmaschine ordnungsgemäß einzuräumen, mich immer noch auf die Palme bringt, war ihn zu heiraten bis heute die beste Entscheidung meines Lebens. Ohne seine Unterstützung und seinen Glauben an mich gäbe es keines meiner Bücher.

Von Herzen danken möchte ich auch, wie immer, meiner Mum und meinem Dad für ihr unermüdliches Ins-Ziel-Jubeln und meinen drei fantastischen Kindern. Dieses Buch ist meiner ältesten Tochter Eliza gewidmet. Was aber nicht heißen soll, dass sie mein Lieblingskind ist. Denn ich liebe sie alle aus ganzem Herzen und gleich viel. Ich möchte allerdings anmerken, dass ich Charlie bestimmt kein Buch widmen werde, solange er sich vorher nicht die Mühe macht, wenigstens eins davon zu lesen!

Bis Sie ein Buch in Händen halten, braucht es ein unüberschaubares Team unbeschreiblich talentierter und engagierter Leute, und ich bin jeder und jedem Einzelnen von ihnen so unendlich dankbar.

Unsere Leseempfehlung

448 Seiten
Auch als E-Book erhältlich

Seit mehr als drei Jahren hat Meredith ihr Haus nicht verlassen. Über das Warum spricht sie mit niemandem. Denn eigentlich ist doch alles in Ordnung: Sie arbeitet erfolgreich von zu Hause, brunch am Küchentisch mit ihrer besten Freundin, liest in ihrem gemütlichen Ohrensessel und kocht Pasta Puttanesca. Aber dann tritt Tom in ihr Leben, und Meredith muss zugeben, dass sie nicht so glücklich ist wie sie vorgibt. Doch gerade als sie beginnt, sich Tom zu öffnen, holt ihre Vergangenheit sie ein. Und Meredith begreift: Um wirklich zu leben, braucht es mehr als einen Schritt vor die Haustür …

GOLDMANN

goldmann-verlag.de